LA ENCICLOPEDIA DE HADAS
DE EMILY WILDE

Heather Fawcett es autora de las novelas juveniles *Ember and the Ice Dragons, The Language of Ghosts* y *Una balada de invierno y magia,* así como de la serie **Even the Darkest Stars**. Tiene un máster en Literatura Inglesa y ha trabajado como arqueóloga, fotógrafa, escritora técnica y ayudante de *backstage* en un festival de teatro shakespeariano.

Vive en la isla de Vancouver.

heatherfawcettbooks.com
Facebook.com/HeatherFawcettAuthor
Twitter: @heathermfawcett
Instagram: @heather_fawcett

Código BIC: FA | Código BISAC: FIC009000
Diseño de cubierta: Ilustración © Bex Parkin
Fotografía © Karen McKinnon

HEATHER FAWCETT

LA ENCICLOPEDIA DE HADAS DE EMILY WILDE

TRADUCCIÓN DE MARÍA DEL CARMEN BOY RUIZ

 books4pocket

Argentina · Chile · Colombia · España
Estados Unidos · México · Perú · Uruguay

Título original: *Emily Wilde's Encyclopaedia of Faeries*
Editor original: Del Rey, Random House,
a division of Penguin Random House LLC, New York
Traducción: María del Carmen Boy Ruiz

1.ª edición **books4pocket** Enero 2026

López de Hoyos, 92, Planta Baja Derecha – 28002 Madrid
Plaza de los Reyes Magos, 8, piso 1.º C y D – 28007 Madrid
www.umbrieleditores.com
www.books4pocket.com

ISBN: 978-84-19130-90-7
E-ISBN: 978-84-19413-25-3
Depósito legal: M-22.715-2025

Fotocomposición: Urano World Spain, S.A.U.

Impreso por Novoprint, S.A. – Energía 53 – Sant Andreu de la Barca (Barcelona)

Impreso en España – *Printed in Spain*

20 DE OCTUBRE DE 1909, HRAFNSVIK, LJOSLAND

Shadow no está nada contento conmigo. Está tendido con la cola inerte junto a la chimenea mientras el viento frío hace traquetear la puerta, mirándome bajo el flequillo desgreñado de esa forma acusadora y resignada tan característica de los perros, como diciendo: «De todas las aventuras estúpidas a las que me has arrastrado, ten por seguro que esta será nuestra perdición». Me temo que debo darle la razón, aunque eso no hace que tenga menos ganas de comenzar la investigación.

Aquí pretendo ofrecer un relato sincero de mis actividades diarias en el campo mientras documento una especie misteriosa de hadas llamadas «las ocultas». Este diario tiene dos objetivos: ayudarme a recordar cuando llegue el momento de compilar oficialmente mi estudio de campo y como registro para aquellos alumnos que sigan mis pasos en caso de que sea capturada por las hadas. *Verba volant, scripta manent.* Al igual que en mis diarios anteriores, doy por hecho que el lector tendrá conocimientos básicos de driadología, aunque dejaré constancia de ciertas referencias que puedan no ser familiares para quienes sean nuevos en el área.

Hasta ahora no había tenido motivos para visitar Ljosland y mentiría si dijera que lo primero que he visto esta mañana no ha mermado mi entusiasmo. Se necesitan cinco días de viaje desde Londres y el único navío que llega hasta aquí es un carguero semanal que trae una amplia variedad de bienes y otra mucho menos variopinta de pasajeros. Emprendimos la aventura hacia el norte sin interrupciones y esquivando icebergs mientras yo me paseaba por cubierta para mantener los mareos a raya. Fui de las primeras en avistar las montañas colmadas de nieve elevándose sobre el mar y, a sus pies, los tejados rojos apiñados del pequeño pueblo de Hrafnsvik, como si estos fuesen Caperucita Roja y el lobo se alzase imponente a sus espaldas.

Poco a poco arribamos a puerto y el carguero chocó una vez con fuerza contra él a causa de las olas grises embravecidas. Un hombre mayor con un cigarro entre los labios y aire despreocupado (cómo lo mantenía encendido con ese viento era una hazaña tan impresionante que, horas después, me sorprendí pensando en el brillo de las ascuas al salir disparadas, rociadas por el agua de mar) accionó una manivela para bajar la pasarela.

Me fijé en que fui la única en desembarcar. El capitán dejó mi baúl sobre el muelle cubierto de escarcha con un golpe seco y me dedicó su sonrisa divertida habitual, como si no fuese más que una broma que no terminase de comprender. Al parecer, mis compañeros de viaje —los pocos que eran— se dirigían a la única ciudad de Ljosland, Loabær, la siguiente parada del barco. Yo no la visitaría, pues las hadas no habitan en las ciudades sino en los rincones más recónditos y olvidados del mundo.

Desde el muelle veía la cabaña que había alquilado, algo que me dejó asombrada. El granjero y dueño de aquellas tierras, un tal Krystjan Egilson, me la había descrito en sus cartas:

una casita de piedra con un tejado cubierto de hierba de un verde intenso justo a las afueras del pueblo, situada sobre la ladera de la montaña junto a la linde del bosque Karrðarskogur. Era un país realmente inhóspito; cada detalle, desde el batiburrillo de cabañas pintadas de colores alegres al verdor vívido de la costa y los glaciares amenazantes en las cumbres, era tan nítido y solitario como unos hilos entretejidos, y sospecho que podría haber contado los cuervos en sus madrigueras de la montaña.

Los marineros pusieron tanta distancia como pudieron entre ellos y Shadow cuando nos apeamos en el puerto. El viejo gran danés está ciego de un ojo y no tiene energía para otro ejercicio que no sea renquear, así que abrirle de un tajo la garganta a los marineros maleducados estaba descartado, aunque su apariencia sugiriera lo contrario; es una criatura enorme, negro como el carbón, con zarpas parecidas a las de un oso y unos dientes muy blancos. Quizá debería haberlo dejado al cuidado de mi hermano en Londres, pero no podría soportarlo, sobre todo porque tiende a desanimarse cuando estoy fuera.

Me las arreglé para arrastrar mi equipaje puerto arriba y cruzar el pueblo. Había pocas personas fuera —la mayoría estaban en los campos o en los botes pesqueros—, pero esos escasos seres me contemplaban como solo los habitantes de los pueblos rurales en los confines del mundo conocido pueden mirar a una extraña. Ninguno de mis admiradores me ofreció su ayuda. Shadow, caminando lentamente a mi lado, los observó con un ligero interés y solo entonces desviaron la mirada.

He visto comunidades mucho más rústicas que Hrafnsvik, ya que mi trabajo me ha llevado por toda Europa y Rusia a pueblos grandes y pequeños y a tierras salvajes, hermosas e infames. Estoy acostumbrada a los alojamientos sencillos y a la gente humilde (una vez dormí en el cobertizo para el queso de un granjero en Andalucía), pero nunca he estado tan al norte. El viento había saboreado nieve, y recientemente; me tironeaba de la bufanda y del abrigo. Me llevó su tiempo subir el baúl por el camino, pero soy bastante perseverante.

En el paisaje que rodeaba al pueblo predominaban los campos. No eran las colinas ordenadas a las que estaba acostumbrada, sino que estaban llenas de bultos, rocas volcánicas cubiertas de parches esporádicos de musgo. Y si aquello no era suficiente para desorientarte, el mar no dejaba de enviar nubes de niebla sobre la costa.

Llegué a la linde del pueblo y encontré el pequeño camino hacia la cabaña; el terreno era tan escarpado que el camino zigzagueaba. La cabaña estaba situada con precariedad sobre un pequeño nicho en la ladera de la montaña. Solo estaba a unos diez minutos del pueblo, pero eran diez minutos de pendientes que te hacían sudar, y, para cuando llegué a la puerta, estaba jadeando. No solo no estaba cerrada con llave, sino que carecía de cerradura y, cuando la abrí, me encontré a una oveja.

Me miró durante un instante, masticaba algo, y luego salió tranquilamente para unirse a sus compañeras mientras yo sostenía amablemente la puerta abierta. Shadow resopló, pero por lo demás no parecía impresionado; ya había visto bastantes ovejas en nuestros viajes por la campiña en Cambridge, por lo que las contempla con el desinterés caballeroso de un perro entrado en edad.

De alguna manera, hacía más frío dentro que fuera. La casa era tan sencilla como me la había imaginado, con paredes de piedra sólida y reconfortante y con olor a algo que supuse que sería estiércol, aunque también podría haber sido la oveja. Había una mesa y sillas llenas de polvo; una cocina pequeña al fondo con varias ollas colgando de la pared; tenían mucho polvo. Junto al hogar, con su estufa de madera, había un sillón viejo que olía a moho.

Estaba temblando, a pesar de la caminata cuesta arriba arrastrando el baúl, y me di cuenta de que no había madera ni cerillas para caldear aquel lugar lóbrego y, quizá lo más alarmante, que puede que no supiera cómo encender un fuego aunque los tuviera, ya que nunca lo había hecho. Lamentablemente, justo en ese momento miré por la ventana y descubrí que había empezado a nevar.

Fue entonces, mientras contemplaba el hogar vacío, hambrienta y helada, cuando comencé a preguntarme si moriría aquí.

A riesgo de que me tomes por una novata en el trabajo de campo en el extranjero, déjame asegurarte que no es el caso. Estuve varios meses en una parte de la Provenza tan rural que los habitantes del pueblo no habían visto nunca una cámara, mientras estudiaba una especie de hada moradora de los ríos, *les lutins des rivières*. Y antes de eso, pasé una larga temporada en los bosques de los Apeninos con algunos hados con cara de ciervo, y medio año en las tierras salvajes de Croacia como ayudante de un profesor que se pasó toda su carrera analizando la música de las hadas de las montañas. Pero en todos esos casos sabía dónde me metía y tenía un estudiante o dos para que se ocupasen de la logística.

Y no había nieve.

Ljosland es el país más aislado de Escandinavia, una isla situada en los mares embravecidos y alejada del territorio continental noruego, y cuyo litoral roza el Círculo Polar Ártico. Había tenido en cuenta el engorro de llegar a este lugar —el viaje largo e incómodo al norte— y, aun así, me daba cuenta de que no le había prestado mucha atención a las dificultades a las que tendría que enfrentarme al marcharme si algo salía mal, en especial a partir de que se cerrase la capa de hielo marino.

Llamaron a la puerta y me levanté de un salto, aunque el visitante ya estaba entrando sin haberse molestado en pedir permiso, sacudiéndose los zapatos con ínfulas de un hombre que ingresa en su propia morada tras un largo día.

—Profesora Wilde —dijo y me tendió la mano. Era grande, al igual que su complexión, tanto en altura como en la anchura de sus hombros y su torso. Tenía el cabello negro y desgreñado, el rostro cuadrado y la nariz rota, que se había vuelto a soldar de tal forma que le favorecía de manera sorprendente, aunque resultaba poco atractiva, desde luego—. Veo que ha traído a su perro. Excelente animal.

—¿Señor Egilson? —dije con amabilidad y le estreché la mano.

—¿Quién si no? —respondió mi anfitrión. No estaba segura de si pretendía sonar arisco o si su comportamiento era algo hostil de por sí. Aquí debería mencionar que se me da fatal leer a las personas, una carencia que me ha hecho pasar unos cuantos apuros. Bambleby habría sabido qué hacer exactamente con este hombre oso y es probable que ya lo hubiera hecho reír con alguna broma discreta y encantadora.

Maldito Bambleby, pensé. Carezco de un gran sentido del humor, algo a lo que sinceramente desearía recurrir en dichas situaciones.

—Menudo viaje ha tenido —dijo Egilson mientras me miraba de manera desconcertante—. Un largo camino desde Londres. ¿Se ha mareado?

—De Cambridge, en realidad. El barco fue muy…

—Apuesto a que la gente la ha mirado cuando subía por el camino. «¿Quién es esa ratoncita que sube por el camino», habrán pensado. «No puede ser esa erudita elegante de la que hemos oído hablar, la que ha venido desde Londres. Parece que no fuera a sobrevivir al viaje».

—¿Cómo voy a saber qué han pensado de mí? —respondí y me pregunté cómo demonios dirigir la conversación a asuntos más acuciantes.

—Me lo han dicho ellos —dijo.

—Ya veo.

—Me encontré con el viejo Sam y su mujer, Hilde, de camino hacia aquí. Todos tenemos mucha curiosidad por su investigación. Dígame, ¿cómo planea atrapar a las hadas? ¿Con un cazamariposas?

Aunque sabía que estaba bromeando, le respondí con frialdad:

—Quédese tranquilo, no tengo intención de atrapar a ninguna de sus hadas. Mi objetivo es estudiarlas meramente. Es la primera investigación de este calibre que se lleva a cabo en Ljosland. Me temo que, hasta hace poco, el resto del mundo veía a vuestras ocultas como poco más que un mito, a diferencia de otras especies de hadas que habitan las islas británicas y el continente, de las cuales un noventa por ciento han sido documentadas de manera sustancial.

—Puede que lo mejor sea que esto siga siendo así para todos los interesados.

Aquella frase no fue alentadora.

—Entiendo que cuentan con varias especies de hadas en Ljosland, muchas de las cuales pueden encontrarse en esta parte de las montañas de Suðerfjoll. Tengo para investigar relatos de hadas que varían desde los brownies, una especie de hada doméstica, hasta las hadas de la corte.

—No he entendido nada —dijo con un tono monocorde—. Pero será mejor que limite su investigación a las pequeñas. No saldrá nada bueno de provocar a las otras, ni para usted ni para nosotros.

Me sentí intrigada por sus palabras de inmediato, aunque por supuesto había oído pinceladas de la naturaleza terrorífica de las hadas de la corte de Ljosland, es decir, aquellas que adoptan un aspecto casi humano. Pero mis preguntas quedaron frustradas por el viento, que abrió la puerta de golpe y escupió una bocanada de copos de nieve en la cabaña. Egilson la empujó con el hombro para cerrarla de nuevo.

—Está nevando —dije, una sandez nada típica en mí. Siento decir que la imagen de la nieve revoloteando hacia el hogar me había vuelto a sumir en una desesperación exacerbada.

—Ocurre de vez en cuando —respondió Egilson con un dejo de humor negro que descubrí que prefería a aquella amabilidad falsa, que no es lo mismo que decir que lo apreciaba—. Pero no se preocupe. El invierno aún no ha llegado, solo se está aclarando la garganta. Las nubes se despejarán de un momento a otro.

—¿Y cuándo llegará el invierno? —inquirí con aire sombrío.

—Lo sabrá cuando lo haga —dijo, una respuesta de soslayo a la que no tardaría en acostumbrarme, ya que Krystjan es ese tipo de hombre—. Es joven para ser profesora.

—En cierto modo —respondí con vaguedad; esperaba disuadirlo de seguir por esa línea de preguntas. Ahora, a los treinta, no soy tan joven como para sorprender a nadie; aunque, de hecho, hace ocho años era la profesora más joven contratada en Cambridge.

Me dedicó un gruñido divertido.

—Debería seguir con la granja. ¿Puedo ayudarla en algo?

Lo dijo con indiferencia y parecía estar a punto de salir de lado por la puerta, incluso mientras me apresuraba a responderle.

—Un té estaría bien. Y leña… ¿Dónde la guarda?

—En la caja para leña —dijo, desconcertado—. Junto a la chimenea.

Me di la vuelta y vi dicha caja en el acto… La había tomado por una especie de guardarropa rudimentario.

—Hay más en el leñero, en la parte trasera —añadió.

—El leñero —susurré aliviada. Mis fantasías de morir congelada habían sido prematuras.

Debió de notar la forma en que lo dije, que lamentablemente tenía la cadencia clara de una palabra que no había pronunciado hasta ahora.

—Es más bien una persona casera, ¿no? —recalcó—. Me temo que ese tipo de gente no abunda por aquí. Le pediré a Finn que traiga el té. Es mi hijo. Y antes de que pregunte, las cerillas están en la caja de las cerillas.

—Naturalmente —dije, como si ya hubiese reparado en ella. Maldito fuera mi orgullo, pero no fui capaz de preguntar por su paradero después de la humillación de la caja para leña—. Gracias, señor Egilson.

Parpadeó despacio sin dejar de mirarme, y luego sacó una cajita del bolsillo y la dejó sobre la mesa. Se fue envuelto en un remolino de aire helado.

20 DE OCTUBRE,
POR LA TARDE

Después de que Krystjan se marchó atranqué la puerta con la plancha, que debía de estar apoyada contra la pared para dicho propósito, y en la que, como con la maldita caja para la leña, no me había fijado antes. Luego me pasé veinte minutos para nada productivos peleándome con la leña y las cerillas hasta que volvieron a llamar a la puerta.

La abrí, rezando para que la amabilidad relativa de esta visita se inclinase a favor de mi supervivencia.

—Profesora Wilde —dijo el joven en el umbral con ese tono algo asombrado que ya había escuchado antes en pueblos rurales, y casi me derretí del alivio. Finn Krystjanson era casi la viva imagen de su padre, aunque de torso algo más estrecho y con un gesto más agradable en la boca.

Me estrechó la mano con entusiasmo y entró de puntillas en la cabaña. Se sobresaltó un tanto al ver a Shadow.

—Qué animal más bonito —dijo Finn. Su inglés tenía un acento más marcado que el de su padre, aunque lo hablaba con perfecta fluidez—. Le dará algo en que pensar a los lobos.

—Hum —musité. A Shadow no le interesan demasiado los lobos y, al parecer, los incluye en la misma categoría que a los gatos. No imagino qué haría si un lobo lo desafiase, aparte de bostezar y atizarle con una de sus patas del tamaño de un plato llano.

Finn miró de reojo la chimenea apagada y los restos de cerillas rotas sin un atisbo de sorpresa; sospeché que su padre ya le había advertido acerca de mis capacidades. Lo de «persona casera» todavía me escocía.

Poco después, había prendido un fuego acogedor y había puesto una tetera con agua a hervir en la cocina. Parloteaba mientras trabajaba y me dijo cómo llegar al riachuelo tras la cabaña (el cual entendí que era mi única fuente de agua, ya que la casa carecía de fontanería), al aseo exterior y a una tienda en el pueblo donde podría comprar suministros. Mi anfitrión me traería el desayuno y podía cenar en la taberna local. Solo estuve sola durante el almuerzo, algo que me vino bien, ya que estoy acostumbrada a pasarme los días en el campo cuando llevo a cabo mis investigaciones y suelo prepararme un almuerzo ligero.

—Padre dice que está escribiendo un libro —comentó mientras apilaba troncos junto al fuego—. Sobre las ocultas.

—No solo sobre ellas —respondí—. El libro es sobre todas las especies conocidas de las hadas. Hemos aprendido mucho sobre ellas desde los albores de esta era científica, pero nadie se ha aventurado aún a recopilar esta información en una enciclopedia exhaustiva. [*]

Me dedicó una mirada tanto dubitativa como impresionada.

---

[*] Por supuesto, existen compendios detallados que pertenecen a regiones específicas; por ejemplo, la *Guía del folclore ruso,* de Vladimir Foley. Y *El camino de hierro: un viaje en ferrocarril por las Tierras Extrañas,* de Windermere Scott, pero este es un relato narrativo de sus viajes y de naturaleza altamente selectiva (Scott también echa por tierra su credibilidad al incluir avistamientos absurdos de fantasmas).

—Cielos, parece mucho trabajo.

—Lo es. —Nueve años, para ser más exactos—. Llevo trabajando en la enciclopedia desde que obtuve el doctorado—. Espero terminar el trabajo de campo aquí para la primavera... El capítulo sobre vuestras ocultas es la última pieza. Mi editor espera impaciente el manuscrito.

Que mencionase a mi editor pareció impresionarle de nuevo, aunque seguía con el ceño fruncido.

—Bueno, tenemos muchas historias. Aunque no sé si le serán de alguna ayuda.

—Serían de gran ayuda —dije—. De hecho, las historias son los pilares de la driadología. Iríamos a ciegas sin ellas, como astrónomos desprovistos del cielo.

—Sin embargo, no todas son ciertas —añadió con una mueca—. No pueden serlo. Todos los cuentacuentos las embellecen. Debería escuchar a mi abuela cuando empieza... Nos tiene a todos pendientes de cada una de sus palabras, sí, pero un visitante del pueblo de al lado diría que no se saben el cuento, aunque sea el mismo que su propia *amma* le cuenta junto al hogar.

—Esas variaciones son comunes. No obstante, cuando se trata de las hadas, hay algo cierto en cada historia, incluso en las falsas.

Podría haber seguido hablando de cuentos de hadas —he escrito varios artículos al respecto—, pero no sabía cómo hablarle de mi beca, si es que aquello tenía sentido para él. Lo cierto es que, en lo respectivo a las hadas, las historias lo son todo. Son una parte fundamental de ellas y de su mundo de tal forma que a los mortales nos cuesta entenderlo; una historia puede ser un evento singular del pasado, pero también es un patrón significativo que esboza su comportamiento y predice eventos futuros. Las hadas no tienen un sistema de leyes y, aunque no digo que las historias sean la norma para ellas, es lo más cerca que tiene su mundo de algún tipo de orden. *

—Normalmente, mi investigación consiste en una amalgama de testimonios orales e investigaciones prácticas —me limité a responder—. Rastreos, observaciones de campo, ese tipo de cosas.

Su ceño fruncido no hizo más que pronunciarse.

—Y usted... ¿ya lo había hecho antes? Quiero decir, las ha conocido. A las hadas.

—Muchas veces. Diría que vuestras ocultas no me sorprenderían, pero es un talento que poseen las hadas universalmente, ¿no? ¿La habilidad de sorprender?

Él sonrió. Creo que me creyó medio parcial a las hadas en ese punto, una maga extraña que se ha aparecido frente a él en un pueblecito tocado por el mundo exterior.

—Yo no diría eso —respondió—. Solo conozco a nuestras hadas. Siempre he pensado que eso es suficiente para un hombre. Más que suficiente.

Su tono se había ensombrecido un tanto, pero era serio en lugar de agorero, el tipo de voz que uno utiliza cuando habla de los obstáculos que forman parte de la vida. Dejó una hogaza de pan negro sobre la mesa y me informó de forma bastante casual que lo habían horneado en el suelo mediante calor geotérmico, junto con bastante queso y pescado salado para dos. Se veía bastante animado y parecía que su intención era acompañarme en aquel humilde festín.

---

* *Ensayos sobre el metafolclore*, de Esther May Halliwell, incluye un resumen de cómo ha evolucionado nuestra forma de pensar en este aspecto, desde el escepticismo propio de la Ilustración, durante la cual los cuentos de hadas se veían como secundarios a las pruebas empíricas en el estudio de estos seres —si no completamente irrelevantes— en cuanto a la perspectiva moderna de dichos cuentos para las propias hadas.

—Gracias —dije, y nos miramos con incomodidad. Sospechaba que debía decir algo más…, quizá preguntarle por su vida, sus tareas, o bromear sobre mi indefensión, pero siempre había sido una inepta para este tipo de charlas amistosas y mi vida como académica no me brinda muchas oportunidades para practicar—. ¿Está su madre por aquí? —añadí finalmente—. Me gustaría darle las gracias por el pan.

Puede que se me dé mal juzgar los sentimientos humanos, pero tengo bastante experiencia en meter la pata como para saber que era lo peor que podría haber dicho. Su atractivo rostro se contrajo.

—Lo he hecho yo. Mi madre falleció hace más de un año —respondió.

—Mis disculpas —dije forzando una expresión de sorpresa en un intento por ocultar el hecho de que Egilson había incluido esta información en una de nuestras primeras cartas. *Menudo detalle para olvidar, estúpida*—. Bueno, tiene talento —añadí—. Estoy segura de que su padre está orgulloso de su destreza.

Por desgracia, esta contestación inepta fue correspondida con una mueca y supuse que su padre no estaba, de hecho, para nada orgulloso de la destreza de su hijo en la cocina, quizás incluso la viera como una degradación de su masculinidad. Afortunadamente, Finn parecía tener buen corazón en el fondo.

—Espero que lo disfrute —dijo con cierta formalidad—. Si necesita algo más, puede enviar una nota a la casa grande. ¿Le parece bien el desayuno a las siete y media?

—Sí —respondí, lamentando el cambio en la distendida conversación anterior—. Gracias.

—Ah, y esto llegó para usted hace dos días —añadió y sacó un sobre del bolsillo—. Recibimos la correspondencia cada semana.

Por la forma en que lo dijo, veía aquello como una fuente de orgullo local, así que le dediqué una sonrisa forzada al darle las gracias. Me devolvió el gesto y se marchó murmurando algo sobre unas gallinas.

Miré la carta y me descubrí cara a cara con una letra con florituras que rezaba «Despacho del Dr. Wendell Bambleby, Cambridge» en la esquina superior izquierda y, en el centro, «Dra. Emily Wilde, morada de Krystjan Egilson, granjero, pueblo de Hrafnsvik, Ljosland».

—Maldito Bambleby —mascullé.

Dejé la carta a un lado, demasiado hambrienta como para molestarme por ella. Antes de disponerme a dar buena cuenta de mi refrigerio, me tomé mi tiempo para preparar la comida de Shadow, como teníamos por costumbre. Saqué un filete de cordero de la despensa exterior —Finn me había dicho dónde se encontraba— y lo puse en un plato junto a un cuenco de agua. Mi querida bestia devoró su almuerzo sin rechistar y, mientras, yo me senté junto al fuego crepitante con mi té, que tenía un sabor fuerte y ahumado, pero rico.

Sentía algo de culpa por haber agradecido de manera tan lamentable la amabilidad de Finn, pero no me afligió la ausencia de su compañía, ya que no la esperaba.

Miré por la ventana. Se veía el bosque, que comenzaba un poco más arriba de la colina y daba la desfavorable impresión de una ola negra a punto de romper sobre mí. Ljosland tiene pocos bosques, ya que sus habitantes mortales deforestaron buena parte del paisaje subártico. Sin embargo quedaban algunos árboles, aquellos que sus ocultas han reclamado, o eso se creía. En su mayoría se trata de abedules humildes y aterciopelados junto con algunos serbales y arbustos de sauce. Nada crece a gran altura en un lugar tan frío, y los árboles que alcanzaba a ver estaban atrofiados y se escondían de forma ominosa en las sombras de la ladera de la montaña. Su aspecto era cautivador. Las hadas están tan integradas en su entorno* como las raíces primarias más profundas, y yo cada vez estaba más entusiasmada por conocer a las criaturas que consideraban hogar a este lugar inhóspito.

La carta de Bambleby permanecía sobre la mesa, de alguna forma conspirando para emanar cierta paz indolente, así que al final, en cuanto terminé el pan (estaba rico y tenía un sabor ahumado) y el queso (también rico y ahumado), la tomé y deslicé la uña por el filo. Empezaba así:

Mi querida Emily:

Espero que estés cómodamente instalada en tu fortaleza aislada por la nieve y te encuentres feliz leyendo tus libros detenidamente al tiempo que coleccionas un abanico de manchas de tinta sobre tu persona, o tan feliz como puedas estarlo, amiga mía. A pesar de que solo llevas fuera unos días, confieso que echo de menos el repiqueteo de tu máquina de escribir resonando por todo el pasillo mientras estás encorvada sobre ella con las cortinas echadas como un troll elucubrando alguna venganza funesta bajo un puente. Tan desconsolado me he hallado sin tu compañía que te he hecho este pequeño retrato que contiene el sobre.

---

* Con esto, por supuesto, me remito a la teoría de las hadas silvestres de Wilson Blythe, comúnmente aceptada entre los driadólogos y a menudo referida como la corriente de pensamiento blythiana. Se han escrito numerosas guías al respecto, pero Blythe considera a las hadas esencialmente como elementos del mundo natural que han cobrado conciencia mediante procesos desconocidos. Según la corriente blythiana, por tanto, están unidas al entorno que habitan de una forma en que los humanos apenas podemos aspirar a comprender.

Fulminé el boceto con la mirada. Mostraba lo que consideraba una representación bastante injusta de mí en mi despacho en Cambridge, con el cabello oscuro recogido en un moño pero terriblemente desaliñado (admito que esa parte es cierta, tengo la mala costumbre de jugar con el pelo mientras trabajo) y una expresión monstruosa en el rostro mientras contemplo la máquina de escribir con el ceño fruncido. Bambleby incluso había tenido el descaro de dibujarme bonita al alargar mis ojos hundidos y al darle a mi rostro redondeado una expresión concentrada e inteligente que acentuaba mi perfil mediocre. Sin duda, carecía de la capacidad de imaginar a una mujer que considerase poco atractiva, a pesar de que hubiera visto a dicha mujer con anterioridad.

Desde luego, no me había hecho gracia la caricatura. Para nada.

Después, Bambleby seguía describiendo con pelos y señales la reunión de claustro más reciente del departamento de driadología, al que no me habrían invitado al ser solo profesora adjunta y no titular, incluyendo varias observaciones sobre la forma tan bonita que incidía la luz sobre el peluquín nuevo del profesor Thornthwaite; también me preguntaba si estaba de acuerdo con su teoría de que el silencio relativo del profesor Eddington en dichas asambleas sugería cierta maestría en el arte de echarse la siesta con los ojos abiertos. Me descubrí sonriendo un tanto mientras seguía divagando (es difícil no divertirse con Bambleby). Es una de las cosas que más me ofenden de él. Eso y el hecho de que se considera mi queridísimo amigo, que solo es cierto en el sentido de que es mi único amigo.

Parte del motivo por el que te escribo, querida, es para recordarte
que temo por tu seguridad. No hablo de la especie extraordina-
ria de hada esculpida en hielo con la que puedas toparte, pues
sé que sabes defenderte en ese aspecto, sino por la inclemencia
del clima. Aunque debo confesar un segundo motivo..., cierta
fascinación por las leyendas que has descubierto sobre las ocul-
tas. Te insto a que me escribas con tus hallazgos, aunque si al-
gunos de los planes que he puesto en marcha resultan fructíferos,
puede que sea redundante.

Me quedé paralizada, sentada en la silla. ¡Cielo santo! ¿No estará pensando en reunirse aquí conmigo? ¿Qué otra cosa habrá querido decir con esa observación?

Sin embargo, mi miedo menguó un tanto tras recostarme en la silla y al imaginar a Bambleby aventurándose de verdad en un lugar como este. Ah, el trabajo de campo de Bambleby es bastante extenso, eso seguro, y recientemente ha organizado una expedición para investigar relatos de una especie de hada en miniatura en el Cáucaso, pero su metodología se basa en delegar más que en otra cosa. Se instala en el sitio más cercano que parezca un hotel y, desde allí, dirige a su pequeño ejército de estudiantes de posgrado, quienes se arrastran tras él constantemente. Es muy alabado en Cambridge por dignarse a reconocer la coautoría a sus estudiantes en sus muchas publicaciones, pero sé lo que estos han tenido que soportar y la verdad es que sería monstruoso si no lo hiciera.

Yo ni siquiera fui capaz de convencer a uno de mis estudiantes de que me acompañara a Hrafnsvik y dudo mucho de que Bambleby, a pesar de sus encantos, tenga más suerte. Por eso, no vendrá.

El recordatorio de su carta consistía en asegurarme que tenía intención de escribir el prólogo de mi libro. Aquello me hacía sentir un tanto mal —una mezcla de alivio y resentimiento—, porque a pesar de que no quería su ayuda, sobre todo después de que me quitase la exclusiva del descubrimiento de un niño cambiado por un *gean cánach*, las hadas macho que se dedican a seducir mujeres, no puedo negar su valor. Wendell Bambleby es uno de los driadólogos más importantes de Cambridge, lo cual es lo mismo que decir que es uno de los mejores driadólogos del mundo. El único artículo en que hemos participado ambos, un metaanálisis objetivo pero comprensible de la dieta de los feéricos de río del Báltico, me granjeó invitaciones a dos conferencias nacionales y sigue siendo mi obra más citada.

Arrojé la carta al fuego, decidida a no pensar más en Bambleby hasta la llegada de su próxima carta, que sin duda sería pronto si no respondía con lo que él consideraba la rapidez suficiente.

Me volví hacia Shadow, enroscado a mis pies. La bestia me había estado contemplando con sus ojos oscuros y solemnes, preocupado por mi bienestar antes del ataque de pánico. Descubrí otro sabañón en su pata y le puse la salvia que había comprado especialmente para él. También me dediqué a cepillarle el largo pelaje hasta que se le cerraron los ojos de placer.

Saqué el manuscrito de la maleta y le quité con cuidado el envoltorio protector; luego, lo dejé sobre la mesa. Pasé las páginas, saboreando el crujido del papel empapado de tinta, para asegurarme de que siguieran estando en orden.

Pesa mucho, actualmente cuenta con un total de quinientas páginas sin incluir los apéndices, que es posible que sean extensos. Aun así, en estas hojas, como especímenes ensartados con agujas y atrapados tras un cristal en la vitrina de un museo, está cada especie de hada descubierta por el hombre, desde el bogban que aparece en la niebla de las islas Orcadas hasta un espíritu macabro y ladrón conocido como *l'hibou noir* por los habitantes del país mediterráneo de Miarelle. Están ordenadas por orden alfabético, con referencias cruzadas acompañadas de cifras cuando dispongo de ellas, así como una guía fonética de su pronunciación.

Dejé que mi mano descansase un instante sobre el montón. Luego, apoyé sobre el manuscrito un pisapapeles, una de mis piedras de hadas,* desprovista de magia, por supuesto. Junto a él, en el ángulo adecuado, coloqué también mi pluma favorita —lleva el emblema de Cambridge, un regalo de cuando me contrataron en la universidad—, una regla y un tintero. Estudié la imagen con satisfacción.

Ahora, con el mundo sumido en la completa oscuridad de los pueblos provincianos y con los párpados cada vez más pesados, me dispongo a irme a dormir.

---

* Las piedras de hadas se pueden encontrar en varias regiones y, sobre todo, son comunes en Cornualles y en la isla de Man. En apariencia son poco impresionantes y difíciles de reconocer por ojos inexpertos, aunque su rasgo más distintivo es su perfecta redondez. Al parecer, se utilizan principalmente para albergar encantamientos para su uso posterior o quizás a modo de obsequio. La *Guía de las piedras élficas de Europa occidental*, de Danielle de Gray, de 1850, es el recurso definitivo sobre este tema. (Soy consciente de que muchos driadólogos actuales ignoran la investigación de Grey debido a sus muchos escándalos, pero sea como fuere, en mi opinión es una académica meticulosa). Una piedra de hada con una grieta indica que ha sido usada y, por tanto, es inofensiva. No se deberían tocar las piedras intactas y hay que notificar al CIAD, el Consejo Internacional de Arcanólogos y Driadólogos.

21 DE OCTUBRE

Normalmente descanso de manera pésima en alojamientos desconocidos, pero estoy sorprendida por haber dormido profundamente hasta que Finn llamó a la puerta a las siete y media, como había prometido.

Temblando de frío, me levanté de la cama rellena de paja que ocupaba la pequeña alcoba casi por completo. El único fuego estaba en el salón y de él solo quedaban las brasas. Me eché una bata sobre el camisón y me dirigí a la puerta con Shadow pisándome los talones.

Finn me saludó con la misma formalidad con la que se había marchado ayer y depositó en la mesa una bandeja con pan —todavía caliente a pesar del trayecto helado desde la granja—, así como un cuenco con alguna especie de yogur tembloroso y un huevo duro tan grande que me resultó inquietante.

—Es de ganso —dijo cuando le pregunté—. ¿No avivó el fuego anoche?

Le confesé que no tenía mucha idea de qué significaba eso y tuvo la amabilidad de mostrarme un método particular de apilar la leña y juntar el carbón en la chimenea de forma que la liberación de calor quede asegurada durante más tiempo y de manera continuada, además de que así es más fácil volver a encenderlo por la mañana. Se lo agradecí, tal vez con un entusiasmo desmesurado, y me sonrió con la calidez anterior.

Me preguntó cuáles eran mis planes para el día y manifesté mi intención de familiarizarme con los terrenos circundantes.

—Su padre me informó por carta que en el Karrðarskogur se pueden encontrar varios brownies así como tropas de hadas —dije—. Por lo que he investigado en las escasas fuentes sobre vuestras especies, entiendo que las hadas de la corte son más hábiles para viajar cuando nieva, de lo que deduzco que no es probable que se las pueda avistar hasta dentro de unos días.

Finn parecía asombrado.

—¿Usó mi padre esas palabras?

—No. «Brownies» y «tropas de hadas» son dos de las subcategorías comunes más amplias para aludir a las hadas inventadas por los académicos... Su pueblo, creo, se refiere a las hadas comunes como «los pequeños» o «los seres diminutos», si es que hacéis la distinción. En general son, como bien sabe, de tamaño reducido, como un niño o más pequeños. Los brownies son solitarios y, por lo general, son hadas que se implican en los asuntos de los humanos: robos, maldiciones menores, bendiciones. Las tropas de hadas viajan en grupo y suelen mantenerse al margen.

Finn asintió despacio.

—Entonces, supongo que tiene un término distinto para los altos.

—Sí, clasificamos a las hadas con aspecto humano en la categoría de hadas de la corte; entenderá pues que hay dos grupos de hadas, las pertenecientes a la corte y las comunes. Con respecto a las hadas de la corte, hay demasiadas subcategorías como para enumerarlas y no sé muy bien si alguna de ellas se aplicará a aquellos que llamáis «los altos».

—Casi nunca los nombramos —dijo Finn—. Trae mala suerte.

—Una creencia muy común. Los malteses son muy parecidos. Aunque sus cortes de hadas son más problemáticas de lo normal, ya que tienen la desafortunada costumbre de colarse en las casas por la noche para darse un banquete con los órganos vitales de los durmientes.

No pareció muy sorprendido ante este detalle truculento, lo cual me desconcertó e intrigó. Las hadas maltesas son excepcionalmente violentas… En ese sentido, no tienen parangón con respecto a otros feéricos. ¿Qué clase de hadas vivirá en estas tierras inhóspitas?

—He pensado que querría asentarse primero —dijo al tiempo que recorría la cabaña con una mirada dubitativa—. Terminar de deshacer las maletas, comprar algunas provisiones. Saludar a los vecinos. Estará aquí un tiempo.

El último punto de la lista casi me hizo estremecer.

—No tanto, para nada, desde una perspectiva académica —dije—. Mi pasaje de vuelta está reservado para el carguero que parte el uno de abril. Estaré muy ocupada. Algunos driadólogos pasan años en el campo —añadí, con el objetivo de introducir en la mente de Finn una sensación de distancia educada que, por costumbre, mantengo con respecto a los lugareños—. Y, en cuanto a los vecinos, sin duda los conoceré en la taberna esta noche.

Finn esbozó una amplia sonrisa.

—Desde luego. Con la cosecha recolectada, algunos apenas salen de allí. Le haré saber a Aud que irá… y a Ulfar. Es su marido, y quien lleva el negocio. Es un tipo bastante agradable, aunque un poco huraño. No le sacará muchas palabras.

Aquello hizo que me sintiese más inclinada hacia Ulfar que hacia Aud, aunque no se lo dije.

—Y por su padre deduzco que Aud es la... *goði*, ¿no es así? —Me trabé un poco con aquella palabra desconocida que, por lo que tenía entendido, designaba a una especie de jefa del pueblo.

Finn asintió.

—En estos tiempos es algo ceremonial, pero nos gusta mantener las viejas tradiciones. Estoy seguro de que Aud podrá contarle cuentos sobre las ocultas. Y sé que le encantará oír las historias que usted tenga de Londres. Por aquí nos gustan los relatos del mundo exterior.

—Sí, bueno, veremos qué nos depara la tarde. Puede que mi visita sea corta dependiendo de lo cansada que esté tras los quehaceres de hoy.

No pareció desalentado.

—Si está cansada, la cerveza de Ulfar la reanimará. Algunos dicen que hay que acostumbrarse al sabor, pero le calentará el estómago y le suavizará la garganta mejor que cualquier otra cosa en el mundo entero.

Forcé una leve sonrisa. Esperaba que se marchase, pero se limitó a quedarse allí de pie, observándome. Reconocí su expresión, pues ya la había visto antes: la de un hombre tratando de clasificarme en una de las categorías femeninas con las que está familiarizado.

—¿De dónde es, profesora? —preguntó con un resabio de su simpatía anterior. Creo que es el tipo de persona que no puede mantener la distancia con alguien durante mucho tiempo.

—Vivo en Cambridge.

—Sí, pero ¿dónde está su familia?

Reprimí un suspiro.

—Crecí en Londres. Mi hermano aún vive allí.

—Ah. —Su expresión se relajó—. ¿Es usted huérfana?

—No. —No era la primera vez que alguien asumía eso sobre mí. Supongo que, por lo general, la gente busca una forma de explicarme, y una infancia de abandono o de carencias es tan buena como cualquier otra.

A decir verdad, mis padres son perfectamente normales y están vivos, aunque no sean cercanos. Nunca han sabido qué hacer conmigo. Cuando leía cada uno de los libros de la biblioteca de mi abuelo —debía de tener unos ocho años o así— y les iba con algunos pasajes escabrosos que había memorizado, esperaba que mi madre y mi padre me ofreciesen claridad... En vez de eso, se me quedaban mirando como si de repente yo estuviese muy muy lejos. Nunca conocí a mi abuelo —no le interesaban los niños ni nada que no fuese su sociedad de folcloristas novatos—, pero tras su muerte, heredamos su casa y sus posesiones, y sus libros se convirtieron en mis mejores amigos. Había algo en las historias encuadernadas entre aquellas cubiertas y en la miríada de especies de hadas que serpenteaban entre ellos; cada una era un misterio rogando ser resuelto. Supongo que la mayoría de los niños se enamoran de las hadas en cierto punto, pero mi fascinación nunca tuvo que ver con la magia o con la concesión de deseos. Las hadas eran un mundo aparte, con sus propias reglas y costumbres... y para una niña que siempre había sentido que no pertenecía a su propio mundo, aquella atracción era irresistible.

—Llevo en Cambridge desde los quince —dije—. Fue cuando comencé mis estudios. Es un hogar para mí, más que cualquier otro lugar.

—Ya veo —dijo, aunque supe que no lo entendía en absoluto.

Después de que Finn se marchó, desempaqueté el resto de mis pertenencias, tarea que, como tenía previsto, apenas me llevó un rato (solo me había traído cuatro vestidos y algunos libros). El olor familiar de la Biblioteca de Driadología de Cambridge emanaba de ellos y sentí un estremecimiento de añoranza por aquel lugar vetusto con olor a humedad, un remanso de tranquilidad y soledad en el que he pasado tantas horas.

Paseé la mirada por la pequeña cabaña, que todavía olía a oveja y que tantas telarañas albergaba, pero tengo muy poca paciencia para las tareas del hogar y pronto renuncié a esa idea. Una casa no es más que un techo sobre tu cabeza y esta sería aceptable para dicho propósito tal y como estaba.

Shadow y yo terminamos de desayunar (le di la mayor parte del huevo de ganso), llené la cantimplora con agua del arroyo y la guardé en la bolsa junto con el resto del pan, la cámara compacta, una cinta métrica y el cuaderno. Así, preparada para pasar un día en el campo, me dediqué a avivar el fuego según las instrucciones de Finn.

Removí las brasas con el atizador y luego me detuve. Aparté la corteza de un leño, alargué la mano y saqué la carta de Bambleby. Soplé para retirar la ceniza y leí por encima la elegante letra cursiva. Estaba completamente intacta.

Añadí madera al fuego de forma que acariciase las llamas y volví a arrojar la carta dentro. No se prendió. El fuego escupió humo, como si el papel fuese un obstáculo indeseado atascado en su garganta.

—Maldito seas —mascullé y contemplé con los ojos entrecerrados el sobre pesado que me devolvía la mirada con aire desenfadado desde las llamas—. ¿Acaso se supone que debo guardarla bajo la almohada?

Creo que debería mencionar que estoy segura, tal vez en un noventa y cinco por ciento, de que Wendell Bambleby no es humano.

Esto no es producto de un mero desdén profesional; la carta imposible de Bambleby no es la primera evidencia con respecto a su verdadera naturaleza. Mis sospechas comenzaron cuando nos conocimos hace algunos años, cuando me di cuenta de las distintas maneras en que eludía los objetos metálicos de la habitación, incluyendo fingir ser diestro para evitar entrar en contacto con anillos de boda (las hadas son, para empezar, zurdas). Aun así no podía esquivar por completo el metal si el evento consistía en una cena, que implicaba de manera inequívoca cubertería, jarras de salsa y similares, y él sobrellevaba la incomodidad bastante bien, lo cual indicaba que mis sospechas eran infundadas o bien que tiene ancestros de la realeza (las únicas hadas capaces de soportar el contacto con dichos utensilios humanos).

Antes de parecer crédula, puedo afirmar que aquello no fue suficiente para convencerme. En encuentros posteriores noté distintas cualidades sospechosas, entre ellas su forma de hablar. Se supone que Bambleby nació en County Leane y se crio en Dublín y, aunque no he estudiado los acentos irlandeses, soy experta en el lenguaje de las hadas, que solo se trata de uno con muchos dialectos y, aun así, posee cierta resonancia y timbre universal; ocasionalmente, cuando Bambleby tiene la guardia baja, distingo susurros de esta lengua en su voz. Hemos pasado una cantidad de tiempo significativa acompañándonos mutuamente.

Si pertenece a las hadas, es muy probable que viva entre nosotros en el exilio, el cual no es un destino poco común para la aristocracia de los feéricos irlandeses (su especie no suele pasar mucho tiempo sin algún tío asesino o regente ávido de poder).

Hay muchas historias sobre hadas exiliadas; a veces, cuentan que sus poderes quedan restringidos por un encantamiento lanzado por el monarca que las expulsa, lo cual explicaría la necesidad de Bambleby de resignarse a convivir entre nosotros, míseros mortales. La elección de su profesión puede ser parte de algún plan feérico que aún no he averiguado, o puede que poner su punto de mira en adquirir validación externa de su conocimiento personal sea una expresión propia de su naturaleza.

Sigue siendo posible que esté equivocada. Un académico siempre debe estar dispuesto a admitirlo. Ninguno de mis compañeros parece compartir mis sospechas, lo cual me da qué pensar; ni siquiera el venerable Treharne, quien ha realizado trabajos de campo durante tanto tiempo que le gusta bromear sobre que las hadas comunes ya no se esconden cuando aparece, dado que apenas lo distinguen de un mueble viejo y vulgar. Y de todas las historias de hadas exiliadas, no es como si se hubiera descubierto a alguna entre nosotros. Lo cual conduce a una de estas dos conclusiones: o dichas hadas tienen una habilidad excepcional para camuflarse o tales historias son falsas.

Saqué la carta, todavía intacta, y la reduje a pedazos antes de añadirlos a las brasas. Luego aparté a Bambleby de mi mente, me recogí el cabello en un moño alto (que comenzó a deshacerse casi de inmediato) y me puse el abrigo.

Las vistas del exterior eran tan encantadoras que me detuve en seco. La montaña desaparecía frente a mí y un manto verde se volvía más vivo por la luz del amanecer, que salpicaba las nubes de tonos rosados y dorados. Las montañas estaban algo nevadas, aunque no había amenazas de que esto se replicase en aquel dosel cerúleo. En el interior yacía la promesa de la gran bestia del mar, con la piel moteada por témpanos de hielo.

Eché a andar con paso ligero, mucho más animada. Siempre me ha encantado el trabajo de campo y sentí esa emoción familiar mientras contemplaba el terreno en cuestión: ante mí se extendía un territorio científico inexplorado y yo era la única aventurera en varios kilómetros a la redonda. Es en estos momentos en los que vuelvo a enamorarme de mi profesión.

Shadow caminó con pesadez a mi lado mientras ascendíamos por la montaña, olisqueando setas o la escarcha derretida. Las ovejas me miraban con esa típica expresión desinteresada y nerviosa. Brincaron un poco al ver a Shadow, pero como este se limitó a moverse por allí con satisfacción, con el hocico más absorto en la tierra que en las bolas de lana familiares que también salpicaban los campos en la campiña del condado de Cambridge por donde lo sacaba a pasear, pronto lo ignoraron.

Poco a poco, el bosque me envolvió. Los árboles no eran para nada raquíticos y en algunas zonas formaban un dosel denso y oscuro sobre el camino estrecho.

Me pasé la mayor parte de la mañana estudiando el perímetro, vagando entre ellos. Anoté los anillos de setas y patrones inusuales en el musgo, los pliegues en la tierra donde las flores crecían en abundancia y las zonas donde cambiaban de color, y aquellos árboles que parecían más oscuros y bastos que los demás, como si hubieran bebido de una sustancia que no fuese agua. Una niebla extraña se alzó de una pequeña hondonada socavada en el terreno accidentado; descubrí que se trataba de una fuente termal. Sobre ella, en un saliente rocoso, había varias figuritas de madera, algunas medio cubiertas por el musgo. También había un pequeño montículo que reconocí como los caramelos duros medio dulces medio salados de Ljosland que tanto gustaban a algunos marineros.

Después de tomar algunas fotografías, sumergí una mano en la fuente y su calor me resultó muy agradable. La tentación afloró en mi mente, pues no me había dado un baño en condiciones desde que partí de Cambridge y sentía la sal del viaje sobre mí como si fuese una segunda piel. Aun así, la descarté con rapidez; no iba a corretear en un estado de desnudez por un país desconocido.

Entonces, oí un pequeño sonido proveniente del bosque a mis espaldas, una especie de tamborileo que no se parecía al goteo húmedo constante de las ramas de los árboles. Me puse en alerta al instante, aunque no lo mostré. Shadow alzó la cabeza de la fuente para olisquear el aire, pero sabía lo que esperaba de él. Se sentó y me observó.

Algunos piensan que las hadas se anuncian con campanas o canciones, pero el hecho es que nunca las oirás a menos que ellas quieran que las oigas. Si se te acerca un animal, es probable que escuches el murmullo de las hojas y el crujir de las ramas. Si se te acerca un hada, puede que no oigas nada o tan solo una ligerísima variación en los sonidos de tu entorno. Hacen falta años para que un académico domine la facultad de observación adecuada.

Fingí apreciar las vistas como si fuese una viajera cansada, lo cual no me llevó mucho esfuerzo; el clima seguía siendo agradable y paseé la mirada por la linde del bosque. No me sorprendió no encontrar ninguna prueba de que algo me estuviese observando, aparte del chillido sorprendido de una ardilla y las huellas de los pájaros dispersas cual runas.

Para continuar con la farsa, me quité las botas y hundí los pies en el agua. Me tomé unos momentos para repasar mi repertorio mental de brownies alpinos, en especial aquellos que moran cerca de las fuentes y con vistas a sus patrones de comportamiento.

Agarré la bolsa, en la que guardaba varias baratijas que había ido reuniendo con los años. Pero ¿qué elegir en este caso? Las hadas de algunas regiones prefieren ciertos obsequios, mientras que otras los consideran una ofensa. Conozco el caso de un driadólogo francés que enloqueció a causa de los sujetos que estudiaba tras haberles ofrecido una hogaza de pan que, sin él saberlo, empezaba a enmohecer. Cuando las insultan, su malicia resulta casi tan universal como su naturaleza caprichosa.

Escogí una cajita de porcelana que contenía un surtido de delicias turcas. Los gustos varían mucho entre las hadas, pero solo conozco un caso registrado de un obsequio de dulces que se haya torcido. Dejé la caja sobre el saliente; por si acaso, coloqué encima una de las pocas joyas que tenía: el diamante de un collar que había heredado tras la muerte de mi abuela. Reservo estos presentes solo para casos muy especiales: algunas hadas comunes codician joyas; otras, no saben qué hacer con ellas.

Comencé a tararear una canción.

Son la noche y el día,
son el viento y la hoja,
son ellos quienes vierten la nieve sobre el tejado
y la escarcha sobre la tierra.
Recogen sus huellas y las cargan a sus espaldas.
¿Qué mejor obsequio que su amistad?
¿Qué filo corta más hondo que su enemistad?

Mi traducción era torpe; no tengo oído para la poesía. La canté en la lengua en la que fue compuesta, la de las hadas, llamada simplemente *faie* por los académicos poco imaginativos.

Es un discurso envolvente y con rodeos, lleva el doble de tiempo decir la mitad que su totalidad en inglés, y tiene muchas reglas contradictorias, pero no hay un idioma más bonito en el mundo hablado por los mortales. Por alguna curiosa casualidad —una que ha causado mucha consternación entre aquellos que defienden la teoría de las cien islas—,* las hadas hablan el mismo idioma en cada país y región que habitan y, aunque los acentos y los idiomas difieren, sus dialectos nunca varían tanto como para dificultar su comprensión.

Canté la canción, que había aprendido de un hobgoblin en Somerset, un par de veces más, y dejé que mi voz se desvaneciese con el viento. Había realizado las presentaciones necesarias, así que me puse los zapatos y me marché.

---

* Teoría basada en que cada reino de las hadas existe en un plano físico completamente separado. Las hadas pueden viajar de un reino a otro en raras ocasiones, pero los académicos afirman que, históricamente, estos reinos no están muy relacionados entre sí. Yo misma lo veo como un sinsentido de mente estrecha y, aun así, la teoría sigue siendo popular entre las generaciones anteriores de driadólogos, aquellos que tienden a aposentarse como jefes de departamento y escriben los libros de texto más referenciados y, por tanto, es probable que siga con nosotros durante un tiempo.

21 DE OCTUBRE,
POR LA TARDE

Shadow y yo dejamos atrás el Karrðarskogur y nos dirigimos a las cataratas. Un camino accidentado ascendía por las montañas al norte del pueblo y lo seguí hasta que se extinguió. Seguramente se tratase tan solo de un sendero que usaban los ovejeros. Seguí adelante, aunque el terreno estaba algo fangoso donde se había derretido la nieve. Al final, mi determinación se vio recompensada en cuanto alcancé la cima de una de las montañas más bajas.

A lo lejos, el panorama se veía bastante obstaculizado por otra cadena montañosa mucho más alta, una gran congregación que se alzaba de manera desordenada de la tierra verde exhibiendo sus ropajes glaciales. Como comprenderás, Ljosland es un laberinto de montañas, fiordos, glaciares y otras formaciones afiladas a cada cual más hostil para el hombre. Entre los picos, el paisaje se desplomaba en lo que suponía que serían valles abismales y rocosos.

Hice un alto en la cumbre —en parte para disfrutar de la sensación de logro— para escribir en el diario. Las hadas no habitan

tan solo en los bosques y sé por la correspondencia con Krystjan que muchos habitantes de Ljosland creen que las rocas volcánicas que sobresalen en el paisaje hacen la función de puertas a su reino. Anoté las más grandes, así como aquellas que me llamaban la atención por motivos diversos, ya fuera a fuerza de sus picos elaborados o por la presencia delatora de un riachuelo o de hongos.

El día había finalizado. Estaba llena de barro, tenía frío y sentía una felicidad absoluta. Había fijado lo que consideraba un límite útil dentro del cual llevar a cabo mi investigación y había establecido contacto con una o más hadas comunes. Por supuesto, era posible que los brownies de Ljosland subsistieran por completo a base de agua de mar y hojas, que considerasen las joyas tan ofensivas como el hierro, que odiasen la música con cada fibra de su ser. Pero tenía la teoría de que aquello no era probable y que, además, compartirían cosas en común con las hadas de otras latitudes al norte (por ejemplo, los *alver*, los elfos de las montañas de Noruega). Bambleby era escéptico con respecto a ello. Bueno, ya veríamos quién de los dos tenía razón.

Con mucho gusto me habría excusado ante Finn y la jefa del pueblo, pero el paseo me había abierto bastante el apetito. Y así, con mi felicidad un tanto mermada, dirigí mis pasos hacia el pueblo.

La taberna estaba bien situada en el corazón de la aldea, aunque esta caracterización era cuestionable dada la naturaleza desordenada de Hrafnsvik, con sus hogares y negocios repartidos sin ton ni son. Fuera se había reunido un grupo de hombres para fumar. Dos de ellos eran Krystjan y Finn.

—*Voilà!* —exclamó Krystjan, con lo cual se granjeó unas risas de sus compatriotas—. Buenas tardes, profesora Wilde. ¿Ha estado hoy de cacería? ¿Dónde está su cazamariposas?

Más risas. Finn fulminó a su padre con la mirada. Me sonrió y me acompañó dentro.

Parecía que el pueblo entero de Hrafnsvik estaba apelotonado en el interior de la taberna. Los niños correteaban por el establecimiento, seguidos por unas regañinas hastiadas, mientras los mayores se congregaban en torno al enorme fuego. Era acogedora, como todos los establecimientos parecidos desde Inglaterra a Rusia, anegada de sombras y de la luz de la lumbre, y atestada de cuerpos y olores cargados; al techo lo sostenían lo que parecían troncos arrastrados por la corriente. Sobre la barra del bar, en el lugar donde cabría esperar que hubiera un par de astas colgadas, había una mandíbula enorme de ballena.

Finn me condujo por la estancia para presentarme, lo cual no le costó mucho, ya que la mayoría de los rostros habían abandonado la conversación para mirarme en el momento en que entré. Sorprendentemente, agradecí la presencia de Finn (aborrezco la incomodidad de acercarme a extraños, incluso sin la barrera del idioma). Por supuesto, había aprendido tanto ljoslandés como me había sido posible durante el último año, pero una no puede progresar tanto sin la tutela de un hablante nativo.

—Esta es Lilja Johannasdottir —dijo Finn—. Nuestra leñadora. Tiene un *alfurrokk* tras su casa, una puerta al mundo de las hadas. Se ha visto entrar y salir de ella a muchos de los pequeños.

La muchacha me sonrió. Era ancha de espaldas y hermosa, con las mejillas sonrosadas y redondas y una cascada de cabello rubio.

—Encantada de conocerla, profesora.

Nos estrechamos la mano. La suya era grande y estaba cubierta por innumerables callos. Le pregunté por la localización de su morada para poder investigar la formación. Pareció alarmada.

—No creo que Aud ponga objeciones —se apresuró a decir Finn.

Me quedé desconcertada.

—No hay razón para que las ponga, ¿no?

—No pasa nada, Finn —añadió Lijla—. Estaré encantada de recibirla en mi hogar, profesora.

Me topé con una reticencia similar por parte de otros lugareños, aunque en cada uno de esos casos, Finn, sonriente y amable, calmó las aguas. Me pregunté si no habrían terminado de comprender el propósito de mi visita, aunque estaba claro que Krystjan no había ocultado los detalles de nuestra correspondencia.

Por último, llegamos a la mesa de la _goði_, Aud Hallasdottir, quien interrumpió su conversación con dos mujeres de aspecto rudo para sonreírme. De repente, me descubrí atrapada en un fuerte abrazo. Aud dio un paso atrás, con las manos todavía sobre mis hombros, y me anunció que cenaría en su casa en cuanto estuviese disponible. Accedí, le dije que Finn me había informado sobre su experiencia con respecto a las ocultas y le expresé mi gratitud por cualquier dato que pudiera compartir.

A Finn se le congeló la sonrisa en el rostro y Aud parpadeó. Era bajita, ancha, con dos surcos profundos bajo los ojos, los únicos signos visibles de la edad. Solo tuve un instante para preguntarme en qué me había equivocado antes de que ella asintiese y dijera:

—Por supuesto, profesora Wilde. Por favor, siéntese y deje que mi marido la atienda. Hace un vino especiado excelente… Debería llevarse una botella. He estado en la cabaña de Krystjan y sé que hay demasiada corriente.

Le respondí con educación que era muy amable, pero que insistía en pagar por mi consumición. Tengo por norma no aceptar favores de los lugareños mientras llevo a cabo el trabajo de campo, pues no me gusta el afecto potencial que genera. Cada pueblo tiene sus escándalos en lo que a las hadas se refiere, embarazos misteriosos y cosas por el estilo, y mi trabajo como académica no es censurar, sino decidir si cabe incluir dichos relatos en mi investigación —sin ofrecer nombres, por supuesto— basándome en su valor científico.

Aud asintió y se excusó para discutir algo con su marido, Ulfar. Todavía no me lo habían presentado, aunque no dejaba de ser consciente de su presencia acechante al fondo de la taberna. No era alto, pero había algo en sus cejas pobladas y en sus rasgos afilados —los cuales creaban pequeños picos y valles de sombras— que le daba el aspecto de una montaña amenazante. Al principio pensé que me fulminaba con la mirada mientras se movía por la estancia sirviendo fuentes de pescado y pan o un estofado oscuro casi sólido, hasta que me di cuenta de que miraba así a todos.

Finn parecía extrañamente azorado tras mi conversación con la jefa y empecé a preocuparme de haberla ofendido de alguna manera. Sin embargo, Aud reapareció con una sonrisa y una mesa preparada para mí, más cerca del fuego, de donde tuvo que desalojar a tres marineros, quienes aceptaron sin objeciones aparentes. Solo quedaba una mujer sentada y presentí que no había orden de la jefa ni de nadie capaz de moverla de su sitio predilecto. Cuando me senté frente a ella, me sonrió.

Le devolví la sonrisa. Era una mujer de avanzada edad (tanto, de hecho, que por un momento me sentí como si nunca hubiese conocido verdaderamente la edad anciana). Sus ojos eran apenas dos ranuras en aquel semblante arrugado y sus manos eran un lecho de manchas. Pero sus ojos eran de un verde intenso y sus manos se movían con rapidez con la lana sujeta entre los dedos, que parecían tejer sin necesidad de agujas.

—Thora Gudridsdottir —dijo Finn antes de retirarse a la barra. Shadow se metió bajo la mesa y empezó a mordisquear una chuleta de cordero con satisfacción.

—Se están riendo de ti —dijo la anciana—. Nunca lo harán delante de ti. Bueno, puede que Krystjan sí. Te llaman…, no tenéis una palabra similar en inglés. Significa algo como «ratoncita de biblioteca».

Se me encendió el rostro, aunque mantuve la voz tranquila.

—Supongo que hay epítetos peores.

—También dicen que eres una muchachita extranjera y tonta que ha perdido la cabeza por un hada en su país y que ahora va dando tumbos por el mundo con el dinero de sus padres buscando una forma de volver con ellos. No se imaginan otro motivo por el cual harías esto. No tiene más sentido para esta gente que a una oveja se le meta en la cabeza ir en busca de un lobo. Si duras una semana, los dejarás asombrados. Ya han hecho apuestas.

Una vez que concluyó su discurso, volvió a tejer.

No tenía la menor idea de cómo responder. El estofado humeaba frente a mí y la cuchara colgaba tontamente de mi mano. La dejé sobre la mesa.

—¿Está de acuerdo?

La mirada brillante de Thora Gudridsdottir estaba concentrada por completo en tejer. Casi creí que no había hablado de lo enfrascada que estaba en su labor, frágil como una mariposa pero decididamente bien cuidada, la imagen de una abuela querida de mucha edad. No alzó la mirada cuando dejó escapar un sonido grosero de incredulidad.

—¿Que si estoy de acuerdo? ¿Por qué te contaría nada de esto si fuera ese el caso?

Aprecio a las personas francas. Así no tienes que interpretar las conversaciones y, como alguien a quien esto se le daba fatal y que siempre estaba metiendo la pata, para mí tenía un valor incalculable.

—No sé qué pensar de usted. —Era lo único que podía decir con perfecta franqueza.

Ella asintió con aprobación.

—Eres lista. ¿Y cómo lo sé? —Se inclinó hacia delante y descubrí que había imitado su gesto, con toda mi supuesta inteligencia cautivada por esta anciana extraña—. Porque los has visto y sigues con vida.

Me quedé mirándola estupefacta.

—¿Cómo lo sabe?

Volvió a emitir un sonido grosero.

—Tengo una nieta que va a la universidad en Londres. Cuando Krystjan nos contó que ibas a venir, le escribí y me mandó algunos de tus artículos.

Asentí.

—Bueno, el éxito que he tenido con otras hadas puede ser poco relevante en cuanto a mi suerte aquí. —Me dedicó una mirada compasiva, como si se preguntara por qué me había molestado en decir aquella obviedad. Por alguna razón, sentí la necesidad de seguir hablando para justificarme, o tal vez para vindicar mi presencia—: Y, por supuesto, la mayoría de mis interacciones se han limitado a las hadas comunes. He estudiado los encantamientos que han dejado las hadas de la corte (los altos), así como numerosos relatos de primera mano, pero nunca he conocido a una. —Aparte de Bambleby, tal vez—. ¿Puedo preguntarle si se ha topado con las ocultas?

Siguió tejiendo.

—Mi apuesta está en un mes. Krystjan no me dio muchas más opciones. Por favor, no me decepciones… Necesito un techo nuevo.

—Ya estoy aquí —dijo Finn y dejó una botella de vino especiado en la mesa—. Espero que te guste, *amma*.

—Idiota —dijo Thora—. Esa cosa de Ulfar sabe a pis. ¿Cuántas veces te lo he dicho?

Finn se limitó a suspirar y se volvió hacia mí.

—Aud me ha pedido que le preguntase si todo es de su agrado.

—Sí, gracias —respondí, aunque todavía no había probado el estofado—. ¿Thora es su abuela?

—Es la abuela de la mitad del pueblo, más o menos.

Thora volvió a soltar el sonido grosero.

La puerta se abrió de golpe y por ella entró un remolino de aire frío; una figura desgarbada se recortaba contra la oscuridad. Parecía que tenía forma de mujer, aunque era difícil de decir dada la cantidad de capas de abrigos y mantas que llevaba. La figura no dio un paso más, simplemente se quedó de pie en el umbral con la noche extendiéndose a su espalda.

—Auður —dijo Aud, y se acercó a la extraña murmurando algo. La luz del hogar incidió en su rostro y reveló a una mujer joven de unos veinticinco años, de labios caídos y cuyos ojos se movían sin cesar, aunque parecían no ver. Se aferró al brazo de Aud con fuerza y luego esta la acompañó a una silla, sobre la que se dejó caer con languidez.

Me acerqué a la mujer con curiosidad.

—¿Se encuentra bien?

Aud se tensó.

—Todo lo bien que se podría esperar.

Ulfar depositó un cuenco de estofado frente a la chica. Auður no lo miró, ni a él.

—Come —le dijo Aud en ljoslandés. Auður tomó la cuchara y se llenó la boca con un gesto mecánico, masticó y tragó.

—Bebe —indicó Aud. Auður bebió.

Las contemplé con una creciente confusión. Había algo tanto extraño como aberrante en la forma en que Auður respondía a las instrucciones de Aud, como una marioneta movida por hilos. Aud me vio observándola y se le oscureció el rostro.

—Debo pedirle que se abstenga de incluir a mi sobrina en su libro —dijo.

Lo entendí y le dediqué un ligero asentimiento.

—Por supuesto.

Sé de muchas especies de hadas que tienen por costumbre secuestrar a mortales solo por el gusto de romperlos. A decir verdad, es algo que tienden a hacer las hadas de la corte de vez en cuando. En una ocasión conocí a un hombre de la isla de Man cuya hija se había quitado la vida después de haber pasado un año y un día en algún horrible reino de las hadas, tan hermoso que su belleza se volvió adictiva como los opiáceos. Otros han soportado tormentos y han regresado tan cambiados que sus familias apenas los reconocen. Pero por el comportamiento y la expresión de Auður, su naturaleza límpida, me topé con algo que no había visto antes. Y por mi experiencia, un escalofrío premonitorio me recorrió el cuerpo, la sensación de que, quizá, por primera vez en toda mi carrera, aquello estaba fuera de mi alcance.

—¿Vive sola? —pregunté.

—Con sus padres, como ha hecho siempre.

Asentí.

—¿Podría visitarla?

—Usted es una huésped aquí y es bienvenida donde quiera —dijo su tía, con voz suave y de forma mecánica, pero había cierta fragilidad en su sonrisa que hasta yo pude reconocer, así que me retiré junto al fuego. Auður siguió comiendo y bebiendo solo cuando se lo decían y, cuando terminó la cena, se sentó con la cabeza apoyada en el respaldo y el cabello sobre el rostro hasta que su tía la llevó a casa.

—¿Siempre es así? —pregunté.

Thora me dedicó una mirada breve y cortante, y luego asintió.

—Esa niña se arrancaría el corazón si alguien se lo ordenara.

Sentí un sudor frío en la frente.

—¿Qué le han hecho?

—¿Qué le hicieron? —repitió Thora—. ¿No lo ves? Está hueca. En ella no queda ni la sombra de un fantasma. Pero al menos ha regresado.

Había tanto énfasis en sus palabras que tragué saliva.

—¿Y cuántos no lo han hecho?

Thora no me miró.

—Se te está enfriando la cena —dijo, y hubo algo bajo la afabilidad de sus palabras que no me atreví a contradecir.

Cuando Shadow y yo volvimos a la cabaña, las brasas todavía estaban calientes en la cocina de leña, algo que me llenó de un raro orgullo. Me decanté por leer un rato junto al fuego, eso si conseguía sacar a Auður de mi cabeza, pues me había agitado más de lo que estaba dispuesta a admitir. Sin embargo, abrir la caja de la leña me trajo de vuelta a la tierra con rapidez, pues solo quedaban dos troncos.

Me mordí el labio temblando ligeramente. Recordé que Krystjan había mencionado el leñero y, de pronto, deseé haber seguido el consejo de Finn y haberme «acomodado» en lugar de haberme pasado el día vagando de un lado a otro por el campo. Hay veces en que mi entusiasmo académico saca lo mejor de mí, pero nunca había tenido motivos para arrepentirme tan profundamente como hasta ahora.

Bueno, qué le voy a hacer. Encendí la linterna y volví a salir a la nieve. Por suerte, el leñero era fácil de localizar, pues estaba situado bajo los aleros. Sin embargo, el corazón me dio un vuelco cuando miré en su interior. No habían cortado la madera en leños, sino que estaba apilada en trozos enormes que no cabrían en mi humilde cocina.

Ahora temblaba de verdad. Shadow, totalmente a gusto con su abrigo de piel, se puso nervioso al sentir mi angustia. Como bien intuyó, el leñero era la fuente de esta, así que procedió a atacar la puerta.

—Déjalo, cariño —le reprendí. Levanté lo que parecía un tronco entero y, apesadumbrada, me puse manos a la obra. Agarré el hacha que había sobre el montón de madera y apoyé el tronco sobre un tocón. Luego asesté el golpe.

La primera vez fallé. La segunda, también. La tercera, hundí el hacha en la madera, donde no tardó en quedarse atascada y no pude sacarla.

Forcejeé. Apoyé el pie contra el tocón y volví a tirar. Y aunque no suelo maldecir, no me cabe duda de que debo haber marchitado unos cuantos brotes con la sarta de obscenidades que salieron por mis labios.

Al final, agotada, congelada y con el hombro dolorido por la reverberación que resultaba de cada hachazo, me rendí. Dejé el hacha en el cobertizo bien incrustada en la madera, proyectando lo que imaginé como una especie de triunfo sádico. Volví al cobertizo helado, añadí los troncos que me quedaban al fuego y extendí todas las mantas que encontré sobre la cama. No tenía deseos de terminar la entrada del diario correspondiente a este día, pero el hábito me ha dado la fortaleza necesaria. Ahora, a dormir.

22 DE OCTUBRE

Esta mañana me desperté bastante abrigada, pero solo porque estaba envuelta en mantas a más no poder. Shadow roncaba junto a mí. Sin embargo, en el instante en que saqué el pie, volví a meterlo dentro. El frío arañaba.

No obstante, no podía ignorar los golpes en la puerta, que predeciblemente comenzaron a las siete y media. Me obligué a salir de la cama, pero me cubrí con las mantas (al cuerno la dignidad), y dejé pasar a Finn a la cabaña.

Miró de reojo la cocina e hizo una mueca, pero no comentó nada. Me dejó el desayuno en la mesa.

—¿Qué es? —dije con desconfianza.

La hogaza de pan era una costra ennegrecida. No había huevo de ganso ni de ningún tipo y tampoco mantequilla, pero sí un cuenco pequeño con algo gelatinoso y de un verde grisáceo.

—Đangssaus —dijo Finn—. Mi padre pensó que le gustaría. Es una especie de… —Buscó las palabras—. ¿Exquisitez? Hecho con algas. Es para las tostadas.

—De eso no me cabe duda.

Se le demudó el rostro.

—Lo siento, profesora. Mi padre preparó el desayuno esta mañana. Y, de alguna forma, sin que me diese cuenta, el pan se cayó al fuego.

Me senté con pesadez.

—Bueno, al menos el té está caliente.

Él sonrió.

—Me he asegurado de ello.

Apoyé la cabeza en la mano, que me palpitaba de dolor por el vino.

—¿Puedo preguntar qué he hecho para contrariar a su padre de esta manera?

—No es mi padre quien está contrariado. Es Aud —se apresuró a añadir—. Mi padre es anticuado. No responde bien a los insultos a su *goði*.

—¿Qué? No le dije nada ofensivo. —Repasé los eventos de la tarde anterior—. Está claro que ha habido un malentendido.

Finn miró la caja de la leña.

—Deje que al menos la ayude con eso.

—Está bien. —Una sensación de frialdad y enfado comenzaba a arremolinarse en mi estómago—. Estaba a punto de hacerlo yo misma.

Él arqueó las cejas, pero no dijo nada. Unos segundos después de que se marchara, oí el sonido del hacha al atravesar la madera en el jardín.

Admito que estoy desalentada por esta noticia. Mi investigación requiere la ayuda de la gente del pueblo… Dependo tanto del acervo popular como de las pruebas que he recopilado con mis propios ojos e instrumentos para formarme una imagen acertada de las hadas. Que ya me las hubiera arreglado para ofender a la jefa de Hrafnsvik no era un buen augurio.

Creo que sé cuál es la fuente del enfado de Aud… Es evidente que es muy protectora con su sobrina y que le preocupa que publique su aflicción y haga un espectáculo de ella. Estoy decidida a encontrarme con ella hoy en la taberna para defender mi caso.

O tal vez mañana.

23 DE OCTUBRE

A duras penas soy capaz de sostener la pluma sobre el papel de lo que me tiembla la mano. Naturalmente, esta cabaña está tan fría como una tumba, pero ese no es el motivo.

He conocido a uno.

No esperaba tener éxito hoy… Ayer fue un día infructuoso y volví a casa tras un paseo de exploración demasiado agotador como para hacer otra cosa que no fuese comer un poco de queso y arrastrarme a la cama. Por la mañana, Finn me trajo un mapa detallado del Karrðarskogur y las montañas cercanas y lo dividió en secciones de dos kilómetros cuadrados y medio en un radio de dieciséis kilómetros en todas las direcciones (había estimado que lo máximo que podía recorrer en un día eran treinta y dos kilómetros). Sin embargo, antes de comenzar la búsqueda sistemática, deseaba familiarizarme con el terreno y desarrollar cierta intuición en este lugar. Con dicha intención, me encaminé a la fuente termal sulfúrica que ya había explorado.

No me costó encontrarla, emanando vapor entre el enramado de árboles como un punto de referencia útil. Me sentí encantada al ver que mis ofrendas no estaban. Cuando me volví para examinar el bosque con indiferencia, atisbé un destello de luz. Ahí, en una protuberancia de la roca volcánica que sobresalía del suelo, estaba el diamante, incrustado en la piedra como si fuese el pomo diminuto de una puerta.

Me senté junto a la fuente y volví a quitarme las botas. Anticipaba que tendría que esperar un buen rato a que mi amigo se percatase de mi presencia.

Sin embargo, apenas llevaba allí un momento cuando sentí un ligerísimo tirón en el abrigo.

Había un hada agazapada a mi lado. Era muy pequeña y de constitución esquelética; tenía la boca llena de dientes y dos piedras negras penetrantes a modo de ojos sobre una piel de cuervo que parecía llevar como si fuese un abrigo, aunque la habían limpiado de manera pésima y no tenía ojos. Tenía la consistencia de las telarañas y estaba allí, pero a la vez no; vista desde ciertos ángulos, apenas parecía la sombra de una piedra y, desde otros, era como un cuervo. Estaba rebuscando en mis bolsillos con unas uñas tan largas como sus brazos larguiruchos y lo bastante afiladas como para rajarme la garganta sin que me percatase de la herida en el acto.

No me sorprendió el aspecto de la criatura a pesar de su fealdad, pero no me la esperaba. No grité ni me aparté, por supuesto, pero me tensé lo más mínimo.

La criatura desapareció al instante. Seguí su avance por los pájaros, que se quedaron en silencio en el árbol a mi izquierda.

—No pasa nada —dije con un tono insinuante en *faie*, pues estaba claro que el hada era pequeña. Por experiencia, solo las jóvenes se sobresaltan con facilidad, mientras que las adultas tienen más seguridad, sobre todo las que tienen ese aspecto—. He venido a hacer un trato.

—¿A cambio de qué? —Una pequeña vocecilla me llegó del bosque, más cerca de lo que había pensado.

—De lo que tú quieras —respondí—, si está en mi poder ofrecértelo.

Era una respuesta mañosa que me había sacado de muchos apuros, pues debes darles a las hadas cualquier cosa que les prometas o lo perderás todo.

—Me gustan las pieles —dijo el hada—. ¿Me traerás la piel de un oso?

—¿Y cómo sabes qué aspecto tienen los osos? —No había ninguno en Ljosland.

—¿Cómo crees que lo sé? —respondió—. Por las historias. También me gustan.

Lo pensé.

—Te daré una piel de castor. —Ay, echaré de menos ese sombrero—. Ya veremos lo del oso. Ahora, ¿escucharás lo que quiero a cambio?

—Ya lo sé. —El hada estaba sentada en el borde de la fuente. No me habría dado cuenta si no hubiese hablado, pues era como un pliegue en la tierra—. Eres una husmeadora. Metes, metes y metes las narices aquí. Quieres saber algo de mí, pero no te contaré nada.

—¿Por qué no?

Él —creo que era él— parecía que no esperaba esa pregunta.

—No me gusta hablar de mí mismo.

Intenté que mi satisfacción no se reflejase. Las hadas de Ljosland no deberían saber nada acerca de los académicos («husmeadores» es como nos llaman las hadas comunes en el continente). No a menos que los reinos de las hadas se superpongan entre sí, como he argumentado en numerosas ocasiones. Las hadas pueden atravesar puertas cerradas y desaparecer dentro de los árboles. ¿Por qué un océano o una cadena montañosa los mantendría separados?

—Entonces parece que estamos en un punto muerto —dije con un desconcierto fingido—. ¿Por qué pedir algo si ya sabías lo que quería y que no me lo concederías?

El hada se miró las manos, se sonrojó y murmuró algo para sí. Alcancé la bolsa y saqué los restos de la hogaza de pan quemada de Finn. Con un suspiro pesado, la partí por la mitad y empecé a masticar.

—Eso parece asqueroso —dijo el hada. Ahora estaba a mi lado; las uñas largas como agujas se curvaban en el borde de una roca.

Escupí un trozo de corteza.

—Mi anfitrión es un cocinero pésimo.

—Yo soy muy buen cocinero —comentó el hada tan pronto la frase abandonó mis labios. Suavicé la sonrisa. Muchas hadas comunes necesitan que los mortales las convenzan un poco para que les brinden su ayuda y, de hecho, disfrutan del acuerdo.

—¿Ah, sí?

Él asintió con un repentino aire solemne.

—No te contaré mis secretos, pero te traeré pan si me das la piel.

Fingí pensarlo.

—Está bien.

Rebusqué en la bolsa y saqué otra lata de delicias turcas. Me metí una en la boca y luego le ofrecí un puñado al hada. Sus ojos negros se ensancharon.

—Solo es un regalo —dije—. No es parte de nuestro trato.

Se hinchó de orgullo. La gente de Ljosland deja ofrendas para las hadas comunes de forma regular, pero me pregunto si alguna vez habrán dejado algo en especial para esta hadita. Atravesó los dulces con las uñas y se marchó, pero no en una dirección que pudiera discernir; parecía atravesar el paisaje como si fuese una puerta. Me recompuse y continué con el paseo, ya redactando la descripción del hada para la enciclopedia y tan encantada con mi progreso como el hada con sus caramelos.

28 DE OCTUBRE

El tiempo ha cambiado. Algunos días ha estado demasiado malo como para que pudiera poner un pie fuera de la puerta, como una mezcla de granizo y aguanieve. He podido explorar otra sección del bosque donde encontré una fuente termal más pequeña y, a bastante altura sobre el pueblo, el borde de un glaciar. Atisbé varias grietas cavernosas en el hielo donde los lugareños habían dejado alimentos como ofrenda tiempo atrás. Me pregunté qué hada, o hadas, habrían abandonado el lugar.

No me preocupaba no ver a mi nuevo amigo, ya que las hadas no están sujetas al transcurso del tiempo de la misma manera que los mortales. Tendría el pan tanto si lo visitaba la semana que viene como el mes que viene. Le mandé a mi hermano una carta con dinero suficiente como para que comprara una piel de oso. Refunfuñará y me escribirá quejándose de que está muy ocupado con la tienda y con su mujer, por no mencionar a sus cuatro hijos, y que no tiene tiempo de ayudarme con mis escapadas feéricas, pero me la enviará de todas formas.

Mis desayunos siguen estando quemados. Una mañana, la mantequilla tenía espinas diminutas de pescado. Aun así, no obtuve ninguna explicación por parte de Aud en cuanto a cómo la había ofendido. Cuando intenté disculparme por haberle preguntado por Auður, me dedicó una sonrisa perpleja y me aseguró que no hacía falta que me disculpase. Empecé a llegar a la conclusión de que aquel asunto solo eran imaginaciones de Krystjan, hasta que visité la única tienda de Hrafnsvik. Fue entonces cuando el miedo a morir de hipotermia quedó reemplazado por el miedo a morir de hambre.

Tomé el camino largo, sorteando las curvas empinadas cabaña abajo y pasé junto a la granja de los Egilson. Krystjan y Finn tienen un hogar bonito, rústico pero grande, con más ventanas de lo que es habitual en el pueblo. Está alejado de la calzada principal, al final de un camino serpenteante flanqueado por numerosos edificios anexos: para el ganado, el heno y las herramientas de labranza. Las ovejas pastan frente a las altas montañas azuladas.

Las borrascas habían amainado y el clima se había asentado con un patrón lluvioso y un cúmulo de nubes negras sobre las montañas. Me pregunté si alguna vez me acostumbraría a verlas alzarse de la tierra como una ola terrorífica para luego escupir precipitaciones impresionantes.

La tienda, una estructura desvencijada pintada de rojo intenso, estaba cerrada sin ningún motivo aparente, así que esperé fuera hasta que la llovizna se convirtió en una fría lluvia torrencial.

Al otro lado del camino había otra granja mucho más pequeña que la de Krystjan. Una cabra sarnosa pacía en la hierba entre una bandada de gallinas. Al final del sendero que salía de la granja había una casa que antaño había sido azul; la pintura se había descascarillado en su mayoría y el techo estaba hundido. Había algo en aquella morada que instaba a apartar la mirada. Si no hubiera sido por los animales, habría pensado que el lugar estaba abandonado.

Una mano delgada retiró una cortina desteñida en el piso superior. Había algo espantosamente mal en aquella mano, aunque no pude identificar el qué. Tal vez fuera la manera en que se movió, retorcida como una suerte de araña. Por un instante, un rostro me miró. Era tan pálido que pensé que estaba cubierto de pintura, coronado por una mata de pelo oscuro. Tenía el tamaño de un niño y, a pesar de que no distinguí sus facciones, sentí que sonreía. Apoyó una mano sobre el cristal como si me saludase y me sobresalté. La mano estaba cubierta de sangre.

La figura desapareció tan pronto como había llegado y dejó la huella sanguinolenta. La costumbre me hizo ignorar los latidos violentos de mi corazón, aparté la mirada y conté hasta diez. Cuando volví a mirar, no había ni rastro de sangre.

—Hum —musité en voz alta. Tendría que indagar acerca de los dueños de la granja. Me pregunté si sabrían que había un hada viviendo entre sus paredes. Mis pesquisas tendrían que ser discretas, pues no me gustó el aspecto de la criatura. *

La aparición de Groa, la dueña de la tienda, me interrumpió. Rolliza y sonriente, se deshizo en disculpas mientras me dejaba pasar. Su inglés no era muy fluido, pero con mis conocimientos rudimentarios de ljoslandés me las apañé para que nos entendiéramos de forma improvisada.

---

* Hace tiempo que la comunidad académica ha abandonado las antiguas distinciones entre *seelie* y *unseelie*, luminosas u oscuras, en referencia a las hadas, puesto que se reconoce la tendencia generalizada hacia la malevolencia que existe entre aquellas aparentemente bondadosas (véase *Espíritus guardianes*, de De Grey y Eichorn). Lo que está claro es que hay algunas cuyo deporte favorito es asustar y sembrar la miseria dondequiera que vayan.

La tienda era alegre y acogedora, abarrotada con una cantidad impresionante de bienes, desde comida hasta utensilios de pesca y labranza. Casi me tropecé con una máquina de coser cuando me dirigía al mostrador. Pedí harina, leche, mantequilla, pescado ahumado y té, y Groa también me animó a llevarme algunas salchichas de cordero y una caja con zanahorias, puerros y coles frescos.

Tarareando para sí, envolvió lo que le había pedido en papel. Me sentí reconfortada solo con su presencia y, aunque mi talento para las charlas triviales es escaso, me descubrí haciéndole preguntas sobre ella. Era mayor de lo que había supuesto en un principio y había llevado la tienda sola durante veinte años, desde que murió su marido. Me comentó que la casa azul pertenecía a una pareja joven, Aslaug y Mord, y que vivían allí con su hijo, Ari. Su alegría se ensombreció un tanto cuando saqué a relucir el tema, pero no la presioné.

—¿Cuánto es? —pregunté y me dijo con entusiasmo una suma desorbitada, diez veces mayor de lo que estos suministros me habrían costado en Cambridge.

Le pedí que lo repitiera. Lo hizo con la misma viveza sin percatarse, al parecer, de mi consternación. Se movió por la tienda mientras charlaba con aire ausente sobre los bollos que había dejado para los seres diminutos (debería de haberla presionado con respecto al tema, pero estaba demasiado aturdida).

Me vacié los bolsillos (en el sentido más literal). A este paso, acabaré con todos mis fondos en menos de un mes.

—¡Espere! —dijo Groa. Dejó uno de sus pastelitos glaseados envuelto en un paño sobre el fardo que tenía entre los brazos y se dio unos golpecitos en los labios—. Aud dice que no desea que la traten como a una invitada, sino pagarlo todo al precio para los extranjeros. Pero no puedo resistirme. El *svortkag* de mi madre es para todos y no tiene precio. Por favor, acéptelo.

Asentí con un sentimiento de desesperación creciendo en mi interior. Shadow y yo volvimos a la cabaña, donde dejé los suministros. Luego, después de que el perro se hubiese acomodado para echarse una siesta vespertina en mi cama, me dirigí a la fuente termal yo sola.

Como la última vez, me senté junto al agua y me quité las botas. Admito que cada vez estaba más tentada a hacer algo más que esto. Sigo teniendo dificultades con el fuego; con suerte, me las arreglo para cortar tan solo unos trozos y dependo de Finn para el resto. Pero no siempre está disponible, así que dudo de si usar el fuego con un pretexto que no sea mantener un mínimo de calidez para racionar el combustible. Por este motivo, solo he calentado agua para bañarme en una ocasión y fue una cantidad pequeña. Aun así, me siento como si estuviese cubierta de una ligera capa de sal de mi viaje al norte, como una estantería a la que no le han limpiado el polvo.

Mi amigo no tardó en llegar. Tenía la piel de castor preparada y él la contempló maravillado durante un largo rato. Bajo la piel de cuervo horripilante, su aspecto era el de una rama cubierta de musgo otoñal. Desechó el cuervo y, después de tirar y aguijonear la piel de castor, la dobló y se cubrió los hombros.

Se percató de que yo lo estaba contemplando mientras se admiraba a sí mismo y se sonrojó. Apartó la hierba a un lado y envolvió sus dedos afilados en torno a una hogaza fina de pan. Olía a azufre, pero tenía un perfecto aspecto dorado y suave.

—Gracias —dije en voz baja. Sin duda, no tenía intención de que mi alimento dependiera de las hadas para subsistir. El trato con el hadita había sido con el único propósito de ganarme su confianza.

Bueno, qué se le iba a hacer. Guardé la hogaza y me sentí hundida. No podía evitar preocuparme por que estuviera dañando mi objetividad científica con este acuerdo y aquello colmó el vaso de un día de frustraciones. O eso imaginé entonces.

—Cuando te quedes sin él, te traeré más —dijo el hada y le dio la espalda a la fuente, donde se había estado mirando.

—¿A cambio de qué?

—Casi nada —dijo—. Solo un camino despejado desde mi árbol hasta la fuente cuando lleguen las nieves.

—¿Cuál es tu árbol? —pregunté, aunque ya lo había supuesto. El hada señaló un bonito álamo blanco cubierto de musgo, como él mismo, el único que había visto en aquella parte del bosque. Recordé la hogaza, toda levadura y sal, que me había servido Finn para el desayuno, y no me quedó más remedio que aceptar.

Me apresuré a volver a la cabaña con la intención de pasar el resto del día completando las notas. Aquella mañana Finn me había señalado varias rocas de hadas esparcidas por la granja y tenía en mente cartografiarlas e investigar cada una.

Empezó a llover de nuevo cuando iba por el camino. Se me hundieron las botas en el lodo hasta los tobillos y, poco después, estaba calada hasta los huesos, temblando. Casi corrí de regreso a la cabaña, una decisión desafortunada, pues la colina era traicionera incluso con buen tiempo. Me resbalé y acabé tirada de espaldas sobre el fango.

Cuando conseguí subir las escaleras de la cabaña como una especie de monstruo de las montañas desgarbado, casi pasé por alto que la puerta estaba entreabierta. Primero pensé en Finn y luego, curiosamente, en el rostro pálido y la mano ensangrentada. Con la respiración agitada, empujé la madera.

Una oveja me devolvió la mirada.

No…, dos ovejas. Una estaba sobre la alfombra disfrutando al calor de las brasas mientras la otra se paseaba de un lado a otro masticando algo verde.

Verde. ¡Mis coles!

La mesa donde había dejado la comida estaba volcada, la jarra de leche hecha añicos en el suelo y el *svortkag* de Groa aplastado y desperdigado en pedacitos allá donde no había leche. La oveja también había tirado una pila de libros y unas páginas medio mordisqueadas decoraban las baldosas con huellas de herraduras… No habían sido *mis* libros, gracias a Dios; a esos los había guardado con cuidado en el baúl. Shadow estaba sentado en el umbral del dormitorio cortésmente desconcertado mientras miraba a los voluminosos moradores del campo que estaban allanando su hogar. Era tan buen perro que no se le había dado por detener a las ovejas desenfrenadas, ya que lo había regañado varias veces para que no las amenazase.

Estallé en gritos, una mezcla de órdenes en inglés y en ljoslandés junto a varias exclamaciones incoherentes. Me acerqué a zancadas a la oveja más cercana con la intención de quitarle los restos de col (que valía más que la oveja en sí) de las fauces, pero solo conseguí asustarla y que empezara a corretear en círculos por la cabaña. Tan pronto me las ingenié para empujar a una hacia la puerta, a su compañera le dio por correr en dirección contraria. Más libros cayeron al suelo, la sartén y varias ollas saltaron de los ganchos con un ruido metálico, la caja de la leña se volcó y el sillón se desplomó sobre una de las ovejas, lo que provocó un aluvión de balidos aterrorizados que pronto imitó su cómplice. Al notar mi apuro, Shadow se metió en la refriega, pero como no podía hacerle nada al animal, se limitó a correr desbocado y sin rumbo mientras aullaba, lo cual surtió el efecto esperado en las intrusas. En medio del caos, no oí que llamaban a la puerta, cada vez con más fuerza, ni el crujido de esta al abrirse.

—Santo cielo, Em —dijo una voz melodiosa desde el umbral—. Nunca he oído tal… ¡Ah! ¡Aléjate de mí, rata lanuda!

Esto último lo decía por las ovejas, que como ya habían tenido bastante de los gritos enloquecidos de la mujer de la cabaña, ahora buscaban la paz relativa de su morada empapada por la lluvia. Juntas se precipitaron hacia la figura alta y oscura que obstruía la salida y la mandaron volando escaleras abajo.

Shadow las siguió por la puerta, todavía ladrando (había resuelto que, al menos, tenía permitido ladrar a las ovejas), y se llevó por delante a la figura, que se estaba levantando tras haber caído sobre la hierba, y la tiró de nuevo.

La figura alzó la cabeza y se descubrió como nada más y nada menos que Wendell Bambleby.

—¿Hay más? —dijo en voz alta, tendido a los pies de la escalera.

—¿Qué? —grité. Creo que me había quedado un poco sorda.

—¿Hay más bestias dementes de las tuyas acechando dentro? ¿Debería quedarme aquí tumbado hasta que se marchen?

—No son mías. —Sentí que era necesario decirlo—. Bueno, solo una.

Bambleby no estaba solo. Tras él, venían dos jóvenes que reconocí como sus estudiantes, aunque no recordaba sus nombres (pues Bambleby siempre arrastraba con él a sus estudiantes). La mujer —pelirroja con unos ojos grandes que le daban el aspecto de estar permanentemente desconcertada— se agachó y lo ayudó a levantarse.

Mientras se sacudía, empecé a asimilar que Wendell Bambleby estaba a las puertas de mi cabaña. Pensarás que me habría dado cuenta antes, pero no había tenido ocasión en medio de aquel pandemonio.

—Querida Emily —dijo Bambleby mientras se quitaba una hoja del pelo. Era de un tono dorado y perfecto en su totalidad, como el resto de él—. Siempre tan inesperada.

Antes de dedicarme una mirada divertida, le ofreció a la chica que le había ayudado una sonrisa tan inconscientemente hermosa que ella pareció incapaz de moverse por un instante. Su figura era esbelta e iba ataviado de negro, como de costumbre, todo hecho a medida de forma impecable, desde el corte de la capa —que tenía el cuello vuelto— hasta los pliegues de la bufanda. Nadie pensaría que es posible confeccionar una bufanda a medida hasta que conoces a Bambleby. Era difícil establecer su edad, aunque sabía que tenía veintinueve porque me lo había dicho.

—¿Inesperada, yo? —conseguí decir—. ¿Qué demonios estás haciendo aquí, Wendell?

—¿Que qué estoy haciendo aquí? —repitió entre risas—. Pues me dije a mí mismo: ¿por qué tomar un carruaje de primera clase al sur de Francia para pasar un año sabático cuando tras cinco días de mareos tienes el lujo de quedarte en un pueblo pesquero en un páramo cubierto de hielo? ¿Qué crees que estoy haciendo aquí, Em?

Les hizo un ademán a los estudiantes y luego subió las escaleras y pasó junto a mí para entrar en la cabaña. Los estudiantes se agacharon para recoger una gran cantidad de maletas (cada uno llevaba varias bolsas y un baúl). Ellos también entraron con paso pesado en la cabaña.

—Ay, cielos —dije a nadie en particular. Y yo que pensaba que las ovejas me habían puesto de los nervios.

—Parece que a este sitio lo han ocupado unos mapaches —señaló Bambleby mirando en derredor. Su elegante acento irlandés contrastó de forma rocambolesca con el escándalo reciente, que aún me resonaba en los oídos—. ¿Y por qué no está encendido el fuego? Te gusta el frío, ¿no, Em?

Para empezar, en ningún momento le he sugerido que me llamase «Em» y, de hecho, estoy acostumbrada a recibir el apodo con una mirada impasible.

—El fuego no está encendido porque me estoy quedando sin leña —dije. Me senté en la silla tratando de recuperar la cordura—. ¿Quizá podrías tener a bien corregirlo?

Miró la chimenea con el ceño fruncido. Resultaba tan pintoresco con aquella ropa negra y espléndida (el cuello vuelto hacia arriba), con la cabaña polvorienta y a medio amueblar de fondo, que me tuve que reír; era una imagen tan probable como un príncipe en una vaqueriza. Sé que Bambleby ha estado en el campo y sospecho que en un lugar completamente diferente antes, pero solo lo conozco en el marco de los paneles de roble del despacho de Cambridge, el techo abuhardillado y acogedor de la biblioteca, la vegetación cuidada de los terrenos del campus con sus fuentes y estatuas de piedra.

—Henry se ocupará de todo eso…, ¿verdad, querido? —dijo Bambleby. Una levísima expresión de alarma le había cruzado el rostro ante mi sugerencia… O bien no tenía ni idea de cómo encender un fuego o le aterrorizaba ensuciarse las mangas.

El desventurado Henry, que tenía las proporciones afiladas de un muchacho que no sobrepasaba la veintena, asintió con entusiasmo y se dispuso a atizar los troncos adustos y húmedos con uno de los candelabros. Bien, no consideraba al pobre Henry mi enemigo y no debería haberme divertido su ineptitud, pero admito que observé su actuación durante varios minutos sin hacer comentario alguno. Wendell atravesó el pasillo seguido por su admiradora sin nombre e igual de desventurada, pues estaba claro que había dado su deber por concluido.

—Solo hay dos habitaciones más —le informó a Henry cuando regresó—. Os dejo la más grande a vosotros. Encárgate de todo luego —le dijo a lady Desventurada, quien había comenzado a levantar de nuevo el baúl—. Primero debemos hacer este lugar habitable. Emily, debo advertirte que te alejes de tu habitación de manera temporal. Si no te has dado cuenta ya, puede que las ovejas también hayan estado ahí y ha quedado cierto olorcillo. ¿Em?

Pareció mirarme por derecho.

—¿Qué te has hecho? ¿Es algún tipo de camuflaje para engañar a las hadas y que piensen que eres una más del rebaño? Ah, no me mires así, tú eres la que ha convertido nuestra cabaña en un establo.

—¡*Nuestra* cabaña!

Me ignoró. Chasqueó la lengua ál ver el caldero vacío.

—Henry, ve a por agua —dijo—. He visto que hay un arroyo en la parte trasera. Lizzie, ¿qué te parece si recogemos el estropicio?

En cuestión de minutos, Henry había puesto agua a hervir en el fuego (avivado con las páginas de mis libros arruinados) y yo tenía una taza de té en la mano. Los dos estudiantes barrían y limpiaban aquel desastre mientras Wendell estaba apoyado contra el otro sillón, que había arrastrado junto a la chimenea, y les dedicaba directivas ocasionales expresadas como sugerencias. Me había cambiado de ropa e hice lo que pude para asearme en el arroyo de atrás, lo cual no sirvió de mucho, para ser sincera. Aún sentía el barro apelmazado en el pelo.

—Esto está mucho mejor —dijo Bambleby mientras se servía otra tostada. Era el pan del hada, que habían calentado en el fuego. Parecía sentirse absolutamente cómodo, repantigado en el sillón con esa postura lánguida tan suya, envuelto en un cárdigan limpio—. ¿Dices que la criatura es un brownie?

—Sí… un árbol. Aunque también parece actuar como guardián de la fuente termal, lo cual es inusual. —No me gusta admitirlo, pero estaba de mejor humor y no se debía solo al té. Por poco bienvenida que fuese su presencia, Bambleby era parte de Cambridge y me sentía más yo misma con él aquí.

Bambleby se estiró y entrelazó las manos tras la cabeza.

—Dunne notó un fenómeno parecido entre los *keiju* de Finlandia. ¿Cómo lo llamó? Disociación elemental.

Resoplé.

—Dunne se inventa teorías para ocultar su metodología chapucera. No se puede generalizar en este asunto con el tamaño de sus muestras.

Bambleby murmuró un asentimiento. Me di cuenta de que me sonreía adormilado. Lizzie estaría que no cabría en sí y se habría sonrojado por aquella sonrisa, pero yo estaba demasiado acostumbrada a él. Me limité a observarlo con recato, esperando a que explicara su último disparate.

—Te echaba de menos, Em —dijo—. Era raro no tenerte al otro lado del pasillo fulminándome con la mirada.

—Siento curiosidad por tu capacidad para detectar cuando te fulmino con la mirada al otro lado de la pared. ¿Tus otros sentidos también son tan agudos?

Lo estaba provocando. A veces lo hago. Creo que Bambleby sabe de mis sospechas hacia él.

—Solo tú tienes la habilidad de fulminar con la mirada en voz alta. A veces me pregunto cómo lo haces. —Se volvió hacia Henry—. Llama a nuestro anfitrión, ¿quieres? Me apetece una comida caliente antes de retirarme. Y pregunta si es posible que haya postre. Nada elaborado… Una tarta de manzana o un pudin estará bien. Cielos, estoy cansado del estofado de pescado y del pan de los marineros.

No imaginaba si dicho mensaje granjearía una respuesta positiva de Krystjan Egilson, así que naturalmente no dije nada. Bambleby se inclinó hacia delante y me tomó de la mano.

—Supongo que habrás averiguado por qué estoy aquí. Permíteme que te asegure que no es lo que piensas.

—¿Ah, no? —Sabía exactamente por qué estaba aquí. Para llevarse el mérito de mi investigación.

—Siento el mayor de los respetos por tus capacidades, Emily. Por favor, no interpretes que mi presencia aquí significa que echarás a perder esta oportunidad. Nada más lejos de la realidad.

Retiré la mano y la apreté en un puño, enfurecida.

—Fantástico.

—Estoy aquí para ayudarte —aseguró sin darse cuenta de nada.

—Y estoy segura de que tu deseo de ofrecerme tu colaboración no tiene nada que ver con el miedo a que alguien que no seas tú se adjudique el mérito de llevar a cabo la primera investigación exhaustiva de una especie de hada aún sin demostrar.

Me miró con los ojos muy abiertos por la sorpresa.

—Eso no sería nada justo. Me gusta pensar que siempre he sido un buen amigo para ti. ¿Por qué, si no, me habría presentado voluntario para escribir el prólogo de tu enciclopedia?

Voy a golpearle en la cabeza con la enciclopedia cuando se publique. ¿Tanto necesitaba andar recordándome siempre que me hacía falta?

—De hecho, mis hallazgos están muy avanzados —dije—. Así que descubrirás que independientemente de la investigación que puedas emprender aquí, eso solo servirá para reforzar mis conclusiones.

—¿En serio? —Para mi desazón, parecía emocionado en lugar de resentido y me di cuenta de que de verdad nos veía como compañeros y no como rivales. El problema con Bambleby, como siempre me ha parecido, es que se las arregla para inspirar una fuerte inclinación hacia la antipatía sin la satisfacción de tener evidencias empíricas que respalden el sentimiento—. ¿Me enseñarás los datos que has recopilado hasta el momento? —Su entusiasmo quedó interrumpido por un bostezo—. ¿Mañana, quizá?

Di unos golpecitos sobre el borde de la taza mientras lo observaba.

—¿Exactamente de qué manera prevés que puedes ayudarme?

Me ofreció una sonrisa distinta y un escalofrío me recorrió la columna. Hay algo que hace Bambleby que solo perciben quienes pasan mucho tiempo entre las hadas. Es la forma en que sus emociones parecen deslizarse sobre él, como si fueran agua, una dando paso a la otra de manera tan abrupta como las olas en la orilla. Estas alteraciones serían desconcertantes o falsas en un rostro humano, pero esta es la manera en que están hechas las hadas.

Se inclinó hacia delante.

—¿Te suena la Conferencia Internacional de Driadología y Folclore Experimental?

Su voz tenía un dejo burlón; por supuesto que me sonaba. La CIDFE es la conferencia más prestigiosa en nuestro campo que se celebra anualmente en París, a la cual no me han invitado ni una sola vez. Bambleby va todos los años, maldito.

—Este año seré un ponente destacado —dijo—. Asistirá un inversor en particular a quien me gustaría impresionar. Tiene los bolsillos muy llenos. Eso significaría la financiación no de una, sino de varias expediciones de investigación que llevo posponiendo por falta de recursos. Pocas cosas resultarían más impresionantes que un artículo que presentase siquiera los descubrimientos preliminares de una especie de hada desconocida hasta ahora. Como bien dices, hay mucho escepticismo en torno a estas ocultas incluso entre los académicos más abiertos de mente. Pero, como siempre he argumentado, el hecho de que no haya hadas en otras regiones del Ártico y de la Europa subártica no puede tomarse como una prueba de que tampoco habiten en otras regiones invernales.

Entrecerré los ojos.

—No me han invitado a la CIDFE este año. ¿Me atribuirás el mérito en una nota al pie?

—Presentaremos nuestros hallazgos juntos. Impresionaré al inversor. Te labrarás un nombre y harás que la comunidad científica aclame tu libro, el cual tengo entendido que se publica el año que viene.

Volvió a hundirse despatarrado; parecía alegre y completamente convencido de que estaría encantada. Mantuve una expresión anodina para negarle al menos ese placer, pero por supuesto que no tenía otra opción más que aceptar.

Bambleby estaba siendo modesto (sin duda un descuido por el cansancio). No era un simple ponente destacado en la CIDFE; seguramente era la única persona que hablaría, aunque dudaba de que los motivos fueran del todo de su agrado.

—Planeaba pasar el invierno aquí —le dije—. Asistir a la CIDFE significaría partir de Hrafnsvik…

—El uno de febrero —señaló—. Como muy tarde. El plenario es sobre el diez. Y, bueno, necesitaremos un día o dos para establecernos, ¿no? Ya le he prometido a media docena de nuestros amigos del continente que cenaría con ellos en los Campos Elíseos (tú también vendrás, claro), entre ellos Leroux y Zielinski. La reina de Polonia le ha concedido a ella una especie de medalla y se le ha subido bastante a la cabeza... Ha desairado a tres cuartas partes de su antiguo círculo, aunque me las he arreglado para seguir cayéndole en gracia. Hasta dicen que tal vez el rey de París se presente allí este año; si es así, estoy seguro de que podré convencer a Leroux para que haga las presentaciones...

Se me aceleró el corazón por los nervios. Aquello reduciría la duración de mi investigación de campo de forma drástica. Solo tendría tres meses —¡tres meses!— para conseguir lo que a la mayoría de los académicos les llevaba un año o más. ¿Lo lograría?

En lugar de contestar, le di un sorbo al té y dije:

—Estoy un poco sorprendida de que hayan vuelto a invitarte este año. Pero supongo que el furor de la expedición a la Selva Negra se ha ido apagando un tanto.

Se hundió aún más y empezó a juguetear con la manga.

—Aquello fue un malentendido. No tengo dudas de que los estudios futuros validarán mis hallazgos.

—Por supuesto. —Yo no tenía dudas de que harían justo lo contrario. Sospeché que el artículo de Bambleby sobre los caminos serpenteantes en la nieve que formaban las tropas de hadas de la Selva Negra no ha sido el primero en el que ha exagerado o aislado las pruebas, pero es probable que sí sea el primero que haya falsificado por completo.

Podría ser. La investigación de Wendell Bambleby es todo bombo y platillos y tiene una facilidad asombrosa para descubrir rituales y encantamientos feéricos nuevos y estrafalarios que dan un giro a buena parte de las investigaciones sobre el tema, una facilidad que a menudo encuentro más sospechosa que asombrosa.

Shadow apoyó la cabeza sobre la rodilla de Bambleby y este extendió los dedos para acariciársela. Al principio de nuestra amistad, Bambleby había recelado de Shadow y a menudo parecía no saber muy bien qué idea hacerse de él. Tanto era así que a veces me preguntaba si había visto un perro alguna vez. Pero Shadow no tenía tantas dudas. Desde su primer encuentro, había contemplado a Bambleby con un ardor desconsiderado y por completo desmerecido que me habría puesto celosa si no hubiera estado tan segura del afecto que me profesaba Shadow. Con el tiempo, Bambleby se había acostumbrado a darle unas palmaditas vacilantes a cambio y ahora, para mi desazón, eran viejos amigos.

—Este libro es importante para ti, ¿cierto? —dijo. Alcanzó su maletín y sacó un montón de páginas mecanografiadas con esmero. Reconocí el extracto que le había enviado el mes pasado, que comprendía las primeras cincuenta páginas más o menos.

—¿Lo has leído? —pregunté.

—Por supuesto. —Hojeó las páginas (muchas estaban señaladas con su letra elegante)—. Es realmente excepcional. Me encantaría ver el resto en cuanto lo hayas mecanografiado.

Me sorprendió el rubor que me ascendió por el cuello ante sus palabras. Nunca he atribuido especial importancia a la opinión de Bambleby en cuanto a mi trabajo, pero supongo que no fue solo por su opinión. La enciclopedia había sido algo exclusivamente mío durante buena parte de una década. Una cosa es tener en alta consideración la propia investigación y otra oír que corroboran tu opinión.

—¿Excepcional? —repetí.

—Bueno…, no se ha hecho antes, ¿verdad? ¿Una enciclopedia de las hadas? Esto constituirá las bases de todas las investigaciones que se hagan sobre el tema en los años venideros. Puede que conduzca al establecimiento de nuevas metodologías que acentuarán nuestra comprensión básica de las hadas —dijo sin ningún resquicio de halago.

—Sí, esa es la intención. —Tan solo podía responder con sinceridad, algo abrumada.

Sonrió.

—Eso pensaba. No necesitas el capítulo de las ocultas, ¿lo sabías?

—Será menos impresionante sin él.

—¿Y a quién quieres impresionar? Ah. —Volvió a recostarse en el sillón—. El puesto de profesora titular. Es eso, ¿no?

—¿Y qué si lo es? —No fui capaz de interpretar la expresión de su rostro—. ¿Crees que no podría tener una oportunidad?

—Bueno, eres un poco joven…

—¿Y tú no? —Cambridge le ha concedido la titularidad hace dos años, el muy bastardo.

—Soy una excepción —dijo con aire ausente mientras miraba las páginas. Una sonrisa se extendió por su rostro—. ¿Cuándo se jubila el viejo Sutherland?

—Este otoño. —Me incliné hacia delante y me retorcí los dedos—. Había pensado postularme cuando regresara. Me daría dinero. Recursos. No tendría que rascar fondos para financiar una expedición de un mes; podría llevar a cabo varias investigaciones de campo al mismo tiempo si quisiera. Piensa en los hallazgos que podría hacer, los misterios que resolvería. Y… —*Y nunca tendría que dejar Cambridge*, estuve a punto de decir.

—Sí. —Pasó otra página—. Y te encerrarás para siempre entre esas piedras anticuadas con tus libros y tus misterios, como una dragona con sus tesoros, con tan poco contacto con los vivos como sea posible, y solo saldrás para escupirles fuego a tus estudiantes.

Tenía una manera irritante de comprenderme, al menos en parte, que era más de lo que hacía cualquiera…, sin duda, algún don feérico.

—Piensas quedarte aquí, ¿no? —dije para cambiar de tema.

—¿Dónde si no? No es que este sea el típico lugar donde haya un hotel, ¿cierto? Recibí la confirmación a mi petición de tu anfitrión al día siguiente de escribirte y partí de Cambridge justo después. Supuse que te lo había contado.

Compuse una mueca.

—Egilson y yo no estamos en los mejores términos.

—¿Qué? —exclamó con una sorpresa desmesurada—. Querida Emily. No me digas que tienes problemas para hacer amigos.

Mi mirada fulminante se vio interrumpida por el crujido de la puerta. Como la vez anterior, Krystjan entró en la cabaña sin llamar. Por su expresión deduje que el mensaje de Bambleby había sido tan bien recibido como había supuesto. Lizzie caminaba tras él con una expresión vana de arrepentimiento.

—¡Señor Egilson! —Bambleby se puso en pie de inmediato y su sonrisa se ensanchó—. Veo que no le van las formalidades, buen hombre. Qué refrescante. Debo expresar lo mucho que aprecio su hospitalidad con tan poca antelación. He oído historias sobre la calidez y la generosidad de sus compatriotas, pero usted las ha sobrepasado con creces.

Lo dijo en un ljoslandés fluido pero con acento. Detuvo a Egilson en seco, pero solo por un instante.

—Profesor —dijo Egilson con cautela, aceptando la mano que este le ofrecía. Vi que su frialdad se derretía un tanto, expuesto a la arremetida del encanto de Bambleby, pero era un hombre recio y mantuvo una sonrisa tensa—. Ha habido un malentendido. Es bienvenido aquí, pero por desgracia no podemos ofrecerle comida más allá de lo esencial en el desayuno, por supuesto. Como comprenderá, llevo una granja grande.

Había respondido en inglés, lo cual Bambleby agradeció con una sonrisa que, de alguna forma, consiguió ocultar que admiraba la fluidez de Egilson. Detecté un tinte de diversión en su mirada que, por suerte, Krystjan pareció pasar por alto.

—Lo entiendo perfectamente. Espero que no piense que pude suponer que nos iba a preparar el refrigerio. Desde luego, me estaba ofreciendo para cocinar para su familia.

Egilson parpadeó y sus reservas se disolvieron por el asombro.

—¿Ah, sí?

—Cielos —murmuré—. Por favor, di que sí.

Bambleby le dio unas palmaditas a Egilson en el hombro.

—Por supuesto. En Irlanda es costumbre que los huéspedes preparen al menos una comida para sus anfitriones. Como una muestra de aprecio. ¿Tiene alguna preferencia? Aquí tenemos algunos suministros. —Se movió frenéticamente por la cabaña mientras recogía los restos aplastados de col y zanahorias junto con el pescado ahumado que había comprado, y se las arregló para transmitir una energía alegre pero desenfrenada. Por la expresión de Egilson, vi que se estaba imaginando a Bambleby suelto en su cocina.

—Yo… lo agradezco, pero… —empezó a decir Krystjan.

—Ni una palabra más. Conozco la receta de una tarta especiada que hará que le arda la boca. Así es como nos gusta en Irlanda. Y de primero…

—De verdad, profesor, no pasa nada. —Krystjan sonreía (era una sonrisa reticente pero sincera, no como su sonrisa típica de suficiencia) mientras Bambleby se paseaba irradiando buen humor—. Acaba de llegar. No querría que se molestase en cocinar para mi hijo y para mí. No es que no aprecie el ofrecimiento.

Bambleby se quedó inmóvil, parpadeando. Las hojas de col se arremolinaban a su paso como movidas por un viento en contra.

—¿De verdad? Bueno, si usted...

—Finn está preparando un estofado. Subiremos algo a la cabaña. Si le parece bien.

—Por supuesto, amigo mío —dijo Bambleby. Luego, para mi asombro, añadió—: Y no tengo preferencias entre el pudin y la tarta de manzanas. —Chasqueó los dedos—. ¡Qué descortés por mi parte! Emily, querida, ¿qué prefieres?

Me descubrí sofocando una risa.

—Una tarta de manzana sería estupendo.

—Pues ya estaría. —Bambleby le sonrió a Krystjan, que parpadeó como si tratase de aclararse la vista—. Hablaremos mañana, ¿verdad? Tengo por costumbre entrevistar a los lugareños (a aquellos importantes, ya me entiende) al inicio de estas investigaciones. Es bueno para hacerse una idea del lugar. No dudo de que estará dispuesto a ayudarnos, ¿cierto?

Mientras hablaba se iba acercando más a Egilson, y volvió a tomarle de la mano.

—Por supuesto —murmuró este, contemplándolo con impotencia.

En realidad, los ojos de Bambleby no son negros, sino del verde de un bosque a la luz del crepúsculo, algo en lo que solo te fijas cuando te acercas mucho. He visto a personas perderse en esa mirada, vagando tontamente y enredándose en espinas y Dios sabe en qué más… Era obvio que Krystjan no era el primero. Tendría que haber apartado la mirada, contar hasta diez, concentrarse en su respiración o en otra distracción mundana, pero por supuesto no tiene experiencia en eludir los trucos de las hadas.

Me aclaré la garganta. Krystjan parpadeó en mi dirección, como si acabase de darse cuenta de que estaba allí.

—Gracias, Krystjan —dije. Y supongo que parte de la diablura de Bambleby debía haberme afectado contra mi voluntad, porque añadí—: Y tomaremos media docena de huevos de ganso con el desayuno de mañana.

Krystjan asintió como si se hubiese dado un golpe en la cabeza, salió de la cabaña y cerró con educación la puerta tras él.

—¿Tarta especiada? —dije.

Bambleby se arrastró de vuelta al sillón.

—¿Cuán complicada podría ser?

—¿Alguna vez has hecho tarta especiada?

—La he comido, por descontado.

—¿Alguna vez has cocinado algo?

—Eso carece de importancia.

Resoplé. El estómago me rugió con tanta fuerza que Bambleby arrugó la nariz. Me di cuenta de que llevaba días sin comer en condiciones.

—¿Podemos avivar el fuego? —dijo Bambleby, refiriéndose a Henry y a Lizzie con el plural de la primera persona.

Henry se encaminó con gallardía a la caja de la leña, ante la cual frunció el ceño.

—Está vacía.

Wendell pareció alarmado.

—Hay más ahí fuera. En el leñero de atrás. El hacha está en el jardín —dije. Seguía enterrada en un tronco tras mi último intento, pero no vi la necesidad de aclararlo.

—Ah, el leñero —dijo Bambleby precisamente en el mismo tono que había utilizado yo cuando llegué. Y así comenzó nuestra colaboración.

29 DE OCTUBRE

Egilson no tardó en prepararnos la cena, la cual acompañó con una docena de bollos y, quizás a modo de disculpa y a falta de tarta de manzana, una cesta con unas frutas azul grisáceas llamadas de manera acertada «bayas de hielo». Finn entregó el cargamento junto con sus disculpas: no hay manzanas en Hrafnsvik y no tenía experiencia haciendo pudin, pero esperaba que disfrutásemos de su *briðsupa*, pues Krystjan y él habían deducido que sería lo que más se le acercaba en Ljosland. Estaba hecho con pan de centeno, mucha canela, nata y pasas, y tenía un olor divino. Bambleby exclamó al verlo todo y pronto él y Finn comenzaron a charlar sin cesar, ya que Finn, al parecer, albergaba el deseo secreto de visitar Irlanda desde su niñez. Aquella presa representaba un desafío insignificante para el arsenal de encantos de Bambleby y, de hecho, Finn acabó por retirar una silla para unirse a nosotros. La cabaña reverberaba con los sonidos de su júbilo con algún comentario ocasional de Lizzie o de Henry. En cuanto a mí, estaba feliz por poder comer caliente sin la carga de tener que conversar, como bien sabía Bambleby, que fue tan amable de ignorarme. Y no sé cómo se las apañó, pero de alguna forma la tarde terminó con él retirándose temprano mientras que Lizzie,

Henry y Finn calentaban agua y lavaban los platos. Con una levísima punzada de culpa, yo también me retiré a mi habitación sin que nadie reparase en ello, pues sospecho que apenas notaron mi ausencia.

Cuando hice pasar a Finn esta mañana con el desayuno, como era de esperar, parecía decepcionado de que no lo hubiese recibido Bambleby.

—Sigue dormido —dije y mi estómago rugió al ver el desayuno, que consistía en dos hogazas perfectas, la media docena de huevos que había pedido, un surtido de mermeladas sin algas a la vista, pescado ahumado y salchichas de cordero—. ¿Hay café?

A Finn se le demudó el rostro.

—¿Él toma café?

—Sí, y cuanto más fuerte, mejor.

—Puede que Ulfar tenga un poco —respondió Finn, pensativo—. No es muy común por aquí.

—Lo siento —dije—. Es muy particular con el desayuno. —Me sentí un poco culpable, pero iba a ser yo la que tendría que escuchar las quejas de Wendell, no Finn.

Como era natural, Finn lo encontró encantador en vez de irritante y sonrió.

—No es una mala cosa en la que ser especial.

Lizzie y Henry se levantaron poco después y se comieron su plato, y luego vagaron sin rumbo, sin nada que hacer, buscando algo con qué entretenerse. Yo ya estaba harta de tener a tantas personas por medio, así que los mandé fuera a cortar más leña. Lamenté no tener nada más educativo para ellos, pero si se ofendieron por tener que hacer esa tarea doméstica, no lo demostraron, lo cual me decía todo lo que necesitaba saber sobre a qué tipo de cosas los había acostumbrado Bambleby.

Él hizo su aparición un rato después, mucho después de que hubiese empezado a considerar seriamente marcharme sin él y mandar al cuerno nuestro acuerdo y a la CIDFE. ¿Acaso le había pedido que viniera? No. ¿Necesitaba su ayuda? Por supuesto que no.

—Buenos días —bostezó cuando salió de su habitación. Estaba resplandeciente con su bata negra que, de alguna forma, se parecía a los ropajes que llevaría un rey a un baile de máscaras, aunque el cabello dorado estropeó un tanto aquel efecto, pues salía disparado en todas direcciones.

—Al fin —dije, pero antes de que pudiese continuar, él alzó una mano.

—Antes de desayunar, no, Em —dijo—. Por favor.

—Solo iba a señalar que hay café —dije.

Bambleby tenía alergia a las conversaciones serias —o, más bien, a cualquier tipo de tarea— que tuviera lugar antes del desayuno. Desde que descubrió que generalmente no me molestaba en desayunar, lo tomábamos juntos en Cambridge siempre que coincidíamos en el campus. Se había horrorizado tanto como si le hubiese confesado un asesinato y, de inmediato, me sacó a rastras de mi despacho para llevarme a su cafetería favorita en los terrenos de la universidad, que quedaba casi oculta tras un cónclave de robles frente al río Cam. Una hora después, tras lo que él denominaba un desayuno «austero» de huevos, tomates fritos, varias tiras de beicon, tostadas untadas con mantequilla y mermelada de arándanos y gachas con pera junto con una cantidad ingente de café negro, el cual se lo bebía tan dulce que me daba dentera, se declaraba satisfecho. Pensaba que quizá su filosofía con respecto al desayuno fuera la misma que tienen las personas con respecto al té, cómo puede hacer que los problemas resulten menos sombríos, el día más claro o cosas por el estilo, pero se limitó a parpadear en mi dirección cuando le pregunté acerca de ello y respondió: «Ah, Em. ¿Qué no es tan importante en el desayuno?». Bueno, es cierto que ya no me dan dolores de cabeza por las mañanas desde que adquirí el hábito de desayunar y supongo que mi resistencia ha mejorado, pero de verdad, como para continuar haciendo esta comida.

—¿Y dices que esto es café? —dijo al tiempo que abría la tapa de la cafetera de hojalata. Finn la había dejado en un soporte sobre el fuego junto con la tetera y las tostadas, para mantenerlos calientes.

—Sí. Al parecer Ulfar tenía algunos granos. Aunque por lo que Finn ha comentado, entiendo que son de procedencia incierta.

—Este va a ser un largo invierno —dijo y se sirvió el té. Yo también comí, unté la tostada con mermelada y probé uno de los huevos de ganso, pues a pesar del hambre, antes no había comido mucho porque estaba preocupada por los planes del día (no es raro que me olvide de comer cuando estoy enfrascada en algún misterio académico). Bambleby lo probó todo, incluyendo el pescado ahumado, al cual yo no consideraba parte del desayuno, y declaró que era de primera categoría.

—Creo que daré un paseo hasta la fuente termal que me ha descrito Finn —dijo mientras se estiraba con satisfacción tras terminarse la tercera taza de té—. Para lavarme un poco del ferry.

—He pensado que podríamos repasar los planes de hoy —dije con un tono monocorde—. Llevo esperándote una hora.

—¿Ah, sí? Bueno, eres bienvenida a unirte a mí.

—Estoy bien, gracias.

Extendió la mano y me quitó una brizna de hierba del pelo (como de costumbre, la mitad se me había salido del recogido).

—Por supuesto que sí.

—No hemos establecido la estructura de la investigación. Tenemos *tres meses*, Wendell. ¿Cómo se supone que vamos a trabajar juntos? Eso fue lo que acordamos, ¿cierto?

—No recuerdo haber establecido un acuerdo formal. Recuerdo varias miradas fulminantes y algunos intentos de cuestionar mi personalidad, pero eso caracteriza muchas de nuestras conversaciones.

Me crucé de brazos.

—Mi investigación tiende a ser algo flexible —añadió tras tragar un bocado de tostada—. No me gusta ser demasiado estricto en mis acercamientos al trabajo de campo.

Imaginaba que diría eso.

—En este caso, me inclino hacia la observación naturalista como método primario de recolección de datos. Ya he trazado un mapa del área a explorar (más o menos unos veinticinco kilómetros cuadrados de bosque) y he anotado formaciones feéricas sospechosas. Mi intención es volver tantas veces como sea posible para observar a las hadas comunes en su hábitat natural. No es probable que tengamos la oportunidad de hacer lo mismo con las hadas de la corte dada su tendencia a evitar que los humanos las detecten; por ese motivo, tendremos que basar nuestro análisis de sus comportamientos y hábitos en las entrevistas etnográficas con los habitantes del pueblo. Hay una mujer en Hrafnsvik que ha sido maltratada por las hadas de la corte, Auður Hildsdottir. Si me da tiempo, pensaba visitarla hoy junto con otra vivienda que creo que está ocupada por un brownie. Solo esto será un descubrimiento significativo, ya que los estudios sugieren que las ocultas moran tan solo en paisajes naturales. * —Hice una pausa—. Me gustaría conseguir dos objetivos: primero, identificar las especies de las hadas que habitan aquí, y segundo, describir su interacción con los habitantes mortales.

Bambleby se arrodilló para rascarle las orejas a Shadow.

—¿Por qué no les das el mapa a Lizzie y a Henry? Deja que vaguen por las tierras baldías, se les da bastante bien. Y en cuanto a la tal Auður, entiendo por tus notas que es muda. ¿Qué esperas obtener de ella?

Parpadeé.

—¿Has leído mis notas?

—Anoche. ¿Cómo describirías al brownie que viste en la casa?

—Sospecho que es una especie de espectro —respondí. **

—Qué aburrido —dijo—. Odio a los espectros…, qué criaturas más tediosas. Quizá debamos dividir nuestras fuerzas. Puedes ir a meter las narices en la casa encantada mientras yo me presento a nuestra jefa. Si vamos a entrevistar a los lugareños, la etiqueta sugeriría empezar con quien está al mando.

—Dejemos la taberna para esta noche, ¿vale? —dije a sabiendas de que si iba ahora, no saldría hasta medianoche, y no porque Bambleby fuera muy bebedor, sino porque encontrará muchos blancos de conversación.

---

* Bran Eichorn, cuya madre era de Ljosland, escribió uno de los pocos artículos que existen sobre las hadas de la región, aunque su investigación está basada por completo en testimonios orales (no queda claro si visitó Ljosland). No nombraré el artículo, pues es un ejemplo académico lamentable al resultar, en su mayor parte, una diatriba encubierta para refutar «La importancia de las hadas domésticas en las latitudes del norte», de Danielle de Grey (*Driadología moderna*, primavera de 1848). Eichorn ha pasado buena parte del inicio de su carrera obsesionado con De Grey.

** Durante las dos o tres últimas décadas, el término «espectro» ha evolucionado en el discurso científico para referirse a todos los brownies domésticos cuyo comportamiento hacia sus anfitriones se ha focalizado en ser malicioso.

—Como desees —sonrió—. Apruebo tu plan, Em. Después de todo, este campo de estudio fue tu iniciativa.

—¿Deduzco de eso que mi nombre aparecerá primero en el artículo que presentemos en la conferencia?

—Por supuesto —dijo él con tranquilidad, como si nunca hubiera albergado dudas al respecto. Puede que no las hubiera. Su expresión era completamente honesta, de esa forma suya tan desconcertante que tiene de pasar de la picardía a la inocencia en lo que dura un parpadeo. Bambleby nunca intenta encantarme como ha hecho con Krystjan. No funcionaría si lo hiciera y sospecho que lo sabe.

Se terminó el resto del té, le dio otra palmadita a Shadow y se encaminó hacia la puerta.

—¿A dónde vas? —pregunté.

—Te lo he dicho. No tardaré. Tómate el tiempo que necesites para garabatear en ese diario tuyo.

—¿Vas a pasearte por el campo así, sin más? —dije y señalé su bata con la mano.

Su expresión divertida volvió.

—No tienes por qué preocuparte por mí, Em.

—¡Preocuparme! —me mofé, pero el dobladillo de la bata ya había desaparecido por la puerta.

29 DE OCTUBRE,
POR LA TARDE

Por supuesto, era mentira. Cuando terminé la entrada matutina del diario todavía no había regresado, así que decidí salir por mi cuenta como tenía planeado en un principio. Envié a Henry y a Lizzie con mi mapa para que investigasen una serie de formaciones volcánicas, como Wendell había sugerido. Parecieron comprender mis indicaciones, aunque no pude evitar echar de menos a mis estudiantes. Confiaba en ellos, pues los había escogido en función de sus calificaciones y su diligencia, no por su habilidad para soportar naderías.

El cielo tenía ese color azul peculiarmente intenso que adquiere en otoño y el mar estaba salpicado de pequeños botes pesqueros. Groa me saludó con alegría cuando pasé junto a la tienda (como debería ser, pues seguramente habría doblado sus ganancias mensuales). Basta decir que no me detuve a charlar con ella.

No respondió nadie cuando llamé a la puerta de la casa azul. Las dos cabras no me quitaban los ojos de encima mientras balaban con desaprobación tras la valla.

—¿Hola? —dije en ljoslandés y llamé de nuevo.

Creo que vi por el rabillo del ojo cómo se agitaba una de las cortinas. Unos segundos después, la casa se llenó de gritos.

Mis manos salieron disparadas hacia mis orejas. No fue efectivo para amortiguar los gritos incesantes. Era imposible identificar si la voz era masculina o femenina… Lo que sí estaba claro era su desesperación y su angustia. Los alaridos tenían la cadencia de una tormenta de invierno y sentí el frío irradiar de las grietas que bordeaban la puerta.

Maravilloso, pensé. El espectro estaba jugando conmigo.

Bajé las manos. Volví a llamar, a la par que los gritos seguían atravesándome.

Poco a poco, como no mostré signos de estar asustada, los alaridos disminuyeron. No me interesaba el siguiente truco espantoso que se le pudiese ocurrir al espectro, así que me acerqué a Shadow —que no oyó nada extraño— y nos dirigimos al lateral de la casa.

Allí, a la distancia, divisé dos figuras: un hombre ordeñaba a una cabra y, mucho más lejos, donde el terreno descendía en una pendiente hacia la playa, una mujer caminaba sola. Se recortaba contra las olas azul marino y parecía muy solitaria. La cabra baló preocupada, el hombre se volvió y me vio. Terminó su tarea antes de acercarse.

—Supongo que es usted la profesora. —Era un hombre pequeño y moreno con el rostro curtido cubierto por una barba poblada—. Aud le habló de nuestro hijo.

Lo comprendí de inmediato. La criatura que había visto en la ventana no era un espectro. Era un niño cambiado. Nunca había conocido a uno cuyo comportamiento se pareciese tanto al de un espectro, ni en el curso de mi investigación ni en las publicaciones. Los niños cambiados son los retoños monstruosos engendrados por las hadas de la corte, criaturas débiles y enfermizas que traen infortunios a la casa durante el tiempo que permanezcan allí, pero no son violentos ni malvados. Mi interés por este lugar crecía por momentos y me alegré de haber llevado el cuaderno.

Le tendí la mano.

—Me llamo Emily Wilde. ¿Cuándo se llevaron a su hijo?

Él hizo una pausa y luego me tomó la mano.

—Mord Samson. Aslaug es mi esposa…, ha ido a dar uno de sus paseos. Pensaba que se lo habría contado Aud.

—Aud no me ha comentado nada. Ha sido simple deducción.

—Ya veo. —Me miró fijamente unos instantes—. Usted no le gusta.

Había algo en ese hombre, tal vez las líneas sombrías de su rostro, que tenían la opacidad del cristal, que me impulsó a coincidir.

—No le gusto.

Esbozó un atisbo de sonrisa. Me dio la impresión de que solo la ofrecía en raras ocasiones.

—Ocurrió hace cinco inviernos. Ari era un bebé. Apenas tenía un año.

Ahora sí que estaba muy interesada. El comportamiento de los habitantes de Ljosland ya comenzaba a alejarse de lo que sabía.

—Es inusual con bebés de un año. Las hadas suelen secuestrar a recién nacidos… Nunca había oído que se interesasen por niños mayores. Aparte de los boggarts de Escocia, claro, pero ellos no reemplazan al niño robado con un bebé boggart. —Me di cuenta de que sonaba emocionada y de que Mord me observaba con las cejas arqueadas—. Lo siento —dije, y hasta a mí me sonó superficial, aunque por algún motivo, él sonrió de nuevo.

—No me importa ni un ápice —dijo—. Quiero decir, tanto si lo siente como si no o si nos incluye en sus rezos. Ya nos ofrecieron muchas plegarias y condolencias cuando se llevaron a Ari y no hemos tenido muchas desde entonces. ¿Puede ayudarnos?

—Yo… —me detuve. Pero algo en él hizo que no tuviera miedo a ser sincera—. Yo no estoy aquí para eso. He venido para clasificar a vuestras hadas por el bien de la ciencia.

Él se limitó a asentir.

—Y aun así, aquí está, y está claro que usted es más prudente con las costumbres de las hadas que cualquier sacerdote y eso me da esperanzas. La invitaría a pasar, pero me temo que la hospitalidad que encontrará bajo mi techo no será de su agrado. Y no me gustaría asustar a su magnífico acompañante.

Le dio unas palmaditas a Shadow en la cabeza y el perro lo olió con aire aprobador.

—No se preocupe, señor Samson —dije—. Está acostumbrado a las hadas. Al igual que yo.

Mord pareció dudar, pero no me detuvo cuando entré en su casa.

No había nada raro. Un recibidor humilde y una chimenea daban paso a la cocina, incluso más exigua y con sartenes colgadas de la pared. Los gritos no se reanudaron ni observé huellas de sangre. Sin embargo, Shadow olfateó el aire y emitió un gruñido.

—Sí —le dije—. Quédate cerca, querido. —Luego me dirigí a Mord—: ¿Tardará mucho su esposa?

—Un rato. Caminar le calma la mente. Lo hace cada día, hasta que lleguen las nieves. —Miró por la ventana y en su rostro se reflejaba la derrota por la certeza de que estas no tardarían en llegar—. Sospecho que le gustará a Aslaug. Ella y Aud nunca se han llevado bien.

Sonreí, sorprendida. Mord hizo un gesto con la mano.

—Ari está en el ático.

—Ya veo —dije e hice una mueca al recordar lo que había comentado Bambleby sobre las casas encantadas—. ¿Tiene frío, señor Samson?

Se miró a sí mismo. Se había quitado el abrigo, revelando que tenía otro debajo.

—Aslaug y yo siempre tenemos frío. Nunca nos abandona, ni siquiera en pleno verano.

Había sacado el cuaderno y estaba escribiendo mis observaciones iniciales. Una parte de mí era consciente de lo insensible que debía de parecer, pero estaba demasiado enfrascada en mi interés científico como para que me preocupase y, en cualquier caso, no parecía que ofendiese a Mord.

Di un paso hacia las escaleras. De inmediato, estas se transformaron. Cada uno de los escalones se convirtió en unas fauces abiertas de dientes relucientes y cubiertas con el denso pelaje de un lobo. Un viento amargo con olor a pino y nieve atravesó la estancia. Los lobos gruñeron y me mordieron el bajo del abrigo.

Me volví hacia Mord. Había retrocedido, horrorizado, pero había cierta monotonía en su reacción y no se acobardó durante mucho tiempo.

—¿Tenéis visiones por el estilo a menudo? —pregunté.

Él parpadeó. Me miró molesto y frunció el ceño, como si esperase compasión. Su rostro se suavizó cuando se topó con un mero interés desapasionado.

—Sé que no son reales —dijo.

—Entiendo. —Pensé en cómo sería vivir en un lugar así, asolada por ilusiones violentas de este calibre. Pensé en cómo se sucederían los días y los años—. Señor Samson —dije—, ¿me traería un clavo de hierro y un poco de sal?

Parpadeó, pero fue a buscar lo que le había pedido. Cuando regresó, le pregunté si el abrigo pequeño que había visto colgando del perchero de la puerta era de su hijo. Asintió.

—Gracias —dije y me guardé el abrigo en la bolsa—. Se lo devolveré, lo prometo.

Subí las escaleras. Mord inspiró con fuerza. No me siguió, menos mal. Lo habría detenido.

Shadow caminó junto a mí mientras los lobos me mordisqueaban los tobillos. Veía las escaleras tras la ilusión y Shadow ni siquiera la percibía (al menos, creo que no distingue las ilusiones feéricas). Supongo que puede que sí lo haga, pero le son indiferentes.

En el ático había una camita y una alfombra acogedora de lana sin teñir. Sobre la cama había un niño, pálido como un rayo de luna sobre la nieve recién caída. Me detuve en seco, pues la criatura no se parecía en nada a los niños cambiados con los que me había topado hasta el momento: eran feos, enjutos y con la mente de un animal. El pelo largo del niño era azulado y traslúcido y su piel estaba cubierta de un brillo que parecía escarcha. Era hermoso, con una elegancia insólita, y sus ojos reflejaban una inteligencia aguda.

Una parte remota de mí se sorprendió por lo mucho que me recordaba a Bambleby. Aunque no se parecían en nada, había algo familiar que no sabía identificar; tal vez fuera más la ausencia que los rasgos, la falta de algo ordinario y mundano que caracteriza a los mortales.

Se me revolvió el estómago cuando me di cuenta de que esta criatura era la primera hada de la corte que iba a interrogar. No estaba segura de si estaba emocionada o aterrorizada.

—Me has engañado —dijo el niño cambiado de forma airada.

—Al contrario —respondí y me ajusté las mangas del abrigo. Lo había vuelto del revés antes de entrar en la casa, lo cual me permitía ver a través de cualquier ilusión que el hada decidiese mostrarme—. Tan solo he eludido tu intento de engañarme. ¿Crees que a tu verdadera madre le alegrará saber las formas con que recibes a una invitada?

—Vete. —Estaba enfadado y no solo porque hubiese evadido su encantamiento. No le había gustado que mencionase a su madre hada.

—Voy a hacerte unas preguntas —dije—. Te recomiendo que respondas rápido. Estoy al tanto de la crueldad que infliges sobre tus padres adoptivos y no me siento inclinada a ser amable contigo.

Otra ráfaga de viento recibió esta declaración. Las vigas del techo crujieron.

—¿Te gusta ser la causa de su sufrimiento?

—No me importa —espetó el pequeño. Pues era un niño, a pesar de todo su poder, y me fulminaba con la mirada con la terquedad de un crío—. No quiero estar aquí. Quiero mi bosque. Quiero a mi familia.

—¿Y qué le ha pasado a tu familia para que te hayan enviado a vivir entre los mortales? —Esta pregunta me interesaba en especial, ya que la mayoría de lo que sabemos sobre los niños cambiados son suposiciones. Es costumbre entre las hadas de la corte dejar a un niño cambiado en manos de padres mortales durante unos meses o años y que luego los vuelvan a cambiar sin mayor ceremonia (si el niño cambiado no ha muerto en ese tiempo, lo cual es algo común), pero nadie sabe exactamente por qué se comportan así. La teoría principal sugiere que lo hacen por mera diversión.

El hermoso rostro del niño cambiado se contrajo. Se inclinó hacia delante.

—Si no te vas, llenaré los pensamientos de Mord con tantos horrores que deseará estar muerto. Poblaré los sueños de Aslaug de llamas, imágenes desgarradoras y los gritos de todos a los que quiere reverberando en la noche.

Me recorrió un escalofrío, pero mantuve una actitud anodina. Sin decir una palabra, saqué un puñado de sal y empecé a esparcirlo por la habitación.

—¿Qué es eso? —preguntó, y el interés remplazó a la furia en un instante. Pellizcó un poco entre los dedos y lo olió—. ¿Sal? ¿Por qué lo haces?

Me detuve y maldije por lo bajo. La sal vincula a las hadas, pero quizá en Ljosland solo funciona con las hadas comunes, o ni siquiera eso. Saqué el clavo de hierro.

—No puedes matarme —dijo.

—No —coincidí. Matar a un niño cambiado también mata al niño que ha reemplazado. Siempre están vinculados por un poderoso encantamiento que ni el tiempo ni la distancia puede deshacer—. Aunque puedo herirte.

Le hice una señal a Shadow, que intentó morderle el pie al niño para distraerlo. Le clavé el hierro en el pecho.

Casi en el pecho. El hada se movió y el clavo acabó en su costado. Los gritos que siguieron fueron peores que los de antes, como si le hubiesen dado voz al invierno. El hada pareció disolverse y se convirtió en una criatura de sombras y escarcha cuyos ojos brillaban como el núcleo azul de una llama. Se piensa que todas las hadas de la corte son así por dentro, que su forma humana es solo la apariencia que asumen. Mientras que matarlos es algo peliagudo, una herida infligida con metal puede obligarlos a mostrarse en su forma más vulnerable e insustancial.

Todo esto lo sabía, pero solo en teoría. Ver el verdadero rostro del hada, a pesar de mi determinación, me paralizó por completo. Fue un momento, tras lo cual recuperé el juicio.

Mientras el hada seguía gimiendo, saqué su abrigo de la bolsa.

—Te daré esto si me respondes. —Me complació que, a pesar de que me temblaba la mano, la voz no.

—¡Dámelo! —gritó el niño cambiado. Estaba encogido en un rincón. Creo que todavía podía herirme, pero estaba demasiado disgustado como para pensar en ello. Por supuesto, si lo hubiera hecho, no le habría devuelto el abrigo.

Las hadas están atadas por muchas leyes ancestrales, algunas de las cuales confieren a los mortales un gran poder sobre su bienestar. Los regalos mortales las fortalecen, ya sean alimentos o joyas, pero la ropa tiene un poder especial en el sentido de que ayudan a las hadas a vincularse al mundo mortal y, en el caso de las hadas de la corte, a su apariencia mortal.

—Tengo tu atención, pues —dije cuando los gritos del niño cambiado se redujeron a sollozos—. Empecemos por tus padres.

Al final, el hada no me contó mucho. Solo gimoteaba sobre el bosque y su querido sauce y los muchos caminos que las hadas construían bajo tierra y a través de la nieve densa iluminados por la luz de la luna. Era muy interesante, pero no tardó en volverse tedioso; una hora después, sabía el número de ramas que tenía el sauce y cuántas estrellas veía el hada desde su ventana, pero poco más. Era un punto de vista distorsionado de las hadas de la corte, filtrado por los ojos de un niño egocéntrico y, por tanto, no era de mucha ayuda.

O el niño cambiado no lo sabía o no recordaba por qué lo habían llevado a Hrafnsvik, aunque creía que volverían a llevárselo y juró vengarse de mí de una gran variedad de maneras funestas cuando esto ocurriera. Cuando me cansé de sus lloros, le tendí el abrigo. Se envolvió el cuerpo con él y se acurrucó en la esquina, temblando, mientras ganaba peso y consistencia de nuevo.

No dejé a Mord y Aslaug totalmente desprotegidos, claro. Les conté el truco que había utilizado de volver el abrigo del revés (esto no evitaría las ilusiones, por supuesto, pero reduciría el control sobre ellos). Aslaug, al volver del paseo, me recibió con una calidez que no esperaba, aunque su aspecto era desconcertante: demasiado delgada, con una mirada sombría y el cabello lacio. Tarareaba casi todo el tiempo y, a veces, parecía perderse en sí misma, ajena a la conversación hasta que Mord se acercaba a ella y le daba un apretón en el hombro. A pesar de que, ante todo, soy científica y valoro mi objetividad, los habría ayudado si hubiera podido. Pero no veía la manera de hacerlo.

Volví a la cabaña para recopilar las notas. Estaba vacía, aunque atisbé dos motitas diminutas en una ladera distante y, por el color, reconocí los abrigos de Lizzie y Henry. Percibí el parpadeo de un catalejo y supuse que estaban observando las formaciones rocosas de abajo. En cuanto a Bambleby, no tenía ni idea. Quizá se había ahogado en la fuente termal.

Decidí encaminarme hacia allí. Deseaba presentarle mis respetos a mi nuevo amigo; no se pueden predecir los efectos de ser amable con las hadas comunes y todavía esperaba ganarme su confianza.

La fuente termal estaba desierta, pero me contenté con quitarme las botas y esperar. Me humedecí el rostro y luego, tras echar una ojeada rápida por encima del hombro, sumergí la cabeza.

Me enjuagué el pelo por primera vez desde que llegué a Hrafnsvik y me quité la suciedad y las hojas que ni siquiera me había dado cuenta de que tenía. Cuando terminé, lo escurrí y volví a recogerlo. Me sentí infinitamente mejor. Era como si me hubiese lavado parte de la oscuridad de la granja.

La tarde poseía esa calidez prestada y efímera que, en ocasiones, interrumpe el avance del invierno, y me descubrí pensando en cómo sería el verano en este lugar. Con el sol filtrándose entre los árboles, me sentí bastante contenta. Me comí el almuerzo mientras esperaba tras reabastecer las golosinas para el hada. No le habían gustado los caramelos ni un ápice y se había quejado de que se le quedaban pegados entre los dientes. Sin embargo, se había aficionado de inmediato a las chocolatinas. Tendría que escribirle a mi hermano para pedirle más; sin duda, los dulces me costarían su peso en oro en la tienda de Groa.

El brownie, a quien en mi cabeza llamaba Poe en honor a la piel de cuervo ajada que llevaba antes, tardó en dejarse ver más de lo habitual. Cuando apareció, fue al otro lado de la fuente y se había fundido de tal forma con la tierra del bosque que solo lo vi cuando se movió.

—Buenos días —dije con educación—. ¿Ocurre algo?

—Tu amigo ha estado aquí —dijo con vacilación.

—¿Bambleby? ¿Ha sido grosero contigo? —Si lo había sido, podía irse al infierno. No me he pasado días ganándome la confianza de esta criatura solo para que él lo arruine.

Poe negó con la cabeza.

—Me trajo caramelos de menta. Me gustan los caramelos de menta.

—Entonces ¿de qué se trata?

Poe siguió mirándome con nerviosismo. Tamborileó los dedos como agujas sobre la hierba húmeda.

—¡No quiero verle más! —estalló al final.

—En ese caso, no lo harás —dije—. Le informaré que se mantenga alejado.

Ah, por supuesto que lo haría.

Sus ojos se volvieron inmensos.

—¿Puedes darle órdenes al príncipe? —Antes de que pudiese decir algo, añadió apresurado—: No deseo hacerle enfadar. Fue amable, pero le tengo miedo. Mi madre siempre dice que nos alejemos de ellos, de los altos, de las reinas, los reyes y los grandes lores. «Te aplastarán como a una seta, pequeño», me decía siempre. «Mantén la cabeza gacha. No abandones tu árbol». Si me pregunta, debo responder. No me gustan sus preguntas.

Me quedé muy quieta. El brownie había utilizado una palabra en la lengua de las hadas que tiene muchas definiciones, puede significar «lord», «señor» u otra expresión respetuosa. Pero al decirlo de aquella manera, con un dejo algo grave a la mitad, como un pliegue, supe que solo podía significar una cosa.

—Dices que es un príncipe —repetí, articulando las palabras con claridad—. ¿Estás seguro?

El hada asintió. Se acercó mucho, lo bastante para que oliera la savia de su piel, una mezcla extraña con el olor familiar de mi antiguo sombrero de castor (que había hecho trizas para tejerse un abrigo lleno de bultos).

—Quería estar al tanto de las puertas —dijo en voz baja.

Unos pequeños escalofríos me recorrieron la espalda.

—¿Las puertas de las hadas? ¿Las que conducen a tu mundo?[*]

Él asintió. Me senté; la cabeza me daba vueltas. Sospecho desde hace tiempo que Bambleby forma parte de la aristocracia de las hadas. Que está —o estaba— en la línea de sucesión a uno de sus tronos era algo que no había supuesto, aunque eso no fue lo que me alarmó.

¿Qué quiere de las puertas de las hadas? ¿Sus preguntas son fruto de una mera curiosidad académica?

—¿Te preguntó algo más?

Poe negó con la cabeza y mis sospechas aumentaron.

—¿Qué le contaste?

Ahora, el hada casi se me había sentado en el regazo y tenía los dedos largos aferrados a mi abrigo con un gesto posesivo.

—Que aquí, en este bosque, no hay puertas. Nunca he visto una. Puede que se muevan con las nieves, con los altos. Puede que las lleven de acá para allá con el viento del norte. —Frunció el ceño—. Llegarán pronto.

Se me tensaron las manos sobre la hierba.

—¿Cómo reaccionó mi amigo ante esta información?

—No lo sé. Se marchó después. Me alegro de que se haya ido.

Como el brownie parecía consternado, le recordé que le había traído chocolatinas. En realidad, mi amabilidad se debía en parte a que me preocupaba mi abrigo —ahora tenía agujeros por el contacto con Poe—, además de mi pierna, que estaba debajo. Se apresuró a comprobar sus pequeñas provisiones y luego

---

[*] Todos los driadólogos convienen en la existencia de dichas puertas, las cuales llevan hacia los hogares y pueblos individuales de las hadas, como los habitados por las hadas comunes. Hay teorías más controvertidas sobre una clase secundaria de puertas, pero a mi parecer son bastante creíbles dadas las historias que nos llegan de las hadas de la corte. Se cree que estas conducen a lo más profundo del País de las Hadas, un mundo completamente alejado del nuestro.

desapareció en el bosque; regresó con una hogaza de pan aún caliente al tacto. Parecía tranquilo con el ritual y por mi gratitud hacia él. Le prometí volver mañana… sola.

Me pasé la siguiente hora vagando por el bosque. Me dije a mí misma que estaba sondeando varios posibles caminos de hadas que había anotado durante uno de mis paseos anteriores, pero en realidad necesitaba caminar. ¿Qué demonios iba a hacer con lo que había descubierto con respecto a Bambleby? No todas las hadas tienen grandes proyectos en cuanto a su interacción con los mortales y yo había llegado a pensar que él era un diletante aristocrático. Aun así, ¿tendría otras razones para labrarse una carrera persiguiendo historias de los de su especie?

Y lo más importante: ¿importaba? Debo preocuparme por mi libro, un libro que podría impulsar mi carrera, así que ¿por qué debería preocuparme por las intenciones de Bambleby si no se interpone en mi camino?

Era ligeramente consciente de que la mayoría de las personas habrían reaccionado de manera distinta al descubrir que había un príncipe de las hadas en su entorno, pero no le presté mucha atención.

Shadow iba delante de mí con la cabeza gacha mientras olisqueaba un revoltijo de setas. Cuando consulté el mapa, anoté que parecían haberse trasladado desde su localización anterior, a unos metros de distancia. Ahora bien, es posible que se formaran durante el aguacero reciente, aunque no lo creía. Mis ojos expertos reconocieron la forma, algo diferente de su patrón y propósito naturales. Puede que fuese un lugar de encuentro.

Me fui calmando al sumergirme en el trabajo y los siguientes kilómetros fueron muy apacibles. Si alguien afirmase encontrar en su trabajo una felicidad mayor que la mía al rastrear huellas de hadas en los bosques silvestres iluminados por el sol, no lo creería.

De repente, Shadow se adelantó con la cola agitándose entre la escasa maleza. Lo seguí hasta un claro donde encontré, despatarrado bajo el sol y contra un árbol, con las piernas extendidas y el sombrero sobre el rostro, nada más y nada menos que a Bambleby. Parecía haber hallado la zona más verde del bosque, al cual le quedaba poca vegetación (era solo un bosquecillo de coníferas).

No se despertó de la siesta cuando Shadow se tendió a su lado, pero sí cuando le di una patada al árbol y le cayó una lluvia de agujas de pino.

—¿Eso es todo lo que haces? —pregunté.

—Querida Emily —dijo. Se estiró como un gato y le rascó las orejas a Shadow—. ¿Qué tal te ha ido el día?

—Magnífico. —Como no dio muestras de levantarse, me senté en la hierba a regañadientes—. Nuestro amigo del pueblo no era un espectro, sino un niño cambiado de las hadas de la corte. Tuve que interrogar a la criatura con hierro. Sin ayuda.

—Estoy seguro de que te las apañaste bien sola, como siempre. —El sombrero volvió a deslizarse sobre su frente. Se lo quité y él parpadeó ante la luz repentina—. Cielos. ¿Qué he hecho para ganarme esa mirada de basilisco?

—Aceptamos trabajar juntos. Y ahora me entero de que has visto conveniente pisotear mi investigación. El brownie de la fuente, cuya amistad llevo días cultivando, apenas quería hablarme tras tu visita.

—¿Qué? —Parecía realmente desconcertado—. Le llevé al diminuto un caramelo de menta y le hice unas preguntas. Nada más.

—Parecía temerte —me apresuré a añadir—. Aunque no dijo por qué. En todo caso, no puedes volver allí.

—Tus deseos son órdenes, Em. —Me miró con diversión—. ¿Es eso lo que te ha disgustado? Seguro que hay más brownies en este bosque para que los molestes si ese se ha resentido contigo.

Pensé con rapidez y fruncí el ceño para ocultarlo. Me había quedado claro, de una forma que no me había pasado antes, que sería aconsejable que temiese a Bambleby. Y si no podía hacer acopio del miedo —una proposición dudosa, a decir verdad—, al menos debía intentar ser cautelosa por la simple razón de que es un hada. Mis sospechas ya no son tales, sino un hecho.

—Desde que llegaste no has hecho más que holgazanear por ahí —le dije—. Además de poner en peligro la única conexión significativa que he establecido con las ocultas. No te das cuenta de lo duro que he trabajado, Wendell, ni de lo importante que es esto para mí.

—Sí lo hago —dijo y me alarmó la seriedad con que lo hizo—. Y lo siento si te he dado motivos para pensar lo contrario, Em. Te aseguro que hoy he estado trabajando mucho. —Se miró a sí mismo despatarrado—. Más o menos. Me he recorrido buena parte del Karrðarskogur. Incluso he descubierto un lago a bastante altura en la montaña que parece habitado por un kelpie. Bueno, o como quiera que llamen a esas criaturas en este condenado país.

—¿Un kelpie? —Me quedé con la boca abierta—. ¿Qué lago? No he visto ninguno.

Él parecía demasiado satisfecho consigo mismo.

—Eso es porque lo has pasado por alto, querida. Está a menos de un kilómetro de lo que abarca tu mapa.

—Enséñamelo.

Gruñó.

—Pero acabo de venir de allí. Tienes demasiado vigor para ser académica. Otro día, por favor. ¿Por qué no me cuentas la entrevista con nuestro nuevo amigo cambiado?

Estaba cambiando de tema, pero admití que no tenía mucha energía para subir a la cima después del día que he tenido, así que le resumí el interrogatorio en la granja.

—Los está aterrorizando, Wendell —concluí.

—Eso parece —dijo, aunque no parecía especialmente interesado—. ¿Y no te contó nada sobre sus padres?

Negué con la cabeza.

—Los motivos por los que las hadas de la corte roban niños nunca han salido del ámbito de la especulación académica. Si tan solo pudiéramos preguntarle a uno de ellos...

—No sería muy agradable —señaló con debilidad.

Apreté los dientes.

—En cualquier caso, no sé hasta qué punto podremos averiguar su motivo en este caso.

—¿Motivo? ¿O motivos? Las hadas difieren en muchas maneras; no cabe duda de que esta es una de ellas.

No detecté un significado oculto en sus palabras, así que decidí tomármelas al pie de la letra. Puede que fuera cierto que no supiese por qué las hadas de Ljosland robaban niños. De hecho, se mostraba tan indiferente con dicha cuestión que sentí un atisbo de duda. Aun así, ¿qué razón podría tener Poe para mentir sobre la identidad de Bambleby?

—Al menos, me gustaría que intentases ayudar.

—¿Ayudar a quién?

Me entraron ganas de sacudirlo.

—¡A Mord y a Aslaug!

—Ah. ¿Y qué pretendes que haga? Su hijo morirá si matamos al niño cambiado. Si de alguna manera lo arrancamos de su morada, morirá, y el resultado será el mismo. —Se recostó contra el árbol y sus párpados comenzaron a cerrarse de nuevo—. Además, no sería muy profesional. Estamos aquí para observar, no para intervenir.

Lo contemplé con cautela.

—Quizá podrías visitarlos.

Entreabrió los ojos.

—¿Y qué conseguiremos con eso?

Su voz sonaba tan aburrida como de costumbre, pero había algo subyacente a ella que me hizo sentir como si me estuviese adentrando en terrenos peligrosos. Salvo que no me importó. Sabía que si dejaba a Mord y a Aslaug con el niño cambiado sin hacer todo lo posible para liberarlos de su veneno, lo lamentaría hasta el fin de mis días.

—No lo sé —dije y le devolví la mirada sin un rastro de emoción. Era cierto en buena parte. No sé qué poderes tiene o qué es capaz de hacer—. Puede que le sonsaques más información a la criatura que yo. Es evidente que las hadas de Ljosland te consideran una compañía desagradable por razones que no llego a imaginar.

Se rio. Sus ojos se vuelven muy verdes cuando se ríe; uno podría preguntarse si el color se derramará de ellos como la savia.

—Apenas te reconozco, Em. Nunca habría pensado que tú, de entre todas las personas, llegarías a preocuparte por cualquiera de estos lugareños. ¿No son meras variables en tu investigación?

—No es que me preocupe por ellos —dije de forma airada antes de darme cuenta de que mi tono ofendido le daba la razón. Por su sonrisa, supe que él también se había fijado.

—Mañana visitaré a tus horticultores —dijo—. ¿Te parece bien?

—Gracias. —Me puse de pie. Me sentía desestabilizada y quería abandonar la conversación—. Quizá podríamos volver a la cabaña.

Me gustaría revisar tus notas y oír lo que han descubierto tus estudiantes.

—Muy bien. —Me lanzó una mirada triste, como si esperase a que lo ayudase a levantarse. Me crucé de brazos. Con un gruñido teatrero, se levantó con su elegancia habitual y nos marchamos del Karrðarskogur.

30 DE OCTUBRE

Anoche Bambleby insistió en que nos pasásemos por la taberna, como es natural, un divertimento sumamente aceptable para nuestros dos ayudantes, que estaban agotados tras el trabajo de campo. Lizzie y Henry, embajadores atractivos pero anodinos de la comunidad científica, fueron recibidos con calidez por los campesinos y la gente de bien por igual e hicieron buenas migas con rapidez con los jóvenes del pueblo por su entusiasmo al probar la cerveza local. Bambleby, por supuesto, estaba en su elemento. Con una rapidez que sospeché que establecería un récord incluso en los libros, no tardó en tener a la mitad de la taberna bramando de risa por una de sus historias sobre infortunios en el extranjero, narrada con un acento ljoslandés encantador, mientras la otra mitad más alejada cuchicheaba sobre él, incluyendo a varias señoritas a quienes oí planear invitaciones privadas de una naturaleza decididamente no académica. El resultado fue, sin duda, la tarde más divertida que había pasado en Hrafnsvik, ya que los lugareños olvidaron en su mayor parte mi existencia ante la personalidad arrolladora de Bambleby. Estaba encantada de permanecer sentada en un rincón con mi comida y mi libro sin hablar con nadie.

Bambleby parecía sentirse atraído especialmente por la hermosa hija de la leñadora, Lilja, y pasó buena parte de la tarde —cuando no ocupaba su hora pródiga en el escenario— cortejándola junto al fuego. Me temo que una de mis fuentes de diversión era la cortesía continuada con que ella recibía sus atenciones, la cual nunca fue más que tibia. Parecía que Bambleby nunca se había topado con dicho resultado hasta entonces, dada la confusión que se podía advertir en su mirada, que seguía desviándose hacia Lilja al otro lado de la estancia. Esto, también, fue correspondido con un muro de indiferencia amistoso.

La única persona que conversó conmigo fue la anciana Thora Gudridsdottir, encorvada en la otra silla de la mesa del rincón.

—No hay mucho con qué distraerse, ¿no? —dijo.

Señalé el tomo académico que tenía entre las manos.

—Esto es mucho más entretenido que las historias a las que me he visto sometida más de una vez.

—Eres como un témpano de hielo. —A diferencia de Finn, no parecía que Thora lo dijese como un insulto—. No eres de las que se deja embelesar por una cara bonita, ¿eh? ¿Qué demonios estás leyendo?

Le expliqué que era un tratado sobre las hadas de los bosques de Rusia, las *leshy*, sobre las cuales algunos académicos proponen que son parientes de las ocultas de Ljosland (aquellos inclinados a contemplar la idea de que existen). Thora pareció intrigada y me hizo muchas preguntas.

—¿Me lo prestas? —dijo.

—Por supuesto —respondí con cierta sorpresa y le tendí el libro—. Tal vez, al terminar con su lectura, podría darme su opinión sobre las virtudes de la teoría de Wilkie.

Ella resopló y pasó las páginas con el pulgar.

—No necesito leerlo para saber que son paparruchas. No hay nada que se parezca a nuestras moradoras de las nieves, ni en este mundo ni en el siguiente.

Parpadeé.

—¿Se ha cruzado con otras hadas?

—Me he topado con ellas. Con eso basta.

—¿De verdad? —Tenía tantas preguntas que no sabía cuál hacer primero. Ella pareció darse cuenta y volvió a resoplar.

—No hablaré de ellas aquí —dijo—. Y tampoco debería hacerlo en ningún otro sitio, con lo poco que falta para el invierno, pero si vienes a casa al mediodía, cuando el sol brille y los vientos sean propicios, responderé tus preguntas. Aquellas para las que tenga respuesta.

Ante esto, acepté con entusiasmo. Ella volvió al libro y de vez en cuando resoplaba por la nariz con brusquedad, aunque a menudo desviaba la mirada en dirección a Bambleby. Le pregunté si quería acercarse para oír sus historias.

—Ah, prefiero disfrutar de las vistas —dijo con una carcajada ante la que no pude evitar sonreír. Se acercó a Shadow, enroscado a mis pies bajo la mesa, con sus grandes ojos negros analizando cómo se desarrollaba la reunión, pero siempre volvía a mí con la precisión de un reloj—. Es un perro de lo más singular. ¿Lo tiene desde hace mucho?

—Desde hace unos años —respondí. Thora me hizo una serie de preguntas sobre Shadow y le conté la historia que me había inventado sobre cómo nos habíamos conocido, la cual intentaba no alterar. He descubierto que tener una sola historia que recordar es más fácil.

Debí divertirme mucho en la taberna, pues dormí media hora más de lo acostumbrado esta mañana. Cuando me levanté, me encontré la cabaña vacía y a Shadow adormilado y feliz junto al fuego después de que le hubiesen dado el desayuno. La capa de Bambleby no estaba, ni las de sus estudiantes, y los restos del desayuno estaban esparcidos por la mesa.

Estaba asombrada. ¿Acaso mi regañina había calado de verdad en la mente de Bambleby? ¿O estaba interrogando de nuevo al hada común sobre las puertas de las hadas? En cualquier caso, estaba contenta de tener unos momentos de paz y me senté a la mesa con mis notas y una taza de té.

La puerta de Bambleby se abrió de golpe y casi se me sale el corazón. Una joven pelirroja y llena de pecas asomó la cabeza.

—¡Ah! —Se rio con nerviosismo y se ciñó la sábana que la envolvía—. Pensaba que estaba sola.

—Lo mismo digo.

No pareció echarle cuentas al tono con que lo dije y entró en la estancia principal con aires provocativos y una sonrisa; por la expresión traviesa que tenía en el rostro, debió de imaginar que me uniría a ella.

—¿Se ha marchado?

—Milagrosamente, sí.

La chica —creo que era una de las muchas nietas de Thora— se acomodó, con sábana y todo, frente a mí en la mesa y con aire indolente se sirvió los restos del desayuno. Procedió a interrogarme sobre el pasado de Bambleby, sobre todo en referencia a sus devaneos, un tema sobre el que podría haber escrito varios tomos si hubiese optado por abandonar mi buen juicio. Respondí con tanto *staccato* que pronto empezó a sonreírme con suficiencia; habrá imaginado que me ha dado calabazas o que estaba celosa, o ambos. Por suerte, Shadow la asustó cuando puso las patas sobre la mesa con la esperanza de comerse las migas, y ella salió de la cabaña poco después.

La mañana era gris y ventosa con intervalos de aguanieve, la imagen más miserable que puede ofrecer el cielo, así que solo me animé a llegar hasta la fuente termal para mi visita, ahora habitual, a Poe. Pasé la mañana restante con mis notas y las de Bambleby, que eran justo tan someras como había esperado. Se abrieron unos parches de cielo azul al mediodía, por lo que me calé el sombrero y guardé la cámara con la intención de adentrarme en las montañas para ir en busca del supuesto kelpie de Bambleby, del cual Thora me había informado que lo denominaban *nykur* en Ljosland.

Sin embargo, justo cuando salía por la puerta, Bambleby subía por el camino con el cuello del abrigo notablemente torcido y con aspecto apagado. Se sobresaltó un tanto al verme y luego desvió la mirada con una expresión de culpa.

—¿Qué ha pasado? —dije, temiendo su respuesta—. ¿Y dónde demonios has estado?

—Parece que debo renunciar a la investigación —respondió—. Te molesta cuando duermo hasta tarde. Te molesta cuando me levanto temprano. Te molesta cuando hago exactamente lo que me dices que haga, y eso cuando me lo dices. No puedo ganar contigo, Em.

—Bueno, ya está bien. —Entrecerré los ojos—. Has visitado al niño cambiado.

—Así es. Aunque me temo que no he obtenido mucha información de él y eso es porque no tiene nada que ofrecer. No sabe cuándo volverán sus padres ni cuándo lo abandonaron aquí.

Observé el camino mientras pasaba junto a mí en dirección a la cabaña.

—¿Dónde están nuestros asistentes?

—Pensé que lo mejor sería dejarlos en la taberna con los bolsillos a rebosar de monedas.

Su tono no me gustó ni por asomo.

—¿Y cuál es el motivo de tamaña generosidad por tu parte?

Se tomó su tiempo para responder y utilizó a Shadow como excusa mientras lo saludaba con una muestra de afecto exagerada.

—Los llevé conmigo a la granja.

—Ay, cielos. —Lo fulminé con la mirada—. ¿Por qué harías tal cosa? ¡Los aprendices no pueden manejar a criaturas de ese tipo!

—Soy responsable de su educación. La oportunidad de estudiar a un niño cambiado en persona es incalculable para cualquier escolar en ciernes. Además, por cómo lo pintaste, parecía que la criatura era casi *inofensiva*, Em.

—¡Nunca dije tal cosa! Si piensas que…

—Bueno, lo insinuaste. ¡Y dominaste a esa cosa con un pedacito de hierro! Eres tan temible como siempre supuse que serías.

—No importa tanto el hierro como conocer el comportamiento de las hadas, cosechado mediante una lectura extensiva y una amplia experiencia en el área. Lleva años alcanzar tal comprensión.

Me lanzó una mirada que me costó interpretar.

—Si hubiese sabido lo que es ese niño cambiado, el poder que posee, no te habría dejado ir sola. Soy mejor amigo que eso.

—¡No necesitaba tu ayuda! —grité—. Manejé bien la situación.

Se presionó las manos contra el rostro.

—Ayer estabas enfadada por mi falta de ayuda. Hoy casi me arrancas la cabeza por ayudar. Eres la persona más contradictoria que he conocido jamás.

Aquello me bajó los humos. Que Wendell Bambleby me etiquetase como contradictoria detendría en seco a cualquier persona sensible.

—Supongo que podría haber sido más directa —dije a regañadientes. Me senté a la mesa—. Bueno, ¿qué vamos a hacer?

—No lo sé. —Tomó asiento frente a mí, levantó una rodilla y apoyó el brazo sobre ella. Con la otra mano, hizo girar una de las tazas de té vacías—. No sé qué ilusiones les ha mostrado la criatura. Solo sé que, dada su expresión, estaban espantados. Aun así, ambos parecieron más calmados después de comer y tomar algo de vino. Mañana los dejaré tranquilos.

Sentí una punzada de culpabilidad.

—Supongo que debería haber mencionado —dije— que ayer no dejé a la criatura de muy buen humor.

Ladeó la cabeza hacia mí con una silenciosa mirada exasperada.

—Bueno, ¿qué ilusión te mostró a ti? —dije para redirigir su atención.

—Ah, no importa. Frío, hielo y unos condenados lobos aullando. —La taza repiqueteaba contra la mesa al girar—. Basta decir que me he topado con hadas peores que ese mocoso. Mord y Aslaug parecían decepcionados de que no me hubieses acompañado. ¿Te das cuenta de que eres capaz de inspirar afecto en los demás?

—Pensaba que solo en los narcisistas y holgazanes.

Se reclinó con una sonrisa tironeando de sus comisuras.

—¿Sabes, Em? Podrías hacerte la vida mucho más fácil si intentaras gustar de vez en cuando.

—Eso hago —dije alzando la voz. Sus palabras me escocieron más de lo que él habría imaginado. Lo intentaba una y otra vez… o, al menos, solía hacerlo, y nunca obtuve resultados.

—Bueno, en cualquier caso, esta vez te has superado. Cómo has convencido a casi un pueblo entero para que te odiase en el lapso de una semana va más allá de mi comprensión. No hará que nuestra investigación aquí sea más sencilla, dada la necesidad de *hablar* con los habitantes de dicho pueblo.

Emití un ruido de frustración, me pasé una mano por el pelo y deshice más aún el recogido. Tenía razón y lo odiaba.

—No he hecho nada para ponerlos en mi contra. Solo que ofendí a Aud de alguna manera y parece que los demás se resienten en su nombre.

—Cuéntamelo —dijo, y empujó la silla con la rodilla para que se sostuviera sobre las patas traseras.

Fruncí el ceño y le conté la visita funesta a la taberna. Para cuando terminé, él había compuesto una mueca y sacudía la cabeza.

—Ay, Em —dijo—. Em. ¿No te has documentado nada antes de venir aquí?

Eso sí me molestó.

—¡Que no me he documentado! ¿Qué quieres…?

—No me refiero a las ocultas. No tengo dudas de que has recorrido Cambridge de punta a punta para buscar cada referencia a ellas, aunque sea de pasada… Te imagino aterrorizando a los pobres bibliotecarios. Me refería a los habitantes mortales de este encantador páramo invernal.

Abrió su cartera y sacó un libro antes de lanzármelo.

—¿Qué es? —Parecía estar escrito en ljoslandés.

—Una novela —dijo. Sacó otro libro y casi no lo atrapo—. De naturaleza obscena, me temo…, para nada de tu gusto. Ese es el relato de una guerra comercial muy aburrida. Ten. —Sacó un tercer libro, también en ljoslandés—. Una biografía de su última reina. Ese no es tan malo…, disparó a uno de sus pretendientes en el pie. Por accidente, claro.

Me crucé de brazos.

—Gracias, pero no hace falta que sigas. Lo entiendo.

—¿De verdad? ¿Acaso sabes leer ljoslandés?

—Lo suficiente para salir del paso —mentí, pues no tenía intención de escucharle jactarse. Bambleby está tan versado en idiomas que resulta irritante. Un pequeño prodigio…, las hadas saben hablar cualquier idioma mortal con el que tengan contacto. Al igual que atraviesan de un lado a otro las barreras físicas erigidas por los mortales, también eluden las de nuestras culturas.

—La hospitalidad es importante para estas gentes —dijo—. Lo sabrías si te hubieras molestado en aprender algo sobre ellas. Ofendiste a Aud al insistir en pagar por tu cena.

Me quedé boquiabierta.

—¿Eso era? ¿Por eso me odia?

Él suspiró.

—Quizá, si no estuvieras siempre a la defensiva, ya te habría perdonado. Pero si hay alguien capaz de animar a otros a buscar una excusa para ofenderse, esa eres tú. Y luego agravaste el error al entrometerte en su pueblo con tus preguntas sin haberle pedido permiso antes.

—No me creo que los habitantes del pueblo necesiten su permiso para hablar conmigo.

—Por supuesto que no. Aun así deberías habérselo pedido.

Enterré la cabeza entre las manos. El maldito Bambleby tenía razón.

—Bueno, ¿qué vamos a hacer?

—Vas a permitir que sea amable contigo —dijo—. Que te reciba como a una invitada. Y lo harás de manera que no asuma que yo te he dicho qué hacer.

—No tengo ni idea de cómo lograrlo.

—Lo sé. —Bajó la silla y me miró con consideración—. No he dicho que no te ayudaría, solo que no debemos decepcionar a Aud. Necesitamos solucionar esto antes de avanzar en nuestra investigación. Anoche los lugareños fueron evasivos conmigo cada vez que mencionaba a las ocultas. Mi amistad contigo significa que yo tampoco obtendré mucho de ellos.

Gruñí.

—¿No puedes encandilarlos para conseguir lo que quieres como siempre haces?

—Puede. Pero eso llevaría tiempo. ¿Tenemos tiempo que perder? Como bien te gusta recordarme, solo nos quedan unas semanas.

Me miré fijamente las manos. Thora hablaría conmigo, pero no podía basar mi investigación en el testimonio de una sola persona.

Siempre he odiado este tipo de situaciones. Investigaría a una docena de condenados niños cambiados antes que abrirme paso por este atajo de convenciones sociales. He pensado que, tal vez, simplemente deba evitar todo tipo de conversación de ahora en adelante, ya que siempre lo acabo fastidiando.

—Mi querida Emily, nunca te he visto tan abatida. —Me contemplaba con afecto… y algo más, pero desapareció antes de que pudiese identificarlo—. ¿Por qué no damos un paseo? Dejaré que me entretengas con una lista de tus exigencias. Luego puedo buscar un sitio bonito para echarme una siesta mientras persigues a algún hada común a la que hostigar.

—Me gustaría ver el lago —dije, ya de pie. Más que nada, quería alejar la conversación de mi mente—. ¿Dices que encontraste un camino?

Gruñó un poco, pero yo ya había salido por la puerta, así que se puso el abrigo y me siguió.

31 DE OCTUBRE

Cuando me levanté, todo estaba oscuro y en silencio. Al parecer, el entusiasmo de Bambleby por despertarse temprano ha sido efímero… Bueno, está bien; estaré mucho más tranquila para escribir en el diario. Acabo de abrir los postigos; un paisaje blanco y sombrío me devuelve la mirada mientras pongo por escrito estas palabras.

Ayer llegamos al lago después de un ascenso empinado. Aquella imagen me paralizó en el sitio, una pequeña cuenca de un azul aterciopelado entre columnas de roca. A nuestras espaldas se extendía el feroz mar ártico cubierto de hielo, demasiado visible desde aquella altura. «Demasiado» resumía bastante bien aquel lugar, pensé mientras me apresuraba a seguir a Bambleby, quien aparte de darle unas patadas esporádicas a las rocas volcánicas esparcidas aquí y allá, apenas parecía consciente de la naturaleza salvaje del entorno. El viento tironeaba de mi recogido y los mechones sueltos me azotaban el rostro.

Aunque solo encontramos una tenue evidencia del *nykur* —fotografié unas huellas emborronadas en el lodo congelado a la orilla del agua—, a la vuelta mi estado de ánimo había mejorado. Como Finn nos había informado que el tiempo estaba cambiando

—aquella nube amenazadora sobre el horizonte era un claro indicio—, decidí aprovechar al máximo posible el sol y partir a estudiar los picos del este mientras que Bambleby, a pesar de no mostrar ningún signo visible de cansancio, alegó estar agotado y se retiró a la cabaña.

Como fui a caminar yo sola, medí mal la distancia y volví cuando ya había oscurecido y las estrellas brillaban con fuerza sobre mí como un tesoro derramado. No pude evitar detenerme para observarlas, un pasatiempo con el que rara vez me consiento en Cambridge, pues las noches se desdibujan por las lámparas de gas, cercadas por los árboles y las torres. Para cuando ascendí el caminito de la montaña hacia la cabaña, nuestros estudiantes ya habían regresado de su estadía en la taberna bastante desmejorados y se habían acostado temprano para dormir la mona.

Tras aquel ocaso ventoso, apenas reconocí la cabaña cuando entré. El fuego crepitaba con viveza y toda la estancia estaba iluminada por unas lámparas de aceite que antes no teníamos, colocadas de forma estratégica. Había alfombras de lana dispersas por el suelo y cortinas en las ventanas. Había *cosas* sobre la repisa de la chimenea: objetos bonitos que parecían no tener ningún propósito. Reconocí uno del despacho de Bambleby, un espejito enjoyado que destellaba alegremente a la luz del fuego, pero otros parecían artefactos de Hrafnsvik, como una *madonna* tallada a partir de un hueso de ballena y un pequeño paisaje marino pintado en un fragmento de madera arrastrado por la corriente.

Bambleby estaba sentado junto al hogar remendando una cortina. Me explicó que Krystjan le había prestado la mayoría del mobiliario, incluyendo la cortina que tenía entre manos y que tenía intención de colgar en la cocina.

Estaba tan asombrada que casi no oí nada de lo que me dijo.

—¿Estás zurciendo cortinas? ¿Tú?

—En mi familia somos diestros con la costura —se limitó a contestar mientas sus dedos se movían con una destreza inverosímil.

Le dije que la cabaña era perfectamente adecuada tal y como estaba antes, a lo que él respondió que el lugar era tan frío, húmedo y desprovisto de alegría que solo serviría para los murciélagos y las gárgolas antisociales enfrascadas en sus libros, y que se sacaría los ojos antes que tener que soportar pasar semanas en un entorno tan miserable. Contemplé la posibilidad de desatar a Shadow y que pisoteara los esfuerzos de Bambleby con las patas llenas de barro, pero lo cierto es que incluso yo vi que nuestra humilde morada había mejorado mucho, no solo por la sensación de calidez, sino por la seguridad que transmitía, un efecto acogedor y envolvente cuya fuente no sabía identificar del todo. Me conformé con enfrascarme en mis libros para lo que quedaba de la tarde y lo ignoré por completo, algo que odia por encima de todas las cosas.

Me temo que desde lo último que escribí, las cosas se han torcido.

Finn llegó tarde con el desayuno, lo cual no me alarmó de entrada dadas las condiciones climáticas. Acerqué una silla a la ventana y contemplé la nieve caer mientras preparaba el té. No me había olvidado de la promesa que le había hecho a Poe y no me apetecía adentrarme en esa ventisca, aunque estimo que la nieve tendría menos de tres metros.

Mientras estaba allí, una especie de temor inexplicable creció en mi interior, la sensación de que era la única persona a kilómetros de distancia. Me puse de pie de súbito y abrí de golpe la puerta de Bambleby, que chocó contra la pared.

Desde la cama me llegó una especie de murmullo confuso y, ahí estaba, un destello de cabello dorado. Aun así, el alivio fue pasajero y ya estaba atravesando a zancadas el pasillo cuando Bambleby graznó:

—¿Em? ¿Qué demonios?

La habitación de los estudiantes estaba vacía. De alguna forma, sabía que lo estaría. No solo eso, sino que sus baúles no estaban, ni sus capas. Regresé hecha una furia a la habitación de Bambleby, volví a golpear la puerta y abrí de un tirón las cortinas.

—Cielo santo —masculló desde la almohada—. Si esta es tu forma de poner una alarma, le pediré a Krystjan que instale una cerradura.

—Se han ido.

—¿Qué?

Unos minutos después, llamaron a la puerta. Abrió Bambleby, que por fin se había levantado. Sabía que no serían ellos y así fue; el rostro preocupado de Finn nos devolvió la mirada.

—Gracias a Dios —dijo—. En el pueblo se rumoreaba que habíais partido esta mañana en el barco de Bjorn Gudmunson hacia Loabær. El tiempo es adverso para navegar.

Intercambié una mirada con Bambleby.

—Los rumores son en parte ciertos. Al parecer, nuestros estudiantes han huido. ¿Pero qué demonios piensan hacer en Loabær?

Finn apoyó el peso en la otra pierna con aire culpable.

—Desde Loabær salen barcos mercantes hacia Londres cada pocos días. Puede que tengan en mente subirse a uno.

Bambleby lo miró con gravedad.

—¿Puede?

—Puede que ayer… los haya oído discutirlo con Bjorn en la taberna —dijo Finn y se apresuró a añadir—: No tenía ni idea de que tuvieran intención de marcharse hoy.

—Gracias, Finn —dije con tono sombrío. Aceptamos el desayuno que nos había traído (esta mañana solo pan y queso); no había tenido tiempo para preparar nada más con la carga añadida de la tormenta a sus tareas. Parece ser que varias ovejas habían desaparecido y el peso de la nieve había provocado que cediera el techo de un edificio anexo.

Bambleby se paseó de un lado a otro. Mientras que yo me había calmado un tanto, él parecía ponerse más nervioso por momentos.

—Estupendo. Casi nos hemos quedado sin leña. —Confía en él para que se preocupe más por su propia comodidad cuando, en estos momentos, sus estudiantes bien podrían haberse ahogado en el mar congelado. Se lo hice saber y lo desestimó con un gesto—. Conocí a Bjorn. Ese hombre sabe lo que hace. No habría partido en una misión suicida.

Lo observé durante un instante… Creo que nunca lo he visto tan desmoronado.

—¿Alguna vez has viajado al extranjero sin criados? Lo siento, estudiantes.

Me miró con los ojos entrecerrados.

—Nunca he tenido la necesidad.

—Ya veo. —Si no hubiese estado preocupada por la investigación, puede que hasta me habría divertido—. ¿Qué vamos a hacer? El tiempo que tenemos es limitado y ahora no contamos con asistentes que nos ayuden a recopilar datos.

—Estoy seguro de que nos las apañaremos —dijo con aire distraído. Sabía que no le importaba ni un ápice la recolección de datos... Bueno, ¿por qué iba a hacerlo si estaba acostumbrado a inventarse dichos datos? No, él se preocupaba por quién le prepararía el té y le haría la colada.

—A partir de ahora tocará que nos remanguemos nosotros —señalé y puse especial énfasis en «nosotros».

Bambleby se desplomó en uno de los sillones con aspecto desfallecido.

No quedaba agua para lavar los platos tras el desayuno, así que me enfundé las botas y salí al arroyo. La nieve había cesado y el cielo tenía un suave color crema, como si las montañas dormitasen bajo unas mantas de lana. Había cierta belleza en la ausencia de color del bosque, con su oscuridad encantada recortada por los arbustos de un blanco grisáceo como si la nieve los hubiese reducido a la misma esencia del bosque.

Aquella sensación de paz fue breve. El arroyo estaba cubierto de una capa de hielo demasiado gruesa como para que pudiese atravesarla. Me resbalé al intentarlo y me embadurné de nieve. En un momento de inspiración, llené la olla con esta y luego la puse sobre el fuego. Bambleby estaba fuera junto al leñero y parecía como si estuviese intentando resolver una ecuación matemática. Por algún motivo, había apartado la nieve con la bota de forma que pudiese estar de pie sobre la hierba helada. En realidad lo sentí un poco por él, temblando a pesar del peso de su capa, pues me recordaba a una especie de árbol o arbusto de zonas templadas, trasplantado y obligado a crecer en un jardín norteño en contra de su voluntad. Levanté el hacha y deposité un tronco sobre el tocón.

—Quizá deberíamos llamar a Finn —dijo Bambleby.

—Soy perfectamente capaz de hacerlo —respondí, aunque el hacha tenía un diseño ljoslandés enervante y casi me llegaba al hombro.

La enarbolé. La hoja roma rebotó contra el tronco, que salió despedido hacia un árbol, lo cual provocó una pequeña avalancha de nieve. El hacha se quedó atascada en el tocón; perdí el equilibrio y me caí.

—Cielos, qué proceso más violento. —Parecía abatido.

Me levanté como pude con las mejillas ardiendo mientras me sacudía la nieve del trasero.

—Así no es como se supone que debe ir.

—No pienso ayudar. —Retrocedió un paso y alzó las manos elegantes—. Me cortaré el pie. O lo harás tú.

—Venga ya. —No tenía ganas de una segunda intentona y, como estaba enfadada, no pude evitar provocarle. ¡Provocar a un príncipe hada! Un hábito desafortunado que había adoptado—. ¿Acaso no calentáis las casas con leña en el lugar de donde vienes? —dije con aire inocente.

Me fulminó con la mirada.

—Me alegra mucho decir que en Dublín tenemos sirvientes que se ocupan de estas cosas.

—Pues esto no es Dublín y yo no voy a conseguir nada. Tienes que ayudar.

—No. Dedícale una mirada asesina, seguro que se parte por la mitad por sí solo.

—¡Dios! —Fui a empalar el hacha en la tierra con frustración. Por desgracia, Bambleby, como criatura contradictoria que es, acababa de dar un paso adelante para arrebatármela. Cambié la dirección del hachazo justo a tiempo para no rebanarle el brazo, pero no lo bastante rápido como para salvar su manga.

—¡Maldita sea! —Se presionó el brazo con la mano y al principio pensé que estaba siendo melodramático, pero luego la nieve comenzó a volverse rosa a sus pies.

—Lo sabía —espetó mientras la sangre manaba de entre sus dedos—. Sabía que serías mi perdición. Ojalá hubieras apuntado a mi pie. Es mi capa favorita.

—¡Que le aspen a tu capa! —Lo arrastré hacia la cabaña—. ¡Entra! ¡Estás sangrando!

—No sangraré menos dentro, estás completamente loca.

Pero permitió que lo llevase al interior y fue dejando tras él un rastro de sangre como huellas rojas diminutas. Horrorizada, vi que la olla con nieve que había puesto al fuego se había desequilibrado al derretirse y se había volcado; lo había extinguido salvo por unas brasas. Shadow, que se había despertado de su siesta junto al fuego, estaba sentado y estornudaba por el humo.

Cuando retiramos la capa de Bambleby, descubrimos que el hierro del hacha le había hecho un corte profundo y había llegado hasta el hueso. Un fragmento de piel colgaba como si fuese un trozo pálido de tela. Como no había agua para lavar la herida, me conformé con hacerle un vendaje temporal usando jirones de mi bufanda. Para cuando terminé, Bambleby tenía el brazo empapado de sangre y el rostro lívido.

—Quédate aquí —dije.

—¿Debo hacerlo? Vámonos de nuevo a las colinas.

—Ni se te ocurra hablar. —Estaba hecha un manojo de nervios: los estudiantes desaparecidos, la cabaña que se enfriaba con rapidez, la olla con el agua, todo lleno de sangre. Me llevó el doble de tiempo de lo que normalmente necesitaba volver a encender el fuego y me vi obligada a utilizar el último leño. Luego estaba el asunto de calentar más nieve en la olla, que ahora me daba pánico volcar. Estaba igual de preocupada por la escasez de ideas por parte de Wendell. Le examiné la herida de nuevo y me alarmó descubrir un charco de sangre en el suelo.

—¿Por qué sigues sangrando? —pregunté, absurdamente ofendida.

Él dejó escapar una risita. Había apoyado la cabeza sobre el brazo bueno.

—Em, casi me amputas la mano.

Lo sacudí.

—¡Dime qué hago!

—No tengo ni idea. —Su voz sonaba débil—. Nunca me había hecho una herida. Tampoco es que me importe mucho.

Solté una sarta de maldiciones. Mi mente repasaba a toda velocidad todo lo que sabía sobre las hadas irlandesas, pasando los cuentos como si fuesen las páginas de un libro. Había uno que hablaba de un lord de las hadas herido en batalla cuidado por una muchacha mortal, tras lo cual él convirtió su pelo en oro y ella vivió como una reina y se compraba una casa nueva con cada centímetro de cabello que le crecía. Otra historia era sobre una doncella hada convertida en árbol que un leñador cortó por la mitad solo para percatarse de su error cuando el árbol comenzó a sollozar. Hay muchas historias sobre hadas cuidadas por mortales que han recuperado la salud, pero ninguna explicaba *cómo*; las contaban personas a las que les encantaba oír que las hadas siempre han necesitado la ayuda de los mortales y sobre las ostentosas recompensas que les conceden después.

—Creo que necesito puntos —dijo.

—¿Puedes hacerlo tú?

—No. —Sonó tan seguro que no me planteé cuestionarlo. Apreté la bufanda y lo ayudé a llegar hasta su cama. Luego corrí.

Primero llamé a la puerta de Krystjan, pero nadie respondió a mis golpes frenéticos, así que supuse que habrían salido al redil a perseguir a sus ovejas descarriadas. Luego corrí al pueblo y debía de tener un aspecto verdaderamente aterrorizado cuando entré a trompicones en la taberna, ya que Aud, que estaba junto a la barra con su esposo ceñudo, exclamó:

—¡Santo cielo, Emily! ¿Quién le ha hecho esto?

Me agarró por los hombros. Estaba tan espantada que no podía apartar la mirada de ella, lo que pareció alarmarla aún más. Al darme cuenta de que se refería a mis manos cubiertas de sangre, me recompuse y le expliqué la situación.

Aud me escuchó con tanta quietud que me recordó a las montañas.

—Ulfar, Thora, Lilja, venid conmigo —dijo en ljoslandés.

—*Já* —respondió Thora, tomó el bastón y se puso en pie—. Ya voy.

No recuerdo mucho del camino de vuelta a la cabaña. Me acuerdo de que Aud me sostenía el brazo y murmuraba: «Se pondrá bien, no se preocupe. Se pondrá bien». Lo siguiente, que estábamos junto al lecho de Wendell y las sábanas estaban empapadas de sangre. Su piel era del color de las cenizas antiguas, tenía los ojos cerrados y el cabello dorado refulgía como el fuego contra la palidez.

Ulfar echó unas hierbas en el agua y Aud le lavó el brazo a Wendell. Cosió la herida con la misma firmeza y terminó antes de que Thora entrase por la puerta. La anciana apoyó la mano en la frente de Bambleby y chasqueó la lengua.

—¿Qué? —pregunté demasiado alto. Me pitaban los oídos.

—Nada —dijo Thora—. Le habrás seccionado una vena. Ha perdido mucha sangre, pero eso no es una sentencia de muerte. Debería recuperarse en cuanto coma algo. —Me guiñó el ojo—. Es más atractivo cuando duerme, ¿eh? Así no parece tan bocazas.

Arrastró los pies hasta la cocina y empezó a golpear las ollas y sartenes. Alguien debía de haber llamado a Groa, ya que apareció poco después con una cesta con carnes, verduras y quesos y me saludó con su alegre indiferencia acostumbrada. El estrépito en la cocina se intensificó, pero aun así Bambleby no se inmutó.

Para aquel entonces, mi mente había comenzado a funcionar de nuevo y recordé el cuento del príncipe de las hadas irlandesas, cautivo en el fondo de un lago por un hada de agua, al que la princesa hada lo había liberado con... con...

Con un objeto del mundo de arriba. Salí corriendo por la puerta al tiempo que cotejaba mentalmente el cuento con otros relacionados con pócimas hechas por las hadas. Sí..., podía funcionar. Nadie se había percatado siquiera de que me había ido además de Lilja, que estaba en el jardín despachando el montón de leña. Se colgó el hacha del amplio hombro y gritó algo a mis espaldas, pero yo ya estaba a mitad de camino montaña arriba.

El bosque estaba en silencio mientras me escabullía bajo las ramas, que contenían el aliento de esa forma tan curiosa que tiene la naturaleza después de una nevada. Me debatí durante un instante, pues los montículos eran hondos en ciertas zonas y se me llenaban las botas de nieve.

Ahí estaba. Un sauce rojo, escuálido y rebelde, el único árbol que estaba segura de que también crecía en Irlanda. Le arranqué un puñado de hojas marrones y corrí de vuelta a la cabaña. Bambleby estaba solo en su habitación, todavía dormido y pálido, mientras que las mujeres hacían ruido en la cocina.

Con una inseguridad repentina, paseé la mirada de Bambleby a las hojas que tenía en la mano. Tal vez no hiciera falta aquel remedio desesperado, pero había algo en el rostro de Wendell que hizo que el terror me reconcomiera de nuevo. Si lo miraba desde ciertos ángulos, parecía perder su corporeidad, como le había pasado al niño cambiado. La maraña de mis pensamientos se puso en orden y recordé que la princesa hada había preparado un té…, sí, un té. Pues la debilidad del príncipe no se debía al ahogamiento, sino a estar desvinculado de su mundo verde. Llené una taza con agua caliente de la tetera y la llevé junto al lecho de Bambleby; allí, desmenucé las hojas dentro y la sostuve contra sus labios.

Escuché un ruido en la puerta. Me volví y descubrí que Aud estaba contemplando lo que hacía con una expresión extraña en el rostro.

—¿Por qué…? —comenzó y, cuando sus ojos se posaron sobre Bambleby, que se desvanecía y aparecía contra la almohada como si su contorno se desdibujase de manera sutil, me interpuse entre ellos para bloquearle la vista.

No sé por qué lo hice; está claro que su secreto no significa nada para mí. Pero, en cualquier caso, no fui lo bastante rápida y Aud se quedó muy quieta, como un ciervo que ha percibido el chasquido de una rama al partirse. Nos quedamos paralizadas así durante un instante, y luego su expresión se endureció. Estaba segura de que se marcharía o quizá me quitaría la taza de la mano, pero solo era que su determinación innata se estaba reafirmando.

—Déjame —dijo acercándose—. Así no.

Inclinó la cabeza de Wendell hacia atrás y su cabello se derramó sobre las almohadas. Le tembló la mano ligeramente y luego se estabilizó. Vertió un sorbo de té sobre sus labios y él tragó.

Me quedé contemplándolo.

—No es lo que… Quiero decir…

—*Tú* eres claramente mortal. —No apartó la vista de su tarea—. Y él no te ha herido. Supongo que es algo.

—Jamás lo haría —dije y luego me detuve. Luego añadí—: No lo sabe. Que yo lo sé, quiero decir.

Ella frunció los labios y no dijo nada durante un momento.

—Bueno, es perfecto, ¿no?

Parpadeé, asombrada al ver que esbozaba una sonrisa.

—Están demasiado pagados de sí mismos, todos ellos —dijo—. Les encantan sus juegos y sus trucos. Puede que esto sea lo más divertido que he oído en todo el año. Apenas lo conozco, pero estoy segura de que se lo tiene bien merecido.

Se me escapó una carcajada. Wendell murmuró algo. Aud me devolvió la taza y regresó a la cocina sin decir una palabra más. La observé mientras se marchaba.

Le di de beber otro sorbo de agua antes de que abriera los ojos y me apartara el brazo de un manotazo. Me sonrió con suficiencia y se pasó la manga por la boca.

—Dios santo, ¿qué es eso? No conseguiste matarme de un hachazo y ahora me envenenas, ¿es eso?

Para mayor horror, me eché a llorar.

Bambleby me miró fijamente; nunca lo había visto más atónito.

—¡Em! Solo estaba…

Salí de la habitación, demasiado avergonzada como para quedarme un segundo más. Me apoyé contra la chimenea para tratar de controlarme mientras Shadow, consternado, me rozaba la pierna con la pata.

—¿Qué demonios te pasa, niña? —gritó Thora desde la cocina.

—Nada, nada —me atraganté, luego salí al exterior. Se me quitaron las ganas de llorar con aquel frío gélido, así que le eché una mano a Lilja y amontoné la leña cortada. En cuestión de minutos, había llenado la caja de la leña de nuevo. Bambleby se había levantado y volvía a parecer él mismo cuando ya daba el tercer viaje; estaba en la cocina riéndose con Aud y Thora sobre algo.

—¿Dónde está Ulfar? —dije, aunque no me importaba.

—Está atrás, tapando un agujero en la pared —respondió Aud—. Tengo que hablar con Krystjan... No debería hospedar invitados en un antro. Es un milagro que no os hayáis congelado hasta ahora.

—Ningún alojamiento es un antro después de haberte hospedado en una cripta suiza anunciada como un pedazo de la serenidad de los Alpes —dijo Bambleby desplegando su encanto mientras suscitaba otra ronda de risas al tiempo que esquivaba limpiamente el insulto de Aud a nuestro anfitrión. Nos sentamos y comimos estofado de cordero, mejillones y una tortita suave hecha con musgo molido. A pesar de que Aud seguía desviando la mirada en dirección a Bambleby con más frecuencia de la necesaria, él no pareció advertir nada raro en ello, lo cual no me sorprendió ni un ápice.

—Bueno, no quiero oír hablar de dinero —me dijo Aud después con un tono algo afilado. Coincidí con ella en ese punto entre balbuceos y algo en mi tono de voz —o quizás en mi estado desaliñado— pareció suavizarla. Me dio un apretón de manos.

—Ten cuidado —dijo y percibí varios significados en sus palabras, ninguno de los cuales estaba en condiciones de analizar.

Cuando todos se hubieron marchado, dejaron atrás el eco de sus voces y del jolgorio.

Bambleby se volvió hacia mí con la confusión reflejada en su rostro, pero antes de que pudiera decir una palabra, anuncié que tenía intención de visitar a Poe en la fuente termal —pues todavía no había cumplido la promesa de despejar la nieve de su hogar y, en verdad, lo tenía muy presente— y me apresuré a salir con Shadow pisándome los talones.

Me avergüenza volver a leer esto; normalmente intento que estos diarios sean profesionales y, aun así, en esta expedición me sorprende que me cueste cumplir con esta norma continuamente. Culpo a Bambleby, por supuesto. Supongo que los límites difusos son de esperar cuando se trabaja con las hadas.

12 DE NOVIEMBRE

Ahora hay dos Hrafnsvik en mi cabeza: la que existía antes de la herida de Wendell y aquella en la que nos encontramos después de esta.

Estos últimos días hemos recibido la visita de un puñado constante de personas, tantas que apenas he tenido tiempo para escribir en el diario o ir a ver a Poe a la fuente. Han venido para ofrecernos comida y ayuda, pero también para contarnos historias sobre las ocultas.

—Supongo que es porque ahora Aud se compadece de nosotros —dije—. Todos lo hacen. Hemos demostrado que somos unos ineptos en cuestiones básicas de supervivencia en este lugar.

—Ay, Em —respondió Wendell—. No tiene nada que ver con eso. Aud te ha perdonado porque dejaste que te ayudara.

—Te ayudó *a ti* —señalé, pero él negó con la cabeza como si estuviese siendo obtusa.

—¿Por qué la ofendiste de primeras?

—Porque no le pedí permiso para entrevistar a la gente del pueblo.

De nuevo, negó con la cabeza.

—En parte puede que sí, pero también rechazaste que te tratase como a una invitada. Si no dejas que los demás sean amables contigo, luego no te sorprendas cuando no lo son.

—No sé qué tiene eso que ver con tu brazo —murmuré, más para dar la conversación por finalizada que por otra cosa. Para mi sorpresa, él no se empeñó en argumentar la cuestión, sino que se limitó a reírse entre dientes y se fue a preparar el té.

En cuestión de un solo día, aprendí más de las costumbres de las hadas de Ljosland de lo que había recopilado durante mi investigación hasta el momento. Dos semanas después, puede que tenga material suficiente no solo para escribir un capítulo, sino un libro entero.

Para resumirlo a grandes rasgos: las interacciones de los ljoslandeses mortales con las hadas comunes siguen unos patrones establecidos en el continente. Les dejan ofrendas, en su mayoría comida; se espera que aquellos con riqueza y estatus dejen fruslerías, y sobre todo tienen preferencias por los espejos y las cajitas de música. A veces los mortales hacen tratos con las hadas comunes —como el mío con Poe—, pero esto es considerado peligroso dada su naturaleza imprevisible y es un camino que solo toman los desesperados o los temerarios. Ninguna de las hadas comunes de Ljosland habita en las casas; esa es la diferencia principal.

En cuanto a las hadas de la corte, son completamente únicas.

Sobre todo, destacan por ser escurridizas. Pocos mortales han posado los ojos sobre ellas; de los habitantes de Hrafnsvik, únicamente Thora afirma haberlo hecho, y tan solo las atisbó en una ocasión y de lejos hace mucho tiempo, mientras jugaba con sus compañeras de escuela en el bosque. Las cortes migran con las nieves y viven durante buena parte del año en las montañas del norte y en el interior del país, donde el invierno nunca descansa.

Les encanta la música y dan bailes ostentosos en la naturaleza, en especial sobre los lagos helados, y si alguien escucha su canción traída por el viento gélido, debe taparse las orejas o empezará a cantar, se ahogará en la melodía y lo arrastrarán a su reino sin que sea consciente de ello. Pues también están hambrientas.

Sienten un cariño especial por los jóvenes enamorados. A aquellos que se ven atraídos por sus bailes siempre los encuentran vagando solos al día siguiente, vivos pero huecos. No siempre fue así; se dice que antaño las hadas de la corte de Ljosland eran pacíficas, aunque algo distantes con los mortales. Nadie sabe a ciencia cierta cuándo se produjo el cambio, pero este comportamiento se ha mantenido durante muchas generaciones.

Auður es la única víctima de las hadas de la corte que sigue con vida en Hrafnsvik. Sin embargo, se llevaron a otro niño el invierno pasado, a dos niñas el anterior y hace tres años a un muchacho de quince años. Las víctimas de estas hadas se ven continuamente atraídas hacia la naturaleza invernal tras el secuestro y se adentran en la noche en camisón o sin camisa cuando sus protectores se distraen, solo para ser encontradas congeladas cerca del pueblo. Al parecer, «los altos» no tienen ningún interés en llevárselas de vuelta.

Está claro que Hrafnsvik cada vez atrae a más criaturas de estas, aunque el porqué resulta confuso. Hasta hace poco, el pueblo no había perdido a nadie en un ataque vampírico grotesco en más de veinte inviernos. Sus historias reflejan esto; se dice que en muchos pueblos del sur y del oeste de Ljosland, «los altos» se llevan a un joven de cada generación (como es natural, dicen que este joven posee una belleza y/o un talento, especialmente musical, fuera de lo común, un rasgo que no sorprenderá a los académicos que estén versados en folclore de manera superficial).

Y sin embargo, aquí en Hrafnsvik, se han llevado a cinco en los últimos cuatro años.

He mencionado las historias y ahora las retomaré. Para sorpresa de nadie, la mayoría trata sobre encuentros con las hadas comunes. Por tanto, he recopilado una docena de ellas, algunas incompletas (¿quizá sean parte de una fábula más larga?) y otras comprenden varias páginas. Resumiré aquí las que encuentro más intrigantes y más tarde escogeré una de ellas para la enciclopedia.

El leñador y el gato

(Aclaración: Me han informado que este es el cuento popular más antiguo con origen en Hrafnsvik, aunque uno de los lugareños afirma que llegó aquí desde Bjarðorp, un pueblo a dieciséis kilómetros al este. La historia sigue una estructura familiar en el folclore: a menudo las hadas ayudan a los mortales en las encrucijadas y su generosidad se transforma de inmediato en venganza si los obsequios no son de su agrado).

Un leñador vivía junto a la linde del bosque en una pequeña cabaña, pues era todo lo que podía permitirse, y apenas se mantenía en cuerpo y alma. En su juventud, tras darse una noche a la bebida, se perdió y vagó por las montañas. Perdió la mano derecha por congelación y quedó terriblemente desfigurado.

El leñador tenía dificultades para desempeñar su trabajo, como es natural, y a veces se veía obligado a pedirle dinero prestado a su hermano, quien nunca dejaba pasar la oportunidad de reprocharle su idiotez a pesar de que este era rico y su despensa siempre estaba llena.

Cerca de la casa del leñador, junto a un camino que a veces estaba ahí y otras no, se alzaba el árbol de un hada. Sus hojas eran rojas y doradas sin importar la estación, frondoso incluso en invierno, y era enorme y vetusto, lleno de nudos como si fuesen ventanas para que las hadas mirasen por ellas. Aunque bonito, tenía algo que repelía, pues el sol nunca lo tocaba y sus ramas eran frías y húmedas, por encima del suelo empapado de rocío.

El sacerdote del pueblo visitaba al leñador con frecuencia para transmitirle las quejas sobre el árbol. Esto ocurrió en la época en que la Iglesia intentó oponerse a las hadas y envió a docenas de pobres sacerdotes en misiones condenadas al fracaso para matarlas o convertirlas. Pero el leñador temía demasiado a las hadas como para talarlo, por lo que el sacerdote se marchó decepcionado.

Una tarde de invierno, tras una discusión especialmente frustrante con el sacerdote, el leñador decidió que podría intentar que las hadas lo ayudasen; si no, consideraría talar su árbol solo para acallar al tedioso párroco.

El leñador atravesó el camino que a veces estaba ahí y otras no. El árbol de las hadas refulgía en la oscuridad y su luz dorada se derramaba sobre la nieve como si fuesen monedas; el leñador escuchó el sonido distante de unas campanas y el tintineo de la cubertería. Se arrodilló y les pidió a las hadas que le diesen una nueva mano. Esperó largo tiempo, pero no hubo respuesta; la música seguía sonando y las hadas asistieron a su cena. El leñador se marchó decepcionado.

Por la mañana, al despertar, se encontró a un gato blanco sentado a los pies de su lecho. Era hermoso, con unos ojos azules extraños, pero no dejó que el leñador lo tocase. Él sabía que era un regalo de las hadas y, aunque estaba decepcionado por que no le hubiesen concedido la mano que había pedido, sabía que era peligroso menospreciar el regalo de un hada.

Sin embargo, a medida que pasaron los días, el leñador comenzó a perder la paciencia con el gato. Lo seguía a todas partes, incluso al bosque, observándolo todo el tiempo con sus ojos antinaturales, y se comía toda la comida del leñador. Una noche, engulló el rico jamón que su hermano le había dado y dejó tan solo el hueso. El leñador se frustró tanto que le tiró piedras al gato y lo persiguió hasta el bosque. A la mañana siguiente, se despertó y lo encontró agazapado a los pies de su cama, observándolo. El hermano del leñador se rio ante su dilema y el sacerdote lo regañó aún más por haberse quedado con una bestia antinatural. En general, el gato no le trajo más que desgracias.

La madre del leñador murió tras una larga enfermedad y le dejó algo de dinero. Poco después, el amor de juventud del leñador, a quien él seguía amando a pesar de lo vanidosa y egoísta que era, decidió que ya no le asqueaban sus cicatrices ni que le faltase una mano y accedió a casarse con él. Ella y el gato no se llevaban bien. Siempre le estaba bufando y arañando y si dejaba algún trabajo de costura cerca, deshacía cada uno de los puntos. Al final, el gato hizo que la mujer enloqueciera y regresara a su pueblo, donde se escondió en casa de sus padres y se negó a hablar con su marido.

El leñador estaba tan furioso que tomó el rifle y persiguió al gato al bosque, donde le disparó. Sin embargo, a la mañana siguiente se despertó y lo encontró a los pies de su cama, observándolo.

El leñador se dio cuenta de que debía hacer algo drástico. Buscó el hacha y fue al bosque, fingiendo ocuparse de sus tareas habituales. El gato lo siguió ronroneando, como siempre hacía. En cuanto el leñador llegó a un lugar tranquilo, partió al gato en dos con el hacha.

A la mañana siguiente, no había ningún gato observándolo a los pies de su cama. Contento consigo mismo, el leñador agarró el hacha y enfiló el camino que a veces estaba ahí y otras no. Planeaba destruir el árbol de las hadas, así como ellas habían acabado con su felicidad. Pero tan pronto la primera estocada reverberó por el bosque, comenzó a oír una música en la lejanía. No era la canción de las hadas comunes que habitaban en el árbol, sino la música de los altos, y lo estaban llamando. Aterrorizado, el leñador trató de taparse los oídos y luego se aferró al árbol como un hombre a punto de ahogarse, incluso cuando sus pies comenzaron a moverse hacia la canción.

En ese momento, el gato blanco salió de entre las sombras del árbol. Le dijo que lo había protegido todo el tiempo. Cuando el hermano del leñador, cansado de darle limosnas, había envenenado su comida, el gato se la había comido. Cuando la esposa del leñador le había quitado su dinero en secreto para perderlo en el juego, el gato la había perseguido para echarla de casa. Y cada vez que el leñador se había adentrado en el bosque, el gato lo había resguardado de los altos, amortiguando su canción con sus ronroneos. Pero ahora el gato estaba muerto y ya no podía protegerlo.

Nunca volvieron a tener noticias del leñador. Aunque el árbol de las hadas sigue en pie, el camino que a veces está ahí quedó oculto para los mortales y puede que nunca lo vuelvan a encontrar.

Los huesos del árbol

Un ballenero exitoso vivía solo al pie de la bahía. Buena parte de sus logros venían de su *fjolskylda*,* quien había prometido protegerle de los altos y demás hadas malvadas a cambio de habitar su casa durante la luna nueva. El ballenero encontró este trato ventajoso, pues de todas formas necesitaba viajar al pueblo una vez al mes para vender sus presas.

El camino que llevaba desde su casa al pueblo atravesaba un bosque habitado por muchas hadas, las cuales nunca le dieron ni un solo problema. Sin embargo, un día, cuando estaba casi a mitad de camino, se encontró

---

* Un bonito término en ljoslandés que se puede traducir en líneas generales como «familia». Se usa para describir el vínculo que se forma entre los mortales y los brownies. Los brownies en Ljosland, al igual que en otros países, a veces se vinculan a una casa y proveen servicios mágicos a sus habitantes en exclusiva. A menudo viven en alguna formación rocosa o en otro lugar de la propiedad. El vínculo parece ser generacional, aunque es necesario seguir investigando para determinar si es algo variable, como suele suceder en el continente (cf. el norte de Italia, donde los brownies eligen a un mortal predilecto con el que vincularse, pero a menudo abandonan a sus descendientes tras su muerte).

con un lobo blanco extraño, más grande que cualquiera que hubiese visto, allí en medio. El lobo aulló y aparecieron más, cada uno más grande que el anterior. Aterrorizado, el ballenero montó en su caballo y regresó corriendo a casa. Estaba tan asustado que se olvidó del trato con su *fjolskylda* y entró justo cuando se acababan de sentar a la mesa para cenar. De inmediato, las hadas desaparecieron. Una voz lo regañó desde las sombras: «Jamás volveremos a cenar aquí, y nunca más tendrás nuestra protección. No necesitabas huir de los lobos y así traicionaste nuestra confianza dos veces: al desconfiar de la promesa que te hicimos y por haber interrumpido este excelente banquete».

El ballenero maldijo su error. Retrasó su siguiente visita al pueblo, y volvió a retrasarla hasta que tuvo que elegir entre atravesar el camino del bosque o morir de hambre. Así, pues, enfiló el camino, lleno de temor y preocupación y bastante seguro, a medida que se acercaba a la mitad, de que volvería a toparse con los lobos blancos. Esta vez, lo persiguieron por el bosque por un camino de hadas hasta que llegaron a un árbol enorme. Su corteza era tan blanca como los lobos y estaba a rebosar de flores y hojas verdes a pesar de que el invierno estaba a punto de comenzar.

El ballenero gritó. Colgados de las ramas había un montón horripilante de cadáveres: los esqueletos de otros viajeros, así como de animales y aves. Los lobos se quitaron las pieles y revelaron su condición de hadas, y le ordenaron al ballenero que les llevase los huesos de su siguiente presa.

El ballenero se marchó llorando. Sabía que las hadas debían de tener un motivo espantoso para aquello que estaban haciendo, pero sin su *fjolskylda* estaba indefenso y no podía negarse.

Al mes siguiente, les llevó los huesos de tres ballenas. Las hadas los colgaron del árbol junto a los otros. El ballenero se fijó en que solo colgaban los huesos a un lado del árbol. En cuanto dispusieron los huesos de ballena, el árbol emitió un gruñido tremendo y se inclinó un poco hacia el norte. Las hadas le ordenaron al ballenero que les llevase los huesos de su siguiente presa.

Al mes siguiente, el ballenero les llevó a las hadas los huesos de cuatro ballenas. Estas los colgaron del árbol y, cuando lo hicieron, el árbol volvió a gruñir y se inclinó aún más hacia el norte. El ballenero se asustó aún más. Se dio cuenta de que el árbol debía de ser la prisión del rey de las hadas, quien había enloquecido hacía muchos años y había sido encerrado por sus súbditos. Las hadas le ordenaron al ballenero que les llevase los huesos de su siguiente presa.

El ballenero le rogó a su *fjolskylda* que lo ayudase, pero ninguno le hizo caso…, ninguno salvo la mayor de todas, un hada que tan solo le llegaba a la altura del cinturón y que tenía el cabello canoso tan largo que lo arrastraba tras ella, con todo tipo de hojas y barro enredados en él. El hada le prometió ayudarle solo si accedía a casarse con ella. El ballenero tembló, asqueado, pero aun así le dio su palabra, pues temía al rey loco de las hadas por encima de todo y sabía que traería la desgracia sobre Ljosland si permitía que escapase.

El hada llevó al ballenero al cementerio de su familia, donde desenterraron los huesos de los muertos. Luego atravesaron el bosque a hurtadillas hasta el árbol blanco y enterraron dichos huesos bajo las ramas. Al mes siguiente, el ballenero les llevó a las hadas los huesos de siete ballenas. Como las veces anteriores, los colgaron del árbol blanco, pero en esta ocasión el árbol no gruñó ni se movió. Furiosas, las hadas le ordenaron al ballenero que les llevase los huesos de su siguiente presa, así como los de su caballo.

Al mes siguiente, el ballenero les llevó los huesos de diez ballenas además de los de uno de los caballos de las hadas enterrado en el cementerio. Las hadas los colgaron del árbol, pero de nuevo este no se movió ni habló. Las hadas se volvieron hacia el ballenero, convencidas de que las estaba engañando, pero antes de que pudieran alcanzarlo, los huesos del caballo relincharon. Las manos esqueléticas de las hadas muertas salieron de la tierra y estrangularon a los sirvientes del malvado rey. Habían estado sujetando las raíces del árbol blanco para evitar que se cayera y liberase al rey de su prisión. El ballenero, bastante aliviado, colgó los cadáveres de los sirvientes del rey en el lado sur del árbol.

El ballenero se casó con su prometida hada y, aunque esta permaneció tan marchita y poco atractiva como siempre, él nunca rompió los votos que le había hecho a su esposa y ella le recompensó con tres hijos fuertes que atraían a las ballenas a la superficie con sus hermosos cantos. Así, el ballenero murió de anciano, rico y bastante feliz.

El árbol de marfil

(Aclaración: He incluido esta historia en especial porque se sale de los esquemas acostumbrados. Mi hipótesis es que este ha sido alterado a propósito o bien es tan reciente que aún no ha sido amoldado y pulido para que resulte más agradable).

Había una vez una muchacha de una belleza descomunal sobre la cual sus vecinos murmuraban que tenía ascendencia feérica. Su cabello dorado se volvía blanco cuando el sol del invierno incidía sobre él y cantaba con una voz tan dulce que incluso el viento en la cima de las montañas acallaba sus aullidos para escucharla. Su madre había sido igual de bonita y, cuando murió tras el parto, la comadrona juró que la mitad de su cuerpo se había desvanecido simplemente, dejando solo el esqueleto detrás. Por tanto, debía de ser medio feérica por parte de padre, pues se desconocía su identidad.

La muchacha deseaba casarse con el carpintero, un joven apuesto y muy respetado en el pueblo, pero él la temía. Tenía tanto miedo de ofenderla dada su ascendencia feérica que se excusó diciendo que su esposa debía poseer una dote cuantiosa. Sabía que la chica, una huérfana que dependía de la caridad de su tío, no tenía un centavo.

La muchacha era amiga de todas las hadas comunes y con frecuencia corría con ellas por el bosque, sobre todo después de que hubiese nevado, pues sus pies no dejaban huellas en la nieve fresca, solo en aquella que ya hubiera respirado el aire del mundo de los mortales. Un día, se encontró con un hada al que no había visto nunca. No tenía cuerpo, solo dos ojos negros y un remolino de escarcha en lugar de capa. Las otras hadas le advirtieron que no hablase con él, pero la muchacha no les prestó atención. El hada sin cuerpo la condujo a lo más profundo del bosque, donde se toparon con un bonito árbol blanco con la corteza tan suave como el marfil. El hada le contó que una dote así satisfaría con creces a su amado, quien seguro podía tallar tesoros a partir del tronco y de las ramas por igual.

La muchacha dudó, pues sabía que era un crimen serio talar el árbol de las hadas —y estaba segura de que ese árbol lo era—, pero estaba demasiado enamorada como para resistirse. Tomó un hacha y empezó a talar. Pero antes de dar el tercer golpe, un fuerte viento se levantó y las hojas cayeron sobre ella. En el instante en que la tocaron, se volvió loca. Volvió a casa, se envolvió en la capa de piel de foca de su tío y preparó un morral como si se fuese de excursión a las montañas. El carpintero, un joven vanidoso que disfrutaba divirtiéndose con el afecto de una muchacha tan hermosa como ella, a pesar de que no tenía intención de desposarla, le hizo una visita y la descubrió a punto de huir. Intentó detenerla, pero ella lo asesinó al tocarlo, pues estaba tan fría que le congeló el corazón.

Cuando los lugareños descubrieron el cuerpo del carpintero, persiguieron a la chica con perros, caballos y trineos. Al final la encontraron, aún caminando por la foresta de manera empecinada, y con un brillo enloquecido en sus ojos, y la mataron de un disparo.

Ahora bien, he agrupado estas dos últimas historias porque en Hrafnsvik se cree que el árbol blanco que volvió loca a la muchacha es el mismo que el del cuento del ballenero que mantenía cautivo al rey de las hadas. Es más, algunos de los lugareños de más edad están convencidos de que ese árbol se encuentra en el Karrðarskogur. Thora jura que una vez se topó con él en sus años mozos de trampera y se ofreció a darme indicaciones.

Cuando informé a Bambleby acerca de mi intención de buscar el árbol, pues deseaba con locura fotografiarlo para mi enciclopedia, me puso muchas pegas. Naturalmente, asumió que lo arrastraría conmigo, lo cual era lo que pretendía, pues nada me divertiría más que ver a Bambleby moverse afanosamente a través de kilómetros de nieve sin una siesta a la vista, aunque no tenía mucho interés en discutirlo con él. Lo dejé con sus bravatas en la cabaña, donde se suponía que debía de estar haciendo el borrador de nuestro resumen, pero no dejó de moverse de un lado a otro para preparar el té, acercarse a la ventana y protestar por el frío. Cada vez estoy más convencida de que obtuvo el doctorado por medio de un encantamiento feérico, dado lo difícil que me resulta imaginármelo solicitando cualquier cosa que se parezca a un trabajo.

14 DE NOVIEMBRE

Hoy he ido a la tienda de Groa para reunir suministros para nuestra excursión al árbol. Según las estimaciones de Thora, la caminata nos llevará unas tres horas por trayecto. El pueblo está cubierto de nieve, en parte derretida por la tormenta que ha venido del mar. Krystjan me ha asegurado que la nevada reciente no es más que el viejo espíritu del invierno aclarándose la garganta; cuando de verdad se acomode sobre Hrafnsvik, lo sabré.

Al salir de la tienda con los paquetes, no pude evitar que mis ojos se desviaran hacia la granja al otro lado del camino. Las cortinas estaban echadas, como de costumbre, y las ovejas se apelotonaban en un rincón del campo. Todo el lugar tenía cierto aire dañino a su alrededor que hacía difícil apartar la mirada y un humo negro ascendía lentamente por la chimenea como si fuese una herida abierta supurante.

Mord bordeó la parte delantera de la casa y me saludó antes de entrar. Me quedé mirando estupefacta el lateral de su cabeza, pues estaba salpicado de magulladuras, y volví a la tienda para preguntarle a Groa.

Por una vez, la alegría se oscureció en sus ojos pálidos.

—Anoche salió a rescatar a su esposa —me contó—. Casi se cae al mar. Él la sacó justo a tiempo.

—Ya veo —respondí y ninguna de las dos comentó lo extraño que resultaba que un hombre sufriese tales heridas en dicho escenario. De vuelta en la cabaña, le conté las novedades a Bambleby.

—Bueno, ¿qué esperabas? —Había rehuido las notas por completo y estaba sentado junto al fuego mientras le rascaba las orejas a Shadow—. Está claro que la criatura se ha propuesto volverlos locos a los dos. No sé quién pensará ese monstruo miserable que se ocupará de sus necesidades después de que sus guardianes se tiren al mar. Deberían matarlo ahora y acabar con todo.

—¿Y asesinar a su hijo en el proceso?

—Puede que en este momento su hijo esté sufriendo numerosos tormentos. Puede que nunca vuelva con ellos. No lo sabemos.

Volvió a rascarle las orejas a Shadow mientras yo echaba humos. No he sido capaz de convencerle para que se ocupe del dilema de Mord y Aslaug.

—Podría ser peor —dijo—. No es probable que Mord y Aslaug caigan presos de esos demonios cuando cambie el tiempo. Parece que los hados solo amenazan a los ingenuos y a quienes tienen mal de amores, y no tengo dudas de que ellos ya se han desengañado de la ingenuidad en lo que al amor concierne.

Aquello era lo último que esperaba oírle decir.

—¿Qué?

—Mantienen al niño cambiado encerrado en el ático. Malcriar a esos mocosos es la única forma de apaciguarlos. —Tamborileó los dedos sobre la rodilla—. Como haces con Poe. En serio, Em, pensaba que ya lo habrías averiguado.

Lo miré fijamente.

—¿Eso es lo que hacen los padres de los niños robados en Irlanda?

—Los que son listos. —Se frotó la nariz—. No me pidas otra vez que vaya a presentarle mis respetos, por favor. No soporto a los niños, mortales o hadas.

15 DE NOVIEMBRE

Lo hemos encontrado. Finalmente hemos encontrado el árbol. Cuando partimos de expedición, esperaba un logro científico o una completa catástrofe.

Pues debería haber esperado ambos.

El día amaneció oscuro y el viento nos arañaba con sus cristales de escarcha. No me sorprendió encontrar a Bambleby aún dormido a la hora acordada. Me fue casi imposible despertarlo y temí tener que sacarlo a rastras de la cama. No pude discernir si llevaba algo puesto, ese era el problema.

—Ahora veo por qué falsificaste el estudio de la Selva Negra —dije—. ¡Y yo que pensaba que era una crueldad!

—Pereza, Em —entonó entre el montón de almohadas—. ¿Sabes lo denso que es ese maldito bosque? Y sabes muy bien qué tipo de terrenos pueden cubrir las tropas de hadas en una sola tarde. Son antipáticas y narcisistas.

—Pues mira qué bien —dije con impasividad. Por fin se levantó entre gruñidos y protestas, como si de una nube volcánica se tratase, y luego nos marchamos.

Al final, resultó fácil.

Durante mis primeros paseos había cruzado el río junto al cual crecía el árbol y, como Thora me había dicho que lo encontraríamos siguiendo la corriente tras un recodo, fuimos río abajo, si bien despacio. La nieve era demasiado superficial como para usar las raquetas, pero al haberse fundido, en parte se habían formado pequeños riachuelos de hielo desagradables sobre los que se posaba la nieve como un puente hecho de plumas. Mantuvimos los pies secos, cortesía de las botas forradas de piel de Ljosland que habíamos comprado antes de nuestra partida, pero el avance resultaba extraño sobre aquel terreno engorroso.

Bambleby fue quien divisó el árbol primero.

Se detuvo en seco y frunció el entrecejo. Atisbé un destello blanco entre los árboles que teníamos delante, de una naturaleza distinta a la nieve que nos rodeaba. Shadow empezó a gimotear.

—¿Es ese? —Avancé, maldiciendo cuando mi bota atravesó otra capa de hielo. Aparté una rama y respiré con brusquedad.

No cabía duda de que el árbol frente a nosotros era *el árbol*; parecía que lo habían sacado de los cuentos y plantado en el bosque. Estaba situado en el centro de un claro extrañamente redondo, como si los otros árboles se hubiesen sentido inclinados a retroceder, y era imponente pero esquelético, pues el tronco tan solo era un poco más ancho que yo y sus numerosas ramas se arqueaban y enredaban por encima de nosotros, como una persona bajita con un paraguas enorme y de muchas capas abierto.

Pero lo más extraño del árbol era el follaje. Tenía hojas verdes de verano mezcladas con los tonos rojizos y dorados del invierno; unos capullos diminutos comenzaban a abrir sus boquitas rosadas y había racimos de frutos rojos pesados y maduros colgando aquí y allá. No me fue fácil identificar estas frutas; eran más o menos del tamaño de una manzana pero la piel se parecía a la de los melocotones.

Sentí un pequeño fulgor de felicidad en el pecho, pues el árbol —aunque completamente aterrador desde un punto de vista objetivo— pertenecía de manera muy evidente y obvia a las hadas y, al mismo tiempo, no se parecía a nada que hubiese visto antes. Ah, deseaba saberlo todo de él.

—Por todos los santos, ¿qué estás haciendo? —le grité a Bambleby, que no se había movido de la orilla del río—. Ven y dime si de verdad crees que hay un rey atrapado aquí.

Solo veía parte de él entre los árboles: un borrón dorado, la mano apoyada en un tronco, el contorno de la capa negra.

—Emily —dijo—, aléjate de ahí.

Una ensoñación se apoderó de mí y casi di un paso. Pero entonces agarré por acto reflejo la moneda de cobre que llevaba en el bolsillo (es algo que he practicado muchas veces cada vez que un hada ha intentado encantarme).

Nunca me lo había hecho antes. Era él quien lo provocaba, no el árbol; podía oírlo en su voz. De repente me inundó una furia de tal calibre que se me emborronó la visión y aquello alejó los últimos vestigios de su encantamiento.

—No pienso hacerlo —dije, cada palabra como un puñal.

Él pareció retroceder.

—Por favor, Em —dijo con su voz normal—. Por favor, ven aquí.

—¿Por qué?

Pareció pensarlo.

—¿Confías en mí?

Aquello me desconcertó, pero solo un instante.

—Por supuesto que no.

Masculló algo irritado mientras se frotaba los brazos y se paseaba de arriba abajo. Me volví hacia el árbol sin soltar la moneda. A pesar de que estaba enfadada con Wendell, su reacción me hizo ser cauta. Caminé despacio por la circunferencia mientras hacía fotos. No toqué el árbol y mantuve un ojo avizor por si se me caía encima alguna hoja errante y me lanzaba un hechizo espantoso. Cuando las ramas se rozaban al moverse, producían un sonido extraño y agudo, como una suerte de silbido desafinado.

—Pues es el sonido normal y corriente que haría un árbol —gritó Bambleby—. Nada de qué preocuparse.

—¿Has considerado alguna vez que soy más capaz de lo que piensas? —dije. Saqué la cinta métrica de mi bolsa—. He escrito docenas de artículos y leído cientos de análisis. También he tenido numerosos tratos de primera mano con las hadas, desde hobgoblins hasta bogles pasando por un aristócrata extremadamente orgulloso.

—No dudo de que la mayoría de tus logros hasta la fecha sean resultado de tu inteligencia. Pero ¿has considerado alguna vez lo mucho que le debes a la suerte?

Apreté la mano en un puño. Terminé de medir la base y la copa sin responder. Luego saqué el cuaderno de investigación y empecé a tomar notas. Rasqué la nieve y, debajo, descubrí una capa fina de hojas. Mientras trabajaba, los gruñidos y los pisotones de Bambleby alcanzaron un volumen que normalmente podría asociarse con el de un tiro de caballos.

—¿Y si me dices qué es lo que tanto te preocupa? —pregunté con tranquilidad. Para ser sincera, lo estaba disfrutando mucho.

—No puedo —dijo entre dientes.

—¿No puedes o no quieres?

—No puedo decírtelo, ni literal ni físicamente.

—No seas dramático.

—No lo soy —respondió con el gruñido más dramático que le he oído articular. Shadow pareció inspirarse en su histrionismo y gimió más alto.

Me volví hacia el árbol. Casi lo *oía* inquietarse. Bueno, que así fuera. Saqué un par de tenacillas de metal de la maleta y, con cuidado, recogí una hoja de la escarcha. Era preciosa, segmentada como la de un arce y blanca como el tronco y las ramas, aunque también estaba cubierta de pelillos blancos, como si fuese una especie de animal. Guardé la hoja en un recipiente pequeño de metal que solía utilizar para recoger muestras del estilo, muchas de las cuales han encontrado su lugar en el Museo de Driadología y Folclore Etnográfico de Cambridge. Por desgracia, el viento escogió ese momento para remover las hojas que había desenterrado. Salté a un lado tan rápido como pude, pero una de ellas me rozó los dedos desnudos. Sentí el impacto del frío, como si hubiese metido la mano en hielo derretido.

—Maldita sea —murmuré. De inmediato, apreté la moneda en la mano y el dolor se redujo.

—¿Qué? —dijo Bambleby. Tiene un oído fino de lo más inoportuno.

—Nada. Pensaba que te habías ido, pero luego he visto que no.

—Se acabó —dijo—. Shadow, ve a buscar a tu dueña suicida.

Me reí.

—Shadow solo me responde a mí. Te crees que…

Shadow salió de golpe de entre los árboles y saltó sobre mí. Me caí en un banco de nieve y, antes incluso de que supiera lo que estaba ocurriendo, me había agarrado la capa con los dientes y empezaba a tirar de mí.

—¡Shadow!

El perro no parecía oír mis gritos. Me arrastraba sobre la nieve y las raíces y me golpeé con fuerza la espalda contra una roca. El terreno tenía una ligera inclinación hacia el río y, con un último tirón, Shadow hizo que bajara lo que quedaba del camino deslizándome como si fuese un trineo destartalado hasta aterrizar como un fardo a los pies de Bambleby.

Me recompuse jadeando.

—¡Shadow! —grité rebosante de furia y sintiéndome traicionada, y él agachó la cabeza con esa horrible culpa perruna reflejada en cada ángulo de su cuerpo. Pero no se movió del sitio entre el árbol y yo.

—Buen chico. —Bambleby me agarró de la mano y me arrastró por la orilla. Ah, iba a matarlo.

Tiré de él con tanta fuerza que tropezó, aunque no se cayó porque recuperó el equilibrio con esa elegancia enervante que normalmente intenta ocultar. Volví a tirar de él de forma que nos quedamos mirándonos frente a frente, y le agarré el otro brazo para empujarlo hacia el río. Sus ojos verdes se abrieron de par en par indignados cuando se percató de lo que trataba de hacer y el cabello dorado los ocultó (es horriblemente injusto que sea tan atractivo incluso enfadado, en vez de ponerse rojo y con los ojos húmedos como una persona normal). Si no hubiese decidido ya tirarlo al río, lo habría hecho en ese momento.

Ahí fue cuando la tierra se abrió en dos y nos bañó de nieve y barro. Las raíces brotaron del suelo como gusanos, blancas y suaves como el hueso. Se enredaron alrededor de Bambleby y lo tiraron de espaldas; luego lo arrastraron hacia el árbol blanco en una imitación extraña de lo que había sufrido yo.

—¡Wendell! —Me lancé hacia él tratando de arrancarle las raíces. Estas no mostraron ningún tipo de interés en mí ni en Shadow, que se abalanzó sobre ellas y las mordió hasta que se partieron. Sin embargo, se alzaron otras para ocupar su lugar.

—¿Por qué te quieren a ti?

—¿Tú qué crees, lunática desalmada? —gritó y clavó los dedos en la tierra. Esto fue seguido por una serie de maldiciones en lo que asumí que sería irlandés.

Apuñalé las raíces con una navaja de bolsillo. Al mismo tiempo, sin embargo, mi mente repasaba a toda velocidad historias, textos, diarios.

—¿No puedes… no puedes decirlo?

Me fulminó con una de esas miradas verdes imposibles. Cada vez estábamos más cerca de la base del árbol, donde se había abierto un agujero como unas fauces abiertas, negras y con raíces retorciéndose como gusanos blancos.

—¡No!

—Ah —jadeé. La navaja no estaba surtiendo mucho efecto, pero aun así seguí acuchillando (creo que lo apuñalé a él una vez por accidente, pues había vuelto a abstraerme).

—No puedes revelarme que eres un hada… Debe de ser parte del encantamiento que te exilió de tu mundo. ¿Es eso? He oído esa…, sí, esa crónica del niño galo cambiado. ¿Y no es un tema secundario del *Ciclo del Úlster*?* La teoría de Bryston dice que…

—Ay, Dios —gimió—. Quiere discutir una teoría en un momento como este. Estoy condenado, ¿verdad?

---

* De hecho, hay varias historias provenientes de Francia y las islas británicas que describen este tipo de encantamientos. En dos cuentos irlandeses, cuyo eje central quizá sea el mismo, una doncella mortal averigua que su pretendiente es un exiliado de la corte de las hadas después de que él se hubiese quemado con su crucifijo al tocarlo sin darse cuenta (a menudo las hadas en los cuentos irlandeses se queman con crucifijos por algún motivo). Ella lo anuncia en voz alta, lo cual rompe el encantamiento y le permite a él, por tanto, revelarle su naturaleza feérica a quien quiera que elija.

Las raíces lo atraían cada vez más. Lo agarré de los hombros y tiré, pero solo me resbalé en la nieve y caí de costado. Shadow se aferró a la manga de Bambleby con los dientes y puso de su parte. Ninguno de los dos consiguió el más mínimo efecto.

—Bueno, ¿qué quieres que haga? —grité—. Sé lo que eres, Wendell… Lo he dicho, ¡así que no necesitas revelarlo tú! ¿No puedes usar tu magia ahora? ¿Puedo ayudarte?

—Sí, puedes dejar de pontificar sobre mí durante una fracción de segundo para que pueda concentrarme —espetó sobre el azote de las raíces—. Hace mucho tiempo que no lo hago. Ni siquiera sé si recuerdo cómo hacerlo. ¡Y podrías animar a tu familiar con colmillos a que deje de mordisquearme la capa, por favor!

Aparté a Shadow. Necesité todas mis fuerzas, pues seguía aullando y corriendo hacia el cuerpo de Bambleby, a punto de desaparecer. No sé qué esperaba que hiciera, pero seguro que algo ruidoso e impresionante. Lo que en realidad ocurrió fue tan decepcionante como absolutamente aterrador: se fundió con la tierra y desapareció. He visto hacerlo a los brownies y a los gigantes *trows,* por supuesto, pero ellos no eran Wendell. Y luego hizo algo peor: salió de un árbol al otro lado del río, lo cual me dejó confundida y horrorizada mientras mi mente trataba de convencerme de que había salido de detrás del árbol, aunque era evidente que no había sido así.

Shadow mordió mi capa y empezó a tirar de nuevo, pero yo ya había salido corriendo, y así atravesamos a la carrera la mayor parte del río congelado, como una novia huyendo de una pesadilla con una criada agarrándole la cola del vestido. El hielo se agrietó cerca de la orilla lejana, pero no se rompió, y Bambleby me agarró antes de que me cayese.

Intentó tirar de mí, pero clavé los talones y me volví para observar el espectáculo que se desplegaba en la orilla opuesta. El árbol blanco estaba inmóvil, como en una ensoñación, mientras que las raíces de abajo se agitaban furiosas por la impotencia. El río era demasiado profundo, no podían excavar por debajo.

—Quiero un pedazo de corteza —dije de repente. Él me dedicó tal mirada incrédula que insistí—: ¡Para el artículo! Necesitamos ilustraciones, Wendell. Muestras. ¿Cómo, si no, esperas que los demás entiendan...?

—Podemos volver ahí para que veas a esa cosa abrirme el cráneo en dos y llenarlo de monstruosidades —dijo—. Quizá luego podría posar para una ilustración... ¿Qué opinas?

—Si fuese yo sola, dado que antes no me ha prestado atención...

Me agarró de los hombros y me sacudió.

—¿Qué pasa contigo? Eres muchas cosas, las cuales estaré encantado de enumerarte más tarde, pero necia no es una de ellas.

Ante eso, mis viejas costumbres, pulidas con esmero, se reafirmaron y agarré la moneda en el bolsillo. El extraño deseo que me había atravesado retrocedió y supe que, por supuesto, si volvía, el árbol blanco me atraparía y Wendell tendría que venir en mi ayuda.

Saqué la mano del bolsillo. Sin embargo, no vi muestras del frío que me había recorrido cuando mis dedos rozaron la hoja. Tan solo... me temblaba el dedo corazón. Escondí la mano de nuevo antes de que Bambleby lo notara.

—¿Qué quiere el rey de ti? —dije; no necesitaba una respuesta, únicamente dar voz a mis pensamientos mientras hojeaban las historias manoseadas—. Claro..., poseerte. La única materia que le queda es el árbol.

—No lo dudo. —Temblaba tanto de frío que sentí algo de lástima por él—. Lo sentí viniendo a por mí en el instante en que me detuve sobre las raíces. Es muy antiguo. Su pueblo lo encerró en ese árbol porque…, bueno, no lo sé. Cree que es terriblemente injusto, como es natural. Ha estado ahí fantaseando sobre venganza y muerte y todo eso durante siglos.

Me sorprendió que fuese tan despectivo cuando él mismo era un miembro de la realeza exiliado, pero aquella falta de simpatía parecía bastante genuina.

—Fascinante. —Contemplé las raíces removerse; ya estaba uniendo las piezas para la entrada de mi enciclopedia. Nota para mí misma: debo preguntar por este tipo de prisiones de las hadas; ¿son características de otras historias de las ocultas?—. No me extraña que las hadas de Ljosland se alejen de él.

Bambleby miraba el árbol fijamente con una expresión indescifrable.

—Es muy poderoso. Después del maldito ataque que quienquiera haya tramado, me dejaría utilizar ese poder.

—¿No estarás pensando en volver? —dije presa del terror—. Te ha embrujado. —Ay, cielos, ¿cómo iba a detenerlo si lo estaba?

—No —respondió y parecía que respondía a algo más que a mi pregunta. Se dio la vuelta y en sus ojos se reflejaba una especie de melancolía extraña—. No. Volvamos a casa.

Bambleby permaneció casi en silencio durante el viaje de vuelta largo y tedioso, lo cual no era para nada típico de él. Me pregunté si se sentiría cohibido después de haberse revelado ante mí, pero estaba claro que no. No creo que Bambleby se cohibiera ni aunque se paseasse desnudo por las calles de Londres.

En cuanto entramos por la puerta de la cabaña, se dejó caer en uno de los sillones casi inconsciente. Le quité las botas y descubrí que tenía los pies tan blancos que parecían haber adquirido un tono azulado. Su rostro también estaba pálido y no podía mover los dedos. Sus ojos estaban muy oscuros, ahora apenas quedaba verde en ellos…, un fenómeno interesante que tenía en mente seguir investigando, pero conseguí reprimir el impulso académico. Solo cuando avivé el fuego y lo envolví con tres mantas volvió en sí y comenzó a gimotear sobre el té, la cena y chocolate. No había accedido a sus exigencias veladas, pero estaba realmente preocupada por él, así que preparé una cena adecuada para los dos con las sobras del estofado que nos había traído Aud por la mañana y la última elaboración de Poe. Incluso le di lo que quedaba del queso de oveja que había estado guardando para mi cena (me he aficionado bastante a él) en contra de mi buen juicio.

—Tienes muy poco aguante —dije… y me temo que me regodeé, pues no todos los días una demuestra ser más fuerte que un príncipe hada—. Supongo que las hadas irlandesas solo están acostumbradas a las tormentas y a una escarcha ocasional. Y a más tormentas, por supuesto. ¿Hay otro tipo de clima en Irlanda?

Me lanzó una mirada amenazadora sobre el borde de la taza (al final le preparé un chocolate).

—No todos estamos hechos de piedra y virutas de lápiz —respondió.

Después de cenar, se quedó dormido en el sillón y lo ayudé a llegar a la cama. Para mi mayor diversión, una de sus conquistas apareció poco después, al parecer para un encuentro ya concertado. Era una muchachita bonita de pelo oscuro, otra de las nietas de Thora. Me vi sumamente tentada de enseñarle el estado de su amante después de una caminata de tan solo unas horas, y no era que fuese difícil en especial, pues los ljoslandeses parecen valorar la robustez sobre todas las cosas y me hizo gracia imaginar la mella que haría en el atractivo de Bambleby.

16 DE NOVIEMBRE

Esperaba que Wendell durmiese hoy hasta tarde y no me sorprendió; para cuando se despertó, yo ya había desayunado y vuelto de haber visitado a Poe, pues necesitaba despejar de nuevo el camino de su casa árbol. Anoche volvió a nevar, esta vez a base de bien. Hasta yo me desperté al oír un ruido insólito en la puerta, pesado y rítmico, y sentí un atisbo de pánico al recordar cuentos de antiguos reyes del invierno que vienen a exigir tratos desfavorables solo para descubrir que se trataba de Finn, que había tenido la amabilidad de despejar la nieve de nuestra escalinata. En algunas zonas, la nieve me llegaba a la cintura en montículos que se alzaban como las olas, lo bastante profundos como para ahogarse en ellas, y de un resplandor cegador bajo el cielo sin nubes.

Tras el desayuno, Aud llegó con sus raquetas con un bloque de cera de abejas y una cesta con velas. Esta última emanaba un olor fuerte, una mezcla a limones y podredumbre.

—Es para las ventanas —dijo—. Enciéndelas cada noche. Mantendrá a los altos alejados de su puerta.

—Ya veo —respondí, y procedí a preguntarle por la receta para nuestro artículo. Las velas estaban hechas con aceite de pescado, zumo de limón, alga fermentada, pétalos de rosa cosechados durante la luna llena y huesos de cuervo molidos (he incluido las cantidades en el apéndice). Me resultó bastante rocambolesco; hay artefactos humanos, como por ejemplo el metal, que las hadas desprecian casi de manera universal, pero estos rara vez consisten en recetas poéticas (no es que esto haya evitado que incontables charlatanes hayan sacado una buena tajada de ellas). Pero Aud me aseguró que la música de los altos no traspasaría la cabaña si las velas estaban encendidas.

Se las enseñé a Wendell cuando al fin se levantó y arrugó la nariz.

—Aceite de serpiente —dijo.

Asentí, aliviada de que estuviese de acuerdo con mi suposición. El olor que desprendían sin estar encendidas me revolvía el estómago; no quería ni imaginar el humo que emanaría de ellas una vez encendidas.

Sugirió que, de todas formas, pusiera las velas en las ventanas para caerle en gracia a Aud. En cambio, la cera de abeja me pareció una medida útil debido a la naturaleza acústica del encantamiento de las ocultas.

—¿Vendrás conmigo a entrevistar a la familia de Auður? —pregunté.

—No —dijo—. Hoy creo que me ofreceré a ayudar a Aud.

Lo miré con recelo. Aud estaba organizando una partida para retirar la nieve, un escenario en el que no me imaginaba a Bambleby.

Apartó la vista del desayuno para mirarme con el ceño fruncido.

—¿Qué? ¿Tan duro es?

No me molesté en responderle que dudaba de que lo fuera, pero que aun así sería más de lo que sus suaves manos podrían soportar. De hecho, cuando volví a verle estaba de pie en un corro con Krystjan, Aud y varios dignatarios del pueblo bebiendo vino especiado y charlando mientras vigilaban a Finn y a los otros jóvenes comprometidos con el trabajo monótono de despejar el camino y los rellanos.

La visita a la familia de Auður fue informativa, pero no de mucha ayuda. Quiero decir, sus padres, Ketil y Hild (ambos robustos y de rostro afable en la misma medida, con ese toque encapotado por la tristeza), respondieron a todas mis preguntas, pero tan solo era una historia con un principio y un final. ¿Cuándo se habían llevado las ocultas a su hija? Dos días después de Navidad, mientras recogía setas. ¿Cuánto tiempo estuvo fuera? El tiempo que tardó la luna en alzarse sobre las montañas durante la noche, es decir, poco más de una semana. ¿Dónde la encontraron? Un cazador la vio vagando por la ladera de la montaña con la cesta llena de una especie de setas misteriosas que se derretían al agarrarlas.

Durante el proceso, la chica estuvo sentada junto al fuego con el rostro inexpresivo. Su mirada vagaba por la habitación y, de vez en cuando, se posaba en mí; no podía evitar estremecerme en esos momentos, pues era como mirar por la ventana de una casa abandonada. Pregunté por su estado de salud, por supuesto. Además de haber perdido el habla, es incapaz de atender a su propio bienestar. Si se le ordena meter la mano en el fuego, lo hace; de hecho, tiene una cicatriz en la palma izquierda de una ocasión en que su madre le pidió que sacase la sartén del fuego y se olvidó de que seguía caliente. Lo único que hace por iniciativa propia es vagar durante las noches más largas, paseando por los campos cubiertos de nieve sin echarse siquiera la capa por encima. Ahora la atan a la cama cada noche desde la primera nevada hasta que se derriten las nieves.

Ketil y Hild estaban incluso más interesados en hacer preguntas que yo, aunque no pude ofrecerles mucho consuelo. No solo desconocía algún remedio que pudiese tratar a su hija, sino que no conocía ningún caso análogo a su aflicción.

La hermosa Lilja llegó por la tarde para cortarnos leña, lo cual me alegra decir que se ha convertido en un favor habitual. La observé por la ventana mientras Bambleby flirteaba con ella y le dedicaba largas miradas de ojos verdes; su cabello dorado se mecía con la brisa, e incluso le pidió que le enseñara la técnica correcta. Eso hizo ella con paciencia, a pesar de que él no mejoró en lo más mínimo. Durante todo ese tiempo, permaneció alegremente ajena a él mientras alternaba entre cortar la leña y responder con indiferencia a sus comentarios, al tiempo que se secaba el sudor de su bonita frente. En cierto punto, me reí tanto que Bambleby se dio la vuelta y me fulminó con la mirada al otro lado de la ventana. Me había enterado por Thora de que Lilja estaba felizmente comprometida con una muchacha de un pueblo vecino, pero no vi la necesidad de darle esta información a Wendell. En cualquier caso, era culpa suya asumir que todas las mujeres sobre la faz de la Tierra caerían rendidas a sus encantos.

Me he pasado el resto del día con mis libros y notas. Bambleby ha estado entrando y saliendo y no ha contribuido nada en absoluto a la investigación, aunque sacudió las alfombras tras quejarse del estado de suciedad en que se encontraban y colgó algunos tapetes de lana inútiles que le había comprado a Groa. El efecto de esta simple cooperación ha sido casi alarmante; ahora se ve acogedor. Nunca he vivido en un sitio que pudiese calificarse así y no estoy segura de cómo me siento al respecto. Y, en cualquier caso, ¿qué sentido tiene decorar un lugar en el que solo vas a vivir temporalmente? Cuando se lo pregunté a Bambleby, respondió con su solipsismo característico que, si tenía que preguntar, nunca entendería la respuesta.

—Baja a la taberna —me dijo después de que oscureciera.

—No, gracias —respondí tras apartar la mirada del diario de driadología del que estaba tomando notas (estaba trabajando en la bibliografía para la enciclopedia)—. Me gustaría retirarme temprano.

—No tienes por qué quedarte mucho. ¿Preferirías quedarte aquí sentada con la nariz metida en un libro?

—Con creces —afirmé y él sacudió la cabeza en mi dirección, no con desdén, sino con una total diversión.

—Muy bien, extraña criatura —dijo y, para mi sorpresa, agarró la capa y se sentó en la otra silla.

—No tienes por qué quedarte. Estoy muy bien sola.

—Lo he notado.

Me encogí de hombros. No me importaba que se quedase; de hecho, estoy acostumbrada a tenerlo cerca, no solo aquí, sino en Cambridge, donde siempre está asomando la cabeza por mi despacho. Fue a buscar el condenado costurero y se centró en la capa, sentado sobre una pierna como un chiquillo, y se inclinó sobre la silla.

En gran parte, soy incapaz de mantener una conversación de carácter personal. Afortunadamente, rara vez siento esa propensión, pero he llegado a lamentar la falta de esta habilidad humana en especial y esta ocasión fue una de esas. ¿Cuántos académicos han tenido la oportunidad de hacerle preguntas a un gobernante de la corte de las hadas? Ninguno, o ninguno que haya vivido para contarlo.

Y aun así, no me atreví a interrogarlo. Sospecho que si me hubiese convencido de que mi interés era de una naturaleza meramente intelectual, lo habría hecho. Pero no era el caso. Al fin y al cabo, se trataba de Bambleby…, mi único amigo (¡cielos!).

—Em —dijo sin apartar la vista de su trabajo después de que le hubiera mirado a hurtadillas otra vez—, o estás maquinando la mejor manera de asesinarme y disecarme para una de tus exposiciones o todavía te preocupa que esté hechizado. Eres tan contradictoria que no me sorprendería que fuese por ambas cosas al mismo tiempo. Tal vez puedas calmar mis nervios.

—Solo me preguntaba qué estabas haciendo, por todos los santos —dije, refugiándome en una charla familiar.

—¿A ti qué te parece? Tú y tu cómplice peludo me habéis arruinado la capa. —Dio un par de puntadas más y pasó las manos por la tela doblándola aquí y allá. (No fui capaz de discernir con exactitud qué hacía)—. Ya está.

Se la probó y asintió. Más bien parecía incluso más magnífica que antes, con un dobladillo ondulado y elegante, como si la tejedora hubiese cortado el patrón de su sombra. Al ver la expresión de mi rostro, arqueó las cejas.

—Puedo remendarte la tuya, si quieres. —Me dedicó una leve mueca—. Y ese… vestido.

Miré mi atuendo de lana.

—Mi ropa no tiene nada de malo.

—No te queda bien.

—Claro que sí.

Alzó la mirada al techo y murmuró algo que no llegué a oír, aparte de distinguir las palabras «bolsa de papel». No me ofendió en absoluto, ya que no le doy ni una pizca de importancia a mi aspecto y mucho menos a lo que opine él sobre el particular.

—Antes dijiste que la costura era cosa de familia —dije después de que volviera a sentarse.

—Ah, sí —respondió. Para mi sorpresa, no parecía tan dispuesto a hablar de sí mismo como solía ser el caso—. Bueno, supongo que debo prepararme para las burlas. Solo tengo un poco de ascendencia brownie, ¿sabes? Por parte de madre.

Lo miré con fijeza. Despacio, se me dibujó una sonrisa en el rostro.

—Muy poquita —repitió con seriedad.

—El *oíche sidhe* —nombré al hada doméstica irlandesa que, como muchas de su especie, hacen las veces de cierto tipo de criada y se escabullen por las noches para limpiar, ordenar y reparar cosas. «Los cuervos dorados», un cuento famoso de origen irlandés, ofrece un ejemplo del desdén típico de las *oíche sidhe* por la suciedad y el desorden. He incluido la versión más famosa de la historia en la enciclopedia (añadiré una copia a este diario).

—¿Es algo habitual? —pregunté—. Que un príncipe tenga ascendencia de las hadas comunes.

Me miró perplejo.

—¿Cómo has…? Ah, ya veo. Poe te lo ha dicho. Si no tienes cuidado, Em, esa criatura te amará tanto que no te dejará marchar. —Retomó la costura—. No, no lo es.

—¿Y por eso te exiliaron?

Me miró con las cejas arqueadas y una expresión divertida.

—¿Quieres saber toda la historia?

—Por supuesto —dije, incapaz de que no se me reflejase el entusiasmo en la voz—. Cada sórdido detalle, de hecho.

—Bueno, pues lamento decirte que no hay mucho de eso —añadió—. Hace diez años la tercera esposa de mi padre (mi madre fue la segunda; la primera era estéril) decidió que preferiría ver a la carne de su carne en el trono. Ya sabes cómo va.

Asentí. Este tipo de crueldad es común entre las hadas de la corte.

—¿Tienes hermanos?

—Cinco, de hecho. Todos mayores. Ella los ejecutó. Solo me envió a mí al exilio.

Fruncí el ceño.

—¿Porque eras joven?

—No —dijo—. Solo se hace así.

Lo comprendí. En los cuentos sobre las hadas, con independencia de su origen, la victoria y la derrota nunca son seguras. Siempre hay una laguna, una puerta que encontrar, si eres lo bastante listo, para guiarte. Para darle un giro a la historia. La madrastra malvada de Wendell no podía matarlo porque hacerlo habría significado cerrar la última puerta a su propia derrota.

—Entonces deseas matar a tu madrastra —dije— y ocupar tu legítimo lugar en el trono. ¿Por eso estás buscando la puerta trasera para volver a tu mundo? Una que ella no custodie.

Me miró asombrado y luego dejó escapar una breve risa.

—Esa pequeña rata. Debería haber adivinado que te lo contaría todo.

—No te enfades con él —dije, alarmada. Pero Bambleby se limitó a encogerse de hombros e hizo un gesto con los dedos para desestimarlo.

—Sí, quiero matarla —respondió—. El trono me es irrelevante, salvo como medio para un fin.

Se frotó los ojos… Los tenía húmedos, algo que me alarmó mucho, ya que no tenía ni la menor idea de qué hacer cuando me enfrentaba a las lágrimas. Casi le arrojo mi pañuelo.

—No estoy seguro de si lo comprenderás, Em —dijo y se sonó la nariz—, mi despiadada amiga. Pero confieso que echo mucho de menos mi hogar. No puedo volver mientras mi madrastra siga con vida, obviamente. Ella no lo permitirá, ni sus aliados en la corte. Así que la única oportunidad que tengo para recuperar el trono es volverme tan poderoso que no puedan deshacerse otra vez de mí.

Me recosté en la silla mientras lo sopesaba. De nuevo, se me había salido el cabello del recogido, así que me rendí y lo deshice de forma que cayese sobre mis hombros.

—Y hasta ahora has fracasado.

—Estoy bastante familiarizado con vuestras teorías mortales de cómo funcionan los reinos de las hadas —dijo—. Ciertamente, la mayoría de los de mi especie no sabemos mucho más que vosotros porque no nos importa. ¿Por qué debería? Es demasiado fácil alterar las leyes de la naturaleza para aquellos con la magia suficiente para hacerlo. Nada permanece igual. Los mundos pueden alejarse, disolverse o convertirse en uno solo como sombras superpuestas... Pero sabemos que hay pasadizos secretos, caminos olvidados hacia nuestros mundos. Puertas traseras, como bien dices. He viajado por el reino de los mortales buscando dicha puerta. No, todavía no la he encontrado. —Apoyó la cabeza sobre el puño y clavó la mirada en el fuego—. ¿Ves por qué es tan importante para mí impresionar en la CIDFE? Necesito fondos para continuar en mi búsqueda. Ese pequeño contratiempo en Alemania ha puesto en jaque el interés de los inversores en mis expediciones. Nuestro artículo puede restaurar mi carrera y llenarme lo bastante los bolsillos como para explorar el resto del continente.

La cabeza me dio vueltas y las páginas de mi biblioteca mental volvieron a pasarse. Le hice una pregunta tras otra, que me hablase de cada país, pueblo y bosque que había visitado. No pude evitar tomar notas mientras hablábamos —viejos hábitos y esas cosas—, hasta que exclamó:

—¿Qué demonios estás haciendo?

—Si voy a ayudarte, necesito tomar notas —respondí.

Parpadeó.

—¿Si tú, qué? —Me miró irritado.

—¿Conoces a alguien, mortal o no, con unos conocimientos más extensos sobre las hadas que yo?

No necesitó pensárselo.

—No.

—Ahí lo tienes —dije—. Creo que puedo encontrar tu puerta. Al menos, me gustaría intentarlo. Estoy segura de que puedo hacer un mejor trabajo que tú. ¡Santo cielo! Diez años. —No pude reprimir un resoplido. Era lamentablemente divertido que un noble de las hadas (una de esas criaturas que se regodean al hacer que mortales indefensos se pierdan en la oscuridad de los bosques) no fuese capaz de encontrar el camino de vuelta a casa.

Me observó, de nuevo con el rostro inescrutable. Ya no creo que pretenda ser opaco cuando lo hace, solo que a veces sus sentimientos son tan extraños que no puedo intuirlos.

—¿Por qué?

Por primera vez, hice una pausa para pensar en la pregunta.

—No lo sé —respondí con sinceridad—. Curiosidad intelectual. Soy una exploradora, Wendell. Puede que me llame «científica» a mí misma, pero eso es lo que soy en el fondo. Desearía conocer lo desconocido. Ver lo que ningún otro mortal haya visto, descubrir… ¿Cómo dijo Lebel? Descubrir el tapiz del mundo y sumergirme en las estrellas.

Él sonrió.

—Supongo que debería de haberlo sabido.

Parecía triste. Imagino que aún pensaba en el verdor del mundo de las hadas. Me concentré en el rasgar de la pluma.

—Durante un tiempo, pensé que debías de tener sangre feérica —dijo—. Nos comprendes muy bien. Solo fue al principio de conocerte. Pronto me di cuenta de que eres tan torpe como cualquier otro mortal.

Asentí.

—Mi sangre es tan terrenal como la de cualquiera. Pero te equivocas al decir que comprendo a las hadas.

—¿Ah, sí?

—No se puede comprender a las hadas. Viven de acuerdo a sus caprichos y deseos y no son más que una serie de contradicciones. Guardan con mucho celo sus tradiciones, pero las siguen de forma errática. Podemos catalogar y documentar su comportamiento, pero la mayoría de los académicos coinciden en que es imposible llegar a comprenderlas realmente.

—Los mortales no sois imposibles. Los mortales sois fáciles. —Apoyó la cabeza en la silla y me miró de soslayo—. Y aun así prefieres nuestra compañía a la suya.

—Si algo es imposible, no puedes ser tan mala en ello. —Por un segundo se me tensó la mano con que sujetaba la pluma.

Sonrió.

—A ti no se te da tan mal, Em. Solo necesitas amigos dragones, como tú.

Tomé una hoja en blanco, agradecida de que la luz del fuego ocultase el rubor de mi rostro.

—¿Cuál de los reinos irlandeses es el tuyo?

—Ah… es el que los académicos llamáis Silva Lupi —dijo—. Al sureste.

—Fascinante —murmuré. Los reinos de las hadas reciben el nombre de su rasgo predominante (por estadística, la categoría más amplia es *silva*, bosque, seguida de *montibus*, montañas) junto con un adjetivo que escoge el primer académico que los documenta. Irlanda cuenta con varios reinos, incluyendo Silva Rosis, el más conocido. Pero Silva Lupi (el bosque de los lobos) es un reino de sombras y monstruos. Es el único de los reinos irlandeses que tan solo existe en la ficción (no es por falta de interés, claro; numerosos académicos han desaparecido en sus profundidades).

—Solo tú dirías eso —dijo—. No te preocupes. No soy tan malvado como los demás…, puede que lo hayas notado. No vi venir lo que tramaba mi madrastra. Me temo que, por aquel entonces, no estaba demasiado acostumbrado a hacer las cosas por mí mismo… Ella se aseguró de que nunca me faltase una horda de sirvientes para atender cada uno de mis deseos ni una fiesta para divertirme. —Se hundió en la silla, despatarrado cuan largo era y mirando el fuego con el ceño fruncido.

—Háblame de tu mundo —dije y me incliné hacia delante con avidez.

—No.

—¿Por qué no?

—Porque solo escribirás un artículo sobre él y no deseo ser una entrada en tu enciclopedia. Pregúntame otra cosa.

Resoplé y di unos golpecitos sobre el papel con la pluma.

—Muy bien. Si te pones la ropa del revés, ¿desapareces? Siempre me lo he preguntado.

El ambiente sombrío se dispersó como el humo y me dedicó una sonrisa juvenil.

—¿Lo intentamos?

—Ah, sí —dije y se me escapó una risita nada típica en mí. Recogí su capa, le di la vuelta y se la puse.

—Oh —dijo y su rostro se volvió inexpresivo.

—¿Qué ocurre? —Lo agarré del brazo—. ¿Wendell? ¿Qué te pasa?

—No… Me encuentro fatal.

Dejó que le quitase la capa y luego se desplomó contra la silla. Solo después de que le hubiese preparado otra taza de chocolate y avivado de nuevo el fuego por él, comenzó a reírse de mí.

—Bastardo —dije, lo cual hizo que se riese aún más. Me marché hecha una furia a mi habitación. Ya había tenido bastante de él por una noche.

17 DE NOVIEMBRE

Me desperté unas horas antes del amanecer, en la tranquilidad de la madrugada invernal, mientras la nieve golpeteaba contra la ventana. Shadow se había enroscado a mi espalda, su posición favorita, silbando por la nariz.

Encendí la lámpara sobre la mesita de noche (ambas habían aparecido a principios de semana a pesar de mis objeciones) y bloqueé la luz con la mano.

Por un instante, vi algo: una sombra sobre el dedo corazón. Tan solo lo percibía al mirar por el rabillo del ojo y únicamente cuando dejaba vagar mi mente y no pensaba en ello. Tenía la mano muy fría. Tuve que ahuecarla sobre la lámpara durante unos minutos para que se calentase.

La cerré en un puño y la apreté contra el pecho cuando un escalofrío desagradable me recorrió. Aparté las sábanas con la intención de ir con Wendell de inmediato y admitir mi estupidez. Pero tan pronto como surgió el pensamiento en mi mente, este se esfumó. Incluso mientras escribo estas palabras, debo sujetar con fuerza la moneda para evitar que se me olvide. Cada vez que abro la boca para contárselo a Wendell, se me nublan los pensamientos y sé que si él me preguntase si me han encantado, mentiría de forma bastante convincente.

—Mierda —dije.

Saqué la moneda y la apreté en la mano. No sabía qué tipo de encantamiento me había lanzado el rey del árbol. Lo que estaba claro era que había caído en la trampa. Ahora bien, hay encantamientos feéricos que se desvanecen con el tiempo y la distancia si no se renuevan. Lo único que podía hacer era esperar que este fuese de esa naturaleza.

Si descubría que los pies me llevaban de vuelta al árbol, tendría que amputarme la mano.

Como es natural, me pasé el resto de la noche sumida en la miseria, la vergüenza y la preocupación mientras me maldecía a mí misma. Lo peor de todo era que Bambleby me había advertido que me alejase del árbol… Si una rabia asesina se apoderaba de mí o acababa por convertirme en árbol, se pondría muy petulante.

Tan pronto el amanecer invernal se alzó sigilosamente sobre la nieve, me vestí y subí a la fuente termal con las raquetas con Shadow pisándome los talones. A él no le hacen falta raquetas ni protegerse contra el clima.

Ahora el bosque tenía una cualidad distinta rodeado del invierno. Ya no está adormilado entre sus atuendos otoñales como un rey tendido sobre unas sábanas de seda, sino que se mantiene en tensión, observando a la espera. Los momentos como este me recuerdan a los textos de Gauthier sobre la naturaleza de la atracción que sienten las hadas por los bosques. En especial, la espesura como algo liminal, un «mundo entre medias», como dice Gauthier, con sus raíces extendiéndose en la profundidad de la tierra mientras sus ramas ansían el cielo. Sus estudios se inclinan más hacia lo repetitivo y no pocas veces resultan tediosos (cualidades que él comparte con numerosos driadólogos del continente) y, aun así, sus palabras tienen cierto sentido que solo adquieren aquellos que han pasado un tiempo entre las hadas.

Me alegró llegar a la fuente. Me temo que he abandonado el decoro y decidí bañarme, una necesidad dado lo incómodo que era calentar agua en la cabaña. Tras restregarme la piel, me sequé con rapidez con la toalla que había traído conmigo y volví a vestirme manteniendo el equilibrio sobre una de las rocas calientes.

Normalmente esperaba a que Poe apareciese antes de despejar la nieve de su árbol como muestra de educación, pero se estaba retrasando y eso no era típico de él. Me até las raquetas y me acerqué al árbol, donde me detuve. Lo habían quemado. No desde fuera, sino desde dentro, como si le hubiese caído un rayo. Varias de las ramas yacían rotas sobre la nieve.

Me sorprendió la aflicción que me sobrevino, diluyendo mis pensamientos. Aun así, tenía esperanza. Si Poe había escapado al bosque, puede que se hubiese perdido. Era una teoría sustentada por un estudio anecdótico sobre las anjanas de España, una especie de hada común que mora en los árboles y que rara vez se aleja de la tierra cercada por sus raíces; si estas se ven obligadas a alejarse de su territorio, quizá nunca encuentren su camino de regreso a casa. Así que me adentré entre los árboles mientras llamaba a mi pequeño amigo con dedos como agujas. No fue tarea fácil, ya que no sabía el verdadero nombre de Poe y no podía hablar en su idioma por miedo a que algo más me oyese. Pero afortunadamente, apareció de debajo de una raíz un momento después de oír mi voz.

—Me he perdido —dijo mientras retorcía sus manos afiladas. Mi antiguo sombrero, ahora una capa que se enorgullecía de cepillar y calentar sobre la fuente, estaba sucio y cubierto de hollín—.

Vinieron por la noche. Intenté esconderme de ellos porque no quería bailar. No les gustó y quemaron mi árbol.

Por suerte, no tuve que preguntarle a quiénes se refería; por su expresión, estaba claro que hablaba de los altos.

—Tranquilo —respondí—. Te llevaré a casa.

Él dudó.

—¿A qué precio?

Entendí su miedo; tenía que poner un precio, por supuesto, y él esperaba que fuese alto dada su necesidad. Las hadas funcionan así a menudo. Sin embargo, ya tenía preparada una respuesta.

—Responderás a tres preguntas sobre los altos —dije.

Él compuso una mueca. Sabía que odiaba contarle sus secretos a una «husmeadora» como yo, pero esto no lo concernía a él en particular, sino a su mundo; no era una carga pesada. Accedió y lo guie entre los árboles. Se mantuvo en silencio tras de mí, como si yo fuese Orfeo y él una Eurídice muy extraña, o yo Eichorn y él De Grey. *

Se lamentó por su pobre árbol y desapareció tras una puertecita que tan solo había atisbado una vez y por el rabillo del ojo. Pronto, la nieve quedó oscurecida por el hollín que sacaba del interior.

---

* Por supuesto, con esto me refiero a la desaparición de De Grey mientras investigaba a las siniestras hadas de las montañas con pies de cabra de Austria en 1861 y la consiguiente desaparición de Eichorn un año después tras uno de sus muchos intentos de rescatarla. (Eichorn estaba convencido de que se habían llevado a De Grey al País de las Hadas y descartaba la teoría comúnmente aceptada de que había tenido un accidente durante una fuerte tormenta). Décadas después, los lugareños de todos los Alpes de Berchtesgaden afirmaron haber oído la voz de Eichorn llamándola: «¡Dani! ¡Dani!» durante las tempestades de invierno, aunque si esto demuestra que uno de ellos o los dos permanecen atrapados en algún reino alpino liminal está sujeto a muchas conjeturas. Véase *Cuando los folcloristas se convierten en folclore: crónica etnográfica de la epopeya de Eichorn y De Grey*, de Ernst Graf.

—He roto nuestro acuerdo —dijo con aire sombrío cuando me tendió una hogaza chamuscada—. Mi madre estaría muy decepcionada.

Le aseguré que nuestro trato estaba intacto, pues el pan no estaba tan quemado como para que no fuese comestible, nada que no pudiera arreglarse raspando un poco la corteza. Se le iluminó el rostro visiblemente y se sentó a mi lado.

—No han estropeado mi capa —añadió con orgullo y acarició la piel de castor con sus dedos largos—. Solo está un poco sucia.

Le garanticé que la capa seguía siendo de lo más magnífica y comenzó el proceso de calentarla sobre la fuente tras colgarla de una rama baja. Cuando se volvió hacia el árbol, tomó una pala pequeña de alguna grieta que no distinguí y empezó a sacar el hollín de dentro. Habló mientras trabajaba, mascullando irritado y temeroso, y de aquello comprendí todo lo que necesitaba saber. Prometí volver para hacerle las tres preguntas y lo dejé allí.

Corrí con todas mis fuerzas por la ladera de la montaña, resbalándome y patinando todo el camino. Para cuando abrí la puerta de golpe, estaba ruborizada, jadeaba y me goteaba terriblemente la nariz.

Casi me choco contra Bambleby, que estaba en camisón junto a la mesa con un aspecto desolador.

—Finn no ha venido con el desayuno —me contó. El cabello dorado despeinado completaba la imagen de la indolencia mientras su mirada se deslizaba hacia mi bolsa—. ¡Ah! Nuestro *pâtissier* del bosque ha hecho pan. ¿Has visto la mermelada?

—Se han llevado a alguien —dije y, no sé cómo, me contuve de golpearle en la cabeza con la elaboración de Poe—. A alguien del pueblo.

—Sí, eso pensaba —respondió.

Aquello me detuvo en seco. No malgasté aliento preguntándole cómo lo sabía, al igual que no lo malgastaría preguntándole a Poe por qué quería una pala mortal para despejar el camino cuando lo había visto andar ágilmente de puntillas sobre la nieve.

—¿Cuándo?

—Durante la noche. —No fue de mucha ayuda—. Y antes de que preguntes, no, no sé quién ha sido. Cielos, odio a las hadas cantarinas. ¿No las oíste? Hum, puede que las velas endemoniadas de Aud funcionen después de todo. Maldita sarta de maullidos. Dame las campanas y los laúdes de mis paredes y que cuelguen a cualquier juglar pomposo que abra la boca para mancillarlos. —Me miró—. La mermelada, Em.

Mis sentimientos debieron reflejarse en mi semblante, pues retrocedió un paso con las manos levantadas a modo de protección. Dejé el pan, me di la vuelta y salí corriendo hacia el invierno.

Cuando entré en la taberna, me encontré a casi la mitad del pueblo reunido allí mientras Aud respondía preguntas en ljoslandés. A ninguno de ellos le interesaban los transeúntes extranjeros en un momento de crisis y mi llegada fue ignorada en su mayoría. Maldiciendo mi falta de fluidez, encontré a Finn entre la multitud y él me llevó a un lado para traducir lo que ocurría.

Era Lilja. Por supuesto que había sido ella, la belleza del pueblo a quien talar árboles y cortar leña le resultaba tan fácil como respirar. Dicen que volvía a Hrafnsvik con su amada, la hija de un sombrerero llamada Margaret, que vive en el pueblo de Selabær. Se las llevaron a las dos y el caballo en el que viajaban volvió a su finca antes del amanecer con la montura vacía y torcida. Los otros caballos habían echado espuma por la boca del miedo cuando lo metieron en la cuadra con ellos, señal delatora de que ha estado en contacto con los altos. Con pesar, organizaron una partida de búsqueda. Thora y sus ayudantes estaban atendiendo a Thorgerd, la madre de Lilja, quien había perdido a su marido en el mar solo un año antes, casi insensible por el dolor.

Finn me preguntó en voz baja si podía hacer algo dado mi extenso conocimiento sobre las hadas. Por desgracia, Aud escogió ese momento para concluir su discurso y unirse a nosotros junto al fuego y, con ambos mirándome con una sombra desquiciada de esperanza, lo único que pude hacer fue prometerles que lo pensaría.

Cuando me marché, Aud me suplicó que lo consultase con Bambleby. Por su expresión, supe que no era lo bastante ingenua como para esperar ayuda desinteresada por parte de una de las hadas, pero que estaba dispuesta a ofrecer a cambio cualquier cosa que estuviese en su poder. La pérdida de dos jóvenes que ni siquiera habían cumplido la veintena pesaba mucho sobre el pueblo.

De hecho, cuando regresé a la cabaña, me encontré a Bambleby vestido y desayunado (uno de los mozos de Krystjan había traído provisiones), pero lejos de sentirse deseoso de unirse a la búsqueda. Le conté lo que había descubierto en la taberna y él escuchó con educación (sospecho que resultado de mi malhumor anterior más que de una reciente benevolencia por su parte).

—Aud está dispuesta a pagar por tu ayuda —dije sin rodeos.

—¿Qué? —Parecía divertido—. ¿Debo tomarme esto como una oferta de naturaleza monetaria o mandará a mi puerta una oveja nacida de una vaca cuya lana se transforma en plata a la luz de la luna o algo por el estilo?

—Creo que te dará lo que quieras si está en su mano dártelo y no la pone en peligro ni a ella ni a los demás. —Hablé con ese estilo cuidado que utilizo al negociar con las hadas; él pareció reconocerlo con una especie de diversión cautelosa. Lo desestimó con un gesto de las cejas y apartó la mirada hacia el fuego. Abandoné toda precaución y le hablé como de costumbre—. Wendell, sé más directo, por favor. ¿Tienes prohibido de alguna manera interferir en los asuntos de los de tu especie?

—No —dijo pensativo—. Y no son de mi especie precisamente, Em; todas esas estúpidas categorías inventadas por las mentes mortales son casi tan útiles como las distintas formas de llamar al viento. Si quieres la verdad, no sé si está en mi poder rescatar a nuestras jóvenes amantes y no tengo ningún deseo de arriesgar el pellejo al intentarlo. ¿Por qué quieres arriesgar el tuyo? A ti no te importa esta gente. —Un atisbo de sorpresa le cruzó el rostro—. ¿O sí? Creo que sientes algo por Mord y Aslaug. ¿Puede ser que mi amiga desalmada haya llegado a apreciar la compañía de estas personas?

Abrí la boca para darle la respuesta que esperaba, que me motivaba el estudio simple y llanamente, que la oportunidad de investigar este ritual extraño era de una magnitud mayor que cualquier otro que se me hubiese presentado hasta ahora en términos de las ramificaciones de nuestra comprensión de las hadas. Todo eso era verdad, pero por alguna razón, me hizo sentir inexplicablemente desolada.

Contemplé el jardín. Vi el hacha donde la había dejado Lilja clavada en el tocón (se había aficionado a venir casi una vez al día para reabastecer nuestro suministro). Era una imagen tan lóbrega que aparté la mirada con rapidez.

Sí, sentía algo… No soy un monstruo. Pero ¿iría a buscarlas tan solo por su bienestar si no hubiera descubrimientos científicos de por medio?

No. No, no lo haría.

Mi vida ha sido una larga sucesión de momentos en los que he elegido ser racional sobre la empatía, enterrar mis sentimientos y partir en una misión intelectual, y nunca he lamentado estas elecciones, pero rara vez me han mirado de frente de manera tan abierta como en este momento.

—¿Por qué no fingimos? —dijo, lo cual me ahorró tener que expresar nada de esto. Lo miré y parpadeé. Continuó—: No tendríamos que ir a ninguna parte. Podemos subirnos a un trineo y adentrarnos un poco en este bosque dejado de la mano de Dios, acampar una noche o dos y volver con cuentos de festividades fantásticas. Juntos podemos inventar una historia convincente, no me cabe duda. La gente del pueblo no lamentará tanto nuestro fracaso (seguro que ya han deducido que han perdido a sus hijas). Aceptaremos su gratitud por intentarlo y luego nos iremos a la CIDFE y nos lloverán alabanzas por ser los primeros académicos en documentar de forma empírica un encuentro con las hadas de la corte de Ljosland. Yo conseguiré mis fondos. Tú te labrarás un nombre… y tu amada titularidad le seguirá pronto. ¿Sabes a quién nombraron recientemente en el comité de contratación? —Unió las manos y me sonrió.

Le sostuve la mirada. No mentiré y diré que aquella sugerencia no me tentó. Sería un engaño fácil de llevar a cabo, uno excepcionalmente fácil del que salir airosos. Era demasiado práctico no hablar de mis preocupaciones antes de descartar la idea.

—Ya te has ganado cierta reputación por haber falsificado tus investigaciones —dije—. ¿No será sospechoso hacer declaraciones tan dramáticas?

—Ah, ahí es donde entras tú, mi querida Em. Tu reputación está impoluta. Nadie creerá que serías capaz de participar en una estafa de semejante magnitud. De cualquier magnitud. Blanquearás mi reputación de forma bastante eficaz.

Le creí. Pero no me llevó más que un instante tomar una decisión. Quizá no me importase —no podía importarme— tanto como debería el destino de dos jóvenes. Pero tampoco era de las que pondrían la gloria antes que el descubrimiento, las alabanzas vacías antes que la iluminación. Esto era por la enciclopedia, pero también era algo mucho más grande: aquello que me llevó a crearla en primer lugar.

—No sabemos a ciencia cierta si Lilja y Margaret están perdidas —dije.

Él gruñó y se presionó las manos contra el rostro. Esperé.

—Si es lo que quieres —dijo entre los dedos—, te ayudaré.

Lo estudié con detenimiento, pues estoy acostumbrada a negociar en tratos con las hadas y reconocía uno en su voz. Aun así, era un trato unilateral con un hada, algo singular, desde luego. No comprendía sus motivos.

—Es lo que quiero —afirmé—. ¿Tengo que decirlo tres veces?

—Supongo que no veo por qué no, criatura infernal.

Eso hice.

—Maravilloso —respondió él de forma cortante—. Bueno, no esperes que te ayude a empaquetar. Hago esto en contra de mi sensatez. Y si las provisiones resultan inadecuadas, le pienso dar la vuelta a esta locura de expedición.

18 DE NOVIEMBRE

Las provisiones eran más que adecuadas.

El pueblo entero se reunió con un despliegue increíble de generosidad y eficiencia. Esta mañana, a las nueve en punto, teníamos dos caballos y un trineo abastecido con suficiente comida, leña, mantas y distintas comodidades para varios días. De alguna manera, una de las mujeres tuvo tiempo de tejer un abrigo para Shadow que, junto con el resto de los regalos, me dejó inexplicablemente azorada (dado el tamaño de mi acompañante, debió de llevarle horas). Bambleby y yo nos entretuvimos en la cabaña coaccionando al reacio Shadow para poder ponerle su nuevo atuendo, que tenía un patrón de flores y estaba equipado por una alegre capucha. Humillado, el perro agachó la cabeza en señal de vergüenza hasta que sus torturadores se dignaron a liberarlo de aquella picota de lana; se pasó la siguiente hora ignorándome de manera intencionada.

Por suerte, el camino que habían tomado Lilja y Margaret por el bosque estaba despejado, pues no había nevado desde que las secuestraron, y los marineros creían que los cielos permanecerían abiertos un par de días más. Mientras los lugareños preparaban nuestras provisiones, Bambleby y yo subimos a la fuente termal una última vez.

Poe no había hecho muchos progresos en su árbol, aunque la nieve estaba regada con el hollín que había sacado a paladas del interior. Bambleby exclamó disgustado al ver el venerable árbol viejo reducido a un tronco hueco.

—Condenados escarchados —masculló—. Malditos bogles irrespetuosos.

Antes de que Poe o yo pudiésemos hablar, tocó el árbol y lo sanó: se recortó contra la palidez del invierno radiante de salud y follaje. Poe lanzó un grito y se desplomó temblando sobre sus rodillas puntiagudas delante de Bambleby, quien no se dio cuenta de nada. Cuando Poe le trajo una magnífica hogaza como regalo de agradecimiento, Bambleby espetó con brusquedad:

—Estoy hasta las narices de pan. Tráeme algo que me mantenga caliente en este lugar infernal.

—¿Puede hacerlo? —le pregunté después de que Poe saliese en desbandada hacia su casa-árbol, de donde surgió un coro peculiar de ruidos metálicos, arañazos y algo que parecía burbujear. Bambleby se limitó a agitar la mano y se sumió en un aire taciturno.

Poe volvió a aparecer una hora después con una cesta tejida con ramas de sauce cubierta con una manta de lana áspera. Bambleby la aceptó con desdén y sin mirar siquiera su contenido, aunque lo que fuera que hubiera bajo la lana emitía un vapor intrigante. Tuve que quitarle la cesta y dentro descubrí una docena de pasteles glaseados, no muy distintos a los que había visto tomar a los ljoslandeses en ocasiones especiales. Seguirían calientes hasta que los comiéramos.

Poe respondió a mis preguntas con algo parecido a la bondad, sus ojos negros algo húmedos mientras acariciaba las raíces del árbol con cariño. Eran bastante simples: ¿dónde se llevaron los altos a las muchachas? (Al lugar donde la sangre de la aurora es blanca). ¿Qué es lo que más temen los altos? (El fuego).

—Has malgastado la pregunta —me dijo Bambleby tras marcharnos—. Están hechos de hielo y nieve. ¿A qué otra cosa le tendrían miedo?

—Gracias por tu consejo —dije—. Aunque noto que has esperado a ofrecerlo hasta que su utilidad hubiera pasado. ¿Qué crees que es el lugar donde la sangre de la aurora es blanca?

—No lo sé, pero estoy impaciente por descubrirlo. No hiciste la tercera pregunta.

—Qué observador. —En realidad, no era capaz de expresar por qué me la reservé, aparte de porque intuía que más tarde sería importante. He llegado a confiar en ella, pues si pasas el tiempo suficiente estudiando a las hadas, te hace consciente de cómo su comportamiento sigue la forma en que se entretejen las historias y te permite sentir el flujo de ese patrón desplegándote ante ti. La tercera pregunta siempre es la más importante.

El trineo cargado y tironeado por dos caballos robustos y greñudos de Ljosland nos esperaba en el pueblo. Eran blancos, lo cual me impactó como si fuese una premonición, aunque no pude discernir si era buena o mala. No eran caballos corrientes, sino bestias acostumbradas a abrirse paso a campo abierto e incluso a subir montañas cargados de nieve.

Aud me sorprendió con un abrazo y un beso en ambas mejillas antes de partir. Me sonrojé y tartamudeé durante aquella experiencia. Llevó a Bambleby a un lado y le habló en voz baja. Cuando él volvió al trineo, tenía el ceño fruncido.

—¿Qué?

—Parece que Aud cree que te dejaré morir ante la primera señal de problemas —respondió—. Eso o que yo mismo te devoraré. Me ha ofrecido su favor a cambio de tu seguridad.

—Espero que hayas dicho que sí —dije, impertérrita—. Te puedes quedar su dinero. Yo me quedo con la oveja de plata.

Puso los ojos en blanco. Un instante después, tras otra ronda tediosa de despedida, nos pusimos en marcha.

El trineo se deslizaba con suavidad sobre la nieve. Durante la primera hora seguimos el camino. Dos de los lugareños iban delante de nosotros a caballo, hombres que habían participado en la primera partida de búsqueda. Nos mostraron el lugar donde Lilja y Margaret habían dejado el sendero, una zona donde el Karrðarskogur descendía de las montañas, que arrojaban sombras azuladas sobre los surcos de ruedas y pisadas. Nos dejaron allí, mientras que Bambleby y yo continuamos solos tras rechazar al guardia que nos ofreció Aud.

El bosque parecía abrirse para nosotros mientras seguíamos las marcas claras de pisadas en la nieve, como si los árboles se hubieran apartado a un lado para dejar espacio a quienquiera o a lo que fuera que hubiese pasado antes por allí. Nuestro camino solo estaba bloqueado en algunas zonas, en una por un abedul alto que, de lejos, juraría que estaba a un lado del claro. Las ramas crujían y gemían y se sentía como si el bosque cerrase poco a poco de nuevo el camino, como una herida abierta que se está curando.

Me bajé y caminé con Shadow cada vez que el terreno ascendía por una colina para aliviar un poco a los caballos. Miré las pisadas que había dejado en la nieve tras de mí, lo cual derivó en una especie de satisfacción primigenia al ver la marca que había impreso en un mundo desconocido. Shadow, que caminaba a zancadas junto a mí, no dejó huellas. Nunca las deja.

Bambleby se quedó quieto en el trineo envuelto en dos mantas y solo hablaba para quejarse del frío. Su nariz adquirió un tono rojo brillante de tanto sonársela, algo que siempre parecía coincidir con los momentos en que me quedaba embelesada por el encanto y la tranquilidad del bosque nevado. Al final le pedí que se comiese uno de los pasteles de Poe y me alivió que aceptara, lo cual me evitó hacer el esfuerzo de metérselo por el gaznate.

El pastel era cálido al tacto, tan suave que parecía recién salido del horno, y le cambió el humor a Bambleby. Caminó junto al trineo durante el resto de la tarde sin las mantas ni la bufanda, el rostro con un cálido rubor, acariciando con aire ausente las ramas de este o aquel árbol. Tocara lo que tocare, florecía y hacía salpicar la nieve con hojas que parecían esmeraldas molidas, bayas rojas, sauces cenicientos y piñas de semillas, un revoltijo de colores y texturas que chisporroteaban por aquel mundo blanco. Pronto nuestro pequeño camino en la espesura podría convertirse en una enorme avenida engalanada para la comitiva de regreso de un general victorioso. Los pájaros, a resguardo del largo invierno, salieron de sus madrigueras, piando con una alegría alarmante mientras se embriagaban con las bayas. Nos cruzamos con un zorro delgado que llevaba un estornino en la boca; nos dedicó una mirada despectiva mientras se escabullía de nuevo entre las sombras aterciopeladas.

Intenté con todas mis fuerzas no sobrecogerme con esta llamativa exhibición de Wendell. Era la primera vez que lo había visto libre con su magia y aquello me dejó desestabilizada y con el alma en vilo; me di cuenta de que estaba acostumbrada a ignorar esa parte de él o, al menos, a pasarla por alto. Al llegar a lo más alto de una colina, me volví para ver el despliegue de colores en aquel paisaje dormido, los árboles alegres y desafiantes incluso cuando el viento arremetía contra sus hojas como lobos lanzando dentelladas.

Hacia la tarde, llegamos a un pase entre montañas. La primera partida de búsqueda se había detenido aquí (lo supimos por el desorden en la nieve, una confusión de huellas de cascos y rastros de botas). Continuamos un poco más y seguimos la silueta amenazante de los cascos de un caballo. Las montañas a ambos lados de la colina eran volcánicas, puntiagudas y más altas que cualquier formación terrenal tenía derecho a ser; sus picos nevados seguramente estaban más cerca de las estrellas que de nosotros, unas motas que caminaban fatigosamente.

—¿Habrán llegado solas hasta aquí? —me pregunté en voz alta.

Bambleby se encogió de hombros; no le preocupaba lo más mínimo. Se había vuelto a poner la bufanda y los guantes, pero todavía quedaba algo de calidez rubicunda en su rostro.

—¿Deberíamos hacer un alto para pasar la noche? Estoy famélico.

Le hice continuar una hora más, hasta que llegamos al corazón del pase. Bambleby suspiró con pesadez, pero me ayudó a descargar la tienda y a montarla en un recodo en la falda de la montaña, donde estaríamos protegidos de la intemperie. Siguieron más suspiros mientras hicimos la hoguera y la sopa, una mezcla de carne seca, especias y verduras que hervimos con nieve derretida. Se quedó de pie mirando la olla como si nunca hubiese visto una antes, hasta que le pregunté si alguna vez en su vida se había cocinado su propia comida —pues estaba segura de que en el reino de las hadas lo habían atendido incluso con más pompa de lo que estaba acostumbrado en el reino de los mortales—, y él espetó que no veía qué diferencia supondría, la cual fue suficiente respuesta para mí. Dejé que se las arreglara y el sabor quemado del estofado mereció lo mucho que disfruté verlo debatirse con él, quemándose y salpicándose alternativamente. Después se retiró con un resoplido malhumorado a la tienda para envolverse en las mantas que Aud nos había dado; sacó aguja e hilo y procedió a remendar desgarros diminutos en su capa mientras murmuraba para sí. En general, ofrecía una imagen que parecía una versión rocambolesca de una de las brujas del destino mientras tejen el futuro en sus tapices. El suyo me parecía un trabajo sin sentido, sin nadie que nos viera salvo por los zorros y los pájaros, pero parece que la tarea le levantó el ánimo o, al menos, hizo que se callase, así que me abstuve de comentar.

19 DE NOVIEMBRE

Me he pasado el día debatiéndome entre la emoción académica ante este territorio desconocido por la ciencia en el que nos estamos adentrando y el temor de que lleguemos demasiado tarde... o peor, que ni siquiera tengamos una oportunidad. Lilja y Margaret han viajado más rápido que nosotros, sin ir tan cargadas, pero aun así me preocupaba la posibilidad de que hubiésemos caído en la trampa de un hada sin darnos cuenta y que ahora estuviésemos condenados a vagar por el bosque, persiguiendo sombras y logrando lo que viene siendo nada.

—No es una trampa —dijo Bambleby; había tanta seguridad en su mirada que buena parte de mi miedo se derritió—. Solo un frío infernal y kilómetros de páramos inhabitables.

Parecía que no era capaz de disfrutar de la belleza inhóspita de todo aquello, el terror agreste de las montañas, los glaciares imponentes, los pequeños lazos del destino que se adherían a la roca en forma de cataratas congeladas. Estas dos noches la aurora ha bailado sobre nosotros, una mezcla de verde, azul y blanco ondulando como un océano frío en el cielo, y él apenas le echó un vistazo. La segunda noche utilizó magia para convocar un seto verde y denso de acebo lleno de espinas y un trío de retoños de sauce que envolvieron nuestra tienda como si fueran el dosel de una cama para mantener a raya el viento helado.

—Pero ¡míralo! —no pude evitar exclamar, sentada junto al fuego, mientras contemplaba el despliegue de luz. Lo admito, deseaba que compartiera esas vistas conmigo y me decepcionó que él se limitase a suspirar.

—Dame colinas redondas como las manzanas y bosques tan verdes que podrías bañarte en ellos —dijo—. Y no estas fruslerías hiperbóreas.

—¡Fruslerías! —prorrumpí y le habría gritado, pero su expresión, con la mirada clavada en el fuego, era franca y desolada, y me di cuenta de que no pretendía sonar irritante… Echaba de menos su hogar. No había dejado de extrañarlo y en este lugar, tan misterioso y hostil, había aguzado ese sentimiento como el filo de una espada.

Como de costumbre, no tenía ni idea de qué hacer con esta clase de conocimiento… ¿Preguntarle aliviaría su tristeza o la empeoraría? ¿Debería (ay, cielos) intentar abrazarle? Al final, me limité a pedirle que levantase una barrera adicional para evitar lo peor del frío, ya que sabía que disfrutaba utilizando su poder, y convocó un seto cargado de tantas bayas relucientes que me recordó a un árbol de Navidad, así como una alfombra totalmente innecesaria de campanillas de invierno a mis pies, los cuales sufrí en silencio.

Me cuidé de mantener la mano escondida en el guante…, aunque no era que deseara hacerlo. Quería quitármelo de un tirón y sacudir delante de sus narices la banda de sombras que se arremolinaba en mi dedo corazón, bastante visible ahora que sabía lo que era: un anillo. Me inundó una sensación de terror que nunca había sentido, pero no podía contárselo ni darle ningún indicio que pudiese levantar sus sospechas. El encantamiento, fuera lo que fuere, me tenía con firmeza en sus garras. Y lo más preocupante era que a veces se me olvidaba. Tan solo esperaba que no interfiriese con nuestra expedición.

Lo observé por el rabillo del ojo mientras contemplaba el fuego con el ceño fruncido y se le formaba una arruga entre sus bonitas cejas oscuras. Ojalá se aferrase a mí y... y...

El rubor me subió por el cuello. ¿Qué razón tendría para hacerlo?

Como de costumbre, Wendell se rio de mí cuando le anuncié que pretendía ir al excusado, pero no me importó; siempre he opinado que, en mitad de la naturaleza, una debe aferrarse a toda la dignidad que pueda. Los dejé a Shadow y a él disfrutando del fuego y me alejé del campamento hasta encontrar un árbol lo bastante grande como para acuclillarme tras él (habíamos abandonado el bosque y lo único que quedaba de él era una arboleda de abedules tristes y pelones aquí y allá). Hice lo que tenía que hacer y me apresuré a regresar caminando por la nieve.

Ahora, al echar la vista atrás, me pregunto si fui lo bastante observadora. Sin duda estaba alerta —siempre lo estoy durante el trabajo de campo—, pero sospecho que la falta de familiaridad con el paisaje, las montañas altas y oscuras cubiertas de nieve, me llevaron a creer que ningún ser vivo podría asaltarme aquí, y mucho menos las hadas, criaturas que a lo largo de mi carrera he asociado con la vegetación, el agua y la vida.

Por suerte, tengo buenos reflejos. En el instante en que la luz parpadeó entre los árboles, me detuve y agarré la moneda. Era una luz grisácea que no emitía calor, como una estrella. El viento se movió entre los árboles y trajo el susurro de unas campanas. Si no hubiera estado en contacto con el metal, me habrían hechizado, ya que de por sí la cabeza me dio vueltas un poco, pero estoy acostumbrada a sacudirme los encantamientos de las hadas y me mantuve firme.

Eran tropas de hadas, y como el hechizo de su música no me afectó ni fui hacia ellas, sintieron curiosidad y me rodearon. Supe de inmediato que estaba en peligro, pues estas hadas pertenecían a la especie de los bogles, una categoría controvertida que incluye a todas las hadas comunes con una apariencia mortífera, poco intelecto y tendencias malévolas. Los bogles son universal y eternamente voraces y, aun así, les encantan los lugares desolados, lo cual conduce a la teoría de que disfrutan con la sensación de hambre. Cuando se topan con seres vivos, se valen de todo tipo de formas desagradables de devorarlos, y por lo general los asan miembro a miembro en unas pequeñas fogatas que llevan consigo a todas partes.

Son altos para ser hadas comunes, aunque algunos tienen la altura de una persona, y me llegan casi hasta el hombro. Son poco más que huesos envueltos por encima con algo parecido a la piel, pero todo lo demás es plano y angular, como el hielo tallado con forma de hada. No me dejaron verlos con claridad y se fundían y aparecían entre la nieve con tanta facilidad como Poe con su árbol, pero los que vi eran pálidos y canosos por la escarcha, con capas tejidas con la luz de la luna, y tenían los dedos puntiagudos y los mismos dientes que Poe. Algunos llevaban campanas, otros los fuegos para cocinar en ollas pequeñas, con llamas azul grisáceas alimentadas por las ramas que arrancaban de los árboles al pasar. Me rodearon unas cuantas veces mientras me medían y susurraban entre ellos. Sus voces eran como el viento que mecía la nieve y no los entendí. Se desconoce si los bogles tienen capacidad de habla en el sentido humano; son muy cercanos a los animales.

La académica que hay en mí ya estaba formulando preguntas en *faie*; quería saber si podían entenderme, y no solo eso, sino que quería alargar el encuentro para estudiarlos. Pero entonces uno de los bogles se colocó de forma repentina junto a mi hombro, apretándome el cuello con una mano rígida y afilada, para darme un mordisco en la oreja.

Solo alcancé a oler su aliento con aroma a pino, humo y sangre antes de apartarme al tiempo que escupía una de las Palabras de Poder. * Había aprendido dos cuando soborné a unas hadas ancianas que vivían en rincones solitarios de la naturaleza.

Una de esas palabras es completamente inútil. Me topé con ella mientras andaba detrás de cuentos de un tipo de bruja en las islas Shetland —los lugareños no estaban seguros de si se trataba de una banshee o de alguna cortesana de las hadas de la corte caída en desgracia que se había dado a la fuga. Nunca descubrí cuál de las dos era cierta. Me encontré con ella al crepúsculo envuelta en un montón de harapos pálidos en la playa, donde apenas se la diferenciaba de las maderas arrastradas por la corriente. Me pidió refugio y, faltaría más, se lo di; la guie hacia la posada donde

---

* Descritas por primera vez por Annabelle Levasseur. Son encantamientos feéricos excepcionalmente poderosos cuya particularidad es que las hadas de la corte no son las únicas que pueden lanzarlos, sino también las comunes y los mortales (aunque su poder disminuye con creces en este último caso). Nadie conoce el origen de las Palabras de Poder. En algún momento, algún hechicero-hada poderoso (un término extraño, pues todas las hadas tienen magia sin excepción, aunque simplemente me refiero a que posee una habilidad especial para los hechizos), probablemente el Forjador de Hiedra, que constituye un tema destacado en el arte feérico del sur de Inglaterra, crease las Palabras y solo se las dijo a sus amigos y aliados más cercanos. Su mayor peculiaridad (como descubrió Levasseur al entrevistar a un miembro moribundo de la corte de las hadas) es que las hadas que las aprenden pueden llegar a olvidarlas si no las utilizan a menudo. Este puede ser el motivo de que sigan siendo desconocidas incluso para estas; si no fuera así, ¿por qué no las conocen los monarcas sedientos de poder y las usan contra sus enemigos? (No todas las Palabras tienen una utilidad obvia).

me alojaba y le ofrecí mi cama, mientras que yo dormí en el suelo. Hasta le lavé los pies cuando me lo pidió (eran muy pequeños y curvilíneos, como caracolas). Estaba tan cómoda con sus harapos, varias capas de vestidos que antaño puede que fueran finos o no, una capa con capucha y varios chales, que nunca llegué a distinguirla bien. Cuando me preguntó qué favor quería a cambio, le dije que en ese momento estaba buscando Palabras de Poder, en especial aquellas que pudieran resultarme útiles (en realidad, tampoco esperaba que conociese ninguna, pocas hadas las saben). Para mayor asombro, me dijo una sin rechistar, aunque cuando descubrí lo que hacía después de que se marchase, me decepcionó. La Palabra tiene un solo uso: recuperar botones perdidos. Basta decir que rara vez me he molestado en usarla y sigo sin explicarme por qué nadie se tomaría la molestia de concebir dicho encantamiento. En conclusión: así son las hadas.

Convocar botones no era de mucha utilidad en el apuro en que me encontraba, pero por suerte, la segunda palabra que aprendí hace invisible al hablante de manera temporal (algo mucho más práctico). Como es natural, había sido mucho más fácil de rastrear que la de los botones: unos chantajes acertados me habían llevado al árbol de un hechicero kobold, quien me reveló la palabra a cambio de un ternero de un año.

En cualquier caso, cuando la pronuncié, los bogles me buscaron a tientas mientras gritaban de rabia. Lo malo es que el efecto de la Palabra no dura mucho.

Ahora bien, tengo mi orgullo. Creo que podría habérmelas arreglado yo sola con las criaturas: razonar con ellas, ofrecerles un trato justo a cambio de mi seguridad en un momento dado. Ya lo he hecho antes. Pero las creencias y los «podría» no ofrecen mucho consuelo en situaciones como esta y no soy tan arrogante como para arriesgar mi vida por orgullo teniendo ayuda al alcance de la mano. Así que abrí la boca y grité:

—¡Wendell!

Las hadas me ignoraron. Sin duda estaban acostumbradas a que los viajeros extraviados pidiesen ayuda a gritos. Una de ellas me agarró por la capa y me hizo daño al sacudirme de un lado a otro como si fuera un animal tratando de tirarme al suelo. Pero no necesité llamar de nuevo a Wendell.

Salió de detrás de un árbol… o tal vez de *dentro* del árbol; no me fijé. Extendió una mano y le partió el cuello al hada que me había agarrado, algo que no esperaba; me alejé tambaleante tanto de él como del cuerpo desmadejado. Vio la marca en mi cuello y el rostro se le ensombreció al completo con algo que parecía una furia descomunal, lo cual le confirió el aspecto de una criatura salvaje. Las hadas se dispersaron como las hojas, aunque estaban demasiado intrigadas y eran lo bastante estúpidas como para salir corriendo.

—¿Estás herida?

—No. —No sé cómo logré hablar. Ya había visto a Wendell enfadado, pero aquello pareció brotar de él como un rayo que amenazaba con quemarlo todo a su paso.

Hizo un gesto con la mano y un árbol espantoso surgió de la nieve; era oscuro y aterrador y estaba cubierto de pinchos y ramas afiladas como cuchillos. Las ramas salieron disparadas y ensartó a las hadas en ellas. En cuanto todas estuvieron inmovilizadas, agitándose y gritando en el aire, las despedazó una a una con una calma y una brutalidad absolutas. Extremidades, corazones y otros órganos que no reconocí se derramaron por la nieve. No fue con prisas, sino que las mató de forma metódica mientras las otras aullaban y se retorcían.

No podía moverme. No era como ver personas morir, claro —cuando estas hadas de las nieves exhalaron su último aliento, se derritieron como las brujas de los cuentos—, pero fue bastante malo. Como un gato frente a demasiados pájaros heridos, no se molestó en acabar con todas ellas, sino que dejó que algunas se debatieran y sangraran mientras se ocupaba de las otras. Cuando una se liberó, la rama que la sostenía se rompió bajo su peso y él se rio, un sonido que no tenía nada de humano, y dejó que el hada pensase que había escapado antes de que se apareciese tranquilamente por arte de magia en su camino y la partiera por la mitad.

Esa furia enloquecida y concentrada lo abandonó casi tan pronto como acabó con la última hada con aire satisfecho; luego se sacudió la capa y se quejó por unas manchas de sangre que yo no vi, pues se habían convertido en agua a mis ojos. Se encaminó colérico con fuertes pisadas hacia un arroyo cercano y me dejó con la mirada clavada en los últimos cuerpos que seguían retorciéndose. Entonces me di cuenta de que no podía permanecer allí sentada más tiempo ni tampoco enfrentarme a él cuando regresara, así que me adentré en el bosque tambaleándome.

Caminé de un lado a otro durante una media hora, con un regusto a bilis en la garganta y los ojos anegados en unas lágrimas a las que no supe dar explicación. Despacio, muy despacio, los temblores cesaron. Me tranquilicé y pude ver la situación de manera racional.

El problema estaba claro: aún no había aprendido a ver a Bambleby como hada, no de verdad. Si hubiese sido así, aquella exhibición no me habría impactado tanto. Por el bien de mi cordura, por no mencionar la seguridad de ambos, lo mejor sería reconciliarme con lo que sabía de él, y pronto.

Cuando regresé, estaba en la tienda remendando una vez más su capa. No vi que hubiese nada malo en ella y me pregunté si este giro obsesivo que había tomado su hábito sería un síntoma de su incapacidad de satisfacer su naturaleza al hacer nuestra existencia actual más ordenada y hogareña en otros aspectos.

—¡Ahí estás! —exclamó al mirarme aliviado cuando entré. Su voz sonaba normal, como si el arrebato espantoso y violento de hacía una hora no hubiera sido más que un ataque de estornudos, algo que me habría aterrorizado en extremo si no hubiera estado acostumbrada a su humor volátil y lo hubiera anticipado.

Con lo cual no quiero decir que no fuese aterrador.

—Solo fui a caminar —respondí, me quité las botas y me acomodé sobre las mantas—. No tenías por qué preocuparte.

Él siguió observándome.

—¿Estás segura? Cuando volví y no estabas, me pregunté si te habría asustado. Perdí los estribos, lo siento.

Parpadeé, sumamente asombrada por esta muestra de introspección, algo que por lo general suele repeler a Bambleby.

—No tienes que disculparte por nada. Me estabas protegiendo… con demasiado entusiasmo, cierto, pero sería una idiotez culparte por ello. —Me alegra decir que solo me tembló un poco la voz y que un par de respiraciones profundas bastaron para calmarla.

Me dedicó una mirada extraña; impresionada, creo, pero al mismo tiempo había cierta aflicción en ella. En serio, ¿quería que me alejase corriendo de él gritando de espanto? Cielo santo.

—Em —dijo—. Mi querida dragona. Pensaba que tendría que compensarlo de alguna manera. Me temo que ya he empezado.

Seguí su mirada hasta mi almohada, sobre la que descansaba algo de lana y con una forma extraña que no reconocí.

Lo tomé de repente, indignada. ¡Era mi jersey!

—¿Cómo…? ¿Qué has…?

—Lo siento —dijo sin apartar la mirada del parpadeo de la aguja—. Pero no puedes esperar que viva cerca de ropa que apenas merece llamarse así. Es inhumano.

Sacudí el jersey, boqueando. Casi no podía decirse que fuese la misma prenda. Sí, era del mismo color, pero hasta la lana parecía distinta, más suave, más fina, sin haber perdido un ápice de comodidad. Ya no era un cuadrado sin forma; ahora solo me quedaría un poco suelto al tiempo que definía claramente las curvas de mi figura.

—A partir de ahora, ¡mantén tus malditas manos lejos de mi ropa! —espeté, luego me ruboricé al darme cuenta de cómo había sonado. Bambleby no dio muestras de haberse percatado.

—¿Sabes que hay hombres y mujeres que entregarían a su primer hijo por que un rey de las hadas cuidase de su armario? —dijo con tranquilidad mientras cortaba el hilo—. En casa, todos los cortesanos querían un momento de mi tiempo.

—¿Rey? —repetí, mirándolo fijamente. Y aun así no me sorprendió tanto… Aquello explicaría su magia. Las historias dicen que un rey o una reina de las hadas pueden acceder al poder de su reino. Sin embargo, ese poder, aunque es inmenso, no se cree que sea ilimitado; hay historias de reyes y reinas que han sido engañados por los humanos. Y el exilio de Bambleby es, por supuesto, un testimonio adicional.

—Ah. —Guardó aguja e hilo en el costurero—. Eso. Bueno, solo fue un día. La coronación fue seguida de inmediato por un intento de asesinato… y luego, como sabes, mi querida madrastra me obligó a huir al mundo de los mortales. —Se tumbó y cerró los ojos—. Fue un día memorable. También he arreglado tu capa.

—Cielos. —Pero ya estaba dormido, así que no pude sermonearle más, y me sentí aliviada (de pronto, me pregunté si no habría sido esa su intención desde el principio) por estar tan enfadada con él que ya no estaba asustada.

¿? DE NOVIEMBRE

Por mucho que odie llenar estas páginas de dramatismo, la realidad es que puede que estas sean las últimas palabras que escriba. No sé el tiempo que me queda ni por cuánto seré capaz de sostener la pluma, así que trataré de ser concisa.

Anoche (si es que fue anoche; es imposible discernir el transcurso del tiempo en el País de las Hadas), me desperté con el sonido del árbol maldito que había convocado Bambleby arañando la tela de la tienda y el eco de la agonía de los bogles moribundos, como si el árbol hubiese reunido sus gritos y los hubiese guardado como regalos. Bueno, intenta dormir después de eso.

Palpé a tientas el reloj de bolsillo y vi que no eran ni las seis. Todavía quedaban varias horas para el amanecer.

Busqué a Shadow por todos lados y encontré el chaquetero dado vuelta y enroscado junto a Bambleby. Sin embargo, el perro alzó la cabeza cuando me escuchó revolverme. Wendell apenas era un montón de mantas (las tenía casi todas y aun así se despertaba quejándose del frío). Tan solo distinguí un mechón dorado que sobresalía entre dos colchas.

Salí con la idea de avivar el fuego y desayunar temprano. Los caballos estaban arrebujados el uno contra el otro con las ancas frente a los carbones amontonados.

Sobre nosotros, la aurora sangraba.

Me quedé paralizada. Las cintas blancas se desplegaban hasta el suelo, cada vez más vaporosas. El verde y el azul de la aurora estaban impasibles. Era como si algo drenara la blancura argéntea hacia la tierra, como unos dedos arrastrando la pintura sobre un lienzo, hasta un lugar justo tras la curva de la montaña... a menos de un kilómetro y medio de distancia.

No hice nada durante varios minutos; me limité a quedarme allí, barajando planes y posibilidades. En cuanto elegí un rumbo, lo medité varios minutos más. Entonces volví a entrar en la tienda, me vestí y preparé una bolsa pequeña en silencio. Agarré la cadena de oro que tenía guardada en el fondo de la bolsa de los libros, la cual me las había arreglado para esconderla de Bambleby todo este tiempo. Hace mucho que me divierte que nunca haya sospechado de Shadow.

Le enganché la cadena a Shadow alrededor del cuello. Él se sentó en un silencio absoluto; entendía lo que pretendía de esa manera tan insólita.

Wendell no se movió y, dadas sus costumbres, dudé de que lo hiciera en breve. Lo cubrí con mis mantas para que estuviese aún más cómodo. Además del pelo, entreveía un codo, un pómulo y un párpado de pestañas oscuras.

Le acaricié el cabello..., en parte porque siempre había albergado un deseo estúpido de hacerlo y también a modo de disculpa. Después de todo, puede que no volviese del recado y, si así era, nunca me perdonaría. Puede que no me perdonase si lo hiciera, pero no podía arriesgarme a llevarlo conmigo después de la exhibición de ayer. Como todas las hadas, Wendell es impredecible y no tengo forma de saber si volvería a desatar aquella furia desquiciada si una de las hadas de la corte me pusiera un dedo encima, lo que nos metería en problemas de los que no podríamos salir. Antes admitió que no sabía si era rival para ellas. A pesar de su poder, él solo era uno... y eso fácilmente podría ser demasiado dada su falta total de autocontrol.

No, en este caso necesitaba templanza y, para ello, tan solo podía confiar en mí.

Me amarré las raquetas y partí con Shadow a mi lado. La correa mantenía al perro cerca, a no más de tres zancadas de mí. Miré atrás solo una vez —uno de los caballos me observaba con cierto desagrado, pero aliviado—, estaba loca, pero al menos no lo había obligado a abandonar la calidez de las brasas. El árbol asesino se inclinaba sobre la tienda como una madre afectuosa, tan grueso que resultaba obsceno y, de alguna manera, satisfecho consigo mismo. Aquella imagen bastó para acallar mis dudas.

Caminamos y caminamos; las raquetas crujían con suavidad sobre la capa de hielo que cubría los montículos. Las montañas dormitaban, tan solo perturbadas por el roce irregular del viento, que levantaba nubecillas de nieve de sus cimas. La aurora caía al suelo en estallidos, como si fuese lluvia plateada. Se derramaba sobre un valle entre las grandes raíces de una montaña dentada.

Fui consciente de que habíamos avanzado mucho tiempo sin que nuestro destino quedase más cerca. Estábamos fuera del encantamiento y necesitaba la forma de entrar. Dejé que la correa se desenrollara de forma que Shadow anduviese a cuatro pasos de mí; luego, a cinco. Poco a poco, la luz quedó más cerca.

Habíamos entrado en su reino.

En cuanto estuve segura, volví a acercar a Shadow a mí. A medida que nos adentrábamos en el mundo de las hadas, Shadow había ido aumentando de tamaño. Ahora era casi el doble de alto y el hocico me llegaba al pecho. Adquirió un aspecto más afilado, lobuno, con las patas enormes. Pero me siguió con la misma tranquilidad de siempre y una mirada oscura confiada.

Subí con cuidado la última pendiente, agachada. Descubrí un peñasco volcánico tras el que agazaparme y eché un vistazo.

Bajo nosotros había un lago helado. Tenía una redondez perfecta, un ojo gigante y reluciente en el que se reflejaban la luna y las estrellas. Las linternas, con el mismo resplandor frío y blanco de la aurora, pendían de las farolas hechas de hielo, las cuales formaban caminos desde la orilla del lago hasta unos bancos y puestos dispersos cubiertos con toldos de color ópalo y azul brillantes. El viento traía unos olores deliciosos: pescado ahumado, nueces tostadas en el fuego y caramelos, pasteles especiados. Era una feria de invierno. *

Las hadas patinaban sobre el hielo y paseaban tranquilamente de un puesto a otro, y no me resultó tan extraño como había esperado. De hecho, cuando las miré directamente, parecían mortales normales y corrientes, si acaso demasiado encantadoras y elegantes. Pero al mirarlos en diagonal, eran figuras hechas de hielo y cenizas, unas cenizas grises que se habían congelado, como espectros delgados como cuchillos que a veces ni siquiera estaban ahí, ya que se confundían con el paisaje, un fenómeno

---

* Fuera de Rusia casi todas las especies conocidas de hadas de la corte, al igual que muchas de las comunes, sienten inclinación por las ferias y los mercados; de hecho, dichas reuniones aparecen en las historias como espacios entre su mundo y el nuestro y, por tanto, no es especialmente sorprendente que surjan en tantos encuentros con las hadas. La naturaleza de dichos mercados, sin embargo, es de una amplia variedad, desde los siniestros hasta los benignos. Los siguientes rasgos son universales: 1) bailes en los que el visitante mortal puede ser invitado a participar; 2) una variedad de vendedores que ofrecen comida y otros productos que el visitante es incapaz de recordar después. Casi siempre, los mercados se celebran durante la noche. Muchos académicos han intentado documentar estas reuniones; las crónicas más referenciadas son las de Baltasar Lenz, quien logró visitar dos ferias en Baviera antes de su desaparición en 1899.

que había observado con Poe. Todas tenían el cabello sedoso y blanco, para nada como el de los humanos, sino como el de un zorro de las nieves o una liebre, al igual que sus cejas, mientras que algunas tenían una capa fina del mismo pelo, o quizá fuera pelaje, visible en el dorso de sus manos que desaparecían bajo los puños.

No oí la música. Las hadas sobre el hielo bailaban y se deslizaban al mismo son, hasta ahí estaba claro, pero no la podía percibir debido a la presencia de Shadow. Naturalmente, una parte de mí deseaba que no fuera así, sino haber sido como Orfeo amarrado al mástil del barco. Pero yo no tenía barco ni marineros que evitaran que me ahogase.

Ansiaba tomar el cuaderno y la cámara. Supongo que fui algo fría cuando puede que ahí abajo estuviesen devorando a Lilja y a Margaret, pero prometí ser sincera en estas páginas hasta el final. Durante un rato, me limité a observar a las hadas y no pensé en las chicas. Pensé en la primera vez que Carter había visto la tumba de Tut y cuando Gadamer había atisbado la ciudad de los goblins entre los árboles. ¿Sería esto lo que se sentía? Estaba sobrecogida, por supuesto, a la par que aturdida por la incredulidad. Supongo que cuando una se pasa toda su carrera trabajando para lograr un objetivo, elaborando todo tipo de fantasías sobre cómo será y se sentirá este, se queda un poco sin sentido cuando los cimientos se derrumban a su alrededor.

Al final, me obligué a pensar de nuevo en las muchachas desaparecidas. No me llevó mucho encontrar a dos mortales entre las hadas, hermosas y horrorizadas al mismo tiempo…; estaban ahí, patinando juntas sobre el hielo. Podrían haber sido dos jóvenes enamoradas normales y corrientes, pues la cabeza de Margaret descansaba sobre el hombro de Lilja. Pero se movían como marionetas y sus sonrisas resultaban vacías e insípidas. De vez en cuando, Lilja alzaba la mirada y una expresión ceñuda de confusión se abría paso a través de su sonrisa. Que todavía quedase una parte de ellas que salvar, me entusiasmó.

No intenté colarme en la feria (habría sido completamente inútil). Tan solo me cubrí el rostro con la manta y eché a andar.

La suerte estaba de mi parte y me las apañé para encontrar a una pareja de hadas a las que seguí como una niña que va tras sus padres, de forma que las otras hadas asumieran que me habían llevado ellas dos. Me sonrieron y yo les devolví el gesto como si no viera el hambre en sus ojos. En realidad, me quedé sin aliento y flaqueé un par de veces al marearme. En cierto punto comencé a temblar, pues no había diferencia entre esto y adentrarse en un bosque repleto de tigres.

Shadow, que merodeaba a mi lado, me ha salvado en muchos más sentidos que en el obvio. Conté el vapor que emitía al respirar y el bamboleo de su cola al caminar. Era un viejo truco que utilizaba para despejar el encantamiento de la mente; ahora lo había usado para evitar salir corriendo entre alaridos, de vuelta al bosque.

Ni una sola hada miró a Shadow, ni siquiera cuando volvió la cabeza para mordisquear sus finos atuendos por puro desagrado. En una de esas, un hombre con una túnica del color del mar grisáceo y joyas incrustadas que, en su interior, tenían nubes de tormenta (bajo las capas todos llevan túnicas con un cinturón), saltó cuando Shadow le lanzó una dentellada al talón, pero cuando se volvió para mirar tras él, su mirada lo atravesó y recayó sobre la nieve.

Ahora bien, hay pocos driadólogos que hayan resistido ante la oportunidad de probar la comida feérica encantada que sirven a la mesa de la corte de las hadas (conozco a muchos que han dedicado su carrera a este tema y que se habrían arrancado un colmillo por tener la oportunidad). Me detuve en un puesto en el que vendían queso fundido de una variedad muy rara con hebras relucientes de moho. Olía a gloria y el hada vendedora lo pasó por nueces molidas antes de tendérmelo en un palo, pero tan pronto tocó mi palma comenzó a derretirse. La vendedora me estaba mirando, así que me lo metí en la boca y fingí que me encantaba. El queso sabía a nieve y se derritió en cuestión de segundos. Luego me detuve en un puesto equipado con un toldo para ahumar. El hada me ofreció un lomo fino de pescado, casi de un blanco perfecto a pesar del ahumado. Lo alargué hacia Shadow, pero él se limitó a mirarme con una expresión de incomprensión y, de hecho, cuando lo mordí, también se me derritió en la lengua; no sabía a nada.

Me desvié hacia la orilla del lago, consciente de que debía evitar levantar sospechas. Me detuve en el puesto de vino, el más grande. Era más brillante, la nieve se amontonaba tras él formando un muro que atrapaba la luz de las lámparas y la devolvía con un resplandor cegador. Tuve que mirar al suelo, parpadeando para contener las lágrimas, mientras una de las hadas presionaba un vaso helado contra mi mano. Al igual que la comida, el vino olía delicioso a manzanas con azúcar y clavo, pero se deslizaba de forma inquietante entre el hielo, más como si fuese aceite en lugar de vino. Shadow no dejaba de gruñirle, algo que no había hecho con la comida de las hadas, así que lo volqué en la nieve.

Junto al vendedor de vino había un puesto que ofrecía baratijas, flores silvestres congeladas que muchas de las hadas entretejían en sus cabellos o cosían en los ojales que no usaban de sus capas, así como un surtido de joyas con broche. No podía compararlas con ninguna joya que conociese; la mayoría era de tonos blancos y grisáceos como el invierno, cientos de ellos, cada uno diferente del otro a niveles imposibles. Seleccioné un broche que, aunque no entiendo cómo, supe que era del color exacto de los témpanos que colgaban de las cornisas de piedra de las bibliotecas de Cambridge en invierno. Pero minutos después de prendérmelo sobre el pecho, lo único que quedó de él fue una mancha húmeda.

En el lago había una playa pequeña de arena blanca congelada en la que se había congregado un buen número de espectadores. Atisbé a otros dos mortales entre la multitud, un hombre y una mujer jóvenes colgados de los hombros de dos damas de la corte de hadas encantadoras. No me hizo falta observarlos mucho para saber que no podría ayudarlos y le di la espalda a sus miradas vacías con un estremecimiento.

Me venció la desesperación mientras contemplaba el remolino de bailarines. ¿Cómo demonios iba a sacar a Lilja y a Margaret cuando no oía la música que bailaban? Poner un pie en el hielo me delataría de inmediato: en el mejor de los casos soy una patosa, pero dudo de que ni siquiera alguien entrenado en el arte de la danza pudiera adecuar sus extremidades a un ritmo que no podía oír.

Mientras repasaba las opciones que tenía, escuché un susurro a mi lado. Una dama hermosa me miraba con fijeza, su cabello blanco como el de un conejo caía en cascada en una trenza que le llegaba por debajo de la cintura y sus ojos azul grisáceos eran justo del mismo tono que la túnica de varias capas, ornamentadas de témpanos que pensé que habrían tintineado como campanas, pero no fue así… o yo no pude oírlas.

—Qué capa tan bonita —dijo en ljoslandés. Le dediqué una mirada inexpresiva y respondí en inglés que no la entendía; ella sonrió y lo repitió en mi idioma. La expresión de su mirada al contemplar mi capa rebosaba de avaricia.

Al principio pensé que me había puesto por accidente la capa que había arreglado Bambleby (me di cuenta cuando me miré, porque se mecía de manera cautivadora alrededor de mis piernas al caminar y me mantenía más caliente que cualquier capa que hubiese poseído nunca). Pero no, era la misma capa vieja que había llevado el día anterior, lo cual significaba que, maldito sea, debió de haberse despertado anoche después de que me la quitase para remendarla, como uno de sus ridículos ancestros merodeando por la tienda del zapatero y arreglando las botas.

—¿Qué hace un gorrioncito como tú con una capa encantada? —preguntó el hada de la corte al tiempo que me acariciaba la manga con uno de sus largos dedos. Me dolió el brazo por la frialdad del contacto durante horas.

Pensé rápido e hice una genuflexión. ¿Por qué no convenir con una versión de la verdad?

—Fue un regalo, milady. Del *oíche sidhe.*

No sabía si entendería el término irlandés, pero pareció que sí, supongo que de la misma manera en que las hadas entienden y hablan inglés aunque nunca lo hayan escuchado.

—Una confección muy fina, incluso para los pequeños.

Su atención atraía a la multitud; otras hadas se detuvieron para exclamar sobre mi capa. Formaron un círculo a mi alrededor, lo cual fue desconcertante; solo podía mirar a una a la vez, lo que significaba que el resto, al verlas por el rabillo del ojo, adoptaban sus formas semiespectrales. Shadow emitió un gruñido grave. En los ojos de las hadas había hambre y avaricia y, de repente, se me ocurrió que cualquier cosa que les hiciese anhelar la sangre caliente de sus víctimas humanas también podía conducirlas a considerar a alguien como Bambleby una amenaza especialmente extraña.

Maldito seas, Wendell.

Lo único bueno que obtuve de esto fue que Lilja también se fijó en mí y se acercó patinando despacio con Margaret de la mano. Esta era una chica delgada de pelo oscuro y apenas le llegaba a Lilja a la barbilla, y era bonita de forma delicada. Llevaba una corona de témpanos torcida que se derretía despacio sobre sus ojos, por lo que no paraba de parpadear como en una burla desagradable, pensé. Tenía la mirada vacía, pero un destello de comprensión brilló en los ojos de Lilja y se tambaleó hacia mí.

Le sostuve la mirada y negué con la cabeza de la forma más sutil que pude, y luego enrosqué el dedo una vez. Ella pareció comprenderlo y ralentizó su avance. Ella y Margaret se deslizaron sobre el hielo, elegantes como pájaros, y caminaron hacia mí como si también sintiesen mucho interés por mi capa. En el momento en que se acercaron, hice que Shadow se pusiese junto a ellas estirando la correa, de manera que su magia las cubriese y amortiguase la música en sus oídos.

Lilja fue la primera en volver en sí. Fue algo extraño de presenciar, como si sus ojos hubieran vuelto a ver después de haber estado acurrucada en un rincón oscuro. Por suerte, las hadas no la estaban mirando, pero siguieron atosigándome a preguntas sobre la capa, cuánto hacía que la tenía, si tenía otras como aquella y demás, que había estado respondiendo con un tono cuidadosamente aburrido todo este tiempo.

—Dejad tranquila a nuestra querida invitada —dijo una voz sosegada. Un hombre dio un paso adelante, sus ojos eran del violeta grisáceo de un amanecer en invierno. Era alto, delgado y más atractivo que los demás y llevaba una espada de hielo a la cintura.

Aunque vestía un atuendo más sencillo —sin joyas ni témpanos que engalanasen sus ropas—, se movía con una arrogancia y una calmada elegancia que reconocí demasiado bien, como si el mundo fuese un diván enorme sobre el que holgazanear.

Me quedé sin aliento. No sabía lo que era, si un príncipe, un lord o algo entre medias, pero no importaba demasiado. La multitud se dispersó, algunos con reverencias o murmullos de respeto, y nos quedamos a solas con él.

—Pasea conmigo —dijo con un tono tan parecido a la música que me habría atrapado si Shadow no hubiese estado ahí. Nos guio por la orilla mientras hacía aparecer una alfombra de flores de hielo a nuestros pies, como si la semejanza entre él y Wendell no fuese ya lo bastante impactante. En cuanto dejamos atrás la multitud, se volvió para mirarme.

Aunque lo miré directamente, a veces sentía como si estuviera mirando las estrellas y las montañas tras él. Lo único que pude leer en su mirada fue malicia, lo cual me asustó más que la maldad que había visto en muchas de las otras hadas, aunque no supe decir por qué. Todo en este hombre me hacía sentir completamente insignificante, como una fruslería que le hubiese llamado la atención y que podría elegir en cualquier momento aplastar perezosamente entre los dedos.

—No estás encantada —dijo con calma—. No me voy a molestar en preguntarte cómo... ¿Por qué ibas a decírmelo? Y, en realidad, no me importa. Los humanos tenéis vuestros trucos, como los perros. Lo único que quiero es esa capa.

Era demasiado que asimilar de una vez, pero me tomé un momento para recomponerme antes de responder:

—Si es así, ¿por qué te molestas en pedirlo? ¿Por qué no te limitas a quitármela?

Ya suponía la respuesta, solo quería que pensase que era una ignorante e incluso menos interesante de lo que ya creía.

—Si así fuera tendría muy poco valor para mí —señaló justo en el tono aburrido que esperaba—. Quiero que me la des por voluntad propia.

Por supuesto. Las hadas roban cuando se encaprichan con algo, pero la mayoría prefiere los regalos. *

—Y a cambio…

—No te delataré —acabó y, por su tono, parecía añadir un «obviamente» al final.

Lo miré un rato. No mentiré, me aterrorizaba por completo, ahí de pie con sus ojos del color del amanecer, la espada de hielo y la luz de las estrellas reflejadas en su rostro (literalmente; su rostro estaba en parte hecho de hielo y reflejaba las estrellas como si estuviese salpicado de pecas). Creo que por toda mi experiencia con las hadas, debería haberme acobardado ante él, o quizás haber confiado en mi instinto y huir si no me hubiese recordado tanto a Wendell. Y, de alguna manera, aquello me dio la firmeza suficiente para decir:

—También crearás un camino frente a nosotras para sacarnos de tu mundo.

Por primera vez, me miró como si lo hubiese sorprendido. Supongo que nunca había tenido motivos para hacer tratos con mortales cuando podía limitarse a hacerles perder el sentido con su canto y luego dejarles el corazón seco. Me dedicó una ligera sonrisa y se agachó para arrancar una de las flores que había creado.

---

* Aunque se considera un hecho establecido que las hadas comunes se fortalecen mediante los regalos mortales, que las hadas de la corte, más poderosas, experimenten el mismo beneficio está sujeto a muchas conjeturas. Por mi parte, no veo ningún motivo para que no sea así; que desafíe la lógica humana no basta como contrargumento en lo que a las hadas se refiere.

La sacudió unas cuantas veces y los pétalos se desplegaron como agua derritiéndose en su mano. Cuando esta se solidificó, sostenía una capa de piel blanca. El pelaje era áspero —¿quizá de oso?— y tenía el grosor de mi puño.

Me la tendió y extendió la otra mano para que le diese mi capa.

—Eso no es lo que he pedido —hablé sin pensar, y aquello me sorprendió con creces.

Me clavó una mirada tan antigua e inflexible como el invierno y, de repente, no le vi ningún parecido con Wendell.

—¿De qué te sirve un camino si mueres congelada? Las posibilidades de que escapes ya son bastante bajas. Acéptalo y siéntete agradecida.

Nos alejamos del lago tan rápido como pudimos mientras emprendíamos el camino de vuelta entre los puestos. Nos escondimos tras uno y ayudé a Lilja y a Margaret a darles la vuelta a sus capas. No me molesté en poner la mía, confeccionada por las hadas, del revés.

A continuación les enseñé la Palabra, aunque solo funciona de forma temporal con las hadas comunes, lo cual no me inspiraba confianza de que fuera efectiva contra estas criaturas. Lilja volvía a parecer ella misma, más tranquila que yo frente al peligro, e hizo lo que le dije sin cuestionarme. Margaret seguía con la vista perdida, aunque ahora al menos fruncía el ceño, confundida. La corona de hielo no dejaba de derretirse, pero no se hacía más pequeña; cuando intenté quitársela, casi me hiela la piel.

—¿Puedes ayudarla? —Fue la única pregunta que me hizo Lilja. Cuando miraba a Margaret, veía a Auður, y sé que Lilja también.

No supe qué decir, así que me limité a mantenerlas en movimiento. Murmuramos la Palabra para escabullirnos entre los puestos. Puede que esta no nos hiciese invisibles ante estas criaturas, pero sí menos interesantes. Anduvimos despacio y sin rumbo fijo, como si tan solo estuviésemos de paseo. No había motivos para que las hadas pensasen otra cosa... aparte del que tenía el rostro cubierto de estrellas, estaba claro que ninguna había considerado jamás la posibilidad de que un mortal pudiese eludir su magia. Quizá ninguno lo había conseguido.

Al principio me alivió dejar la feria a nuestras espaldas. Pero no llevábamos mucho tiempo atravesando el bosque cuando me di cuenta de que había algo que no estaba bien. Las huellas que había dejado se habían ido extinguiendo, como si alguien me hubiese seguido con una escoba para borrarlas y, aunque anduvimos durante una hora o más, no vimos ninguna señal del pequeño campamento que habíamos levantado Wendell y yo. No había amanecido. La aurora brillaba sobre nosotras a todo color, y las estrellas se agolpaban como enjambres de abejas relucientes en un jardín ondulante.

Caminé con las manos metidas en los bolsillos de la ridícula capa feérica. En cierto momento, rocé con los dedos algo frío y suave. Lo saqué y descubrí que era una brújula.

Para ser totalmente sincera, estaba demasiado cansada como para apreciar esta magia imposible.

—Supongo que la capa concede al que la lleva aquello que necesita —le dije a Lilja con un tono casi despectivo (a ver, después de todo, lo que de verdad necesitábamos era una puerta y eso no cabe en un bolsillo). Ella tomó la brújula y la utilizó para guiarnos al sur y al este, de donde habíamos venido Bambleby y yo.

—¿Hay algo más? —preguntó.

Volví a rebuscar en los bolsillos, pero saqué las manos vacías. Ella tragó saliva y se volvió hacia la brújula.

Nos forcé a seguir, incluso a medida que pasaban las horas y nos iba quedando claro que seguíamos atrapadas en el mundo de las hadas, como una mosca retorciéndose en una red. Shadow también lo sentía. Gruñía, se adelantaba y luego volvía mientras olisqueaba la nieve buscando una salida, como un pliegue en la cortina de un escenario bajo la que deslizarse.

Tuvimos que descansar después de un rato por pura extenuación. Tapé a Lilja y a Margaret con la ridícula capa, cuyo calor picaba y hormigueaba, como si la prenda estuviese irritada por el uso que le daba. Aquello me hizo echar de menos la mía antigua, incluso a pesar de que Bambleby la había vuelto ostentosa. Pero al menos encontré un odre de agua en el bolsillo de la capa y lo compartimos las tres. Estaba claro que la prenda estaba encantada para darle a su dueño lo que fuera que él o ella quisiera, aunque era bastante tacaña al repartir esas ofrendas (habría estado bien algo de comida junto con el agua, una lámpara y un pedernal). Puede que su mezquindad apareciese solo cuando la obligaban a servir a mortales.

Margaret cada vez trastabillaba más y solo pudimos avanzar una hora o dos más antes de detenernos de nuevo. Y aquí estamos, resguardadas en una cueva en el interior de la montaña. Lilja y Margaret están acurrucadas bajo la capa mientras Lilja le frota con vehemencia los brazos a Margaret, y Shadow continúa buscando fuera una puerta al reino de los mortales. Tengo fe en él, mi amigo más antiguo y leal… Si hay una forma de salir, él la encontrará. He tenido que obligarme a considerar la alternativa: puede que necesitemos volver a rastras con las ocultas solo para mantenernos con vida; las horas de vida que eso nos granjearía no son algo que desee contemplar. Ahora dejaré un rato la pluma y descansaré un poco.

20 DE NOVIEMBRE

Bueno, este país es una absoluta pesadilla…, incluso peor de lo que había supuesto con anterioridad, lo cual es toda una proeza; es poco más que hielo y oscuridad con cosas asquerosas y hambrientas rechinando los dientes. Confía en que me has arrastrado hasta aquí.

No me cabe duda, mi querida Em, de que no cabrás en ti de gratitud cuando descubras que he completado la siguiente entrada de tu diario. Cuando te hice saber mis intenciones, creo que me fulminaste con la mirada mientras dormías, otro de tus superpoderes. Ahora estás roncando en el trineo y Margaret y Lilja están igual de agotadas y, por eso, como no tengo más opciones con las que entretenerme además de admirar el paisaje mientras los caballos nos llevan de vuelta a Hrafnsvik, una perspectiva dudosa en el mejor de los casos, te haré este favor. Ya me lo agradecerás cuando despiertes.

Naturalmente, pensé en echarle un vistazo a lo que has escrito o al menos buscar mi nombre, pero algo me detuvo. Sin duda, fue mi condición de caballero; ten por seguro que no imagino qué otra cosa puede ser. Ah, te estás moviendo un poco. Es curioso cómo llevas siempre la mano izquierda en el bolsillo, incluso cuando duermes; intenté ver si te la habías herido, pero me diste un codazo en la cara.

En fin. Supongo que debería continuar por donde lo dejaste, ¿no? Aunque permíteme que retroceda un poco para preparar el escenario.

Era casi mediodía cuando me desperté y descubrí que te habías esfumado, y Shadow también. Ah, cómo odio este lugar. Normalmente cuando me despierto, experimento unos segundos de dicha en los que pienso que he vuelto a casa, que en cualquier momento oiré el ajetreo del serbal llorón cuando susurra contra mi ventana o el repiqueteo de las patas de mi gata cuando viene a saludarme. (¿Sabías que tenía una gata en el País de las Hadas? No es de las que te gustaría conocer. Te contaría más, pero te limitarías a escribir un maldito artículo sobre ella). Pero en este lugar tan horrendo hace tanto frío que ni siquiera puedo engañarme a mí mismo pensando que estoy en casa, así que me he visto privado de ese breve instante de paz.

Sin duda, te alegrará saber que no fui corriendo tras de ti de inmediato. Por supuesto, deduje que habías tramado algún plan durante la noche que, evidentemente, llevarías a cabo con tu eficiencia reptiliana habitual y sin requerir la ayuda del rey hada que has arrastrado contigo como una muñeca medio olvidada. No pretendo decir que me sentí insultado; estoy más que contento de que me hayas dejado atrás con el fuego y las mantas. Pero no tardé en aburrirme mientras te esperaba y me preocupó que se te hubieran torcido los planes, pues incluso los planes de las dragonas que escupen fuego no funcionan a veces, Em.

Así que monté en uno de los caballos y seguí tu rastro, y era uno muy interesante, pues me condujo a un lago helado donde no había absolutamente nada que ver, aunque por supuesto sabía que estaba al otro lado de una puerta a lo que estoy seguro que es un reino feérico encantador, sin duda repleto de hadas con témpanos de hielo por cabello o algo igualmente grotesco. No me molesté en buscar la manera de intercambiar cumplidos con los habitantes, pues por tus huellas vi que habías ido y vuelto, más o menos, pues estas conducían al País de las Hadas y luego salían de él, como si hubieras merodeado durante un tiempo sin ser capaz de salir de las fronteras de su reino. Cuando lo vi me preocupé bastante, pues no había forma de saber cuánto tiempo llevabas vagando a pesar de que en el mundo mortal tan solo habían trascurrido unas horas. Al final, advertí tu presencia cuando ese perro monstruoso que tienes cargó contra mí salido de la nada mientras aullaba como loco. Por el sonido que hacía, o estabas muerta, moribunda o congelada como el postre de un bogle, así que en lugar de buscar una puerta por derecho al reino, me limité a abrir un agujero tras otro hasta que te encontré en la cueva.

Sí, sí. Quizá no fue la decisión más sabia, sobre todo dado lo que pasó luego. Ya me deleitarás con tus regañinas en cuanto estemos de nuevo en casa.

Te sacudí para despertarte y dijiste: «¡Wendell!», de una forma que me gustó bastante, para nada similar a tu tono de costumbre. Pero por supuesto, en lugar de agradecerme que te sacase de un mundo extraño exasperantemente desagradable, empezaste de inmediato a atormentarme con exigencias, como que curase a la joven Margaret.

—Puedo curarla —te dije—, pero no puedo hacer que esté completa de nuevo.

A lo que me miraste con una expresión como diciendo: «Con eso basta, ponte a ello». Tal vez fuese suficiente para ti, pero Lilja me observaba con sombras bajo los ojos como si fuesen magulladuras y, por su rostro, supe que me daría cualquier cosa a cambio de mi ayuda, incluso su alma, eso si mi intención hubiese sido ruin y hubiese querido exigírselo, algo que no hice. Según me contó más tarde, no había dormido nada, sino que se había pasado horas frotándole los brazos a su amada y calentándole las manos con su aliento. Hablé con ella tranquilamente y me dio su consentimiento; luego le toqué la frente a Margaret y fundí la corona que le habían puesto las ocultas. Le quedó una cicatriz bastante bonita en la frente y en los pómulos, un patrón aserrado de copos de nieve que reluce como el hielo cuando la luz de la luna incide sobre él.

Ahora bien, pensé que esto había sido sumamente cortés por mi parte, curar a la amante de la única mujer que me ha rechazado, pero no fui lo bastante idiota como para esperar un cumplido por tu parte. Lilja, sin embargo, me apretó la mano tan fuerte que casi me hizo daño mientras Margaret enterraba el rostro lloroso en el cuello de Lilja. Aquella imagen tan encantadora me bastó como agradecimiento.

—¿Cómo? —pregunté, y por el desconcierto en mi rostro debiste de saber que estaba irremediablemente sorprendido de tu hazaña, adentrarte en el reino de las hadas y salir de él con dos cautivas, y todo sin un solo rasguño. Pero apartaste la mirada y también parecías evitar mirar a Shadow, así que de inmediato empecé a pensar en que había sido él quien me había conducido hasta ti y luego reparé en su comportamiento tan inusual, por no hablar de que haya elegido a una criatura como tú como dueña. Le acaricié la cabeza tanteando el hechizo, algo que no me había molestado en hacer antes… ¿Por qué debería? No tengo por costumbre buscar en el interior de las mascotas de la gente para ver si se esconde un monstruo… y por supuesto, ahí estaba y cuando aparté la magia un maldito sabueso negro me devolvía la mirada, con sus ojos brillantes y sus colmillos relucientes.

Por alguna razón, parecías preocupada, pero te tranquilizaste cuando me eché a reír.

—¿De dónde lo has sacado? —dije.

—De Escocia —respondiste—. Es un grim. Lo rescaté de un boggart que lo atormentaba por diversión.

Entonces me contaste cómo engañaste al boggart para que pensase que eras una pariente muy lejana de su último dueño —algo que habría requerido una investigación extensa en el acervo popular— y luego lo chantajeaste con caracolas exóticas, pues recordaste una historia oscura sobre un boggart cuya fantasía secreta era viajar por el mundo, cuando estos suelen estar atados a unas ruinas que se caen a pedazos, mientras yo te escuchaba a medias de lo atónito que estaba. Digo «a medias» porque, en su mayoría, te miraba a ti, observando la forma en que tu mente conecta y zumba como un reloj increíble. En serio, nunca he conocido a nadie que comprendiese mejor nuestra naturaleza, y ese «nadie» incluye a las hadas. Supongo que en parte es porque…

Ah, pero me matarías si mancillase tu tratado científico al terminar esa frase.

En fin. Salimos de la cueva bajo la luz purpúrea; para entonces ya comenzaba a caer la tarde y no dejaba de pensar en la cena. En realidad, también pensaba anhelante en mis aposentos de Cambridge: el fuego crepitando en la chimenea, los sirvientes afanosos preparándome la comida y una de mis amantes, con un vestido atractivo, con la que compartirlo…, en otras palabras, como debería ser. Dijiste algo cortante sobre la condenada aurora, que parecía caer al suelo frente a nosotros, y, de repente, yacía con una flecha atravesándome el pecho.

Bueno, nunca me habían disparado, así que tendremos que añadirlo a la lista de placeres que he experimentado desde que te conocí. Gritaste, gesto que aprecio, y Shadow enloqueció, también muy amable pero no de más ayuda; por suerte, Lilja mantuvo la cordura, me sacó la flecha y luego se echó con Margaret al suelo.

Era una flecha confeccionada por las hadas, faltaría más, una esquirla de hielo y magia puros y, una vez que me la quitó, pude usar mi magia de nuevo. Por fortuna, los límites del reino de las ocultas volvían a mecerse sobre nosotros azuzados por el viento (supongo que este reino itinerante resulta intrigante, por poco que me guste) y como todos los monarcas, puedo doblegar las leyes cuando estoy en el País de las Hadas, aunque sea un poco. A pesar de la agonía, conseguí tirar del agujero temporal en el que estaba y descoser algunos hilos. Estoy seguro de que no me estoy explicando lo bastante bien como para que lo entiendas, pero básicamente hice retroceder el tiempo hasta volver al momento en que las flechas volaron hacia mí, donde las intercepté. Me temo que es un talento limitado; solo puedo repercutir en el tiempo de un área pequeña (cualquiera que esté a más de un brazo de distancia no se ve afectado) y hasta ahora solo he logrado retroceder unos pocos segundos. No obstante, en este caso ha sido de mucha utilidad.

El hada que había disparado la flecha no tardó en revelar su presencia al salir del viento con aire arrogante y una sonrisa de suficiencia. Me percaté de inmediato de que no había visto mi truquito, tan solo que había atrapado la flecha. Sus ojos eran del color del amanecer y llevaba una especie de cosa espantosa gris que le colgaba como una sábana —muy de tu estilo— y una capa hecha de alguna clase de animales muertos (horrenda, pero supongo que es un atuendo de lo más práctico para un témpano como él).

—Estás muy lejos de casa, niño —me dijo en *faie* con un tono condescendiente que no me gustó. Por desgracia, era muy viejo, incluso más que algunos de los consejeros más tediosos de mi corte, así que imagino que tenía motivos para ser condescendiente conmigo. Aunque no tenía ninguno para clavarme una flecha en el pecho.

Entonces estabas junto a mí, contándome de forma atropellada toda la historia de la capa y el interés que tienen las ocultas en mí..., algo innecesario, en serio, pues ya había deducido que el hombre se había visto atraído por el enorme agujero que acababa de hacerle a su reino y que pretendía darse un festín conmigo y exprimirme como una naranja, como había hecho con Auður. Cielos, ¡qué destino más ignominioso habría sido! Me imagino cómo reaccionaría mi madrastra; creo que se habría reído hasta dolerle. No le sorprendería.

En cualquier caso, no me apetecía mucho luchar contra él; parecía de los malos y estaba resentido porque, después de todo lo que me había esforzado, aún había un obstáculo interponiéndose entre la cena y yo... Así que me limité a explicarle quién era e hice una pequeña demostración de mi poder para amedrentarlo. Hice brotar un jardín de rosas muy bonito en medio de este invierno desolador y hasta con un puñado de abejas.

—¿Te expulsaron? —dijo con desdén y me miró de arriba abajo—. Sí, tenemos niños como tú en la corte. Son unos fanfarrones indolentes y se pavonean con sus joyas y perfumes mientras se burlan los unos de otros con encantamientos vacuos. Tu madrastra le hizo a tu reino un gran favor.

No me dio tiempo a enfadarme porque antes de que pudiese terminar la frase cargó contra mí, espada en alto.

Primero te aparté de su trayectoria, lo cual me costó un desgarrón en la manga de la capa. Luego me desvanecí en el paisaje, un truco que odio mucho hacer aquí porque incluso los árboles están helados cuando entro en ellos. Él me seguía como una sombra allá donde fuera, así que no dejaba de dar vueltas, saltando y esquivando las estocadas y, en general, poniéndome en ridículo. Intenté atacarlo con mi magia, pero la espada la absorbió: era un encantamiento, uno poderoso que probablemente habrá ido perfeccionando a lo largo de su vida. Qué suerte la mía.

—¡Wendell! —gritabas, tratando de atraer mi atención por algún motivo escandaloso mientras yo esquivaba y zigzagueaba, como si necesitase algo más en que pensar—. Wendell, ¿qué necesitas?

Pensé en responderte una grosería para que cerrases el pico; todo está un poco borroso. Conseguí golpearle cuando el hada me estaba buscando en un avellano que había creado (hice aparecer toda clase de árboles más para distraerle que para otra cosa; el interior helado de la montaña empezaba a parecerse como el dominio de una bruja de los bosques loca). Todavía me duele la mano por el impacto mientras escribo esto; fue como golpear un bloque de hielo.

Aun así, seguías gritando.

—¡Piensa en las historias, Wendell! ¡Siempre hay un agujero..., una puerta! ¡Puedo encontrarlo si me dices qué necesitas!

—¡Una espada! —respondí a gritos, a esas alturas estaba medio histérico y no imaginé ni por un segundo que literalmente sacarías una espada de la nieve. Empecé a preguntarme si tendría que hacer un maldito agujero temporal para librarme del condenado hombre de las nieves; ah, menudo desastre habría sido, como para tener que solucionarlo luego. No es algo que haya hecho antes, así que quién sabe, puede que me hubiera hecho estallar a mí mismo en el proceso y dejar que tú reunieras los pedacitos de nuevo, algo que no me cabe duda de que habrías hecho con un total desapego.

La siguiente vez que te miré estabas sollozando en la nieve. Bueno, pensé, por fin se muestra sensible. Entonces me di cuenta de que llorabas porque te habías hecho un corte en el brazo y no porque estuvieras preocupada por mi muerte inminente. Me fijé en que tus lágrimas se congelaban en cuanto tocaban el suelo helado y que comenzaban a tomar la forma de una espada.

Bueno, eso casi acabó conmigo. Quiero decir, durante el instante en que me quedé paralizado, nuestro amigo el yeti casi me ensarta. Lo esquivé por los pelos; la cabeza me daba vueltas. Un día me gustaría que me explicases dónde escuchaste el cuento de Deirdre y su esposo hada, un antiguo rey, que es una de las historias más antiguas de mi reino. ¿Los mortales la contáis como nosotros? Cuando los hijos asesinos del rey se confabularon para arrebatarle el reino matándolo de hambre, sumido en un letargo a causa de un invierno interminable, Deirdre recogió las lágrimas de su pueblo moribundo y forjó con ellas una espada de hielo con la que el rey pudo al fin masacrar a sus hijos. Muchos de los míos han olvidado esta historia... Yo solo la sé porque ese pobre e inocente rey era un antepasado mío.

Sentí la historia en mis venas y dejé que la magia fluyera en la espada que estabas confeccionando. Lamentablemente, nuestro enemigo se percató de que se avecinaba una estratagema y cargó contra ti, así que dejaste caer la espada en la nieve. Sin embargo,

Lilja volvía a funcionar a toda máquina: agarró la espada antes de que el hada pudiese destrozarla y me la lanzó.

La atrapé, claro, y al mismo tiempo me interpuse entre tú y él y bloqueé su estocada. A partir de ese momento, todo fue mucho más divertido. Me gusta la esgrima; comencé las lecciones cuando prácticamente era un bebé, como todos los miembros de la realeza de mi reino. No maté al hombre de inmediato, sino que primero lo hice bailar un poco mientras repasaba varios de mis patrones favoritos y lo obligaba a retroceder una y otra vez. No se le daba mal, aunque tampoco representó un reto (pocas hadas lo son). Podría terminar cualquier discusión tediosa con el jefe de departamento retándolo a una lucha en el cuadrilátero.

En fin. Al final me cansé del asunto y le arranqué la espada de la mano. Luego le corté la cabeza de un solo tajo, suave, limpio y sumamente satisfactorio. De hecho, me gustó tanto que hice retroceder el tiempo y lo volví a hacer solo para oír el encantador ruido sordo de su cabeza al caer en la nieve. Acababa de decidir ir a por la tercera (pues, como sabes, a las hadas nos gustan las cosas que vienen de tres en tres), cuando me gritaste que parase. Me di la vuelta y vi que Lilja estaba vomitando sobre la nieve, algo que me desconcertó, ya que había decidido que me caía bastante bien. No estoy seguro de si fue debido al desastre en general que conlleva la decapitación o al hecho de que los mortales no estáis acostumbrados a ver el tiempo retroceder y avanzar como las páginas de un libro, pero lo lamenté de todas formas. Tendré que compensárselo cuando volvamos a Hrafnsvik; ¿le gustará un árbol que dé frutas todo el año o un vestido que cambie de color a su voluntad y que no se manche ni se arrugue? Lo pensaré.

Supongo que este es un buen punto para dejar el asunto como cualquier otro, pues veo que te estás agitando (espero que no te importe que no te haya apartado cuando te derrumbaste dormida sobre mí, tu cabeza descansando sobre mi hombro). No, tonto de mí; por supuesto que te importará, pero quizás a mí no.

22 DE NOVIEMBRE

Llevo mucho tiempo devanándome los sesos sobre si arrojar todo esto al fuego. Bueno, está bien, ni tanto tiempo ni con tanto esfuerzo. Admito que la crónica de Wendell es útil y, de hecho, de ella me han surgido una docena de preguntas que investigar (en especial aquella relacionada con la capacidad de los monarcas de las hadas para manipular el tiempo), pero sin duda se limitaría a sonreírme con suficiencia si se las planteara y haría alguna broma sobre la bibliografía. Por mucho que me enfurezca que alguien toque mi diario, por no hablar de que ha tenido el descaro de llenarlo con su letra perfecta (por supuesto, su caligrafía es preciosa incluso al escribir sobre un trineo tironeado por un caballo), no voy a dejar que mis manías tengan prioridad sobre la investigación.

Dormí la mayor parte del camino de regreso a Hrafnsvik, lo cual me sorprendió. En uno de los momentos en que estuve despierta, Wendell me explicó que había formado parte de un encantamiento poderoso (cuando creé la espada) y que, como yo no tenía magia, en su lugar este había absorbido buena parte de mi fuerza mortal y que me llevaría tiempo recuperarla. Esta fascinante afirmación me llenó de inmediato de preguntas: ¿fue lo que hizo Deirdre, sacrificar su propia fuerza por el bien de su esposo hada y por eso murió poco después? ¿Mediante qué tipo de hechicería contribuye la fuerza mortal a la magia de las hadas? ¿Las hadas de la corte son las únicas que tienen acceso a ella? Pero me quedé dormida de nuevo antes de que pudiese preguntárselo.

En cuanto estuvimos de vuelta en la cabaña, me tumbé en la cama y dormí toda la noche y la mañana siguiente y, cuando me desperté, volví a sentirme completa.

—¿Wendell? —lo llamé. No sé por qué lo hice… Estaba otra vez al borde del sueño y, por algún motivo, la quietud de la cabaña me alarmó. Pero entró en mi habitación con una sonrisa engreída.

—Llevo horas levantado —dijo, y no me lo creí ni por un segundo—. ¿Debería pedir el desayuno?

—Ah, sí.

Él ya había comido, pero aquello no lo detuvo para servirse la comida que habían traído Finn y Krystjan: pan negro contundente, pescado ahumado, huevos de ganso, varios tipos de queso y bayas frescas conservadas en sirope que habían mezclado con gachas y yogur, y cubierto de azúcar tostado. Era el desayuno más elaborado que nos habían servido y lo más extraño fue que nos lo trajeron tanto Finn como Krystjan. Bambleby tuvo la amabilidad de unirse a nosotros, una propuesta que aceptaron de inmediato. Aquello me vino bien, pues me permitió comer en paz mientras que Bambleby se entretenía desplegando sus encantos ante dos sujetos con buena disposición, ambos llenos de preguntas relacionadas con nuestras hazañas. Me enteré de que Wendell había dejado a Lilja y a Margaret sanas y salvas en casa de la familia de Lilja y que ambas se encontraban bien; los padres de Lilja estaban fuera de sí, aliviados y llenos de gratitud, mientras que los hermanos pequeños de Lilja estaban cautivados por la cicatriz extraña pero bonita de la frente de Margaret. Estaba más que contenta de que Bambleby hubiese acaparado la primera avalancha de elogios, algo que sin duda incidía en su buen humor actual. Respondió las preguntas de Finn y Krystjan con pelos y señales y, de alguna manera, una manada de lobos y una tormenta de nieve temible se hicieron hueco en nuestro viaje a la feria de las ocultas, como si la historia necesitase que la embelleciran. Los hombres no se perdían ni un solo detalle, algo a lo que estaba acostumbrada, pero había algo en la forma en que dudaban al hablar, como si debieran escoger con sumo cuidado cada palabra que le dirigiesen a Bambleby, y la forma en que Finn le lanzaba miradas nerviosas a Krystjan cada vez que su aspereza innata salía a relucir era algo totalmente nuevo.

—Saben tu secreto —dije sin rodeos después de que Finn y Krystjan se marchasen—. ¿El pueblo entero?

Se sirvió más yogur.

—Lilja y Margaret son listas, aunque no hace falta ser muy avispado para sumar dos y dos después de todo lo que han visto.

Tamborileé los dedos sobre la mesa.

—Es un inconveniente. Ahora los habitantes del pueblo te verán como a una especie de hada madrina. Ya haces bastante poco trabajo sin tenerlos acosándote día y noche para que les hagas favores.

Se le borró la sonrisa de la cara.

—¿Crees que lo harán?

—No tengo ni idea. Los ljoslandeses no están en los mejores términos con las hadas de la corte, así que quizás eso atenúe las expectativas que tienen sobre ti. ¿No podrías haberles borrado la memoria a las chicas?

Me dedicó una mirada incrédula.

—¿Desearías que les hubiese alterado la mente después de todo por lo que han pasado? Ay, Em.

—No del todo —dije a la defensiva—. Pero podrías haberles borrado el recuerdo de lo que vieron en el valle.

—No funciona así.

—Entonces ¿cómo funciona? —Me incliné hacia delante con impaciencia.

—No tengo ni la menor idea. Nunca me he molestado en jugar con la mente de los mortales.

Me desplomé en el asiento con un suspiro.

—No eres de ninguna ayuda.

—No quiero ser de ayuda. —Bambleby alzó la mirada al techo—. Desearía acabar el artículo y utilizarlo para deslumbrar a las mentes brillantes de la CIDFE y sumirlas en un estupor magnánimo. Luego quiero usar el dinero para contratar a un ejército de estudiantes y para comprar equipamiento para encontrar la puerta trasera a mi reino. Hablando de eso, creo que tenemos bastante material para completar el borrador, ¿no te parece?

Aquello me animó.

—Más que suficiente.

—También está esto —dijo y se levantó de la silla con una sonrisa. Cuando regresó, tenía la capa blanca que me había dado el hada doblada sobre el brazo.

Me quedé mirándola. A la luz de la cabaña, que no era natural, se hacía más evidente: el pelaje no parecía tal, sino más como cuchillas de escarcha.

—¿Le has hecho algo?

—Cielos, no. Preferiría rellenar mi colchón de nieve que coser cualquier prenda de las suyas. No es que no le haga falta.

—Examinó la capa con ojo crítico—. La he dejado fuera porque dentro se derrite un poco. Pero si la conservamos en hielo…

—Podríamos exhibirla en la conferencia. —La cabeza me daba vueltas. Habíamos conseguido un artefacto de una especie de hada que nunca se ha estudiado hasta ahora. Una prenda que decía «hada» en cada una de sus puntadas y pliegues. Alegar que era un triunfo era quedarse corto.

Me sonrió.

—Precisamente.

Salió y dejó la capa al fresco; luego me trajo uno de sus cuadernos encuadernados en cuero, cuyas páginas se ondulaban con elegancia y tenía lavanda desmenuzada entre ellas (cómo no). Para mi sorpresa, contenía un borrador del resumen y un esquema con esa caligrafía tan irritante.

—¿Creías que te dejaría hacer todo el trabajo? —dijo en respuesta a mi expresión.

—Claro que sí. —Revisé el esquema y añadí mis propias notas aquí y allá. No estaba nada mal. Pero claro, Bambleby ya había publicado antes, docenas de veces; supongo que siempre había asumido que sus estudiantes se lo hacían todo.

—No has incluido nada sobre el encuentro con el príncipe de las nieves —dijo—. Si eso es lo que era.

—¿Qué iba a decir? ¿Qué luché contra él y lo maté con una espada forjada de lágrimas? Quiero dejar estupefactos a los de la CIDFE, pero no por ese motivo.

No respondí. En realidad, no me gustaba recordar la escena de la cueva. Estaba acostumbrada a recopilar historias de las hadas…, pero no esperaba formar parte de una, nunca lo había deseado. Se suponía que debía mantenerme cómodamente fuera de los cuentos con mi pluma y mi cuaderno. Sabía que aquello no molestaba en absoluto a Bambleby, ¿por qué debería? Él *era* una historia; lo había demostrado cuando blandió la espada imposible de hielo e hizo retroceder a nuestro enemigo con la misma facilidad con que respira, con la hoja reluciendo demasiado rápido para que pudiese seguirla. No tenía ni idea de que fuese capaz de hacer algo así... Magia, sí. ¿Un despliegue de habilidades físicas del tipo que requiere entrenamiento y esfuerzo? No. Desde aquella noche he sentido como si el suelo se hubiese alterado ligeramente bajo nosotros, como si no lo viese desde el mismo ángulo exacto en que solía hacerlo.

—Por cierto, aún no te has explicado —dijo al tiempo que tironeaba de un hilo suelto del jersey—. ¿Cómo supiste sacar la espada de la nieve? Em, a veces eres tan competente en tu trato con las hadas que me aterroriza y empiezo a sospechar que eres una maga.

Resoplé.

—Una no necesita magia si conoce suficientes historias. —Lo examiné—. ¿Tienes alguna duda de todo esto? ¿Qué pasa si la comunidad académica descubre lo que eres? La mayoría te temerá y desconfiará de ti. Puede que unos pocos selectos intenten dispararte y disecarte como uno de los brownies de Davidson.

Puso la silla en equilibrio sobre las patas traseras.

—Nadie en Cambridge lo creerá en el remoto caso de que cualquiera de ellos descubra lo que piensan de mí en Hrafnsvik. Solo por si acaso, me expondré frente a ellos cuando vuelva y les contaré que nuestros lugareños ingenuos estaban tan impresionados por nuestro éxito en la investigación que pensaron que ambos éramos hadas. Eso granjeará unas risas en la CIDFE. La mayoría de nuestros colegas titulares rara vez requieren que les convenzan de la ingenuidad de la gente de los pueblos. Ya lo sabes, Em...

¿Recuerdas los problemas que tuviste para darle la coautoría a aquel pastor galés en el artículo sobre las colinas de las hadas? Tus revisores no dejaban que fuese a imprenta.

Lo recuerdo muy bien y pensé que probablemente tendría razón. Entonces, ¿de qué me preocupaba? ¿Y por qué estaba preocupada? Seguro que para mí no tendría demasiada importancia que el secreto de Bambleby saliese a la luz. Pero era mi amigo y pensé que se estaba tomando aquel asunto bastante a la ligera.

Nos interrumpieron unos golpes en la puerta. Era uno de los hijos de Aud que vino a traernos flores silvestres secas, caracolas pulidas y un surtido colorido de setas que debió de haberles llevado días recolectar. Bambleby los aceptó con indiferencia y le cerró la puerta al joven en las narices.

—¿Qué demonios voy a hacer con esto? —masculló al tiempo que dejaba la cesta sobre la mesa con un tintineo—. ¿Abrir una botica?

—No saben lo que quieres —dije aguantándome la risa—. Solo saben lo que les ofrecen a sus hadas a cambio de sus servicios. Podrías decirles simplemente que prefieres la plata. —Es lo que tenían la costumbre de ofrecer en Irlanda, al menos a las hadas de la corte. Casi todas las especies de hadas odian los metales humanos y, aun así, las irlandesas son únicas al tener la capacidad de tolerar (y, de hecho, amar) la plata. Se dice que llenan sus bosques, vastos y oscuros, con espejos de plata que parecen joyas y que beben del poco sol y la luz de las estrellas que atraviesa las ramas para reflejarla a voluntad de las hadas; también se dice que utilizan la plata para construir escaleras fantásticas que suben y suben en espiral por sus gruesos troncos, y puentes que cuelgan entre ellos como delicados collares.

—No importa, porque no puedo aceptarlo —dijo, malhumorado—. No he hecho ningún trato con esta gente. Fui a esa alocada misión imposible por ti.

Fruncí un poco el ceño al recordar nuestro insólito trato unilateral.

—Entonces te compraré un juego de cubertería elegante cuando volvamos —respondí—. Y en cuanto a Aud y al resto, te recomiendo que finjas una fuerte predilección por las setas y que afirmes que su deuda está saldada.

—Esto es todo culpa tuya —señaló—. Si solo hubiésemos *fingido* ir a por esas dos como yo quería…

—Lilja y Margaret estarían muertas, o peor —sentencié—. ¿Es eso lo que querías?

Se tomó su tiempo para pensarlo.

—No. Aunque no imagino por qué te molesta tanto, Em. Lilja ha venido dos veces a darte las gracias, y cuenta con que volverá. No me molesté en decirle que tus motivos no eran para nada generosos.

Sentí un hormigueo de la inquietud. Al fin y al cabo, era cierto que no había rescatado a Lilja y a Margaret por su bien, sino por el estudio. Visto así, no había nada que agradecerme; de hecho, yo también tenía bastantes motivos para agradecerles a ellas que se hubiesen dejado capturar y así brindarme la oportunidad de ser testigo de la feria de las ocultas.

Volví a tamborilear los dedos. Algo me preocupaba. Reconocí la sensación, aunque no sabía qué significaba aparte de que estaba pasando por alto algo importante. Había un patrón en Hrafnsvik; podía sentir sus bordes.

Necesitaba tiempo con mis notas.

—Oh, cielos —dijo Wendell—. Conozco esa mirada. ¿Qué temible imposición me estás reservando ahora?

Se puede confiar en que Bambleby se crea siempre el centro de mis pensamientos.

—No hay ninguna imposición. Me gustaría que me dejases a solas unas horas, si es que eso entra dentro de tus capacidades.

—Supongo que sí —dijo a regañadientes, aunque no me halagó su reticencia a apartarse de mi lado; Bambleby odia no tener compañía con quien hablar. Bueno, sin duda encontrará oyentes dispuestos en la taberna si se aburre.

Sin embargo, me sorprendió cuando, después de desayunar, me informó que pretendía ir a dar un paseo.

—Pensaba que habías renunciado a la idea de encontrar la puerta aquí —dije. Pues eso había supuesto, dado que su esfuerzo había sido solo superficial.

—¿Dije algo de una puerta? —respondió de espaldas mientras se ponía la capa.

Gruñí.

—¿Qué sentido tiene hacerte ahora el misterioso? ¿Tienes más secretos que yo no sepa?

—Ah, digamos que hay algunos impresionantes.

Puse los ojos en blanco y volví a las notas. Ahora no podía perder el tiempo con él.

—Bueno, no vuelvas a molestar al pobre Poe. No es probable que la encuentres en el Karrðarskogur. Las hadas de la corte de Ljosland cambian su reino de sitio, ¿no? Pero solo en el espacio; viven en un invierno eterno. La puerta que buscas debe ser fija, dado que tu reino es inamovible... Y digo «debe», aunque solo hablo en términos hipotéticos, por supuesto, ya que nunca me he topado con un fenómeno así en persona y solo puedo extrapolarlo de los escritos. Así que se podría razonar que, si está en alguna parte, será en un lugar donde siempre sea invierno. Como un glaciar o una cumbre alta que siempre esté cubierta de nieve. Por supuesto, debería señalar que creo que es muy poco probable que una puerta como la que buscas esté en este país; no hay mucha similitud entre tu reino y el de las ocultas. Tiene más sentido que se encuentre en un bosque similar, verde y húmedo, con bastantes arboledas de robles que beban de la magia menor de las hadas comunes y donde se creen espacios para que se manifiesten dichos portales (si es que su existencia es el resultado de un simple accidente o casualidad). En las historias suele decirse que este tipo de madrigueras (o entrada trasera, como gustes) son accidentales. El norte de Europa es la localización más probable; quizás en uno de los bosques más cálidos de Rusia.

Se quedó de pie, inmóvil, con la mano sobre el pomo de la puerta y sin dejar de mirarme.

—Sí, sé que son muchas conjeturas —añadí, malinterpretando su expresión—. No he tenido tiempo de reflexionarlo demasiado.

Me sonrió y sus ojos brillaron un poco más que de costumbre.

—Seremos un gran equipo, Em.

Resoplé para ocultar el rubor que se extendía por mi rostro.

—Hasta ahora, nuestro trabajo en equipo parece que no está repartido de manera equitativa.

—Puede que aún te sirva de ayuda, mi querida dragona. —Me dejó sola y cerró la puerta con suavidad a sus espaldas.

23 DE NOVIEMBRE

Después de visitar a Poe esta mañana, regresé y vi que Bambleby se había vuelto a esfumar. Está claro que sigue buscando la puerta… ¿Por qué se molesta en ser tan condenadamente reservado con el asunto? ¿Y por qué no quiere contar con mi ayuda?

Me indignó, así que me paseé un rato por la cabaña contemplando las distintas baratijas con las que había abarrotado el espacio; desearía que me ofendieran más. Pasé un dedo por la repisa de la chimenea: ni una mota de polvo. Recordé lo sucio que estaba el lugar cuando llegué y, sin embargo, nunca le había visto limpiar el polvo.

Quizá se había anticipado a mi enojo y había dejado varios diagramas completos de formaciones de rocas basálticas sobre la mesa, aquellas que los lugareños afirmaban que habitaban «los pequeños». Le había asignado esta sección del artículo…, al menos había hecho algo. Leí por encima el resumen que había dejado bajo los diagramas: era breve pero aceptable.

Me senté a trabajar, pero me distraje. Fuera el tiempo tenía esa naturaleza suave que solo adquiere en invierno; las nubes se acercaban y pasaban como una ensoñación y se deshacían en jirones blancos. Soplaba el viento del norte y traía el olor a azufre de alguna fuente termal invisible de la montaña.

Dejé la pluma y me puse la capa y las botas. Estábamos bien provistos de leña, pero quería ejercitarme un poco.

El primer tronco terminó por romperse, aunque necesité darle unos cuantos golpes. El segundo estaba plagado de nudos y salió volando a un lado cuando le di con el hacha. Cuando fui a desenterrarlo de la nieve, oí la presión suave de unas botas al pisar.

—¡Emily! —exclamó Lilja. Margaret caminaba detrás y ambas me sonreían—. Acabamos de echarle una mano a Ulfar para descargar suministros en el muelle y veníamos a preguntarte si querrías tomar un vino con nosotras. Thora ha estado quejándose otra vez de las bebidas, así que pensó en pedir unas botellas de Francia.

—Gracias —dije—, pero no querría interrumpiros en vuestras tareas. Además, prefiero no beber tan temprano.

A Lilja se le borró la sonrisa. Solo cuando las palabras salieron de mi boca me di cuenta de cómo habían sonado.

—No quiero decir que sea muy temprano para beber —aclaré—. Solo que por lo general yo no bebo mucho y, por tanto, es muy temprano para mí. Pero aquellos que beben con frecuencia seguramente discreparían.

Ambas me miraron con el ceño fruncido. *Bien hecho*, pensé. ¿Cómo era posible que al intentar salir del paso me las hubiera arreglado para meter la pata incluso más?

Empecé a balbucear algo, pero por suerte Lilja habló primero.

—Parece que estás mejorando —dijo; señaló el hacha con un gesto—. ¿Quieres que te enseñe?

Casi lloro por su amabilidad.

—Gracias —murmuré.

Con una expresión divertida, me quitó el hacha.

—Te mostraré cómo lo hago yo, y luego puedes intentarlo de nuevo.

Margaret se sentó en otro tocón para observar. Lilja colocó el trozo de leña, lo giró un poco sin pensar, fruto de la maestría, cambió su postura y luego bajó el hacha en un arco rápido. La madera se partió en dos, aunque no del todo por la mitad.

—Así es como me gusta hacerlo —me explicó Lilja mientras recogía el trozo más grande y lo dejaba sobre el tocón. El hacha parecía ligera y pequeña en sus manos hábiles y llenas de callos—. Es más fácil de cortar si golpeas el borde en lugar del centro. Ahora puedo hacer esto… —Volvió a golpear y el pedazo se partió en dos—. Ahí tienes. Perfecto para la cocina, ¿verdad?

Asentí. Admito que no pensaba que me impresionaría esta clase de habilidad rústica, pero Lilja hacía que pareciese arte.

—Debes de estar muy solicitada en el pueblo —dije.

—Puedo cortar un tronco entero en una hora —dijo, pero no para fanfarronear, sino a modo de respuesta—. Llevo haciéndolo desde los siete años. No desearía otro trabajo.

—¿A ti también te gusta este tipo de ejercicio? —le pregunté a Margaret, quien había estado sentada en silencio balanceando los pies con una pequeña sonrisa en la cara.

Esbozó una mueca.

—Prefiero quedarme dentro tocando el piano o leyendo un libro. Cortar leña es tarea de Lilja. Me mantiene en calor.

Lilja se sonrojó y luego me miró con tal calidez y gratitud que me descubrí preguntando como una tonta:

—¿Y hay distintas clases de hachas?

Lilja tuvo mucha paciencia conmigo. Me enseñó a agarrar la herramienta (al parecer, lo había estado haciendo todo mal y la enarbolaba como si fuese un hacha de mano).

—¿Ves estas líneas? —dijo y señaló el lado cortado de un leño, donde una red de grietas atravesaba la veta—. Ahí es donde debes apuntar. Yo me inclino por esta. —Recorrió una con el dedo—. Así evito el nudo. ¿Lo ves?

—Puede que estés sobreestimando mis capacidades si esperas que apunte a algo más pequeño que el mismo leño.

Se rio.

—Haz lo que puedas.

Hubo algo en la forma tan cómoda en que lo dijo que me hizo sentir más ligera. Corté el tronco en solo dos golpes. Conseguí darle a una de las grietas del siguiente trozo y se separó con un único hachazo.

Margaret aplaudió.

—¡Bien hecho! —exclamó Lilja, rebosante de alegría como si hubiese completado una maratón. En verdad, me sentía bastante orgullosa de mí misma. Es curioso cómo la práctica de algo tan simple, de unas habilidades tan antiguas, puede relajar a una persona.

Sin embargo, mi progreso fue bastante irregular. Mi puntería comenzó a empeorar bajo las instrucciones de Lilja, pero yo no tenía su fuerza y no me sentía cómoda empuñando algo tan mortífero, sobre todo después del fiasco con Wendell. Cuando acumulamos un montoncito junto a nosotras, ella y Margaret me ayudaron a cargar todo dentro y me sorprendí invitándolas a tomar el té, aunque las notas me lanzaban un mirada acusadora desde la mesa.

—¡Qué acogedor! —dijo Margaret y ambas contemplaron la cabaña con admiración. Por alguna razón, no las informé de que aquello era obra de Wendell. Ni una vez me han felicitado por mis aposentos de Cambridge. Bueno, me paso la mayor parte del tiempo en el despacho o en la biblioteca, así que ¿qué importa?

Lilja preguntó si Wendell se encontraba allí y ambas parecieron aliviadas cuando negué con la cabeza.

—¿No le tendréis miedo? —pregunté.

—¡Oh, no! —dijo Margaret demasiado rápido—. Le estamos muy agradecidas por habernos ayudado.

—Sí —intervino Lilja y, entonces, entendí que sí que le tenían miedo a Wendell, y mucho, y que también querían evitar ofenderle a toda costa.

Presentí que, de alguna manera, Margaret quería seguir con el tema de Wendell, pero no dijo nada más mientras yo hacía el té. Agradecí que no volviesen a mencionar la taberna; dudo de que llegue a estar cómoda en sitios como aquel, sobre todo cuando todos los allí presentes insisten en acercarse para una charla amable, cargada de cumplidos y gratitud con los que ya no sé qué hacer, como si se tratase de una de las madejas de hilo de Thora y unas agujas de bordar.

Hablamos de la investigación y de mi futura presentación con Bambleby en la CIDFE.

—Entonces, ¿Wendell y tú no estáis… juntos? —dijo Margaret de forma atropellada mientras les servía el té.

Parpadeé en su dirección.

—Yo… No. Claro que no. Somos compañeros de trabajo. Y amigos, supongo —añadí a regañadientes.

—Yo no lo creía —añadió Lilja y le dedicó una mirada a Margaret que parecía decir: «Te lo dije»—. Y menos por cómo trata a las chicas del pueblo.

Sin embargo, Margaret frunció el ceño.

—Tan solo pensé… La forma en que te mira…

¿La forma en que me mira? Pensé en cómo me mira Wendell a veces, sobre todo cuando piensa que no me doy cuenta, y sentí calor; luego, frío; después, calor de nuevo.

—No sé a qué te refieres —respondí y me di la vuelta para que no viera que me había ruborizado. Cielo santo, parecía una muchacha de dieciséis.

Lilja le dio una patada a Margaret.

—Seguramente tendrá a alguien en casa, tonta.

—¿Es cierto eso? —preguntó Margaret.

—Ah, no. —Me entretuve con las tostadas…, uno de los panes más blancos y suaves de Poe—. Siempre estoy demasiado ocupada para esas cosas.

Margaret parpadeó.

—Entonces… ¿nunca te ha gustado nadie?

—Ah, claro que sí —dije, aliviada por cambiar del tema de Wendell—. Estaba Leopold… Estuvimos juntos un año. Estudiamos el doctorado en Cambridge al mismo tiempo. Después, se marchó a Tubinga con una beca de investigación. Me pidió que fuera con él, pero aquello estaba descartado, por supuesto.

Lilja aguardó, como si esperase que continuara.

—Y… ¿eso es todo? —Cuando la miré inexpresiva, pareció avergonzada y añadió—: Eso es todo. Ya veo.

Margaret no tuvo tanto tacto.

—¿Uno? ¿Ya está? Hasta yo he estado con más hombres, y eso que ni siquiera me gustan. Y tienes… —Bizqueó, evidentemente tratando de averiguar mi edad. El ceño fruncido auguró una conclusión desfavorable. Lilja le dio un codazo.

—Supongo que soy… —lo medité— quisquillosa.

Lilja sonrió.

—Quisquillosa. Me gusta.

Margaret se reclinó con una carcajada.

—Ojalá esta hubiera sido más quisquillosa antes de que nos conociéramos.

Lilja le dio una patada.

—Grosera.

—¿Sabes qué otra cosa es grosera? —Margaret se inclinó hacia mí—. Quemar el cobertizo de una extraña porque te han roto el corazón.

—¡Erika no te quemó el cobertizo! —dijo Lilja—. Todavía sigue en pie.

—Gracias a la tormenta, no a ella. —Margaret se volvió hacia mí—. Lilja tiene la costumbre de cortejar a las locas.

—¡No es verdad!

—Es eso o las vuelves locas tú, pues. Supongo que con el tiempo acabaré encerrada. Quizá después de que le prenda fuego al pueblo.

Lilja le arrojó un paño. Tenía la cadencia de una vieja discusión y me descubrí riéndome con ellas.

Después del té, Margaret volvió a invitarme a la taberna y, cuando decliné, se puso bastante insistente, aunque con buena intención. Después de echarme una ojeada, Lilja apoyó una mano en su brazo.

—No pasa nada —dijo—. De todas formas, deberíamos regresar a casa. A mi madre le gusta que la ayudemos con la cena. —Hizo una pausa—. ¿Por qué no vengo mañana para otra lección? Creo que con un poco más de entrenamiento se te dará bien. Si puedes sacarle un rato a la investigación.

Le aseguré que podría... Me sorprendió cuánto había disfrutado de la experiencia, así como de su compañía, sobre todo porque no había implicado la presencia de una docena más. Me dedicó otra sonrisa cálida y ella y Margaret se marcharon.

✳ 26 DE NOVIEMBRE ✳

Me pasé la mayor parte del día repasando las notas con atención y releyendo el diario, incapaz de concentrarme en el artículo ni en la enciclopedia, pues aún me asolaba la certeza de que se estaba pasando por alto algo importante. Al final recurrí a los libros, sobre todo a los recopilatorios de cuentos de hadas antiguos y a sus distintas versiones sobre las cuales a los driadólogos les encanta debatir más que nada: qué versión debería tener prioridad, o si cuentos similares contados en regiones distintas comparten un mismo origen. Bambleby había vuelto a fugarse y yo había estado a solas con la inquietud hasta que, pasado el mediodía, escuché que llamaban a la puerta.

Como esperaba a Lilja y la bienvenida distracción de otra clase para cortar leña, me sorprendió encontrar a Aud en su lugar con una expresión decidida.

—No le han gustado nuestros regalos —dijo sin más preámbulos.

Suspiré. Consideré decirle que Bambleby no necesitaba regalos, pero no lo entendería…, los favores concedidos por las hadas siempre deben recompensarse de una forma en que las satisfaga, lo cual no es lo mismo que decir que esto deba tener el mismo valor según los estándares humanos. Paseé la mirada por la habitación y reparé en el costurero de Wendell.

—¿Tienes agujas de plata? —dije. Me había fijado que las de Wendell estaban hechas de hueso.

Aud asintió despacio, desconcertada.

—¿Eso bastará?

—Creo que le gustaría tener un par de espejos —dije—. Para colgarlos en la pared. Pero solo si son bonitos. Y chocolate —añadí con cierto resentimiento porque, por supuesto, yo también merecía un regalo por mis esfuerzos.

Aud asintió; parecía satisfecha. Volvió a marcharse y, una hora después, una de las conquistas de Bambleby, la bajita y morena, trajo todo lo que le había pedido; parecía tanto aliviada como decepcionada al descubrir que estaba ausente. Entendía cómo se sentía, pues por fin había averiguado qué me incordiaba y no cabía en mí de la emoción de poder compartirlo con él.

Pero cayó la tarde y todavía no había señales de Wendell. Decidí bajar a la taberna; sin duda lo encontraría allí, felizmente acomodado entre el asombro y la admiración. Pero cuando abrí la puerta, solo los rostros familiares de los habitantes del pueblo me devolvieron la mirada. Para mi horror, estallaron en aplausos y comenzaron a palmearme en los hombros. Varias mujeres me abrazaron (no me fijé en quiénes, ya que mis sentidos se vieron momentáneamente abrumados por esta arremetida).

—Dejadla tranquila, dejadla tranquila —gruñó Thora, y su mano huesuda me envolvió la muñeca para arrastrarme a su rincón acogedor y remoto junto al fuego.

—Gracias —murmuré y me desplomé en la otra silla.

Soltó una carcajada ronca.

—¡Te has quedado petrificada! Parecías un tejón asustado.

No discutí con la elección de aquella metáfora tan poco halagadora y me limité a hundirme más en la silla.

—¿Ha visto a Wendell?

—¿Por qué debería saber dónde se ha metido esa criatura? Es tu hada. ¿Qué ocurre?

Casi me muerdo la lengua de la consternación. ¡Mi hada! Cielo santo.

—No pasa nada. Solo que creo que he averiguado el motivo por el que los altos se han llevado a tantos de su pueblo estos últimos años. Y por qué seguirá ocurriendo si no hacemos nada para detenerlo.

No tenía intención de contárselo, pero las palabras salieron disparadas de la emoción. La expresión de Thora se endureció y sostuvo una mano en alto.

—Espera un momento, muchacha.

Unos segundos después, Thora había arrastrado a Aud para que se uniera a nuestro *tête-à-tête*.

—¿Qué es todo esto, Emily? —dijo mientras me sostenía la mano con calidez.

—El niño cambiado —respondí—. Antes de que llegase a Hrafnsvik, las ocultas habían secuestrado a pocos jóvenes. Todas vuestras historias concuerdan en ello…, una persona por generación, quizá, incluso con menos frecuencia. Los pueblos vecinos no se han visto afectados de la misma manera, lo cual significa que hay algo en Hrafnsvik que los atrae.

—Entonces, ¿quieren recuperar al niño? —preguntó Aud desconcertada.

—No. Es un tema central que aparece a menudo en los textos, conocido como «la teoría de la linterna» —balbuceé antes de detenerme. ¿Cómo explicarles esto a personas corrientes? ¿Cómo explicar que las historias que les cuentan a los niños o por diversión en las noches frías junto al fuego albergan las verdades más profundas…? ¿Que, de hecho, estas son la clave para averiguar los secretos de las hadas?—. Es como si… las hadas se vieran atraídas a los lugares con mucha magia. Los niños cambiados requieren una gran cantidad de magia: atrapar a un niño hada e integrarlo en el reino de los mortales de forma tan segura que no puedan sacarlo de ahí. Y vuestro niño cambiado es especialmente poderoso. Por eso las hadas de la corte se ven atraídas aquí, puede que incluso no se den cuenta de esto.

Aud frunció tanto el ceño que las cejas se tocaban.

—Una linterna. Sí. Pero ¿cómo apagamos la luz?

—Solo hay una manera. —El tono de Thora era duro, pero extendió una mano curtida y la apoyó sobre el hombro de Aud—. Es lo que llevo diciéndote años, Aud. Dijiste que no cuando esa criatura solo hería a Mord y a Aslaug. Pero ahora se trata del pueblo entero. ¿Cuál de nuestros hijos será el siguiente que se lleven si no hacemos nada?

—Ari —dijo Aud al soltar el aire—. Soy la madrina de ese niño.

—Sí. —Thora no suavizó la voz—. ¿Y de cuántos más?

Aud presionó una mano contra los ojos. Cuando la apartó, parecía mucho mayor y vi el parentesco entre ella y Thora como un reflejo desfasado. Pero Aud no dio su brazo a torcer; en lugar de eso, me miró fijamente con dureza, como diciendo: «¿Y bien?».

—Si supiéramos su nombre —titubeé—. El nombre real del niño cambiado, podríamos utilizarlo para exiliarlo.

Thora se apoyó en el respaldo e hizo un sonido despectivo.

—Ya lo sabemos. ¿Crees que no intentamos engañarlo para que nos lo dijese cuando llegó? Ocultan sus nombres con mucho celo.

Aud no dijo nada, se limitó a seguir mirándome.

—Dejad que lo piense —dije—. No hagáis nada de momento. Por favor.

—No tardes mucho —dijo Thora con una expresión sombría—. Anoche volvimos a oír las campanas. Nunca han sonado con tanta regularidad. Se llevarán a otro niño, y pronto.

26 DE NOVIEMBRE,
MÁS TARDE

No sé qué pensar de este desarrollo de los acontecimientos; me ha enervado más que cualquier niño cambiado o bestia feérica. Quizá poner mis pensamientos por escrito me ayude.

Después de haber conversado con Aud y con Thora, regresé a la cabaña. Wendell no había vuelto aún y, una hora después, decidí salir a buscarlo. Casi nos chocamos en el camino que sube a la montaña; salió paseando a la luz del crepúsculo con las manos en los bolsillos y la mirada clavada en el suelo, con el ceño fruncido y perdido en sus pensamientos. Unos cristales de nieve se acurrucaban en su cabello dorado, lo cual me distrajo. Estoy acostumbrada a ignorar sus atractivos, pero ese cabello es duro de roer. Me he fijado en que la mayoría de la gente queda cautivada por su sonrisa o sus ojos, pero en mi caso es ese condenado pelo… Una no puede evitar imaginarse qué tacto tendrá, ese es el problema.

Alzó la mirada cuando oyó mis pasos y se le iluminó el rostro.

—¡Ahí estás, Em! Escabulléndote en la penumbra, típico de ti.

No me molesté en preguntarle dónde había estado. Si quería ser reservado, allá él. Aparté el alivio de su vuelta a un lado, lo cual me llenó de una sensación de ligereza inexplicable, y dije:

—Necesito tu ayuda.

—Cómo no. ¿Al menos podemos alejarnos de este condenado frío? No lo vas a creer, pero añoro las chuletas de cordero de Ulfar...

Me aferré a su mano y lo conduje de vuelta a la cabaña. Pareció que lo había tomado un poco por sorpresa, pero se dejó llevar y entrelazó sus elegantes dedos con los míos.

—Necesito su nombre —dije en cuanto estuvimos dentro—. El nombre real del niño cambiado. ¿Cómo consigo que me lo diga?

Me miró desconcertado.

—Si no lo has averiguado ya, dudo de que lo hagas.

Hice un aspaviento.

—Tú solo dímelo.

—No sé cómo. Por eso te he dicho que si no lo has averiguado ya, yo...

—Ay, cielos. —Me dejé caer en una de las sillas—. No podrías ser de menos ayuda si te lo propusieras. Creo que lo estás intentando.

—No especialmente. —Se sentó frente a mí—. ¿Qué importancia tiene el nombre de la criatura?

Le conté lo mismo que a Aud y a Thora. Soltó un gruñido.

—Así que ahora debemos rescatar al pueblo entero, ¿no? —Entrelazó las manos y frunció el ceño—. Gracias, pero ya estoy harto de ser altruista.

—No es altruismo. Todavía no sabemos nada de este niño cambiado..., de dónde viene, por qué está aquí. Es un agujero en nuestra investigación. Si pudiéramos completarlo...

Sacudió la mano.

—Ya hemos hecho suficientes descubrimientos como para impresionar a la academia al completo. En la conclusión, escribiremos: «Se requiere mayor investigación, bla, bla, bla».

—¡Esto no es solo por el artículo! Es por mi libro, Wendell. Nuestro conocimiento de los niños cambiados es inconcluso... no solo los de Ljosland. Aquí hay más que descubrir y no puedo marcharme sin mirar debajo de cada piedra.

No respondió, solo soltó un gran suspiro y apoyó la cabeza en la mano.

—En las historias, engañan a las hadas para que revelen su nombre real —añadí—. Por ejemplo, el de Linden Fell... Su esposa fingió dar a luz y le llevó un cordero envuelto en pañales para que pareciese un bebé, solo para que él escribiera su nombre en el certificado de bautismo.

Wendel se echó a reír.

—Antes me congelaría hasta morir que escribir mi nombre verdadero con tinta, incluso si mi mujer me lanzara una docena de mocosos. Estas cosas no son tan fáciles como en los cuentos.

Me levanté y empecé a pasearme.

—Podríamos amenazarlo.

—Las amenazas deben reforzarse con hechos. No me interesa atormentar a niños, sin importar lo mucho que lo merezcan sus padres.

Me miró con el ceño fruncido mientras lo dijo y yo lo ignoré, no necesitaba que Bambleby me diese un sermón en cuestiones de moralidad. Me arrepentí un poco del interrogatorio inicial al niño cambiado dada la angustia que había provocado en sus padres adoptivos.

Me detuve junto a la mesa jugueteando con aire ausente con uno de los paquetes que nos había mandado Aud.

—Por cierto, son para ti.

Él solo suspiró otra vez.

—Te lo dije, no puedo aceptar su gratitud.

—Los elegí yo —dije—, no Aud. Puedes considerarlos como regalos de mi parte.

Parecía intrigado y un tanto alarmado.

—¿De tu parte? ¿Están cubiertos de espinas?

Primero desenvolvió los espejos y exclamó al verlos. Desde luego, eran preciosos, como había pedido, con marcos fabricados con la madera arrastrada por la corriente desteñida por el sol y tallada con motivos complejos de hojas con gotas perladas de rocío. Aud había sido muy lista con su elección, pensé. Wendell se pasó casi una hora tratando de decidir dónde colgarlos; primero los ponía en un sitio y luego los cambiaba de lugar. Como es natural, se veían bonitos en cualquier sitio, y cuando al fin terminó, la estancia era aún más acogedora que antes.

—Ah, Em —dijo mirándose al espejo que había colgado frente a la chimenea, el cual atrapaba la luz parpadeante y la transformaba en algo dorado y veraniego… Sin duda, un efecto que ninguna mano mortal podría conseguir—. Después de todo, tienes un corazón enterrado muy hondo en algún sitio. Muy hondo.

—Esto también es tuyo —dije de mala gana, con la esperanza de alejar cualquier tipo de duda. Por desgracia no fue así, pues Wendell no tardó en contemplar las agujas de plata al tiempo que se enjugaba una lágrima.

—Son como las de mi padre —dijo, ensimismado—. Recuerdo cómo brillaban en la penumbra cuando nos sentábamos todos junto al fuego *ghealach*, rodeados de árboles. Las llevaba consigo a todas partes, incluso a la cacería del velo de escarcha..., que es la primera cacería del otoño, la más larga del año, cuando incluso la reina y sus hijos deambulan por el bosque con lanzas y espadas cabalgando nuestros mejores... eh, no sé cómo los llamáis en vuestro idioma. Son una especie de zorros feéricos, negros y dorados a la vez, más grandes que los caballos. Mis hermanos, hermanas y yo nos reuníamos en torno al fuego para verlos tejer sus nidos con zarzas y seda de araña. Y todas las bestias del páramo y los ciervos con cabeza de arpía retrocedían al ver esos nidos, aunque apenas parpadeaban con el silbido de nuestras flechas. —Se quedó callado, mirándolas; sus ojos se habían vuelto muy verdes.

—Bueno —dije, como era de esperar, sin saber qué responder a esto—. Espero que te sean de utilidad. Solo mantenlas lejos de cualquiera de mis prendas.

Me tomó de la mano y entonces, antes de saber lo que estaba haciendo, se la llevó a la boca. Sentí el breve roce de sus labios contra mi piel y luego la soltó y volvió a alabar los regalos. Me di la vuelta y me dirigí a la cocina sin prisa ni rumbo fijo, buscando algo que hacer, cualquier cosa que me distrajese de la calidez que me había ascendido por el brazo como una brisa de verano errante, y al final me decanté por preparar una cena ligera con el resto de nuestras provisiones.

Después de comer, lo observé jugar con los espejos. Cuando los tocaba, aparecían cosas extrañas... Por un segundo, vi que uno le devolvía el reflejo de un bosque verde con las ramas meciéndose. Parpadeé y desapareció, pero algo de su verdor permaneció en los bordes del cristal, como si siguiese agazapado en algún lugar tras el marco.

—¿Son los árboles que veías en tu reino? —pregunté.

Soltó un suspiro y retiró la mano.

—No —dijo en voz baja—. Tan solo es una sombra de mi mundo.

Lo contemplé un momento más de la cuenta. Su aflicción era tangible en el ambiente. Nunca he amado un lugar como él, ni sentido su ausencia como la de un amigo. Pero durante un instante, deseé haberlo hecho y aquello fue como sentir su pérdida.

Una seguridad extraña me atravesó como un trago de agua fría.

—Claro.

Se dio la vuelta.

—¿Qué?

Pero yo ya estaba en marcha. Alcé la capa feérica de fuera con manos temblorosas. El fuego era intenso, como le gustaba a Bambleby, y la capa empezó a gotear rítmicamente sobre las baldosas del suelo. Rebusqué en los bolsillos y mis dedos rozaron el contorno de objetos que entrechocaban y crujían.

Concéntrate. Expiré y volví a introducir la mano, poniendo cada ápice de voluntad y cada pensamiento en imaginar lo que necesitaba. Y, al fin, mi mano se cerró en torno a algo.

Lo saqué. Sostenía una muñeca. Estaba tallada en un hueso de ballena y su cabello eran ramas de sauce. El vestido era de lana sucia y sin teñir del color de la nieve antigua, esa que permanece en primavera. Y aun así, estaba claro que era de las hadas, pues cambió (tan solo un poco) de un instante a otro y según la luz. Cuando me volví hacia el fuego, el vestido pálido parecía bañado en oro.

Wendell me la quitó y empezó a darle vueltas entre las manos con el ceño fruncido.

—Es un símbolo de la casa de Ari —dije—. De la casa del niño cambiado, quiero decir. Algo que reconocerá. *

Wendell parpadeó mientras lo miraba un momento más.

—Ah, ya veo. Pero no creo que...

—Tendremos que averiguarlo —dije con frialdad mientras que el corazón me martilleaba con fuerza.

Aslaug nos abrió la puerta. Nos dijo que Mord estaba fuera, paseando junto al mar, algo que me resultó extraño pues no solo estaba oscuro, sino que a Mord no le gusta dejar sola a su mujer en la casa. No nos dejó pasar, sino que se quedó en el umbral, ceñuda, al tiempo que el viento invernal se colaba en el interior y azotaba su vestido... demasiado fino esta época del año.

—¿Podemos pasar, Aslaug? —dijo Wendell y se le arrugaron los ojos al ofrecerle una sonrisa encantadora. Debe de haberla imbuido de magia, pues ella parpadeó como si la hubiese golpeado una ráfaga de lluvia veraniega y dio un paso atrás.

---

* Dichos símbolos son un tema central en el folclore de los niños cambiados. En las historias, se suelen encontrar en posesión del cambiado; si le son arrebatados, él o ella se debilita o se desvanece por completo, pero también se los puede utilizar para amenazar o persuadir a la criatura para que tenga un buen comportamiento. En la Gran Bretaña de principios a mediados del siglo XIX era común en los museos conservar supuestos «símbolos de niños cambiados», la mayoría de procedencia cuestionable; Danielle de Grey escribió un artículo mordaz al respecto. Por desgracia, para demostrar su punto de vista, también robó varios símbolos de la Universidad de Edimburgo y reemplazó cada uno con un gorro y campanas. Al rector no le hizo gracia y, como resultado, De Grey tuvo una breve estancia en la prisión de Edimburgo, su segundo encontronazo con el calabozo, aunque lamentablemente no el último.

En la casa hacía tanto frío que me salía vapor al respirar. Aslaug fue a la parte trasera para encender el fuego. El suelo frente a la chimenea estaba salpicado con al menos cien cerillas y fajinas usadas, y el propio fuego estaba cubierto de nieve. A pesar de esto, Aslaug había apilado la leña, como si no viera la nieve o esperase a que se encendiese a pesar de esta.

—¿Cuánto tiempo lleva así? —se preguntó Wendell—. Aslaug, querida, aléjate de ahí. Vamos a hacer que entres de nuevo en calor.

Empezó a moverse de un lado a otro, barrió la nieve y la vertió en una cazuela, encendió el fuego y compuso una mueca ante aquel desastre…, pues el lugar era una madriguera de platos sucios, cenizas y tierra de fuera repartida por el suelo sin barrer. Aunque, que yo viera, hizo poca cosa aparte de sacudir una alfombra y poner en orden un batiburrillo de platos y tazas, la habitación pareció iluminarse. Aslaug seguía de rodillas junto al fuego, contemplando las llamas y ajena a nuestra presencia. Al menos había dejado de temblar.

Mientras tanto, tomé una de las ollas de hierro forjado y la llené de brasas y fajinas (veréis, me había inspirado en los bogles y sus ollas de cocina).

Poe me había dicho que a lo único que temen los altos es al fuego. Bueno, veremos hasta dónde llega ese miedo.

Me encaminé a las escaleras, desde donde soplaba un viento frío, de alguna manera conspirando para traer con él la oscuridad, la cual luchaba contra la luz reciente de la salita.

—¿Quieres dejar de perder el tiempo? —grité a mis espaldas, pues no habíamos venido aquí a limpiar. Wendell miró el desastre a sus espaldas con el ceño fruncido por última vez y me siguió al piso de arriba.

Esta vez, el niño cambiado estaba acurrucado en una esquina, y cuando entré en la habitación, soltó un alarido horrible y envió de un muro de nieve una manada de lobos blancos gruñendo contra mí, sus hocicos cubiertos de sangre seca. Aunque esperaba visiones terroríficas, aquella arremetida repentina me hizo tropezar. Bambleby me sujetó antes de que cayese por las escaleras.

—Tranquilo, tranquilo —dijo al tiempo que se ponía delante de mí. Los lobos se desvanecieron al instante—. Las pataletas no te llevarán a ninguna parte con esta. No tiene corazón y de ninguna manera se va a compadecer de ti. Lo digo por experiencia.

Habló en *faie*, las palabras vibraban en el aire como una canción, un efecto que yo nunca podría conseguir sin importar lo mucho que trabajase mi acento. El niño cambiado se quedó quieto, su pálido rostro volteado como el de un polluelo, y vi que había escuchado el eco de su propia especie en la voz de Wendell.

—Vete —dijo, pero en él había un dejo desolador de esperanza. Wendell se volvió hacia mí con una expresión de aflicción que ignoré.

Saqué la muñeca de mi capa. El aire se enfrió aún más y cada centímetro del cuerpo del niño cambiado se tensó. Susurró algo parecido a «Mersa».

—¿De dónde la has sacado? —añadió luego.

—¿La quieres? —dije—. Dejé la olla de llamas parpadeantes en el suelo—. Puedes recuperarla si nos dices tu nombre.

El niño cambiado parecía demasiado estupefacto para hablar. Seguía luciendo como un hada, demasiado pálido y afilado, pero ahora se veía más el niño que había en él, con los ojos muy abiertos, confusos y anhelantes. Pero me detuve tan solo un momento antes de dejar caer la muñeca en el fuego.

La criatura gritó. Saltó sobre mí y probablemente me habría despedazado si Wendell no hubiera estado ahí para detenerlo.

—¡Emily! —gritó escandalizado porque, por supuesto, podía disfrutar de una maldita decapitación, pero algo así lo angustiaba. Sin embargo, no tenía nada que temer, pues había sacado la muñeca de las llamas antes de que sufriera daños serios. Solo se había derretido un poco.

—Te lo preguntaré otra vez —dije alzando la voz sobre el llanto de la criatura—. ¿Cómo te llamas?

Al final, fue fácil. El niño cambiado sollozó y se enfureció con nosotros. Hizo que la habitación se oscureciese aún más y la llenó de nieve que nos golpeó como dagas diminutas. Pero cuando volví a sostener la muñeca en alto, el único símbolo de su hogar que había visto durante los años miserables que había pasado en Hrafnsvik, separado de su familia y su mundo, y la coloqué sobre las llamas, al fin, gritó:

—¡Aðlinduri!

Aparté la muñeca de inmediato y se la tendí. El hada la apretó contra su pecho, todavía sollozando. Las lágrimas no cayeron, sino que se congelaron en su rostro formando un camino trenzado como un río congelado.

Wendell sacudió la cabeza en mi dirección.

—Eres aún más fría de lo que pensaba, Em —dijo y, aun así, aquella queja estaba salpicada de algo parecido al cariño. No discutió cuando fuimos a recuperar los dos caballos de Krystjan e incluso se ofreció a cabalgar con el niño cambiado. Aslaug no había apartado la mirada del fuego cuando nos marchamos de la casa, tan solo se estremeció cuando la puerta se abrió; Mord no había regresado, así que ninguno de los dos tuvo la oportunidad, si así lo hubiesen querido, de despedirse de la criatura que habían acogido y cuidado durante los años más oscuros de su vida.

Nevaba ligeramente mientras nos adentrábamos en las montañas a caballo. Aðlinduri sorbía por la nariz y no habló más que cuando se lo ordenábamos por su nombre para guiar a los caballos. Pero a medida que avanzábamos, empezó a sentarse más derecho y a ladear la cabeza para mirar en todas direcciones. En sus ojos había una mezcla de tristeza mezclada con un anhelo desesperado.

—Ahí tienes —le dijo Wendell—. Desde luego tienes motivos para alegrarte. Vuelves a casa.

El niño cambiado volvió a estallar en llanto y Wendell me dirigió una mirada desconcertada.

Cabalgamos como durante una hora con la nieve salpicándonos las mejillas hasta que llegamos a una hondonada pequeña donde la ladera de la montaña se plegaba alrededor de un bosquecillo de sauces torcidos. Incluso si el niño cambiado no nos hubiese guiado hasta aquí, lo habría tomado como una especie de puerta de las hadas; aunque hay muchos tipos, todas tienen una naturaleza similar que como mejor puede describirse (aunque sea bastante inadecuado) es como «inusual». Un anillo circular de setas es el ejemplo obvio, pero además hay que estar atento a los árboles altos y viejos que empequeñecen a sus vecinos, a los troncos retorcidos y cavidades abiertas, a las flores silvestres que no casan con las flores autóctonas del bosque, a los patrones de las cosas, a los montículos y depresiones y claros inexplicables. Cualquier cosa que no encaje. Los sauces frente a nosotros se inclinaban entre ellos como dedos entrelazados con un hueco estrecho en cada extremo. Tenían un aspecto enfermizo, esquelético y medio cubiertos de alguna especie de liquen.

Wendell desmontó y luego depositó al niño cambiado sobre la nieve. Todavía apretaba la muñeca con fuerza contra el pecho (al parecer, algunos de sus cabellos parecían haber vuelto a congelarse, pero no todos). Sentí un ramalazo de culpabilidad y esta vez no pude sofocarlo, así que hice lo que estaba acostumbrada a hacer con los sentimientos problemáticos y lo enterré aún más adentro hasta que quedó oculto por otras cosas.

—¿Dónde estamos? —dije, sorprendida por la inexplicable certeza de que habíamos llegado más lejos de lo que deberíamos en solo una hora. No me había dado cuenta de cuándo habían dejado de resultarme familiares las montañas, cuando entramos en este valle entre dos largos glaciares azules. A nuestras espaldas había una veta en el paisaje a través de la cual la tierra emanaba un humo sulfúrico, caliente y húmedo contra mi mejilla—. ¿No estamos en el Karrðarskogur?

—Desde hace un rato, no —respondió Wendell con aire ausente, como si este hecho no tuviera importancia material. Y supongo que no la tenía... dado que podíamos regresar.

El niño cambiado permaneció de pie, indeciso, ante el bosquecillo de sauces. Por una fracción de segundo, pensé que había visto un pasillo entre las ramas iluminado con linternas del color de la luna y, detrás, una escalera que se adentraba en la tierra y otra que ascendía en espiral hacia una torre hecha de hielo. Entonces, un hada salió de entre los árboles.

Era tanto parecida como distinta a las que había visto en la feria de invierno. Era alta, encantadora y de rasgos afilados, y la luz de las estrellas se reflejaba en ella de forma extraña cuando se movía, como un lago en el que han arrojado guijarros. Pero sus hombros estaban hundidos como si soportaran un carga, y sus ropajes grises estaban ajados y tan indistinguibles que podría haber

264

llevado un saco de varias capas. Llevaba el pelo negro recogido y cubierto de escarcha.

Su mirada atónita se posó primero en el niño y luego se volvió hacia Wendell, que estaba más cerca que yo.

—¿Quién eres? —quiso saber—. ¿Por qué has traído esta desgracia ante nosotros?

—Madre —sollozó el niño cambiado y corrió hacia ella. La mujer hada lo tomó en brazos y lo cubrió de besos—. Tranquilo, tranquilo, mi amor. Tranquilo.

—Mis disculpas si me he excedido, señora. —Wendell le hizo una reverencia—. Mi amiga y yo pensamos que lo mejor sería devolver a su hijo, quien debo decir era bastante infeliz donde lo dejaste.

—Idiota —escupió ella—. ¿Quién eres para inmiscuirte en nuestros asuntos? Algún errante insensato de las tierras de verano con poco más que musgo entre las orejas. Estabas aburrido, ¿no es eso?

—Tienes razón al describirme de ese modo —respondió Wendell imperturbable—. Y, aun así, ¿por qué armar un escándalo? Con el tiempo, habrías ido a buscarlo tú misma.

Sus manos se tensaron sobre la pequeña espalda de su hijo. Le murmuró algo y corrió entre los árboles al tiempo que miraba hacia atrás. El susurro de una melodía se coló entre los árboles y, por un instante, me quedé aturdida. La mujer hada encaraba a Wendell con una mirada furiosa y fría y entonces… No sé describir lo que ocurrió a continuación, salvo decir que fue como si me golpeasen con algo, una ola tal vez. Aunque no físicamente… Lo sé, no tiene mucho sentido. Desorientada por la música, me tambaleé en una especie de trance, y cuando recuperé la conciencia estaba en brazos de Wendell; me había sujetado antes de que cayese y me mantenía erguida.

Mientras tanto, la mujer hada se había desplomado elegantemente sobre las rodillas. Colocó ambas manos sobre la nieve y presionó el rostro contra ella.

—Perdóneme, su majestad —murmuró.

—No, no, no —dijo Wendell—. Nada de eso. Ya no soy la majestad de nadie.

Ella lo miró con una expresión confusa que, poco a poco, se despejó.

—Solo es un niño.

—¡Cielo santo! —exclamó él—. Debes saber que, en términos del mundo de los mortales, estoy bastante avanzado en años.

Ella me miró por primera vez y arrugó la nariz. Entonces, para mi horror, dijo:

—¿Y quién es esa? ¿Su mascota?

Wendell dejó escapar una risita nerviosa.

—Te recomiendo que no sigas por ahí.

—Bueno, y ¿qué es lo que quieres? —dijo, pasando de la humildad a la grosería en un suspiro, a la manera peculiar de las hadas—. ¿Estás aquí por asuntos suyos?

—No sé a quién te refieres, pero en cualquier caso, la respuesta es no. La cuestión de tu hijo es una parte integral de mi plan para volver a mi reino, del que me han desterrado.

—¿Una misión? —dijo, notablemente indiferente ante aquella declaración ilógica.

—Algo así. —Me fulminó con la mirada un instante—. Uno bastante sinuoso y serpenteante, pero en estos casos no se puede tener suerte siempre.

—¿Quién ha maldecido vuestros árboles? —interrumpí. No era lo que quería preguntar primero, pero muchas hadas valoran las indirectas. Me alegró la frialdad de mi tono, pues aún seguía mareada debido al encantamiento que nos había lanzado el hada y, además, todavía me escocía el orgullo por aquella tontería de la mascota.

—No son solo los árboles —respondió ella después de mirarme un momento con curiosidad—. Todos estamos malditos. Desde las raíces hasta las ramas, los copos y la escarcha, los jóvenes y los mayores. Todos los aliados del antiguo rey comparten su caída y su miseria. —Se envolvió con sus brazos—. Desearía estar atrapada en un árbol, como mi rey. Es mejor destino que ver a tus hijos deshacerse como el hielo sobre el mar en verano.

—Por eso lo enviaste lejos —murmuré. Repasé mentalmente una historia tras otra, tratando de encajarlas en un patrón que reconociese—. Entonces Ari, tu hijo, ¿es descendiente del antiguo rey?

Wendell, que había estado escuchando a medias mientras daba pisotones y se soplaba en las manos para calentárselas, me miró con la boca abierta. La mujer soltó una breve carcajada.

—Tu amante mortal tiene una mente como el cristal —dijo—. Afilada y fría. Me gustaría tenerla para mí.

—Es muy considerado de tu parte —fue todo lo que respondió él a esta afirmación, lo cual fue desastroso a muchos niveles.

—Lo digo en serio —insistió la mujer—. ¿La cambiarías por algo? Tu poder proviene de las tierras de verano, pero te concedería la habilidad del invierno.

—Gracias —dijo Wendell; parecía esforzarse por contener la risa—. Pero estoy satisfecho con mis habilidades como están. Y a menos que tengas la llave al bosque de mi reino al otro lado del mar, hoy no cambiaré a mi amante mortal.

Iba a matarlo.

—Em —añadió—, quizá puedas explicármelo todo, ya que parece que has comprendido la situación con tu mente cristalina.

—No es difícil de entender —respondí con el tono más frío que pude—. Ella es leal al rey del árbol. Las hadas que lo derrocaron la han maldecido y a su hogar, así que envió lejos a su hijo para mantenerlo a salvo. Pero nos ha dicho que tiene más de uno, así que deduzco que quiere preservar a su retoño más valioso... ¿Y por qué otro motivo tiene él más valor que los demás? Puede que él también corra un grave peligro... El vínculo con el niño cambiado lo mantendría a salvo.

La mujer asintió.

—Es un bastardo. Aun así, la reina ha asesinado a muchos de los bastardos de su esposo para salvaguardar su derecho al trono.

Fruncí el ceño.

—Entonces, ¿la monarca actual está, o estuvo, casada con el rey del árbol?

—Fue su primera esposa. Él la dejó a un lado y se casó con otra. Buscó venganza y la obtuvo, pues muchos de los nobles la preferían a ella antes que al rey y a la segunda reina. Lo encerró por toda la eternidad e hizo que asesinasen a su esposa.

La cabeza me daba vueltas mientras repasaba todo esto, aunque estaba acostumbrada a oír relatos sobre los complicados entresijos de los asesinatos e intrigas de las cortes de las hadas.

Wendell no parecía especialmente interesado en esta información. Había alzado el cuello de la capa y volvía a calentarse las manos con el aliento.

—Bueno, ahora nos llevaremos al niño mortal, si eres tan amable. Me temo que soy demasiado friolero para mantener reuniones prolongadas en este clima.

La mujer hada, con esa alterabilidad característica a la que sospechaba que no me acostumbraría nunca, ahora parecía ver el regreso no deseado de su hijo tras años de ausencia como algo parecido a un pequeño inconveniente. Olvidada su furia inicial, se encogió de hombros y se volvió hacia la arboleda.

—Espera —dije. La mujer hada se detuvo en la linde y me clavó una mirada de ojos azul grisáceos—. ¿Por qué la nobleza se puso del lado de la reina?

Me contempló unos instantes y no supe leer en su expresión mejor que si tuviese que nombrar todos los tonos de nieve.

—El rey anterior era cortés —respondió al fin—. Acató las leyes antiguas establecidas por nuestros ancestros. En concreto, que debemos hacer tratos justos con los mortales de esta tierra. La bondad se paga con bondad, la maldad con la maldad. Nos prohibió secuestrarlos para nuestra diversión.

Apreté los puños.

—Y la reina actual, no.

—¿La reina? —Sonrió—. Ah, la reina y sus hijos tienen... apetitos peculiares. Arrancan a los mortales de sus hogares como manzanas maduras del árbol, y luego los dejan secos. Es el tipo de actividad que les gusta a muchos nobles.

Avanzamos a buen ritmo durante el viaje de regreso, pues había anotado y memorizado todas las indicaciones que nos había dado el niño cambiado, incluso las órdenes más pequeñas que le dio al caballo, guiándolo a la izquierda de un charco helado en lugar de a la derecha, por ejemplo. Nos habían devuelto a Ari (el verdadero

Ari), aturdido por un encantamiento, y pronto se quedó dormido envuelto en mantas contra el pecho de Bambleby. Estaba pálido y claramente desnutrido, algo común entre los niños humanos secuestrados por las hadas, pues el tiempo no transcurre igual en los reinos feéricos y, además, se cree que las hadas son irresponsables con el cuidado de los niños. Pero por lo demás, tenía buen aspecto, ataviado con un vestido y una capa de lana de oveja muy fina y botas rellenas de paja.

Nadie respondió cuando llamamos a la puerta de Mord y Aslaug (era casi medianoche), pero no estaba cerrada con llave, así que entramos y dejamos al niño en la cama del cambiado, que también había sido la de Ari, tiempo atrás.

Mord volvió a casa cuando estábamos acomodando las mantas. Estaba temblando, iba sin afeitar y llevaba un cuchillo largo al cinto; me pregunté cuántas noches en los últimos tiempos se había dado a merodear por los campos y los acantilados después del anochecer. Pareció que no entendía lo que estaba viendo y mientras parpadeaba en el umbral, apareció Aslaug, todavía vestida con la ropa de día. Algo en su rostro se resquebrajó, estalló en sollozos y se lanzó sobre la cama, lo cual despertó a Ari, que empezó a llorar de la confusión. Su llanto, sin embargo, era un sonido corriente y maravilloso, nada parecido a lo que hubiese emitido el cambiado. Mord gritó y trató de separarlos, quizás al asumir que era otro horrible truco de las hadas, pero Wendell y yo conseguimos detenerlo. Se sentó con pesadez en el suelo, con las piernas dobladas bajo el cuerpo como un niño, y simplemente se quedó mirando a su esposa y a su hijo, como Aslaug se había quedado contemplando el fuego. Creo que, en el fondo, ya había decidido que su hijo estaba perdido y quizá sus largos paseos tenían algo que ver con el cuchillo que llevaba, listo para darle el propósito que nunca se atrevió a cumplir.

Wendell barrió a fondo la estancia con una escoba que encontró en alguna parte o quizá la convocó él, y partió los témpanos y la escarcha de las paredes que, según me explicó luego, eran los restos de los encantamientos tejidos por el niño cambiado que se habían quedado atrás como telarañas. No sabía muy bien qué hacer, así que me limité a darle una palmadita incómoda a Mord en el hombro y me volví para marcharme. Entonces, él se puso de pie de repente y me envolvió en un raro abrazo (yo estaba de espaldas y, de alguna manera, mi brazo quedó atrapado entre los dos..., no tengo instinto para estas cosas) y luego, aún sin decir una palabra, me soltó y se acercó al lecho de su hijo.

—¡Bueno! —dijo Wendell tras haber regresado a la cabaña—. ¡Qué escena tan reconfortante! Creo que podría tomarle el gusto a esa tontería del altruismo.

Resoplé.

—Rara vez le tomarás el gusto, solo cuando satisfaga tus caprichos y si no requiere demasiado esfuerzo de tu parte.

Negó con la cabeza, sonriendo.

—No todos somos iguales, Em. No puedes compararme sin más con lo que sabes sobre las hadas.

—Te estaba comparando contigo mismo.

Se rio y me tendió un vaso de vino. Me quedé paralizada cuando mis ojos se posaron en el espejo tras él.

—¡Lo has encantado! —exclamé y me acerqué a contemplarlo. El espejo estaba lleno de árboles, un bosque a la luz del crepúsculo que se mecía con el viento y agitaba sus ramas. Las hojas parpadeaban al otro lado del cristal como pájaros de vivos colores y las luces titilaban aquí y allá entre las sombras. Podría haber estado mirando por un escaparate y, por un instante, mi mente flotó en aquella disonancia.

—No hay nada verde en este lugar —se quejó—. Incluso el bosque es blanco y negro; siento como si estuviese en una película. Necesito descansar la vista con algo.

Contemplé el bosque un poco más, cómo se mecía y su brillo. Era…, bueno, era cautivador. Tenía un parecido muy cercano a mi bosque favorito en Cambridgeshire, donde Shadow y yo nos escapábamos en los días de verano que hacía buen tiempo. Tras el familiar roble curvado en el borde del marco debería haber un pequeño arroyo.

—¿Es un bosque feérico?

—Eh…, no lo sé —dijo—. Son hojas, troncos y aroma a pino. Es lo único que me importa.

Ciertamente, podía captar un ligero aroma a pinocha ahora que lo pensaba. Agujas de pino sobre el suelo del bosque en verano que emanan una fragancia cálida al partirse bajo los pies.

Me senté junto al fuego, aunque estaba agotada; en realidad, me sentía algo mareada. El trayecto nevado a caballo a través de ese país salvaje, la conversación con la mujer hada… en sí mismo, había sido el triunfo más grande que podría conseguir la mayoría de los driadólogos en toda su carrera. Lo que había aprendido en una sola noche me daría material para un año entero de artículos. Me bebí el vino de un trago y me hundí en la silla, mis pensamientos danzando por lo que tendría que añadir en la enciclopedia.

Él se sentó a mi lado, parloteando sobre nuestro regreso triunfal a Cambridge, la CIDFE y una miríada de temas sin esperar ninguna respuesta sustancial, la cual es una de sus cualidades que más me gustan. Suena raro admitir que encuentro relajante la compañía de una persona tan ruidosa, pero puede que siempre sea relajante estar cerca de alguien que no espera de ti nada que no esté dentro de tu naturaleza.

Sin embargo, un rato después, sentí una culpa inesperada.

—No tienes que quedarte conmigo —dije—. Puedes ir a la taberna y agasajar a los lugareños con la historia de nuestro éxito.

—¿Por qué haría eso? Prefiero tu compañía, Em.

Lo dijo como si fuese obvio. Volví a resoplar, asumiendo que se estaba burlando de mí.

—¿Antes que la compañía de una taberna llena de una audiencia extasiada y agradecida? Seguro que sí.

—Antes que la compañía de cualquiera. —De nuevo, lo dijo con un tono algo divertido, como si se preguntara qué hacía yo especulando sobre algo tan evidente.

—Estás borracho —señalé.

—¿Debería demostrártelo?

—No, no hace falta —dije, alarmada, pero él ya se había deslizado al suelo para arrodillarse y sostenía mi mano entre las suyas.

—Por todos los cielos, ¿qué estás haciendo? —dije entre dientes—. ¿Y por qué ahora?

—¿Tengo que pedir cita? —respondió y luego se echó a reír—. Sí, creo que eso te gustaría. Bueno, di qué día te viene bien para recibir una declaración de amor.

—Oh, levántate —dije, ahora furiosa—. ¿Qué clase de broma es esta, Wendell?

—¿No me crees? —Me sonrió con picardía, una expresión que le había visto a otras hadas, lo justo para saber que no confiaba ni un ápice en él—. Pregúntame mi verdadero nombre y te lo daré.

—¿Por qué demonios harías eso? —quise saber y aparté la mano de un tirón.

—Ay, Em —dijo con tristeza—. Eres la bobalicona más lista que he conocido nunca.

Lo miré, el corazón me martilleaba con fuerza. Por supuesto, no soy una bobalicona en ningún sentido; había supuesto que sentía algo por mí y tan solo esperaba que lo reservase para sí. Para siempre. Ni una parte de mí deseaba lo contrario. Pero eso era cuando asumí que sus sentimientos a ese respecto eran equivalentes a lo que sentía por cualquier mujer sin nombre que entraba y salía de su cama. ¿Y por qué debía rebajarme a eso cuando él y yo ya teníamos algo mucho más valioso?

Pero ¿me estaba ofreciendo su nombre?

En una ocasión, mientras seguía el rastro de bayas azules en el bosque al este de Novosibirsk, me tropecé con una raíz y caí rodando por la ladera de una hondonada; salpiqué al aterrizar en el arroyuelo que había abajo. Por suerte, caí sobre un lecho de hojas empapadas atascadas en un lateral del cauce por la corriente y no sobre las rocas afiladas a tan solo unos centímetros a mi izquierda. Aun así, me quedé sin aliento y permanecí ahí tendida y dolorida por las innumerables magulladuras durante varios minutos… y ni siquiera entonces me había sentido tan estupefacta como ahora.

Suspiró.

—Bueno, no espero que hagas nada con esta información. Estoy bastante acostumbrado al anhelo, así que supongo que no me escamará seguir así.

—Te ordenaría que hicieras todo tipo de cosas horribles —conseguí decir, aunque mi voz sonó muy lejana.

—Parece que ya tienes talento para eso.

—Haría que me acompañases a todas las investigaciones de campo —dije—. Te levantarías a las seis y me llevarías las cámaras y el equipo a todas partes. Nunca volverías a escaquearte de un día de trabajo duro. Y ten por seguro que haría que te retractases de todos los estudios que has falsificado.

Me fulminó con la mirada.

—Sí, harías todo eso, ¿no es así? En ese caso, ¿por qué no te casas conmigo mejor?

No dije nada durante varios minutos. Lo único que se oía era el crepitar del fuego y el golpeteo de la nieve contra las ventanas.

—Esa es una sugerencia más sensata —dije.

Estalló en carcajadas. Para cuando se le pasó, se estaba secando los ojos.

—Sensata, dice. *Sensata.*

—Lo es —espeté—. No he dicho que nos vayamos a casar. Pero ¿por qué querría tu nombre? No quiero darte órdenes como a un sirviente. Puedes quedártelo para ti y tu lógica de hada disparatada.

—Muy bien —dijo—. Entonces, ¿eso es todo? ¿Tu respuesta es «no»?

—No he dicho eso —repliqué, irritada e irrevocablemente acalorada.

Fui una ilusa al creer que este tipo de cosas nunca habrían ocurrido con Leopold. Él era predecible en todos los sentidos y tan claro como el agua de un arroyo. «Me marcho», anunciaría durante la cena en una fiesta que no estaba disfrutando, y luego se iría. «He dejado de escuchar», le diría a un compañero durante un circunloquio, y luego volvería a su libro. Era consciente de que los demás pensaban que era peculiar por esto, pero a mí me venía de perlas. Un beso siempre vendría precedido de un «voy a besarte». No sé por qué le importaría a alguien… Es muy tranquilizador saber lo que otras personas están a punto de hacer. Supongo que por eso nos llevábamos tan bien. Por supuesto, Wendell se parece tanto a Leopold como un huevo a una castaña.

De pronto, el fuego calentaba demasiado, tanto que casi transpiré bajo la camisa.

—Bueno…, yo… ¿cómo demonios se supone que debo responder?

Hizo un aspaviento debido a la crispación.

—Pero ¿tú *quieres* casarte conmigo?

—Eso… eso está fuera de la cuestión. —Una respuesta sin sentido, pero era lo más cercano a expresar cómo me sentía. Nunca había considerado siquiera casarme con Wendell… ¿Por qué diablos lo haría? ¡Wendell Bambleby! Por supuesto, había imaginado estar con él en otros sentidos, sobre todo desde que me había acostumbrado a tenerlo cerca…, a viajar con él por el continente, sin duda discutiendo la mitad del tiempo, llevando a cabo nuestras investigaciones, explorando los bosques y páramos mientras buscábamos puertas perdidas a los reinos de las hadas. Y sí, me gustaba la perspectiva de estar con él a menudo, o incluso todo el tiempo, y sentía que una especie de vacío me llenaba cuando pensaba en que nuestros caminos se separarían. Pero no podía casarme con un hada, en especial con un rey de las hadas, ni siquiera si se trataba de Wendell.

—Esa es toda la cuestión, mujer loca —dijo—. ¿No me encuentras atractivo? Puedo cambiar mi aspecto para complacer cualesquiera que sean tus gustos.

—Oh, cielos. —Me llevé las manos a la cara—. No me estás ayudando.

No dije nada durante un rato y él me dejó pensar sin interrumpirme. Me di cuenta de que parte del problema era que no estaba acostumbrada a pensar en él en esos términos. Y por eso le agarré la mano… vacilante, como cuando uno toca un cazo que piensa que puede estar caliente. Luego me arrodillé sobre las baldosas junto al fuego para que estuviéramos el uno junto al otro, nuestras rodillas rozándose.

—¿Qué haces? —preguntó con una mezcla de esperanza y alarma en su voz. Bueno, me alegré de haberle desconcertado… Le estaba bien merecido después de haberme soltado todo aquello sin que viniera a cuento.

—Solo estoy haciendo un experimento.

Suspiró.

—Cómo no. Debería haberme imaginado que querrías mostrarte fría en esto.

—¡No es eso!

—No has hecho nada más que hablar sin parar desde que te he dicho que te quiero.

—¿Es un problema? —Porque no lo había dicho como si lo fuera—. ¿Esperabas que me arrojara a tus brazos? ¿Me habrías dicho entonces un puñado de cosas bonitas sobre mis ojos o mi cabello?

—No, te habría dicho: «Quítame las manos de encima, impostora, y dime qué has hecho con Emily».

—Bueno, cállate. —El condenado fuego siseaba y crepitaba y una gota de sudor se deslizó por mi cuello. Quería terminar pronto con aquello, así que me incliné hacia delante y lo besé.

Casi. Perdí las agallas a medio camino, en algún punto entre el momento en que me fijé que tenía una peca junto al ojo y me surgió la ridícula pregunta de si se la quitaría si se lo pedía, y en lugar de darle un beso propiamente dicho, tan solo le rocé los labios con los míos. Fue la sombra de un beso, frío e insustancial, y casi me gustaría ser romántica y decir que, de alguna manera, fue transformador, pero lo cierto es que apenas lo sentí. Pero entonces abrió los ojos y me sonrió con una felicidad tan inocente que mi absurdo corazón dio un vuelco y le habría respondido de inmediato si este fuese el órgano encargado de tomar mis decisiones.

—Toma la decisión cuando quieras —dijo—. Sin duda, primero necesitarás hacer una lista de pros y contras, o tal vez una serie de gráficos de barras. Si quieres, puedo ayudarte a organizarlos por categorías.

Me aclaré la garganta.

—Me sorprende que todo esto sean especulaciones sin sentido. No puedes casarte conmigo. No voy a quedarme atrás echándote de menos cuando vuelvas a tu reino. No tengo tiempo para eso.

Me dedicó una mirada estupefacta.

—¡Dejarte atrás! Como si fueras a consentirlo. Seguro que me quemarías vivo cuando volviera a visitarte. No, Em, vendrás conmigo y gobernaremos mi reino juntos. Maquinarás y pensarás estrategias hasta que tengas a todos mis consejeros comiendo de tu mano con tanta facilidad como hiciste con Poe, y te lo enseñaré todo… *todo*. Viajaremos a los lugares más oscuros del reino y regresaremos, y encontrarás respuestas a preguntas que nunca se te habría ocurrido hacer y material suficiente para rellenar todos los diarios y las bibliotecas con tus descubrimientos.

Y ahí lo dejamos. Ni siquiera sé por qué incluyo esto, pues Dios sabe que no deseo preservar los detalles de mi vida amorosa para la posteridad (sería una nota a pie de página muy breve), solo que he descubierto que escribir todo esto me ha calmado bastante. Puede que luego arranque esta entrada.

Sé que si dejo el cuaderno a un lado e intento dormirme repasaré cada argumento y contraargumento en mi mente, pero ¿qué otra cosa puedo hacer? Shadow me mira con la cabeza apoyada sobre las patas delanteras con una expresión algo apesadumbrada, como si de alguna manera lo hubiera decepcionado. Traidor.

✳ ¿2? DE DICIEMBRE ✳

No tengo ni idea de qué día es, así que he decidido suponerlo. Creo que puede que me ayude a mantenerme cuerda, si es que algo lo consigue. Ahora todo está mezclado, pero recuerdo claramente haber escrito la última entrada, lo enfadada que estaba, como si solo hubiesen pasado un par de días… y quizás haya sido así.

Debo de haber estado dando vueltas en la cama durante una hora al menos. ¿Cómo demonios se supone que debo concentrarme ahora en la investigación con la propuesta de matrimonio de un hada pendiendo sobre mi cabeza? Casi me imaginaba como la doncella de un cuento, pero los cuentos no tienen tazas de té sucias repartidas por la cabaña ni párrafos subrayados (con tinta) en mis libros, sin importar la de veces que les he ordenado no hacerlo.

Por supuesto que quería casarme con Wendell. Eso era lo que más me enfurecía de todo el asunto: mis sentimientos conspiran contra mi razón. No mentiré ni diré que mi deseo sea puramente romántico, pues no puedo dejar de imaginarme la imagen que daríamos en Cambridge… A pesar de sus controversias, Wendell Bambleby sigue siendo un académico célebre y sí, de hecho, seríamos un equipo fantástico. Dudo de que tuviera que volver a preocuparme por la financiación de futuros trabajos de campo ni de que me ignorasen a la hora de recibir invitaciones a las conferencias.

La perspectiva de las invitaciones (sí, esa perspectiva) fue lo que hizo que me levantase de la cama. Abrí la puerta de mi habitación de un tirón con la intención de cruzar el pasillo a zancadas y... bueno, arrojarme a sus brazos. Quería saber qué haría, aunque lo más importante era que necesitaba saber si era algo que yo disfrutaría. No iba a casarme con alguien sin haberme asegurado de ello.

Pero antes de que pudiese dar un paso en su dirección, me sobrevino una calma como si fuese un sueño. En lugar de encaminarme a la puerta de Wendell, volví a mi cuarto y me vestí con ropa abrigada. Shadow seguía dormido a los pies de la cama, aunque con un sueño inquieto... Se agitaba y gemía y golpeaba enemigos invisibles con las patas. Abandoné la habitación y me puse la capa.

Mientras lo hacía, por casualidad bajé la vista y me miré la mano. El anillo estaba ahí, pero ya no estaba hecho de sombras. Era de hielo pulido, suave y con cristales azules diminutos de adorno.

Por supuesto, sabía exactamente lo que estaba ocurriendo. He estado en contacto con bastante magia feérica durante todos estos años, por lo que que creo que, en cierta manera, me he acostumbrado a ella... Como mínimo, me he entrenado para reconocer cuándo me afecta un encantamiento; la ausencia de esto es la perdición de la mayoría de los mortales. Lo cierto es que no es imposible desembarazarse de los hechizos de las hadas si te concentras. Pero la mayoría de la gente no lo intenta porque no se dan cuenta de que ese encantamiento los obliga a bailar hasta que les sangran los pies, asesinar a sus familias o un sinfín de horrores más que han infligido sobre los mortales desafortunados.

Por desgracia, en este caso, saber que estaba encantada me sirvió de poco, pues era una magia muy poderosa y fuera de lo común, y me tenía sujeta como una prensa de hierro.

Hice lo que pude para apartarme, para tantear las grietas. No pude evitar ponerme las botas, pero sí ralentizar el proceso al tratar de juntar los cordones con torpeza. Aun así, estos quedaron abrochados finalmente y, luego, abrí la puerta y me adentré en la noche.

Conseguí echar un vistazo a mis espaldas, y mis ojos recayeron en nada más y nada menos que en mi enciclopedia, con sus páginas apiladas de forma ordenada bajo el pisapapeles y unos pequeños marcapáginas que sobresalían del lateral para indicar secciones que necesitaba revisar. El culmen de la investigación sobre las hadas que, hacía tan solo unas semanas había comparado con la exposición de museo dedicada a ellas, bien delimitada y clasificada por la mayor experta en el tema (es decir, yo), rebosante de relatos documentados con meticulosidad sobre mortales estúpidos que han sucumbido a las argucias y a los trucos de los feéricos. La ironía era demasiado aguda como para apreciarla.

Por supuesto, intentar llamar a Wendell no surtió efecto. Tenía sentido que este fuera el caso, tal como lo percibió la parte racional y librepensadora de mi mente. Mis pies se dirigían a algún sitio… al rey en el árbol; el destino me quemaba en la mente como un hierro candente y, como es natural, el encantamiento no deseaba que hiciese algo que supusiese algún obstáculo en mi camino.

Y aun así, no quería que el trayecto fuese incómodo: me había obligado a abrigarme, a ponerme las botas para evitar que me congelase. Quizá podría manipular ese aspecto del encantamiento en mi beneficio.

Me concentré en las manos desnudas. Las tenía heladas y se me enfriarían aún más cuanto más lejos llegase. Me imaginé que las yemas se me ponían blancas, los dedos entumecidos de forma que no pudiera levantarlos. No intenté mover las manos; en cambio, presioné el deseo contra el encantamiento.

Y funcionó. Mientras descendía los peldaños de la cabaña, metí la mano en el bolsillo, donde ayer había guardado los guantes, y me los puse. Digo que lo hice yo, pero fue el encantamiento el que me obligó a hacerlo, al igual que me había vestido como una marioneta. Lo que había hecho no era tirar de las cuerdas yo misma, sino razonar con el titiritero.

La euforia se vio empañada cuando me di cuenta de lo que tendría que hacer a continuación. Pude ralentizar los pasos a través del pasto, esforzándome para hacerme más fuerte, aunque sospechaba que los segundos de demora adicionales habían tenido el efecto contrario. Me pregunté si el encantamiento también me controlaría el estómago o si vomitar entraría dentro de mis capacidades.

Y entonces, el hacha apareció frente a mí, todavía clavada en el tocón. La había dejado ahí el día anterior (parecía que había pasado mucho tiempo). Ya no era una leñadora tan patética como lo había sido a mi llegada gracias a las pacientes lecciones de Lilja, aunque decir que era hábil sería exagerado.

—Mierda —dije o, más bien, articulé… Entonces, el encantamiento me dejaba articular palabrotas, menudo consuelo.

Fui capaz de desviarme del camino para que me llevase al tocón, de nuevo al convencer al encantamiento de que el camino más sencillo era bajar la colina en lugar de subirla. Tenía su caballerosidad, pero no lo convencería tan fácilmente de las ventajas de mi próxima decisión.

Empecé a imaginar lobos. Sí, había lobos en el bosque…, qué miedo. Y ahí estaba yo, una mujer indefensa adentrándome sola y desprotegida en sus dominios. ¿No tendría sentido llevar un arma tanto como lo tenía ponerme los guantes? Sí, por supuesto que sí.

Despacio, como en una ensoñación, levanté el hacha. La hoja… Oh, cielos. La hoja estaba afilada. Era algo bueno, desde un punto de vista práctico, pero en aquel momento no me era posible verlo.

El encantamiento ya me estaba obligando a sujetar el hacha bajo el brazo y a continuar como una marioneta pequeña que se ha portado bien, algo que aún pensaba que era. En realidad era estúpido pensar que el encantamiento fuera una persona…, aunque se sentía como tal.

Apoyé la mano en el tocón y alcé el hacha solo para comprobar que la hoja no estuviera roma, claro. Mejor levantarla un poco más para que incidiese la luz de la luna sobre ella.

Seguí así hasta el último momento, y en ese segundo arremetí contra el encantamiento con toda mi fuerza de voluntad.

Fui libre durante el más breve de los instantes. Pensé que el encantamiento se habría sorprendido, pero probablemente solo era lo que yo quería. Sabía que ese segundo era lo único que tendría (por supuesto, no me permitiría tener una nueva oportunidad) y apunté con el hacha hacia el dedo.

Lo hice como Lilja me había enseñado: fijar la mirada en el objetivo y dejar que el peso del hacha hiciera su trabajo. Doblé los otros dedos contra el lateral del tocón para mantenerlos lejos de su trayectoria. Estaba medio convencida de que fallaría y me rebanaría la mano… No era lo mismo que apuntar a una veta en un leño sin importar lo que intentara decirme a mí misma…, pero oía la voz de Lilja en mi cabeza, su buen humor distendido, como si no hubiera algo más corriente en el mundo que lo que yo estaba haciendo, y no lo dudé. Acerté y, de repente, me contemplé el dedo, aunque no estaba en el extremo de mi mano.

Fue una sensación de lo más curiosa. Al principio solo fui consciente de que el encantamiento me abandonaba; sentí como si cayese, esa sensación en los sueños en la que no tienes un suelo que golpear, solo la vigilia. Me desperté y, justo después, el dolor me atravesó como una oleada roja.

Me tambaleé, al borde de perder la conciencia. En cierto momento creo que vomité. Pero de alguna forma, cuando recobré el sentido, descubrí que me había arrancado el guante y que presionaba la bufanda contra el hueco donde antes había estado mi dedo corazón.

Sollocé en la nieve durante un momento, tanto de alivio como por el dolor. Cuando me desahogué, regresé a la cabaña y me vendé la mano.

Luego volví a partir en busca del árbol blanco.

✳ ¿3? DE DICIEMBRE ✳

Acabo de volver a leerlo. Suena irracional, si no a locura…, pero os aseguro que mi mente estaba bastante lúcida.

Por supuesto que consideré despertar a Wendell. Pero eso me habría delatado… El rey en el árbol habría sabido que no estaba encantada si llegaba con Wendell a rastras. Por norma general, las hadas no se toman bien que los mortales encuentren la manera de romper sus hechizos (lo ven como una afrenta a su arte) y, por tanto, viajar hasta allí en un estado no encantado habría sido una idea arriesgada, desde luego.

Supongo que la mayoría os preguntaréis por qué deseaba volver con el rey. No puedo responder bien a esa pregunta salvo planteando otras cuestiones. Si a un astrónomo le diesen un telescopio con el que contemplar una galaxia aún sin descubrir pero solo se le permitiera echarle un vistazo a una sola estrella, ¿estaría satisfecho? Al liberar al rey en el árbol, no solo sería testigo de la ascensión de un rey de las hadas, sino del final de una historia que he oído muchas veces y de muchas maneras. Las historias, al fin y al cabo, son fundamentales para su mundo; una no puede esperar comprender a las hadas sin entender sus historias.

Como motivación secundaria, admito que me alegraba pensar que podía librar a Aud y a Thora y a los demás del miedo a los altos (pues si el rey había prohibido antaño secuestrar jóvenes mortales y lo habían derrocado por ello, no tenía dudas de que volvería a hacerlo en cuanto fuese libre, aunque fuese solo por resentimiento). En líneas generales, las hadas están cegadas por el orgullo y son incapaces de aprender de sus errores, e incluso si una forma de pensamiento o comportamiento las mete en problemas una y otra vez, cada una peor que la anterior, seguirán como siempre, lo cual quizá explique parte del caos y de la absurdidad que caracteriza a muchas de sus historias y, de hecho, a sus reinos.

Al menos, le dejé una nota a Wendell para informarle que había ido a liberar al rey del árbol, que había roto el encantamiento en el que había caído (no ofrecí detalles del cómo en caso de que le entrase una rabia homicida y empezase a decapitar ovejas o algo así), pero que estaba fingiendo que no, y que si no había vuelto cuando despertase, lo mejor que podía hacer era darme por perdida.

Primero fui a ver a Poe. Caminé deprisa, o todo lo aprisa que pude a través de la nieve, que me llegaba a las rodillas, con un paquete bajo el brazo que había llegado hacía poco a la cabaña.

Salió reptando con cautela del árbol con una expresión de desconcierto escrita en todos los rasgos afilados de su carita. Hasta ahora, no lo había visto de noche. La fuente termal y el bosquecillo eran un lugar distinto ahora, lleno de lucecitas que bien podrían ser estrellas reflejadas en el curso del agua o en el hielo que doraba la nieve. Pero no lo pensé, pues cuando me acerqué a la fuente parpadearon y reaparecieron bosque adentro.

—He venido para hacerte la tercera pregunta —dije.

Él asintió, aunque sus ojos seguían desviándose al paquete que llevaba bajo el brazo. Para evitarle el suspense, lo dejé frente a él. Se desconcertó un poco con el envoltorio hasta que le dije que había que rasgarlo (lo cual hizo con uno de sus dedos afilados y sigilosos). Soltó un gritito al ver la piel negra de oso que, al fin, mi hermano (a regañadientes y expresando su desaliento sobre en qué clase de sinsentido de las hadas me había metido ahora, pues tampoco era que creyese que querría tal adorno para mi uso personal) me había enviado de una de las peleterías de Londres.

—Esto le encantará a mi señora, ya que realzará su belleza y su dignidad en gran manera —dijo Poe. Y entonces, con esa costumbre típica de las hadas que reparten información como un avaro una moneda, salvo en aquellas ocasiones en las que dan más información de la que a uno le importa, añadió—: Aunque prefiere la piel de los mortales.

Decidí guardarme mis opiniones con respecto a esta última descripción.

—¿Tu señora?

Se sonrojó y bajó la mirada.

—Su alteza me ha bendecido con un hogar maravilloso. Las hadas han estado llamando a mi puerta día y noche pidiendo que me casase con ellas. He escogido a la más hermosa, por supuesto.

—Felicidades —dije y de verdad me alegraba—. ¿Me la presentas?

Escuché el susurro de un movimiento al borde de la fuente. La amada de Poe había estado ahí todo el tiempo, observándome. No había nada que la distinguiese de Poe, salvo porque era un poco más alta y llevaba una prenda extraña, pálida y vaporosa que no me molesté en examinar con atención. Me rodeó hasta llegar junto a Poe, donde acarició la piel. Los dos hablaron entre murmullos.

—¿Qué quieres a cambio de este regalo? —dijo Poe.

—Ahora nada —respondí—. Reclamaré el pago más adelante.

La esposa de Poe me contemplaba intranquila, sin duda temiendo que llamase a su puerta de nuevo con exigencias molestas, pero Poe le susurró algo y ella pareció relajarse.

—Le he contado que eres mi *fjolskylda* —dijo—. Lo entiende. Ella también tenía *fjolskylda* en otro pueblo antes de venir aquí y siempre hacían tratos justos con ella y los de su especie. Tú también serás justa.

Lo dijo sin ningún rastro de calidez, simplemente como si estuviese afirmando una obviedad. Aun así, sentí que se me anegaban los ojos de lágrimas. Ya había hecho tratos con las hadas y no puedo decir por qué me afectaron sus palabras, pero lo hicieron.

—Partiré de estas tierras antes de que se acabe el invierno —señalé—. ¿No sería mejor que encontrases una… *fjolskylda* entre los ljoslandeses?

—No importa donde estés —se limitó a decir.

Cerré el puño alrededor de la piel de oso y luego dejé que la brownie se la llevase. Se desdibujó en el bosque con tanta facilidad como un oso vivo.

—¿Cómo encerraron al rey en el árbol? —pregunté.

Poe se quedó inmóvil.

—Fue hace mucho tiempo —dijo en voz baja—. Yo tan solo era un témpano en una rama* por aquel entonces.

---

* Qué comentario tan intrigante había sido este. Al principio lo consideré una victoria para Blythe oír que un hada común relacionase su existencia con la naturaleza (en este caso, un témpano de hielo). Sin embargo, tras reflexionar, creo que esta interpretación es poco convincente. Las hadas a menudo hablan metafóricamente. De hecho, hace varios años mantuve una conversación con una de las kobolds alemanas que se refería a sí misma como «brote» para decir que era una niña. Aun así, sé que no había nacido de uno, pues conocí a sus padres días después. Y, de hecho, Poe ha mencionado a su madre en numerosas ocasiones durante nuestras conversaciones.

—Ah —respondí, decepcionada—. Entonces, ¿no lo recuerdas?

—Ah, sí lo recuerdo... ¿por qué no debería? E incluso si no lo hiciera, no es como si el bosque lo mantuviera en secreto, ni las nieves. Se disgustaron mucho cuando encerraron a su majestad... Por supuesto, la nieve tiene una memoria terrible y se olvidó de casi todo al año siguiente, salvo del hecho de que estaba enfadada y por eso lo cubrió todo de un aguanieve asquerosa en vez de con los copos adecuados. Todo se convirtió en barro y fango grisáceo; fue horrendo.

Poe me hablaba mucho más que cuando nos conocimos y, aunque normalmente encontraba sus divagaciones informativas, ahora mismo no tenía tiempo para eso. No tendría forma de convencer al rey de que seguía encantada si me demoraba mucho.

—¿Cómo lo hicieron? —insistí—. Supongo que por medio de un encantamiento complejo. —Porque, por supuesto, necesitaba saber cómo atraparlo de nuevo si demostraba estar completamente loco y ser malvado, no solo loco y malvado como es habitual entre las hadas.

—En realidad, no —dijo Poe, pensativo—. La primera reina le dio una capa tejida con todas las estaciones y luego, cuando se quedó dormido con ella una noche junto al lago de las Estrellas Danzantes, como solía hacer, descosió el invierno y volvió a unirla. Luego lo arrebujó en la capa y le abrochó todos los botones. Eso lo atrapó... Bueno, nadie podría escapar a un año sin invierno, ni siquiera el rey. Plantó sus pies en el bosque y convirtió los hilos de seda, lana y oro que había utilizado para tejer la capa en corteza y hojas. Desde entonces, el árbol ha crecido mucho y él sigue allí dentro, atrapado por toda la eternidad.

—Oh —musité con debilidad—. Eso es todo.

Para cuando alcancé el árbol, la mano me latía con fiereza y cada paso que daba mandaba una punzada de ardor por el brazo. El vendaje estaba empapado de sangre, pero no podía hacerle nada salvo mantener la mano enfundada en el guante y rezar para que el rey no se diese cuenta.

Me quedé de pie junto al árbol, que crujía y murmuraba melódicamente para sí. Ya no estaba encantada, pero no importaba mucho, pues desde luego el árbol rebosaba de magia (ya lo había notado antes con Wendell). Creo que el rey estaba dormido, puede que lo hubiese estado todo el tiempo, pero no tengo dudas de que seguía siendo consciente de mí en su letargo.

Temblé de la emoción y el miedo. Mantuve la mano cerrada con firmeza en torno a la moneda, pero permití que un poco de magia se colase en mi mente…, tan solo para relajar la concentración, lo cual no fue fácil, pues estaba acostumbrada a bloquear los encantamientos de las hadas, no a invitarlos. Aun así, era necesario, ya que no tenía ni la menor idea de cómo debía liberar al rey. Al anillo encantado no le había importado si llevaba o no el hacha, así que debía de haber una manera.

La magia me susurró para que moviera las piernas. Eso hice. Me obligó a andar a paso largo por la arboleda, formar un montón de nieve y luego darle forma con las manos. Bajé al arroyo, rompí el hielo, luego encontré un trozo curvo de corteza y lo llené con agua. A esta la vertí sobre el muñeco de nieve (sí, el rey me hizo hacer un muñeco de nieve, algo de lo que quizá me riese más adelante, pero que en el momento fue bastante perturbador, tergiversando recuerdos de una infancia sin preocupaciones con una magia vasta y aterradora) y contemplé la escena mientras se congelaba en cintas plateadas a modo de cabello.

Me quedé observando al muñeco de nieve tan feo que había hecho; me sentía bastante tonta y me pregunté si el rey del árbol de verdad pensaba introducirse en él y utilizarlo como receptáculo. Wendell me había contado que el cuerpo del rey se había descompuesto y, por tanto, necesitaría utilizar algo, pero no me imaginaba qué podría ser. Por supuesto, el rey seguía atrapado, así que el cuerpo en que desease introducirse era una cuestión de interés académico.

Comencé a preguntarme si aquello sería un error. Puede que el rey tan solo pretendiese hechizar a Wendell pero, en cambio, era yo quien había aparecido, así que igual había decidido que podría divertirse conmigo. Arrastrar a una mortal fuera de la cama para hacer un muñeco de nieve en mitad de la noche me parecía una jugarreta bastante pobre, pero supongo que haber estado siglos atrapado en un árbol no brindaba muchas ocasiones para la diversión. Sin embargo, mientras pensaba en esto, un cuervo salió volando de entre los árboles y se posó en el hombro del muñeco de nieve.

Le siguieron dos más. Volaron en círculos sobre el muñeco, picoteándolo y arañándolo. Cuando acabaron, se parecía más a un hombre..., un poco más. Seguía siendo extraño, pero ya no era espantoso. Luego, para mi horror, los pájaros cayeron al suelo, muertos, y la sangre corrió por la nieve, manando de heridas que no pude ver. Mancharon los pies del muñeco de nieve como si fuese una ofrenda; supongo que lo eran.

Los árboles murmuraron y la magia me azuzó de nuevo. Pero no para que me moviese, sino que aguijoneó mi mente. Y ahí fue cuando me di cuenta: el rey no sabía cómo liberarse. Esperaba que a mí se me ocurriese una solución.

Bueno, aquello hizo que mis pensamientos se arremolinasen. Aunque, a decir verdad, ya se habían estado sumergiendo entre historias y artículos académicos, contraponiéndolos a lo que sabía sobre las ocultas y su rey caído en desgracia.

La Palabra.

Aquella Palabra inútil y ridícula para recuperar botones, esa que llevaba tiempo considerando una trivialidad esotérica, una nota al pie de página, quizá, en un artículo por escribir. Bueno, a veces, las notas a pie de página en driadología son como las mismas hadas, que saltan sobre ti salidas de la nada.

Me recorrió una oleada de emoción. En retrospectiva, aquel habría sido un momento muy bueno para detenerme a pensar si lo que estaba haciendo era sensato, pero estaba demasiado embriagada por el placer de un descubrimiento académico (y, sospecho, por mi propia arrogancia) como para detenerme. Me volví hacia el árbol blanco y pronuncié la Palabra.

Y ¿quién lo hubiera dicho? Un botón salió despedido de algún lugar entre las ramas. Lo atrapé y lo examiné sobre mi palma. Era blanco y seco, como un hueso viejo; desprendía un polvo fino contra mi piel y tenía una bellota tallada en una de las caras. El botón comenzó a derretirse en mi mano y lo dejé caer sobre la nieve. El árbol se había estremecido cuando el botón se liberó, pero había vuelto a quedarse inmóvil.

Volví a decir la Palabra y otro botón salió despedido. Este tenía una flor. El siguiente, un velero soñando entre suaves olas.

Todo sea dicho, pronuncié la Palabra nueve veces y, cuando se soltó el noveno botón, el tronco del árbol se abrió por la mitad como la parte frontal de una capa y la corteza se hinchó; por un instante, se convirtió en seda y lana fina batiéndose con el viento que soplaba en el bosquecillo, y luego se calmó. El árbol suspiró y sus hojas, flores y frutos cayeron sobre la nieve con un ruido sordo.

Me quedé mirando el hueco cavernoso que se había abierto en el árbol; el corazón me latía tan rápido como el de un colibrí, esperando. Cuando oí una pisada a mis espaldas, grité.

—No es necesario —dijo una voz—. Aunque no me importa. Hace mucho tiempo que nadie me teme.

El Rey Oculto se arrodilló en la nieve y chasqueó la lengua ante los pájaros muertos. Al principio se parecía a la figura de hielo y nieve que había construido con su ayuda, pero con cada respiración, insuflaba vida a su cuerpo y adquiría una apariencia más mortal. Era como ver a alguien saliendo a la superficie de unas aguas turbias. Un momento después, su rostro era poco más que superficies de hielo indistinguibles; al siguiente, sus ojos azules parpadeaban en mi dirección y me sonreía. Por supuesto, era hermoso, ¿acaso hace falta decirlo? Su cabello era negro con toques blancos, los pómulos afilados sobre una boca amplia que sonreía de manera natural. El blanco de su cabello resultó ser pequeñas cuentas de ópalo y su ropa era de un azul negruzco con revestimiento de hielo molido muy fino con un patrón de encaje, y llevaba una corona blanca y capas de collares enjoyados que brillaban de manera cautivadora en la penumbra. Y aun así, todo lo que lucía era tan de buen gusto como bonito, precisamente la cantidad de adornos que se esperaría de un rey, nada más y nada menos.

—Pobres —dijo—. Este mundo es sumamente cruel con las bestias, ¿no es así? Aquí estamos.

Tocó a los cuervos y volvieron a la vida… por decirlo de alguna manera. Sus movimientos eran bruscos y seguían cubiertos de sangre; uno tenía el cuello roto y la cabeza doblada en un ángulo inquietante. Este se posó en el hombro del rey y le picoteó el dedo cuando lo acarició; le hizo sangre. Se rio.

—Hola, mi amor —dijo acercándose a mí—. Mi querida salvadora, me has devuelto mi cuerpo y mi trono y me has liberado de mi cautiverio eterno.

Antes de que pudiera recuperarme del asombro, me besó. Era como presionar un cristal de hielo contra mis labios, como respirar en el puro invierno. Retrocedí un paso tambaleándome, tosiendo, y durante un buen rato sentí como si tuviese hielo en los pulmones.

—No... —comencé—. No soy tu amor. No soy nadie.

—Ah, no te inquietes, sé quién eres. Hace años, cuando era un muchacho, una vidente me dijo que mi propio pueblo me encerraría un día, y que solo una pequeña académica apocada me sacaría. Me casaría con la ratoncita (un contraste muy poético, ¿no te parece?) y juntos gobernaríamos mi reino. —Se estiró—. ¡Bueno! Me alegro de haber salido de ahí. Creo que lo primero en la orden del día será darme un buen baño y un festín de ciruelas saladas con caviar. ¿Te gustan las ciruelas saladas, querida?

En ese momento, no me resultó fácil volver a pensar como una académica. O pensar en general, a decir verdad. ¿Por qué, de repente, los reyes de las hadas, en plural, querían casarse conmigo? Pero me obligué a ser racional y a responder de la forma en que suponía que le gustaría («sí, me encantan las ciruelas saladas, gracias»), y le pregunté por la vidente.

—No sé nada más —respondió el rey—. Nunca llegué a verla bien... Iba totalmente vestida con harapos. No era de aquí, pero pertenecía a las hadas errantes, que vagan por todas partes.

Pensé detenidamente antes de decir:

—Es muy amable por su parte ofrecerme su mano, alteza. Pero no soy su igual, ni siquiera me acerco.

Me dedicó una mirada indulgente, como si fuese una niña que ha contado bien hasta diez.

—Pero debo complacer cada uno de tus deseos, querida…, empezando por nuestro enlace. Tu modestia te honra. Pero ¿qué es esto? —Me tocó la mano herida, envuelta en la bufanda que ahora goteaba sangre oscura sobre la nieve.

El terror me atenazó. Ahora no había forma de fingir que seguía bajo su hechizo.

—D-deseaba liberarle de mi libre albedrío, alteza. Como muestra de respeto.

Se mostró perplejo, pero por suerte no parecía tener mucho interés en estimular mis motivaciones. Con un encogimiento de hombros, desenvolvió la bufanda —jadeé con fuerza cuando el dolor me ascendió por el brazo— y luego, como un mago que saca unas flores de un pañuelo, dejó mi mano al descubierto, completamente curada e impoluta. Me seguía faltando el dedo y su ausencia dolía, aunque se sentía como un dolor antiguo. Me pregunté si él también tendría poder para manipular el tiempo.

—D-deseo permanecer soltera —balbuceé—. Como le he dicho, alteza, le he liberado por respeto, no porque desee algo a cambio. Verá, estoy prometida.

—Ah, bueno, eso no me preocupa —dijo e hizo una ademán con la mano, en la que llevaba un anillo—. Me encargaré de que sustituyan su dote debidamente. No lo lamentará, pues, ya que quedará libre para casarse con una mujer más bonita que tú.

Comprobé que la idea de que pudiese preferir no casarme con él le era totalmente incomprensible. Supongo que tenía su lógica, dado lo que le había dicho la vidente; aunque sabía lo bastante de la obsesión de las hadas consigo mismas como para suponer que, en cualquier caso, habría asumido que sentía devoción por él. Así que abandoné ese enfoque.

—Como ha dicho, no soy hermosa. —Era una objeción sólida, ya que las hadas nunca se casan con mortales que no sean atractivos, a menos que los obliguen a ello por medio de un engaño (y, aun entonces, a menudo resulta que los mortales son hermosos al final, tras haber sido hechizados para que parezcan feos). No podía encontrar nada atrayente en mi mediocridad, sobre todo ahora, con mi sencillo camisón manchado de sangre y sudor y mi cabello excepcionalmente desaliñado incluso para ser yo, pues la mayor parte me caía suelto por la espalda.

—Eso es cierto —dijo, mirándome de arriba abajo con una expresión afligida. Luego se contempló a sí mismo, como si necesitase calmar sus ojos con su propia belleza—. Pero veamos qué podemos hacer.

Antes de que pudiese añadir nada, la ropa me dio una sacudida y un vestido y una capa nueva se derramaron por mis hombros como si de agua se tratase. Eran azul oscuro, para que hiciesen juego con su atuendo; la capa era la más oscura de los dos, con el mismo patrón de encaje de hielo y ópalos como remolinos de constelaciones. Las botas se alargaron hasta por encima de las rodillas y se transformaron en piel de cordero de un blanco puro con hebillas de azabache.

Empecé a temblar de inmediato. No se había molestado en confeccionar algo cálido; la capa era de piel, pero era fina y más adecuada para un día de primavera que para una noche de invierno. Se tomó su tiempo, merodeando a mi alrededor para verme desde atrás y añadirle más perlas a la prenda u otro par de pendientes (llevaba dos: un par era una ristra larga de esmeraldas y, el otro, un conjunto de perlas con forma de paloma).

—Así…, ahora casi eres bonita —declaró para sí mismo cuando terminó, con expresión satisfecha.

—Sin embargo, «casi» no es lo bastante bueno, ¿cierto? —dije; me castañeaban los dientes y la mente me iba a toda velocidad—. Un rey tan hermoso como su alteza no debería casarse con alguien como yo.

—¡Oh, no! Verás, la belleza de mente y espíritu es lo que más valoro en una esposa —respondió—. Adoro la poesía y los poetas, dicen que ese es el tipo de belleza que más importa. La amabilidad. La generosidad. El perdón. —Compuso una mueca—. Admito que estas cosas se me escapan. Todavía siento el deseo de infligir venganza sobre aquellos que me metieron en ese árbol, incluyendo a mi primera esposa, con cuya sangre me encantaría alimentar a mis lobos, copa a copa. Sin embargo —me dedicó una sonrisa que le iluminó todo el rostro—, resistiré. Pues odio la crueldad y toda clase de fealdad, y no las toleraré en mí.

Tras él, uno de los cuervos que había reanimado había empezado a perseguir a un conejo, que chillaba aterrado; el cuervo no parecía tener mucho interés en matarlo, tan solo se divertía tironeándole del pelaje. Nunca había visto a un pájaro comportarse de esa manera, pero el rey no se fijó.

—¿Qué tipo de palacio te gusta, mi amor? —dijo tomándome de la mano—. Debemos tener un lugar donde recibir a nuestros súbditos. Sabrán que estoy libre y vendrán de camino a prestarme sus respetos.

Creo que no podría haber respondido ni con una espada contra la garganta. Había imaginado muchas posibilidades tras liberarlo de la prisión y esta no era una de ellas. Estaba aterrorizada, pero sentía una mezcla de algo parecido al júbilo que me resultaba irrisoria. No era que quisiera ser reina ni nada por el estilo. Pero intenta dedicar tu vida a un campo de estudio tan esquivo que casi está compuesto en su totalidad de habladurías y especulaciones, y que entonces alguien, como si tal cosa, te diga «vale, ahora te daré un libro que responderá a todas las preguntas que hayas tenido», y dime si no te sentirías igual.

Me sentía enferma. Empezaba a preguntarme si ponerme en peligro se había convertido en una especie de adicción.

El Rey Oculto me dio unas palmaditas en la mano con benevolencia, pensando que era demasiado humilde o estúpida como para responder. Se volvió hacia las montañas, que asomaban sus paredes salpicadas de nieve sobre los árboles invernales, y ladeó la cabeza.

Se oyó un gran estruendo y luego le siguieron una serie de crujidos tan fuertes que casi me eché al suelo por miedo a que fuesen rayos. Una neblina de cristales de hielo había descendido de la montaña más cercana y, en su interior, había aparecido un castillo. Por un momento se me antojó un fantasma, un fantasma enorme y extendido hecho de hielo reluciente, construido en niveles para encajar en la ladera, y luego la neblina se dispersó y se hizo real.

Ocupaba casi la mitad de la ladera de la montaña. El rey emitió un sonido de descontento, entrecerró los ojos y varias torrecillas cambiaron de lugar y una hilera de edificios exteriores aparecieron donde antes no había nada. Con otro bizqueo, de repente surgió un camino que conducía al castillo, amplio y pavimentado con adoquines enormes de hielo, cada uno con una flor diferente atrapada en su interior. Las vi porque trajo el camino hasta nuestros pies al tiempo que tiraba los árboles al suelo del bosque. El impacto sacudió la tierra de tal forma que casi me caí, y pronto estaba tosiendo por el remolino de nieve que habían levantado los árboles al desplomarse. La avenida estaba bordeada con linternas, todas reluciendo con el mismo resplandor de luna, como las de la feria de invierno.

No solo contemplé el castillo alzarse de la nada... observé al rey, aterrorizada y fascinada. Cuando no habla ni se mueve, se queda totalmente inmóvil. Y lo digo en serio: *totalmente*. Mi conjetura es que, en esos momentos, regresa a lo que es, un pedazo de hielo al que le han dado forma. Es la misma quietud que se encuentra en los lagos congelados o en los árboles bajo el peso de la nieve.

Con un último gesto extravagante, alzó la mano, y con una especie de sacudida, apartó la capa de nubes que había en el cielo. La aurora brillaba, verde en su mayoría esta noche, o quizá la convocó junto con todo lo demás, no lo sé.

—Sí —dijo, examinando el espectáculo monstruoso ante nosotros—. Sí, supongo que es un comienzo.

Su voz parecía lejana; se me habían taponado los oídos debido al estruendo de

¿4? DE DICIEMBRE

No sé cómo me despisté con el diario y no terminé la última frase... No es propio de mí. No recuerdo haber decidido parar. Tengo tanto miedo de que un día llegue a olvidarme por completo del diario que he decidido llevarlo conmigo adonde quiera que vaya.

Toda inclinación que sentí de disfrutar de lo emocionante que era mi situación se esfumó con rapidez, pues no tardé en darme cuenta de que el castillo que había conjurado el Rey Oculto había provocado una avalancha que enterró varias granjas remotas en la linde de uno de los pueblos vecinos.

—Qué desafortunado —dijo con compasión cuando se lo dije—. Bueno, organizaré un banquete para los mortales en compensación. Durará días y días hasta que todos estén demasiado gordos como para moverse. ¿Eso servirá?

—Creo que no —respondí—, dado que probablemente estén muertos.

—Oh, querida. —Por un instante, pareció que lo sentía mucho, pero luego uno de sus sirvientes llegó con tres lobos blancos sujetos con una correa hecha de huesos y luz de luna (un regalo que había enviado el señor de una de las tierras feéricas en la costa norte), y se olvidó de todo lo demás, incluida yo, cuando estos saltaron sobre él para lamerle el rostro.

Intenté no pensar mucho en lo rápido que habían llegado las hadas sirvientes. Casi temía que las hubiera hecho aparecer de la nieve y, por alguna razón, esto me alarmó más que todo lo demás. Aunque había bastante por lo que inquietarse, y el palacio no era lo de menos.

No tuvimos que recorrer a pie la extensa avenida hasta el palacio con las flores atrapadas en los adoquines de hielo. Había aparecido un carruaje hecho con madera oscura y cubierto de escarcha resbaladiza tironeado por dos elegantes caballos feéricos, uno blanco y otro negro, que parecían transformarse ligeramente por momentos (juro que, en cierto punto, hasta pareció que se habían intercambiado los colores). El conductor y el lacayo saltaron del carruaje y se lanzaron a los pies del rey con una prisa tan violenta que uno se cortó con el hielo.

—Brethilde, Deminsfall —dijo el rey despacio, como si saboreasе sus nombres—. ¿Dónde habéis estado? Atendiendo mi árbol después de que mi reina me encerrase, no, eso por seguro. Ah, unos cuantos sirvientes se quedaron, pero su número mermó y he estado solo durante demasiado tiempo.

Los sirvientes abrieron y cerraron la boca, temblando, pero él se limitó a sonreír y posó una mano sobre sus cabezas.

—Os perdono —dijo con calidez y luego me ayudó a subir al carruaje.

—¿Cómo saben los sirvientes que ha sido liberado? —pregunté mientras los caballos nos llevaban por el camino con rapidez.

Me dedicó una mirada desconcertada.

—¿Cómo saben los mortales que ha llegado el invierno? —Volvió la mirada hacia el castillo y sus ojos pálidos brillaron.

Los cuervos resucitados volaban en cabeza, de vez en cuando bajando en picado para darles un picotazo a los sirvientes a pesar de que el rey los regañaba (aunque eran pocos y separados entre sí)—. Mis cortesanos llegarán pronto... Estoy deseando presentarles a mi prometida. —Me besó la mano.

A pesar del terror, una parte de mí estaba fascinada.

—Entonces, ¿cree que su pueblo no seguirá siendo leal a la reina actual?

—¿La aspirante al trono? No. —No pareció molesto por mi pregunta ni noté ninguna amargura en él que contradijese su seguridad—. El invierno me conoce, al igual que las montañas y los glaciares, la aurora y los pájaros. Me pueden confinar de forma temporal, pero no pueden derrocarme, no de la forma en que piensan los mortales.

Me fijé en que no dijo que no pudieran asesinarlo (desde luego, las historias sugieren que se han librado de los monarcas de las hadas de esa manera).

—Perdone mi ignorancia en cuanto a vuestras costumbres, alteza. Había pensado en que puede que su pueblo prefiera a la reina. Solo porque me han informado que les había prohibido cierto juego con los mortales y que muchas hadas se resintieron por ello —me apresuré a añadir.

—Estoy seguro de que estarán resentidos conmigo por una docena de motivos distintos —respondió—. El objetivo de ser rey no es caer bien. Es demostrar la nobleza de carácter que tu pueblo tomará como un modelo con el que esculpir su propio comportamiento.

Lo asimilé.

—Entonces, ¿volverá a prohibirles que secuestren a los mortales en sus casas?

Me dedicó una sonrisa beatífica.

—Haré más que eso, querida mía. Haré que liberen a cada uno de los mortales que están en su poder ahora mismo. ¡Pobres criaturas! Son sumamente débiles y siempre he sentido que es deshonroso que los fuertes den caza a los débiles. —Me apretó la mano—. ¿Esto te hace feliz?

Le aseguré que sí, volvió a besarme y añadió:

—Eres de naturaleza bondadosa por preguntarme sobre este asunto en lugar de exigir joyas u otros obsequios. Estaré encantado de llamarte mi esposa.

Bueno, este intercambio me alivió un tanto, aunque en mi cabeza oía la voz de Wendell burlándose de mi altruismo. Y en mi situación actual, helada hasta no sentir nada y enfrentándome a una reclusión eterna en el País de las Hadas, encontraba mi supuesta buena hazaña difícil de apreciar.

Los caballos atravesaron las enormes puertas blancas del palacio y llegamos a un patio bordeado por galerías de piedra negra. El lugar era profundamente inquietante y descubrí que solo podía verlo por el rabillo del ojo; si lo miraba directamente, sus contornos se disolvían en el patrón escarpado de nieve y rocas de la ladera de la montaña. Por suerte, en cuanto estuvimos dentro, mi visión se asentó un tanto.

La arquitectura del palacio era sorprendentemente simple; esperaba un laberinto de grandes escaleras y pasillos que podía encontrar una vez y luego nunca más. Pero era como el invierno de Ljosland, duro y con el mínimo de adornos, pero tan hermoso que dolía. Sin embargo, era enorme. El patio, con baldosas de hielo, podría ocupar todo Hrafnsvik, y la galería opuesta estaba tan lejos que su contorno quedaba suavizado por los cristales de hielo que flotaban en el aire. Había unas cuantas hadas para recibirnos; eran como flores flotando sobre un vasto mar.

En este punto es cuando mi memoria comienza a difuminarse. Recuerdo al rey introduciéndome ante la corte, todo sonrisas, mientras las hadas presentaban sus respetos, lo cual hicieron con una amabilidad nerviosa y servil. Pero entonces, de repente, estaba en la habitación que me había dado el rey, contemplando el valle y sin recordar cómo había llegado ahí. Las vistas eran magníficas pero aterradoras, ya que mis aposentos se encuentran en la galería sur, que da a la extensión de cielo abierto, a la niebla entre las montañas y al valle, mucho más abajo. Veo el brillo del bosque cubierto de nieve y, en algún lugar tras él, una mancha gris como pintura húmeda sobre un lienzo; supongo que se trata del mar. Las montañas me devuelven la mirada, adustas e indiferentes.

¿17? DE DICIEMBRE

Creo que los sirvientes nunca me dejan. Parece que siempre me ponen algo entre las manos, ya sea comida, bebida o pieles cálidas, aunque dejé de tener frío en el momento en que pisé el palacio de las hadas; por eso tengo por seguro que estoy atrapada en los encantamientos que envuelven su mundo.

Como es natural, he intentado escapar varias veces. Intento ser sistemática, algo que no es fácil cuando tu mente se ve constantemente confundida por la magia. Pero me aferro a la moneda en todo momento, lo cual ayuda, al igual que escribir en este diario.

Primero me limité a intentar salir por las puertas, no porque pensara que iba a ser así de sencillo, sino por querer ser exhaustiva y agotar todas las posibilidades. Y tan pronto lo hice, me descubrí de nuevo en mis aposentos, y no solo eso, sino sentada en un baño termal caliente que antes no estaba ahí, esculpido del suelo con una serie de escalones anchos pavimentados con caracolas. Había dos hadas sentadas a mi lado, una tejiendo tiras de algas iridiscentes en mi cabello que ondulaban como serpientes, y la otra parloteando sobre los bardos arrogantes que enseñan a la nieve cómo cantar sus canciones, algo que ahora hacía a todas horas. Sentía los músculos flojos, como si hubiera estado ahí mucho tiempo.

Traté de pedirles a mis sirvientas que me llevasen a las montañas o al bosque, a cualquier lugar que no fuese el palacio. Nunca protestaron, pero no recuerdo que me obedeciesen; parecía que tan pronto hacía la petición, volvía a encontrarme en el baño o desayunando con el rey mientras me contaba con alegría los progresos que estaba haciendo para mejorar el palacio.

El rey ha enviado un aluvión constante de artesanos para prepararme para la boda. Por ejemplo, dos hados preocupados que olían a pastel y tenían témpanos de hielo colgando de sus barbas me preguntaron qué prefería en el menú, si vino elaborado con estrellas o cerveza especiada con sal del mar bajo el mar, y otras cuestiones similares y sin sentido.

Me mantuve ecuánime tanto como pude a sabiendas de que el pánico era la mejor manera de perder la cabeza en cualquier reino de las hadas, pero admito que perdí la paciencia en varias ocasiones.

—Detesto el vino —espeté a uno de los pobres cocineros, que se apartó de mí como si le hubiese escupido fuego—. Serviréis cerveza de la cebada que solo crece durante la luna nueva, preparada junto a los huesos de peces cantores con una dieta únicamente a base de miel.

—Sí, alteza —susurró el hada una y otra vez, haciendo una reverencia baja, y se marchó llorando. Me negué a hablar con las modistas, que entraron en la habitación después de que este se fuera, y les ordené que se largaran antes de que pudieran tomarme las medidas siquiera.

¿22? DE DICIEMBRE

Hoy, mientras miraba por la ventana que ocupa casi toda la pared sur de mis aposentos, se me ha ocurrido que el bosque está cubierto de nieve casi por completo. En algunos lugares, los montículos lo cubren todo salvo la copa de los árboles.

—¿Ha habido una avalancha? —le pregunté al pequeño ejército de floristas que en ese momento llenaban mi habitación mientras me ofrecían muestras de tal o cual flor.

La mayor, una mujer pequeña con ojos negros como la tinta y un vestido confeccionado en su totalidad con pétalos esmaltados de hielo, miró los árboles con el ceño fruncido.

—Es invierno, su alteza —respondió.

—Sí —dije entre dientes—. Pero parece que hay *más* invierno que antes.

Intercambió una mirada nerviosa con otro florista, un hombre delgado que sostenía un puñado de rosas negras y grises.

—El rey ha regresado —dijo este despacio, como si no entendiese mi pregunta y se hubiese limitado a dar un palo a ciegas.

Un pequeño estremecimiento de miedo me recorrió la espalda. La siguiente vez que vi al rey (creo que fue durante la cena, aunque es muy probable que lo viese antes), le planteé la pregunta.

—Sí, será un invierno como nunca se ha visto en Ljosland —dijo con alegría mientras se servía más pescado.

Las hadas los pescaban en un lago helado de la montaña y los servían crudos sobre un lecho de hielo o nadando en una salsa dulce y cremosa con un ligero sabor a manzanas. Había varios tipos desplegados ante nosotros; los más pequeños (a rayas grises y verdes muy brillantes) conservaban la cabeza y las espinas, que debían comerse juntas. Estábamos sentados en un salón de banquetes cavernoso con paredes de piedra negra y otro suelo de adoquines de hielo, esta vez con hojas y ramas de arbustos encerradas dentro, de forma que sentías como si estuvieses caminando sobre las copas de los árboles de un bosque. La mesa estaba repleta de hadas (parecía una mezcla de comunes y de la corte, aunque a menudo sus rostros se entremezclaban en la luz color hueso). Atisbé una mirada desdeñosa por aquí, una suplicante por allí; los trovadores tocaban la flauta y, aunque el rey les había ordenado no encantarme, sus canciones hacían a menudo que me diera vueltas la cabeza.

—Pero ¿qué será de los pueblos de los mortales? —dije—. ¡No puede sepultarlos en la nieve!

Me tocó la mano en un gesto tranquilizador, con su hermoso rostro lleno de adoración.

—Los mortales están acostumbrados al invierno, querida mía.

—No están acostumbrados a que les caigan quince metros de nieve frente a su puerta —respondí con los puños apretados sobre el regazo.

—Solo durará hasta que acaben los festejos de mi coronación —me prometió y aquello me preocupó de verdad, pues sugería que pretendía alargar el invierno hasta que terminase de regocijarse en su triunfo… y a cualquiera que conociese a las hadas no le sería difícil adivinar que sería un periodo de tiempo considerable.

—Debe retirar las nieves del mundo de los mortales —dije—. Sus animales morirán. Sus hijos pasarán hambre.

Me escuchaba a medias… Se acercó a los trovadores y cambiaron a una canción que le gustaba más.

—¡Hijos! —exclamó con una sonrisa—. Me alegro de que los menciones. A los niños les encanta el invierno… ¿Sabes que solían dejarnos ofrendas en el centro de lagos helados en el solsticio para pedirnos montañas de nieve por Navidad? Como si supiésemos algo de la Navidad, qué ricura de bobalicones. Me pregunto si lo seguirán haciendo.

Entonces la música aumentó y me olvidé de lo que habíamos estado hablando.

¿23? DE DICIEMBRE

La peor parte del día es cuando el rey recibe a los visitantes. En su mayoría vienen a suplicar, hadas tanto de la corte como comunes que traen obsequios y felicitaciones expresadas en distintos grados de desesperación. De vez en cuando, dichos obsequios incluyen las cabezas de los enemigos del rey, quienes conspiraron para encerrarlo en el árbol o hicieron la vista gorda ante las maquinaciones de la reina. Las cabezas no sangran (al menos, me han evitado eso), pero sí se derriten, lo cual puede sonar a que esa imagen es más fácil de soportar, pero si alguna vez ves un cadáver cuya nariz o cuyos ojos se han derretido sin más, sabrás lo absurdo que es.

En cada ocasión, el rey exclama lo cruel que es. Una vez, estuvo tanto tiempo dando voces que varios sirvientes comenzaron a cambiar el peso de pie y sus ojos se volvieron vidriosos del aburrimiento. Los nobles soportan su descontento extraordinariamente bien, inclinan la cabeza con humildad y murmuran disculpas, y, al mismo tiempo, parecen satisfechos consigo mismos. Siempre acabo encontrando la cabeza convertida en algún objeto de decoración abominable con joyas para hacerla bonita, mientras que el lord o la dama que tanto enfadaron al rey por esta barbarie recibe de repente una invitación para cenar en la mesa del rey y se le conceden muestras de su favor en forma de pieles, juglares o encantamientos menores. Cuando señalé que esto difícilmente sea un buen ejemplo, él sacudió la cabeza y me sonrió.

—La capacidad de perdonar es una gran virtud —dijo—. Desde luego, hay pocas cualidades más exquisitas o insólitas.

También era propenso a disertar sobre los castigos funestos que infligiría en su esposa anterior, ahora la reina depuesta, la cual entiendo que está escondida en algún sitio, si no fuera de naturaleza tan magnánima. Tal y como estaban las cosas, decía, solo deseaba que la trajesen ante él para que pudiera perdonarla en público y concederle algunas tierras para sanar la herida que había entre ellos. Comencé a temer la llegada de cada mensajero, segura de que traerían la noticia de que se habían deshecho de la exreina de una docena de maneras distintas que me revolvería el estómago, y quizás incluso trajesen como prueba algo peor que su cabeza cercenada… No sabía qué podía ser peor que eso, pero no tenía dudas de que a los cortesanos del rey se les ocurriría algo. Casi me sentí aliviada cuando por fin llegó la noticia de que los lobos del rey, que se habían escapado misteriosamente de la perrera una noche sin estrellas, la habían descuartizado. El rey estuvo llorando más de una hora y luego, en el siguiente banquete, la dama que le había regalado los lobos se sentó a su derecha con una sonrisa victoriosa ante los huéspedes reunidos, muchos de los cuales la fulminaban con la mirada, delatando que la admiraban a regañadientes.

¿25? DE DICIEMBRE

Intento elaborar razones por las que no debe casarse conmigo tan a menudo como puedo. He intentado decirle que soy demasiado aburrida, pues no sé de poesía y tengo una voz horrible para el canto; argumenté que no sé nada sobre la política de su mundo y que seguro que ocasionaría un desastre.

—Tu consideración no conoce barreras, querida mía —dijo—. Pero no me importa que seas aburrida o ignorante, ya que los mortales no vivís mucho tiempo… Uno no tiene más que darse la vuelta para descubrir que habéis expirado. Mi intención es que disfrutes el breve tiempo que pasarás en nuestro mundo y luego me casaré con una mujer de mi talla. No tienes de qué preocuparte.

Cada vez estoy más desesperada. Aunque no sé cuánto tiempo he pasado en el reino de las hadas, sé que el día de mi boda se va acercando. No es que ellas presten mucha atención a las fechas…, se mueven con el vaivén y el transcurso de las estaciones. En cuanto se decidan todos los detalles y todo esté listo, nos casaremos, y ya está todo casi listo. Se están congregando hadas de todos los rincones de los dominios del rey para asistir a nuestras nupcias y el palacio vibra con las risas y la música a todas horas del día y de la noche.

Pero puedo intentar una cosa más. Desearía pensar en algo más que en huir..., una forma de limitar este invierno infernal en el que el rey ha sumido estas tierras..., pero la verdad es que mi mente se vuelve más confusa con cada día que pasa. Sé que tengo que encontrar la manera de deshacer todo lo que ha hecho el rey (lo que yo he provocado), pero también sé que si sigo aquí durante mucho tiempo más, me perderé a mí misma por completo.

30 DE ENERO

Esa es la fecha.

Sé la fecha. Siento como si hubiese tocado tierra firme por primera vez después de haber pasado años en el mar.

Cuando las modistas se anunciaron esta mañana, después de que el rey y yo hubiésemos desayunado y él se hubiese marchado tras darme un beso casto, puse mi plan en marcha.

Había observado que, a diferencia de los sirvientes que me seguían a todas partes, los artesanos que habían enviado para montar la absurda boda no eran del palacio. Vienen de todas partes y algunos ni siquiera son del continente de Ljosland, sino de islas árticas remotas de la costa septentrional asolada por el hielo. Estas hadas son más pequeñas y hablan con acentos extraños. Dado que no forman parte del palacio y de sus muchos encantamientos, he pensado que tal vez haya una manera de que alguna me saque de aquí.

—¿No sois de la corte del rey? —pregunté.

—Para nada, mi señora —respondió el sastre—. Somos... demasiado humildes para eso.

Había dos, pero solo uno habló (el hombre, que se había agachado para medirme los pies). Era pequeño, con unos ojos negros desmesurados y de rostro afilado, su cabello del color del polvo y sus dedos con muchas articulaciones y demasiado largos. Su compañera, una mujer tosca cuyo semblante perpetuo era una mezcla de vergüenza y malhumor, le tendió un par de zapatos plateados. Los aparté de una patada.

—Su alteza hace que sea complicado determinar su talla —dijo el sastre con sequedad.

—Su alteza quiere hacer una petición —respondí con frialdad.

—¿Ah, sí? Bueno, su alteza no necesita molestarse en hacer peticiones, sino exigir, algo a lo que seguro que está acostumbrada.

Mientras hablaba, se acercó a mis sirvientes, que merodeaban por allí como era habitual, para ayudar a la mujer taciturna a traer metros y metros de tela. Seleccionó un rollo que, gracias al cielo, no era negro ni blanco azulado, sino de un verde vivo con brocados en blanco y negro.

—Deseo un velo muy particular —dije—. Quiero que esté tejido con el pelaje blanco de una liebre a la que haya disparado yo misma. Lo confeccionaréis para mí en el bosque, mientras la sangre sigue fresca en mis manos, pues deseo hacer de mi velo una ofrenda para mi querido esposo.

Ahora bien, había calculado la petición con mucho cuidado y sabía que sería sensata para las hadas, pues son proclives a tales predilecciones truculentas. Sin embargo, el sastre se limitó a mirarme en silencio; su rostro afilado era indescifrable.

—¿Y bien? —exigí—. ¿Está fuera de vuestras capacidades?

—No, señora.

—Entonces llevadme al bosque. Deseo cazar ahora. —Intenté imitar la imperiosidad irreverente de mi prometido, aunque no tenía su buen humor para acompañarla.

El sastre desvió la mirada un instante a mis sirvientes, quienes habían apartado un metro de tela para que la inspeccionara. La tomó y comenzó a sujetarla con alfileres a mi camisola.

—Su alteza le tiene mucha estima a mi señora —dijo, se colocó a mi espalda y prendió más alfileres—. Y lo que es estimado debe vigilarse de cerca y protegerlo con encantamientos cual cadenas de oro.

Sentí una presión en el pecho y me agarré al poste de la cama para estabilizarme. Comprendí las palabras cautelosas del sastre, aunque no hablase abiertamente en caso de que se interpretasen como una crítica hacia el rey.

El monarca había utilizado su magia para encerrarme en palacio. Cada vez que había tratado de escapar, me desbarataban los planes y, si lo volvía a intentar, el resultado era el mismo.

—Si mi señora perdona la insolencia de su humilde sirviente —añadió el sastre—, tengo otra propuesta.

—¿Y cuál es? —Apenas escuchaba. La habitación parecía más fría, como si fuese una ensoñación, como si los años se extendiesen frente a mí, encerrada en este palacio de hielo.

—Su alteza ha declarado que mañana es día de ofrendas. —La aguja del sastre destellaba con la luz mientras le añadía la manga al vestido a una velocidad imposible—. Hadas y mortales de todas partes han sido invitados para que presenten sus respetos al rey y a su nueva esposa. Me gustaría ofrecerle un velo del mismo patrón que el que mi madre llevó la noche de su boda. Creo que será más de su agrado.

—Es muy amable de tu parte —comencé a decir y luego me detuve. La aguja era inusualmente pequeña y delicada, forjada de una plata muy pura que entraba y salía de la tela como un pez en un riachuelo.

Di una sacudida repentina e involuntaria y la aguja se me clavó en el brazo. Siseé de dolor. Cuando lo hice, la otra modista, que había estado sujetando el costurero de su compañero y las tijeras en un silencio acongojado, dejó escapar un gruñido.

—Cállate, maldita descerebrada —le siseó el sastre—. Solo ha sido un pinchacito. Está bien.

Mis sirvientas hadas no se dieron cuenta de este intercambio tan extraño. Siguieron rondando, mayormente sin ayudar, desenrollando más tela de forma que arrastrase por el suelo y se afease al arrugarse. Me volví hacia ellas.

—Dejadnos —ordené con mi mejor imitación de la arrogancia de una reina. Intercambiaron miradas confundidas y retrocedieron unos cuantos pasos.

El sastre miró al techo y luego se volvió hacia mis doncellas con una sonrisa que, de alguna manera, se las ingenió para ser encantadora a pesar de su fealdad.

—Su alteza es modesta —dijo—. Ahora debo desvestirla y le gustaría tener algo de privacidad.

Oh, cielos. Si antes no sabía que se trataba de Bambleby, ahora sí. Incluso a pesar de mi estupefacción y confusión, no pude evitar fulminarlo con la mirada.

Las sirvientas soltaron una risita nerviosa y salieron, todas salvo la mayor que, en una muestra de lealtad, dijo:

—Debo quedarme, pues el rey ha decretado que mi señora debe tener a alguien en todo momento para complacer sus deseos.

—Por muy considerado que sea —respondió el sastre—, los deseos de nuestra señora son a menudo absurdos, y ahora mismo, no desea que los complazcas.

Pasó la mano por el rostro de la sirvienta y su expresión se volvió soñolienta y distraída. Con un suspiro, cayó sobre la cama.

—¡Wendell! —exclamé, precipitándome hacia delante—. ¡No puedes asesinar a mis sirvientas! El rey…

—Cuánto he echado de menos tus regañinas, Em —dijo—. Solo está dormida. No tenemos que preocuparnos por la ira del rey.

Encontré a la sirvienta como había dicho, dormitando con los ojos medio cerrados. Estaba tan aliviada, feliz y estupefacta, como un remolino de emociones al mismo tiempo, que le habría echado los brazos al cuello. De hecho, casi lo hago, pero por algún perverso motivo, descubrí que en lugar de eso sentía la necesidad de discutir con él. En verdad, a veces me pregunto si le han lanzado algún encantamiento que lo vuelve desagradable a más no poder.

—No es mi rey —dije.

—¿No? Pero lo liberaste. —Negó con la cabeza—. ¿Cómo es que sabes hacerte amiga de perros feéricos salvajes y sonsacar Palabras de Poder y, aun así, pasas por alto una de las reglas fundamentales en driadología? Véase, no liberar a reyes malvados de los árboles.

—He aprendido la lección, gracias —espeté—. Si acabas atrapado en uno, no te sacaré.

—Lo harás. Te conozco demasiado bien, Em. No sobrevivirías sin nadie a quien gruñir.

La otra modista se había puesto a cuatro patas y me estaba olisqueando los pies. La abracé… o lo abracé, mejor dicho, pues era Shadow bajo el hechizo. Me lamió, una experiencia poco agradable, y le aparté la cabeza para resguardarme de futuros intentos.

Me quedé mirando a Wendell. No parecía él mismo… ni siquiera *sonaba* como él, pues su voz era más grave y áspera. Solo ahora que lo miraba con más atención, podía ver su familiar postura desenfadada, la forma en que me contemplaba con una mezcla de diversión y preocupación. Ahora era varios centímetros más bajo que yo, y con aquel aspecto discreto y la paleta de grises que llevaba, podría haberse camuflado en el fondo de cualquier habitación.

—Ah —dejé escapar cuando, de repente, lo comprendí—. Te has convertido en uno de los *oíche sidhe*.

—Por supuesto —dijo—. La sangre de mi abuela corre por mis venas, así que puedo adoptar su apariencia a conveniencia..., aunque el proceso fue bastante desagradable. —Bajó la mirada hacia sus dedos, antes elegantes y ahora larguiruchos con articulaciones de más, y compuso una mueca—. Y lo peor es que tengo que mirarme todos los días.

—¿No podrías haber utilizado un conjuro?

—Bueno, quizá, pero pensé que los encantamientos de nuestro rey de las nieves lo harían pedazos. El palacio está a rebosar de ellos. Me arriesgué en ponerle uno a Shadow porque si alguien lo descubría, no importaría demasiado. No es enemigo de nadie.

Lo miré.

—¿Y tú, sí?

—He intentado liberarte a la fuerza en múltiples ocasiones, y no salió demasiado bien. Aunque he matado a varios nobles del rey.

Me quedé boquiabierta.

—No me ha dicho nada.

—¿Por qué debería? En cualquier caso, al final se me ocurrió esto. —Señaló su fealdad con un gesto amargo—. Y después de hablarlo con Aud, decidimos...

—¡Aud! —casi grité—. ¿Aud ha colaborado en... mi rescate?

—El pueblo entero está colaborando para rescatarte, querida. Casi nos lo pasamos en grande planeándolo todo.

Intenté imaginarme a Aud, Thora, Krystjan y a los demás en la taberna, intercambiando ideas para liberarme del País de las Hadas, pero mi imaginación me falló por completo…, sobre todo porque no me los imaginaba preocupándose.

—¿Por qué? —dije en voz queda.

—¿Por qué? —Se le arrugaron los ojos con diversión—. Rescataste a tres de sus hijos… y sin duda, has liberado a una docena más ahora que el niño cambiado ha sido expulsado.

—También he liberado a un rey de las hadas que los ha condenado a un invierno eterno tan campante.

—Sí, pero me las he arreglado para convencerlos de que tus intenciones a ese respecto eran nobles.

Lo dijo de pasada, sin importar si era cierto o no. Me estremecí, aunque llevaba días sin sentir frío.

—No lo eran —dije—. No en su mayor parte. Quería… —Bajé la mirada a mi ridículo vestido—. Quería comprender la historia. Supongo que pensé en ayudar a Aud y a los demás, pero no mentiré y diré que no lo hice pensando primero en la ciencia. No deberían arriesgar sus vidas para salvarme.

—Emily, Emily —respondió—. Desde luego, me asombra que decidieras ayudar a esta gente, ya estén en segundo, tercero o decimocuarto lugar en tus pensamientos. ¿Habías hecho algo así antes? Me refiero a pensar en alguien aparte de ti y tu investigación.

Lo fulminé con la mirada.

—¿Me estás llamando «egocéntrica»? ¿Tú?

Se encogió de hombros, sin inmutarse ante un desdén hacia algo a lo que le prestaba poca atención; léase, su carácter.

—En cualquier caso, son personas prácticas y se preocupan más por lo que hiciste en lugar de por el porqué. Deberías de haber visto el rostro de Thora cuando le dije que te habían secuestrado. Y Lilja y Margaret estaban más que dispuestas a declararles la guerra por ti. Por no mencionar a Aud…, ama al niño que rescataste como si fuera suyo. Y en cuanto a Ulfar, juró sobre la tumba de su madre que te traerían de vuelta…, tan solo pronunció media docena de palabras en total antes de retirarse con ese gesto sombrío tan suyo, pero aun así es más de lo que le he sacado en semanas.

Sentí una tensión inesperada tras los ojos al imaginar el cuadro que me había pintado. Me veía sola en este palacio de hielo con tan solo mi ingenio entre un encantamiento eterno y yo, mientras ellos estaban sentados en la taberna con el estofado de Ulfar burbujeando en la parte trasera y el viento silbando por la grieta del alféizar que Aud nunca llegó a reparar. Como cuando me eché a llorar por la herida de Wendell, mi reacción me alarmó. No recuerdo la última vez que lloré antes de venir a Hrafnsvik; seguramente todavía era pequeña. No me pondré sensiblera, y aun así sentía que algo dentro de mí se había aflojado… algo pequeño pero problemático, como un guijarro que se te mete en el zapato.

—¿Y… qué decidisteis? —pregunté.

—Aud y los demás visitarán al rey mañana, durante las ofrendas. Han invitado a los mortales, así que el rey levantará el velo sobre su reino de forma temporal. Les presentarán a él y a su futura esposa un regalo de bodas que contiene un veneno que lo dejará sin sentido. Las cosas se complicarán un poco después, pero no te preocupes…, utilizaremos el caos para cubrir nuestra huida.

Me senté con pesadez en la cama junto a mi sirvienta encantada, que dormía tan profundamente que parecía babear.

—Y el invierno acabará. ¿Está muy mal la cosa en Hrafnsvik?

—Es absolutamente espantoso. —Hizo rodar al hada para sentarse a mi lado—. Nieva día y noche, lo cual es muy tedioso. Mis ropas ya no bastan, así que he tenido que pedirle prestada una capa de piel de foca a Ulfar. Supongo que es lo bastante abrigada y la he ajustado bien, pero no puedo quitarle de encima el olor a pescado. Y luego, por supuesto, están las botas.

No tengo dudas de que habría continuado hablando largo y tendido sobre la degradación de su armario si no lo hubiese interrumpido.

—Pero ¿el veneno no matará al rey?

—¿Hum? No. —Me dedicó una sonrisa, inadecuada para discutir un regicidio—. Colar un veneno entre los regalos fue idea de Aud. Hacemos un equipo bastante bueno. Le he seguido el rastro a la antigua reina; estaba escondida en las montañas con su primogénito. Sus aliados de la corte fingieron su muerte.

—¿Le has seguido el rastro? —repetí con voz débil.

—Sí. Bueno, la he estado buscando desde que el rey te encantó durante nuestra maravillosa expedición a su celda en el árbol.

—¡Lo sabías! —exclamé.

—Claro que sí. Dame algo de mérito. En fin, pensé que la reina podría saber cómo romper el poder de su antiguo esposo sobre ti, así que fui a buscar una puerta que me llevara a su corte. Encontré una, estrecha y antigua en lo alto de una cima olvidada que no se abriría por mí, pero casualmente era la misma por la que acabó escapando cuando liberaste al rey. Supuse que haría uso de ella entonces y así fue, la encontré escondida bastante cerca.

—Podrías haberme dicho que sabías que estaba encantada —espeté—. De hecho, podrías haber dicho algo aquella noche cuando regresamos del árbol. O en cualquier otro momento…, solo estamos juntos cada día.

—¿Qué sentido habría tenido? Lo habrías negado, el encantamiento te habría obligado a ello. Dejé bastantes pistas en ese maldito diario tuyo.

Recordé cómo el encantamiento me había boicoteado cada vez que habría la boca para revelarlo, la de veces que había olvidado que estaba encantada. Debía admitir que probablemente tuviera razón… Bueno, no, no tenía que admitirlo.

Apreté la mano en un puño. Estaba enfundada en un guante blanco, confeccionado con astucia con pliegues y complejos rellenos para enmascarar la ausencia de mi dedo corazón. Sentí el dolor fantasma; ya me era familiar.

—¿Y cuál es el papel de la reina en todo esto? —dije.

—El rey no se preocupará por ella, ya que piensa que los lobos la descuartizaron, así que se colará en la ceremonia de las ofrendas disfrazada. En cuanto esté distraído por el veneno, lo matará con la ayuda y la complicidad de sus aliados entre la nobleza, y son bastantes, aunque se hayan acobardado temporalmente para someterse al rey.

Tenía la boca seca.

—¿Cómo?

Se encogió de hombros.

—Lo he dejado librado a su fértil imaginación.

Apoyé la cabeza entre las manos. Mi mente había cesado de dar vueltas desde que Wendell había llegado… Me pregunté si estaría haciendo algo para contrarrestar los encantamientos del rey, pero aun así me sentía demasiado ligera, como si pudiera desvanecerme en cualquier momento.

—Bueno, nunca volverás a engañarme.

—¿Qué?

—Jamás volveré a creer que eres incapaz de trabajar duro.

Se encogió de hombros.

—Ser capaz no es lo mismo que sentirse inclinado, Em.

—¿Puedes liberarme sin matarlo? —dije—. ¿Podrías volver a encerrarlo?

—No —respondió tras una pausa confusa.

—Puedes hacer retroceder el tiempo —añadí, frustrada.

Él negó con la cabeza.

—Me halaga que creas en mí. Pero a mi edad, la mayoría de las hadas tan solo han empezado a rozar el potencial de sus poderes. Este rey es más viejo que las montañas. Y peor, estamos en su reino, no en el mío. ¿Qué importa? Seguro que no lo compadeces. Sabes que matará a los habitantes de Hrafnsvik de hambre, que los sepultará a ellos y a sus campos bajo metros de nieve incluso en pleno verano si lo dejamos a sus anchas.

Sacudí la cabeza despacio.

—La antigua reina y su corte volverán a secuestrar mortales. Aud y los demás oirán otra vez su música llamándolos en las noches de invierno.

—Me atrevería a decir que están acostumbrados.

No tardé en abandonar este argumento… Era estúpido por mi parte esperar que se preocupase por la maldad de las hadas cuando su propio pueblo era culpable de cosas peores que las ocultas, si es que las historias son ciertas. Tironeé de un mechón suelto de pelo; los sirvientes lo habían sujetado con algún armatoste de lazos y horquillas, pero parecía que ni la magia de las hadas podía domarlo.

—¿De verdad planearon este… este rescate?

Sonrió.

—Sabía que no lo creerías. Solo porque tu corazón esté lleno del polvo de miles de estanterías de biblioteca no significa que todo el mundo sea igual. Mira.

Me tendió un librito con una cubierta de cuero, sencillo en el sentido de algo caro hecho a mano. Su diario.

—No me molesto en escribir a menudo —comenzó a decir.

—Podría contar cuán a menudo con los dedos de una mano —dije—. Si me faltara la mitad de los dedos.

Me ignoró.

—Pero he hecho un esfuerzo por documentar las cosas de manera más consistente desde que te fugaste con el rey. Estás tan obsesionada con registrarlo todo sobre el tiempo que hemos pasado aquí que pensé que lo apreciarías. He marcado las entradas que detallan las conversaciones que mantuve con los lugareños.

Estuve tentada de hacer alguna observación sobre su comentario acerca del polvo de biblioteca, pero en verdad sentía que me había dado una lección de humildad con su consideración.

—Gracias —respondí al final—. Yo... dedicaré mi lectura únicamente a las entradas indicadas.

Solo me escuchaba en parte, pues su atención se había visto absorbida por el espejo colgado junto al lecho, en el que miraba su reflejo con el ceño fruncido mientras tironeaba de la capa por aquí y por allá.

—Pensaba que solo tenías un poco de ascendencia de las hadas comunes —comenté, tratando de reprimir mi diversión, aunque no demasiado, lo admito.

Frunció el ceño.

—Solo es un poco. Tengo otros tres abuelos, todos de la realeza, incluidos un rey y una reina.

Asentí, fingiendo que lo meditaba. Entonces, añadí:

—Ahora tienes un bulto en la nariz.

Me fulminó con la mirada.

—No es cierto.

—Tienes los labios torcidos.

Abrió la boca para protestar, pero entonces dejó escapar un gruñido cansado.

—¿Qué sentido tiene? Estoy horrendo. No veo la hora de volver a cambiar.

—No lo hagas. Te prefiero así.

Me miró sorprendido y una sonrisa comenzó a aflorarle.

—¿En serio?

—Sí —dije—. Te camuflas con el entorno. Casi podría olvidarme de ti por completo. Es refrescante.

Como era de esperar, encontró la forma de tergiversarlo para que fuera un cumplido.

—¿Y de normal soy una distracción para ti, Em? —Se levantó para marcharse y agitó los dedos en dirección a la sirvienta, que gruñó y comenzó a moverse—. Tus doncellas sospecharán si me demoro mucho más —dijo—. Te enviaré una nota con el velo para aclarar tu papel en los eventos de mañana. Puede que tu conciencia se tranquilice al saber que será pequeño.

Cuando se retiró, pareció fundirse en las sombras grises de la luz diurna y sentí una punzada repentina de terror. No quería que se fuera.

En realidad quería que se quedara, que se le parecía, pero no era exactamente lo mismo. Me di cuenta con una claridad espantosa de que lo había echado de menos.

—¿Qué día es? —pregunté.

Se detuvo y me lo dijo.

—Un mes —murmuré—. He estado un mes fuera.

Alzó las cejas.

—No está mal. La mayoría de los mortales pueden ver los años pasar en el País de las Hadas y pensar que han sido días.

—Wendell —dije—. Debería…, quiero decir, todo lo que has hecho por mí, yo…

—Oh, querida —respondió—. Por eso sé que de verdad te han encantado…, te estás poniendo sentimental. Si disfruto del momento, luego me matarás, así que dejaré que profeses tu gratitud a las paredes. Y, en cualquier caso, debo terminar tu vestido.

No vi cómo abandonaba la habitación con Shadow, aunque supe que se habían ido. Mi sirvienta se incorporó sobre un codo, parpadeando con sus pestañas escarchadas, confundida. Antes de que tuviese la oportunidad de abrir la boca, la regañé por haberse quedado dormida y le ordené que hiciese pasar a la siguiente visita.

30 DE ENERO, MÁS TARDE (SUPUESTAMENTE)

Pasó un rato hasta que pude escaparme de los visitantes y sus preguntas interminables sobre mis nupcias (las cuales no recuerdo haber respondido, aunque supongo que debí de hacerlo). Luego ordené a mis sirvientes que se alejasen hasta la puerta de mi habitación y me acomodé junto a la ventana en un sillón blanco con demasiado relleno que parecía un pastel congelado, y me dispuse a leer el diario de Wendell.

El cuaderno tenía un lazo de seda cosido al lomo, cómo no, con el que marcaba la página. Aunque había prometido limitar la lectura a los pasajes relevantes, no pude evitar ojear lo que había escrito antes. No lo había subestimado…, había poco de qué hablar: unas cuantas descripciones esporádicas de la casa del árbol de Poe y de varias formaciones rocosas que la gente del pueblo debía de haberle señalado y sobre las que probablemente había escrito porque dichas personas se encontraban junto a él mientras lo contemplaban con expectación; otros pasajes los había copiado de mis notas, quizá para acordarse de incluirlos en nuestro artículo; un puñado de cuentos de hadas locales que recordé que había recopilado de Thora. Solo se había tomado la molestia de describir unos pocos días al comienzo de nuestra estancia y medio esperaba encontrarlos llenos de quejas sobre mis exigencias tiránicas o las carencias de nuestro alojamiento, pero supongo que consideró que escribir protestas era un esfuerzo en vano, pues estas entradas eran más bien hechos, aunque extremadamente breves. Tiene la costumbre de hacer garabatos, así que soy propensa a ignorar los márgenes dado que casi la mitad de estos están llenos de bocetos sobre mí, incluyendo uno que me paralizó. En él, estaba inclinada sobre mi cuaderno, con el pelo cayendo sobre mis hombros, como lo suelo dejar por las tardes, la barbilla apoyada en la mano y una pequeña sonrisa en mi rostro. Era un trabajo muy delicado, cada trazo elegido con mucho cuidado. Veía los lugares donde había emborronado la tinta con el pulgar para crear sombras: la curva de mi cuello, el surco entre mis clavículas.

Pasé la página (me ardía el rostro y unos pequeños escalofríos me recorrían como los trazos de una pluma). Me concentré en los otros bocetos; algunos eran de árboles esqueléticos, enormes y arraigados, y, aun así, dibujados con amor, y otros de una criatura que al final comprendí que era un gato. No fue una deducción fácil; solo lo había insinuado con unas pocas líneas negras, como si no fuese un ser material en su totalidad. Aun así, había algo en esos toques que me inquietó. No sabría decir si se le daba de espanto dibujar gatos o si simplemente tenía uno espantoso.

Al fin, llegué a la entrada que había marcado, el día que descubrió que había desaparecido. Para mi asombro (dudar de sí mismo no es un rasgo que hubiera atribuido nunca a Wendell Bambleby), comenzaba con muchos tachones y ahora las palabras eran ilegibles, aunque vi la forma de mi nombre bajo las marcas varias veces.

Está bien. Empezaré sin más. Querrías que tuviese rigor académico, ¿no es así? Tratar tu desaparición como un maldito apéndice.

Me saltaré el momento en que descubrí tu carta. Basta decir que no dejaré que Krystjan entre hasta que haya limpiado. Las cosas se han torcido un poco, como si de la furia que me entró hubiese arrugado el velo entre el País de las Hadas y el reino de los mortales. ¡Pobre Shadow! Estaba tan aterrorizado que salió corriendo hacia la taberna. No temas, le he acariciado con creces y le di un cuenco entero de la salsa de Ulfar; creo que me ha perdonado.

(Aquí parecía que había apuñalado la página varias veces).

En fin, eso no ha tenido mucho rigor, ¿cierto? Solo que no puedo dejar de imaginarte leyéndolo. Creo que necesito imaginarte leyendo esto, si no, me volveré loco. Pero déjame que lo vuelva a intentar.

En cuanto terminé de leer tu carta (gracias por ser prosaica sobre esta misión suicida tuya; no es como si te hubiese rogado que te casaras conmigo, en cuyo caso podría inclinarme a sentir alguna emoción sobre todo este asunto) y después, una vez que me hube calmado, me encaminé a la taberna para pedirle ayuda a la gente del pueblo, naturalmente. Mejor dicho, *intenté* ir, pero cuando abrí la puerta de la cabaña, hubo una pequeña avalancha y retrocedí tambaleándome. Maravilloso. Había habido una ventisca durante la noche, tan fuerte que los montículos llegaban a mitad de altura de la puerta. Me recompuse y bajé las escaleras demasiado rápido, me tropecé y aterricé de morros sobre el pasto cubierto de nieve. El viento era fuerte y hacía un frío que no había sentido nunca, ni siquiera en Ljosland. Me llevó un cuarto de hora tan solo vadear el camino de bajada, y para cuando llegué a la taberna, tenía tal cantidad de nieve en las botas y en las mangas que me había calado y estaba temblando. Qué lugar tan encantador es este.

Por suerte, Aud y Thora estaban presentes, así como varios jóvenes a quienes habían sacado de sus camas para desenterrar el pueblo. Aud parecía preocupada por mi aspecto y dijo algo acerca de mi color, y solo entonces me di cuenta de que había olvidado ponerme la capa antes de sumergirme en el frío ártico. Aud y Thora siguieron intentando llevarme junto al fuego, hablando sin parar de té y del desayuno e ignorando mis protestas, que eran más bien tartamudeos debido a que tenía los labios congelados, hasta que finalmente agarré la bandeja del desayuno y la lancé contra la pared, donde se deshizo en una nube de hojas y piñas (no pretendía hacerlo, solo que mi magia se disparó erráticamente). Ahora me siento bastante mal por eso… Creo que las asusté, aunque Aud no lo aparentó; tan solo me obligó a sentarme en una silla junto al fuego con más fuerza de la necesaria.

—No quiero té —informé cuando presionó una taza contra mi mano.

—O te lo bebes o te lo vuelco en la cabeza, hada demente —respondió al tiempo que me lanzaba una manta a la cara.

Me costaba sostener la taza y entonces me di cuenta del estado en que estaba. Estoy demasiado alejado de mis bosques y lagos en este país invernal y eso me debilita enormemente. Tenía las yemas de los dedos azules y puede que también la nariz. Aud debió de pensar que me estaba muriendo. Shadow se acercó a mí y me apoyó la cabeza en las rodillas, todo perdonado, como siempre hacen los perros. Si hubiese asustado a mi gata del mismo modo que a Shadow, me habría ignorado durante días o me habría lanzado una maldición, pero los gatos tienen respeto por sí mismos.

Al rato, fui capaz de hablar de forma coherente de nuevo. Para entonces, la mayor parte de Hrafnsvik se había congregado en la taberna; la aldea entera había sentido que algo se avecinaba, de esa manera osmótica propia de la gente de pueblo.

—Bueno —dijo Aud—, desde el principio.

Se podía oír la nieve golpeteando contra las ventanas mientras les contaba lo que habías hecho. Cuando terminé, esperaba una pausa larga, que los lugareños se quedasen en silencio a causa de la estupefacción. Pero Aud dudó un instante y dijo:

—Entonces tenemos que sacarla.

Lilja se echó a llorar y enterró el rostro en el hombro de Margaret. Me hundí en la silla, completamente aliviado. Pues no sé si podría sacarte yo solo, Em… Solo poseo una sombra de mis poderes en este mundo. Pero con la ayuda de la gente del pueblo, albergo esperanzas.

Finn estaba pálido pero decidido, y asintió.

—Traeré las zarzamoras —dijo y se abrió paso en la tormenta como si no fuera nada.

—¿Para qué es? —pregunté.

—Es una vieja tradición —dijo Aud—. Antigua. De la época en que el rey del árbol gobernaba a las hadas de Ljosland, y los mortales lo convocábamos quemando zarzamoras secas en nuestros hogares.

La idea de que cualquier monarca del País de las Hadas respondiese la llamada de un mortal me pareció realmente divertida, y por algo tan trivial como un humo perfumado, pero Aud insistió.

—No siempre escucha —añadió—. Solo a veces. Pero merece la pena intentarlo. Si no atraemos su atención de esa manera, lo intentaremos sacrificando a un cordero.

Esto parecía más prometedor. Yo nunca me tomaría la molestia con algo tan estúpido, pero a algunas hadas les gusta que los mortales monten un numerito por ellas, que las traten como a un dios pagano.

—Muy bien, mientras vosotros hacéis eso, yo intentaré liberarla a la fuerza.

Aud parpadeó.

—¿Cómo encontrarás su corte?

—Es fácil. —De hecho, ya intuía dónde se encontraba, incrustada en el paisaje mortal como una semilla entre los dientes.

Intercambiaron miradas, pero no me presionaron para que les diese más explicaciones tediosas.

—Primero deberíamos intentar hablar con el rey en el... con el rey —dijo Aud—. Quizá no pretenda retenerla mucho tiempo.

Ante eso, me reí con amargura.

—Pretende hacerla su esposa.

Aud retrocedió.

—¿Cómo lo sabes?

De repente, me sentí agotado.

—Es lo correcto. Ella lo liberó. ¿Qué otra recompensa podría darle? ¿Qué otra cosa sería recompensa suficiente?

—Es una locura —masculló Ulfar.

Aud sostuvo la mano el alto, pues los lugareños habían comenzado a murmurar entre ellos.

—Y ¿crees que puedes librarla del rey tú mismo?

—Lo puedo intentar —respondí.

Me miraron dubitativos. Supongo que no suponía una figura imponente sentado ahí junto al fuego, con la manta y el té, como un abuelo de edad avanzada y sonándome la nariz constantemente. Ya había usado dos pañuelos de Aud.

—Te ayudaremos como podamos —dijo Aud. Supongo que pensó que me estaba ahorrando los sentimientos. No tenía de qué preocuparse. Como he dicho, no soy optimista con las probabilidades de mi éxito. Necesito a esta gente desesperadamente.

Aud comenzó a asignar tareas con una eficacia fría. Iban a recolectar zarzamoras y a quemarlas en todos los hogares, y enviaron a varios jóvenes al pueblo vecino para que hablaran con su bardo, pues allí tenían uno que había recopilado muchas historias que podían darnos algunas ideas sobre cómo ocuparnos de este rey. A mí me asignó enseñarle a un puñado de hombres el camino a la corte del rey de la nieve, pero no hasta que hubiese recuperado mi color normal, dijo Aud (mis dedos todavía seguían un tanto azules). Intentó que comiese una tostada y pescado ahumado, pero no pude.

En parte para entrar en calor y, sobre todo, para distraerme, caminé de lado a lado de la taberna unas cuantas veces e incluso me colé en la parte trasera, donde Ulfar estaba preparando una cantidad ingente de estofado para nuestra sesión estratégica. Oh, cielos, qué cocina. Nunca he visto tamaño desastre. Regresé junto al fuego mientras todos me miraban, probablemente preocupados de que me hubiese vuelto loco, pero no podía dejar de ver la cocina. Era agradable pensar en otra cosa que no fueras tú, obligada a bailar hasta desmayarte o vestida con un traje de témpanos de hielo, así que comencé a reordenar las ollas y, en general, a ponerlo todo en orden. Cuando Ulfar volvió para remover el estofado, ya había limpiado casi todo el espacio, aunque estaba lejos de resultar satisfactorio. Ciertamente, se aleja mucho de los estándares de mi padre.

—¿Cómo es posible que las tostadas se queden pegadas al techo? —quise saber. Este no fue el ejemplo más ofensivo del desorden de la cocina, pero fue el que más me dejó perplejo.

Ulfar pareció no escucharme. Se quedó contemplando su cocina y las cejas rubias casi le desaparecieron por la parte de atrás de la calva. Me hormigueaban los dedos por echarle el guante a su delantal, que estaba inmundo y desgarrado, y una de las cintas se la había sujetado al cuerpo con un alfiler, pero me contuve. Aud entró un momento después y ella también se detuvo, mirando fijamente.

Cualquiera podría pensar que ninguno de los dos reconoció su propia cocina.

Al final, Aud pareció volver en sí.

—Ahora tienes mejor aspecto —dijo un tanto nerviosa, como si de verdad la hubiese asustado, algo totalmente absurdo. Si alguna vez quieres asustar a alguien, Aud, enséñale tu cocina.

En fin. Me ayudó a empaquetar algunas de las cosas de Ulfar y me preparé para otra expedición abominable, esta vez para enseñarles a los lugareños cómo llegar a la corte del rey. Al menos, había dejado de nevar.

En este punto empecé a leer en diagonal, pasando despacio las páginas. Al parecer, cada día los habitantes del pueblo habían intentado algo distinto. Después de que las hogueras de zarzamoras resultaran infructuosas, habían sacrificado una docena de corderos y luego, varias mujeres habían tejido una colcha con el pelaje de un oso polar que, según una historia antigua, el rey había aceptado tiempo atrás como intercambio justo por una chica del pueblo secuestrada. Después, se sucedieron una serie de intentos para colarse en la corte del rey con Wendell, un plan complejo para capturar a una de las hadas de la corte con la esperanza de llegar a una especie de intercambio de prisioneros (esto inspirado por una historia similar que les había compartido el bardo) y luego, cuando todo acabó en desastre, hubo varios acuerdos con hadas comunes para obtener información que podría ser útil para liberarme. Y así sucesivamente.

Una gota cayó sobre el dorso de mi mano y, para mi consternación, me di cuenta de que estaba llorando. Jamás en mi vida adulta he tenido a nadie que me cuidase. Cada vez que había querido o necesitado algo, lo había hecho yo misma.

Y ¿por qué no? Nunca había necesitado que me rescatasen hasta ahora. Supongo que siempre había asumido que, si alguna vez lo necesitaba, tendría dos opciones: rescatarme a mí misma o perecer.

El pueblo entero ha trabajado durante semanas. Han dejado a un lado sus propias vidas y sus intereses para ayudarme. Al principio me sentí sumamente avergonzada. Pero en el fondo había algo cálido que me llegaba hasta la médula, incluso en el palacio de hielo.

Vienen a rescatarme.

No estoy sola.

3 DE FEBRERO

He pasado el último cuarto de hora mirando fijamente esta página. Debo haber escrito lo que ocurrió aquel día en el palacio del rey, pero no es más que una maraña de tantos horrores y cosas imposibles que casi siento que intentarlo es inútil.

Para ser el escenario de un asesinato sangriento, la ceremonia de las ofrendas al rey fue un asunto sumamente aburrido. Me pregunto si este es el contexto en que se desarrollan dichos eventos, si todos los grandes asesinatos e intrigas de la historia estuvieron precedidos de una series de momentos en los que hombres aburridos hablaban largo y tendido sobre nada o grupos numerosos de personas se limitaban a esperar alrededor, jugueteando con sus cabellos o quitándose las pelusas de la ropa.

No dejé de moverme inquieta en el trono junto al rey mientras una larga procesión de personas se aproximaban una a una para dejar sus regalos a nuestros pies antes de unirse a los espectadores. El trono estaba hecho de delicadas dagas de hielo, unidas para asemejarse a la caja torácica de una bestia enorme y cubiertas de pieles para que estuviese cómoda. El rey estaba sentado en un trono idéntico, aunque sin las pieles, con las manos dobladas con educación sobre el regazo. La sala del trono no era tal, sino un patio enorme en el corazón del palacio, donde a veces había dos tronos, una tarima y una extensa avenida bordeada de estatuas de hadas hechas con hielo, algunas con mirada amenazadora y otras, no.

El clima era una mezcla extraña y agradable con nubes de nieve y cielo de invierno; cada vez que las nubes se abrían, todavía derramando sus copos, los arcoíris brillaban sobre las cimas de las montañas. La luz del sol lo volvía todo plateado y perlado.

Llevaba el vestido verde que me había hecho Wendell; lo envió aquella mañana con una nota que decía que había decidido que era inapropiado para una boda, y entonces ¿por qué me lo pondría hoy? En la nota venían otras cosas, por supuesto, pero la rompí en pedazos y los lancé por la ladera de la montaña tras terminar de leerla. El vestido era perfecto, cada centímetro, y me cubría con un drapeado verde esmeralda que ondeaba como las ramas de un sauce llorón, el corpiño adornado con perlas machacadas que susurraban cada vez que me movía. Y con él venía un velo a juego que me coloqué retirado del rostro. Los sirvientes me habían recogido el pelo, entretejido con joyas, pero algunos mechones ya me caían sobre los ojos, demostrando una vez más que ni la magia bastaba para mantenerme decente. Las perlas frías y duras que bordeaban el velo me rozaban la frente.

Una hada tan alta y delgada como una sombra vespertina dejó una jaula a los pies del rey. Él le hizo un gesto a un sirviente, quien abrió la puerta de la jaula, de donde salió volando un cuervo blanco.

—¡Un albino! —exclamó el rey al tiempo que se inclinaba hacia delante con los codos apoyados en las rodillas. En momentos como aquel, tenía cierto aire infantil que me hacía dudar de la descripción que me había hecho Wendell: «Más viejo que las montañas». Pero no llegué a cavilarlo durante mucho tiempo. Esos momentos eran tan solo fogonazos, gotas de luz solar aventadas en lo más profundo del bosque más oscuro. Volvió a reclinarse en el trono, de nuevo demasiado inmóvil, mientras su magia nos envolvía a todos como una brisa. Es más magia que persona, esa es la verdad. ¿Es esto lo que les ocurre a todas las hadas cuando envejecen? ¿Que su poder las vacía como las grietas de un glaciar antiguo?

Muchas de las ofrendas eran para mí. Había joyas y vestidos, pieles y cuadros (pintados en lienzos de hielo que hacían que todo se entremezclase aún más que las acuarelas) y una caja vacía muy extraña cuya base era una especie de terciopelo pálido; el hada afirmó que en esta florecerían rosas blancas con diamantes en su interior si las dejaba fuera a mediodía y rosas azules con rubíes si las dejaba fuera a medianoche. Hubo otros regalos absurdos en esta misma línea, incluida una montura sin forma de cuero gris que me permitiría cabalgar sobre la niebla de la montaña, aunque no me ofrecieron ninguna explicación de por qué desearía hacer esto. Los únicos presentes que de verdad aprecié fueron en forma de helado, con el que las ocultas están obsesionadas, espolvoreados con sal marina y néctar de sus flores invernales.

El rey me dedicaba una sonrisa encantadora cada pocos minutos y yo le devolvía el gesto forzado mientras apretaba las manos en un puño, ocultas bajo las mangas. La poca claridad que sentí durante la visita de Wendell se había esfumado y tenía los pensamientos borrosos. Siempre me sentía peor en presencia del rey; con esto quiero decir que era más difícil evitar el aturdimiento de mi mente y esos instantes preocupantes donde perdía la noción de mí misma durante ratos enteros. Supongo que tenía sentido; él era la fuente de los encantamientos que mantenían el palacio de una pieza, que escondía su mundo a ojos de los mortales, y que sin duda alteraban el tiempo a su conveniencia. Yo era como un planeta pequeño que, cuando se acercaba demasiado a una estrella gigante, comenzaba a resquebrajarse.

Cuanto más pensaba en el plan, peor me parecía y un sentimiento mayor de estar equivocados se enroscaba en mi interior. No era solo que significaría reemplazar a un rey hada malvado por una reina aún más malvada; no se sentía como el final adecuado de una historia como esta. Las doncellas mortales obligadas a casarse con reyes hadas nunca se limitan a agachar la cabeza y marcharse..., son más listas que eso. Pensé en el cuento de Gotland de la peluquera que tenía maldiciones en sus trenzas de manera que cada vez que su esposo la tocaba, uno de sus adorados perros de caza (que habían estado amenazando a los campesinos) se convertía en zorro o algo parecido (las transformaciones se volvían cada vez más ridículas a medida que se desarrollaba la historia y culminaban en un grillo); además de la epopeya, pura palabrería, de la pastora que empleó la ayuda de las hadas comunes de los campos para atormentar a su malvado marido haciendo muñecas con retazos de lana tan extrañas que acabaron volviéndolo loco, un cuento popular para contar junto al fuego en Yorkshire.

El plan que había ingeniado Wendell con los demás se sentía como si manipulasen la historia en la que había caído y la plegasen para que se adaptase a mí, formando unas arrugas feas en el centro. Y aun así, por mucho que estuviese convencida de que ahí fuera, en algún lugar, había otra puerta para salir del cuento, no podía verla.

Mi mirada vagaba por las hadas congregadas; brillaban como un lago iluminado por el sol y su forma cambiaba en grupo incluso más que de manera individual. ¿Dónde estaba la reina?

Había algunas hadas de otros lugares de más allá de Ljosland, lo cual no pareció sorprender a nadie. A mis ojos, eran menos perceptibles que las ocultas, apenas unas sombras ataviadas con bonitos vestidos y capas de piel, aunque no supe si aquello era culpa de mi vista mortal o algo que el rey había hecho para magnificar el esplendor de su propio pueblo.

Anhelaba mi cuaderno. Si las hadas tienen un contacto habitual con las de otros reinos o no es el tipo de pregunta sobre el que los académicos discuten durante horas en las conferencias, y ahí estaba yo, contemplando como quien no quiere la cosa la respuesta ofreciéndome regalos.

El siguiente invitado alejó dichos pensamientos de mi cabeza. Wendell subió al estrado, bajito, apagado e indistinguible, y nos hizo una reverencia al rey y a mí. Los lores y las damas que habían estado observando los procedimientos volvieron a cuchichear por lo bajo, desestimándolo por completo. Vi al rey fruncir levemente el ceño, como si se le hubiera venido a la mente algún recuerdo. Wendell parecía estar a sus anchas por completo, incluso un tanto aburrido, mientras colocaba a mis pies un par de zapatos.

Contuve el aliento. Eran de cuero blanco y piel con un tacón nada práctico que añadiría quince centímetros a mi altura, pero a diferencia del resto de los complementos que me habían presentado, estos no brillaban con escarcha ni joyas engarzadas en hielo. De alguna manera, había tejido el pelaje con los pétalos de cerezo, como si la bestia pálida a la que había pertenecido la piel se hubiese frotado el lomo contra un árbol. Cuando los toqué, una brisa primaveral me rozó los dedos y olí a lluvia y a plantas verdes que crecían.

—¿Me concede el honor, su alteza? —dijo Wendell. Con un gesto rápido y grácil, me quitó las botas y las reemplazó por los zapatos. Encajaban a la perfección y, ah, también eran muy cálidos. Me asombró que no me hubiese dado cuenta antes de cuán fríos tenía los pies.

—Gracias —respondí, tratando de desentrañar el mensaje del regalo en su rostro desconocido. Pero no me ayudó, tan solo sonrió, volvió a hacerle una reverencia al rey y se fundió en la oscuridad.

El rey me observaba con una arruga entre sus bonitos ojos azules.

—¿Estás bien, querida mía? El corazón te late como si quisiera escapar de ti.

Tragué saliva… Decir que su conocimiento de los latidos de mi corazón fue una sorpresa desagradable sería quedarse corto.

—Los zapatos son hermosos.

—Ah —dijo con una sonrisa. No consideraba que fuese idiota, tan solo que sus expectativas sobre mí eran tan limitadas que nunca me pareció difícil mentirle. Tenía la sensación de que veía a todos los mortales similares a los cuervos que tenía por mascota, cuyas vidas giran en torno a las golosinas que les ofrece, lo cual me hacía preguntarme si alguna vez le habrían dado su merecido, y no me refiero a otro monarca. Después de todo, las historias están plagadas de ejemplos de lores hada arrogantes que reciben su castigo a manos de doncellas ingenuas y campesinos prácticos.

—Debería haberlo supuesto —añadió—. Me he equivocado al consentirte con joyas y sirvientes, ¿no es eso? No temas. Tras la boda, haré que mis zapateros llenen tus aposentos hasta reventar de botas de piel de ternero y conejo, todos cubiertos de diamantes, flores y escarcha; tendrás un par distinto para cada día de tu vida.

No me importó la forma en que lo dijo, como si la vida de un mortal, medida en zapatos ridículos, fuese algo tan exiguo que no hubiera nada extravagante en dicho regalo. Dirigió su atención a los tres invitados que se aproximaban a los tronos.

Si antes el corazón me martilleaba de forma sospechosa, ahora era como un caballo de carreras asustado al galope. Los mortales destacaban frente a la encantadora acuarela de las hadas reunidas como salpicaduras accidentales de tinta sobre un lienzo. Aud, Finn y Aslaug caminaban con paso firme con la mirada clavada frente a ellos, aunque a medida que los tronos se alzaban imponentes, cada vez más cerca, vi que su resolución flaqueaba.

Aud fue la más valiente. Se mantuvo unos pasos por delante de los otros, vestida con sencillez pero bien, con sus pieles y el cabello trenzado de forma muy elaborada. Dada su pequeña estatura, era por lo menos impresionante, y me fijé en que el rey comenzaba a sonreír. Finn estaba pálido, pero vi que el miedo y la diversión iban de la mano, como si no hubiese otra forma de reaccionar a una situación así de imposible.

Aslaug fue la que más me sorprendió. Había ganado peso y sus ojos habían perdido la turbación…, parecía una persona totalmente distinta. Cuando nuestras miradas se encontraron, sonrió…, un gesto tan fiero y rápido que, a su vez, era una promesa.

—¿Los conoces? —preguntó el rey con educación mientras asentía hacia los lugareños, al tiempo que estos hacían una reverencia.

—Sí —dije, pues no había motivos para mentir al respecto—. Son… amigos míos.

—Nos honráis, alteza —intervino Aud, y me dedicó otra genuflexión perfecta—. Y nos enorgullece haber sido invitados a presentarles nuestros humildes respetos a su majestad y a su futura esposa, así como a darles la bienvenida a lo que espero que sea una nueva era de amistad entre mortales y hadas. Ha pasado mucho desde que se nos concediera el honor de visitar vuestro reino.

—Muy de acuerdo —aseveró el rey—. También lo has expresado a la perfección… Sé muy bien que no se enviaron invitaciones a los mortales durante el interregno…, solo se los secuestraba. Quedaos tranquilos, pues tales incidentes no volverán a tolerarse.

Le dedicó una de sus sonrisas amables y hermosas y me fijé en que Finn y Aslaug estaban embelesados; Aud le devolvió la sonrisa, aunque la conocía demasiado bien como para detectar cierta opacidad en ella.

—Si su alteza me permite el atrevimiento, me gustaría ofrecerle un obsequio del reino de los mortales —dijo Aud—. No es tan refinado como el resto de los regalos que habéis recibido hasta ahora.

—En ese caso, estoy seguro de que me gustará aún más —respondió él con un desdén tan distinguido que varias damas de la corte se desmayaron.

Aud sostuvo en alto la botella que llevaba.

—Es nuestro mejor vino de miel; ha estado madurando durante casi un siglo de los nuestros. Puedo asegurar que no hay una variedad tan añeja en el mundo de los mortales.

El rey pareció verdaderamente encantado con aquel presente tan humilde. Las hadas sirvientas trajeron copas y Aud las llenó todas hasta vaciar la botella entre los cortesanos más cercanos al rey. Bebieron por educación y no mostraron efectos adversos salvo por unas pocas muecas… y ¿por qué deberían? El vino de la botella no estaba envenenado.

Aud se acercó al rey para ofrecerle una copa, se detuvo, sonrió y primero me la tendió a mí. Me tembló la mano cuando la aferré por el tallo y me salpiqué vino en la manga. En ese momento, me abrumó el error que estábamos a punto de cometer y me dejó aturdida. Esas otras historias revoloteaban por mi mente como pájaros negros.

Tenía que actuar con resolución. Si no seguía adelante con el plan, me quedaría atrapada para siempre, perdiéndome a mí misma poco a poco y cada vez más, mientras que Hrafnsvik y los otros pueblos verían a sus animales morir y sus palas romperse contra los campos de cultivo congelados.

Con los dedos blancos contra el cristal, tomé un sorbo y, al mismo tiempo, me aparté el pelo. Un gesto habitual para que no me cayera en la bebida (por supuesto, mi pelo siempre está de por medio). Pero también rocé el velo que me había hecho Wendell y solté una sola perla. Esta aterrizó en el vino con una salpicadura inmaterial y se disolvió.

Debería haberme sentido aliviada. Eso fue todo…, había completado mi parte. Solo tenía que pasarle el vino envenenado a mi prometido. Esperar a que se hundiera entre convulsiones y a que la reina, su hijo y demás aliados que tenían entre los cortesanos arremetieran y acabasen con él. Wendell ya se estaba moviendo…, bordeando despacio a la multitud mientras se acercaba al trono como para ver mejor. Él me asirá mientras el rey muere y huiremos con Aud y los otros entre el caos resultante.

Y aun así me quedé sentada, todavía sosteniendo la copa.

Finn y Aslaug comenzaron a preocuparse. Solo Aud permanecía tranquila, con una sonrisa cálida todavía sobrevolando sus labios. Pero no era su sonrisa habitual, lo sabía, que era fría y brusca; esta era una actuación.

Me incliné hacia delante con el pretexto de darle a Aud un beso de agradecimiento. Ella me imitó y, con suavidad, rozó su mejilla con la mía, aunque sentí que se tensaba ligeramente, intranquila.

—No puedo hacerlo —murmuré. Tenía los pensamientos emborronados y tuve que clavarme las uñas en las palmas para evitar perderme de nuevo en el tiempo—. Así no es como se supone que debería acabar.

Creo que balbuceé algo más acerca de unas historias o unos patrones o no sé qué, pues mis recuerdos están dispersos. Sé que Aud me besó y que sentí sus labios temblar. Le sostuve la mirada, tratando de transmitirle que deseaba que me dijese qué hacer, que me ayudase. Pero ella se limitó a mirarme desconcertada en silencio. Y ¿por qué no debería hacerlo? Había planeado este engaño intrincado con Wendell y ahí estaba yo, amenazando con derrumbarlo sobre nosotros.

Aud se recompuso con rapidez y escondió la conmoción bajo una sorpresa educada.

—Su alteza es demasiado amable con tal cumplido.

El incidente (mis dudas, el abrazo de Aud) duró tan solo unos segundos. El rey seguía sonriendo, totalmente ajeno mientras le murmuraba algo a uno de sus cortesanos. Se volvió hacia mí y me tendió su mano elegante (las uñas muy blancas y más estrechas en las puntas; parecía que, si no se las cortaba, se volverían afiladas) para aceptar el vino.

Aud me atravesó con la mirada. Supe que no había entendido ni una palabra de lo que le había dicho, lo cual no fue una sorpresa dados mis tartamudeos sin sentido. Sin duda, pensó que me había vuelto loca. Y quizás así fuera, encerrada durante tanto tiempo en aquel mundo invernal, atrapada en encantamientos como capas de sueños. Aun así, en ese momento supe —*supe*— que si seguía adelante con el plan, sería la ruina de todos nosotros. No tenía pruebas que lo apoyasen y, a pesar de ello, de alguna manera, la convicción tenía sus raíces en la lógica; no de ningún modo en particular, sino por el conocimiento que había acumulado sobre las hadas, el eco de cientos de historias. Este asesinato era discordante; una cuerda desafinada.

Hice un gesto con la copa…, no sé el qué. Puede que la dejase caer y que se rompiese o tal vez, en mi estado agitado, me vi motivada por el dramatismo y la puse fuera de su alcance. Pero con ese ligero movimiento, Aud se lanzó hacia delante y me tiró la copa de la mano.

Me puse en pie de un salto por la sorpresa con un grito incoherente en los labios… Era como si me hubiese despertado de un letargo y el horror de lo que había estado a punto de hacer me atravesó. El rey me miró; luego, a Aud, y después, al vino derramado sobre el hielo. Burbujeaba y le salía espuma y, entonces, un hilillo de humo ascendió, como si la bebida hubiese provocado una llama, ahora extinguida.

Un murmullo horrorizado se extendió entre los cortesanos.

—Perdóneme, su majestad —dijo Aud con su fría calma habitual—. Pero cuando su alteza ha movido la copa hacia la luz, me he fijado en que el vino había adquirido un color extraño… Conozco bien nuestro añejo. Creo que es la copa la que está envenenada. Sin duda, un sucio complot perpetrado por los aliados de la antigua reina. —Hizo una pausa como para procesar la conmoción y, aun así, vi cómo giraban los engranajes de su cabeza—. Es una suerte que su prometida sea mortal…, sin duda, su sangre es demasiado cálida como para haberse visto afectada.

Aud me lanzó una mirada breve y afilada y volví a hundirme en el trono sin dejar de observarla. No había comprendido mis dudas… Lo veía claramente escrito en su rostro. Pero lejos de pensar que estaba loca, había confiado en mí a ciegas y había actuado, retorciendo la historia para darle otra forma. Emití un sonido inarticulado parecido a un sollozo.

Y sin embargo…, casi no funcionó.

El rey paseaba la mirada entre Aud y el vino derramado, que seguía humeando, y luego recorrió a los cortesanos e invitados reunidos, cuya expresión conmocionada pronto se tornó en miedo. Todos a una, se alejaron de él mientras tropezaban entre ellos. No los culpé, el rey tenía el rostro contraído y toda la luz del sol y los alegres arcoíris se habían disuelto en un remolino de cristales de hielo. Me miró y supe que el estupor se reflejaba con claridad en mi rostro, mientras que mi boca seguía abierta con una expresión bastante estúpida (no fue intencionado, pero en retrospectiva, fue la mejor coartada posible que pude haberle ofrecido). Su expresión se suavizó y me dio un apretón en la mano.

—No pasa nada, mi amor —dijo—. Estoy ileso. No tienes de qué preocuparte.

Luego, todo comenzó a desmoronarse. Hubo una serie de gritos y arrastraron a un hada parduzca de cabello negro entre los congregados antes de arrojarla a los pies del rey.

—La reina traidora, su majestad —declaró uno de sus captores—. ¡Se había disfrazado!

El rey hizo un gesto brusco y, de repente, el hada acurrucada dejó de ser parduzca, y fue tan hermosa que me dejó sin palabras, de contornos afilados, piel de escarcha reluciente y cabello blanco que se derramaba por el suelo. Llevaba una espada casi tan alta como ella al costado, una incriminación maravillosa. Me sorprendió, porque las dos hadas que habían arrastrado a la reina ante el rey no deberían de haber sido capaces de identificarla bajo el encantamiento si el rey tampoco podía, y también me fijé en la forma en que su tono indignado contrastaba con la manera en que no dejaban de tragar saliva y mirando de reojo al rey. Pero él no les dedicó ni un vistazo. Sus ojos no se desviaron de la reina.

—Pensé que te había matado, querida —le susurró y su voz casi simuló una caricia. Me alejé de él sin importar lo que pareciera.

—Pensabas, pensabas —espetó ella. Su voz era tan encantadora como su rostro, incluso encolerizada—. Tu poder solo se ve igualado por tu estupidez, esposo mío. Ya te he dejado en evidencia dos veces. Me alzaré y lo volveré a hacer una tercera.

No pude evitar admirar su compostura, aunque su amenaza me pareció poco probable, sobre todo porque de repente había demasiadas manos sobre ella golpeándola y zarandeándola mientras le quitaban la espada y se la tendían al rey.

En ese momento, varias hadas corrían hacia las puertas. Algunos de los guardias del rey las masacraron con sus espadas de hielo, aunque era imposible saber si esta huida era resultado de la culpa o simple miedo. Los invitados gritaban y me llegó el sonido intermitente de las armas al entrechocar. Era caótico… Al menos, esa parte del plan había salido.

De repente, Wendell estaba a mi lado con uno de los guardias del rey.

—Debemos poner a salvo a su alteza —le dijo al rey. Puede que ni siquiera hubiese hablado, pues el rey no se percató de su presencia ni de la mía. Estaba de pie frente a la reina, dando golpecitos con la espada contra el suelo, alargando el momento por gusto.

—El espectáculo ha terminado, alteza —murmuró Wendell al tiempo que me separaba del trono—. Es hora de guardar el cuaderno.

Aud, Aslaug y Finn entraron en acción tras nosotros mientras corríamos. En cierto punto, Wendell guio al guardia del rey tras una pared, donde le rozó el rostro con los dedos como había hecho con mi doncella, y el guardia colapsó casi de forma cómica, como si fuese una marioneta a la que le han cortado las cuerdas.

De pronto, me detuve. Solo habíamos atravesado las primeras puertas, tras las cuales había un pasillo que debería de habernos conducido a las puertas exteriores de palacio. Pero, en cambio, estábamos en mis aposentos, tan familiares que me horrorizó.

—Sigo atrapada en los encantamientos del rey —le dije a Wendell—. Llévate a los otros... podréis escapar si no voy con vosotros.

—Cállate —dijo Aud y me dio un abrazo breve pero doloroso. Miró a Wendell—. ¿Puedes hacer algo?

—Es posible —respondió—. Sí, sigues atrapada, y eso sería mucho más fácil si él hubiera muerto. —Nos fulminó con la mirada a Aud y a mí—. Pero ahora mismo está bastante distraído, lo que significa que sus encantamientos flaquean. Puede que encuentre la manera de sortearlos.

—Dame. —Apenas reconocí la voz de Aslaug. Me quitó el abrigo, lo volvió del revés y volvió a ponérmelo—. Sé que es un lord importante, pero puede que ayude un poco.

Wendell asintió con aprobación. Anduvo de un lado a otro frente a la puerta, examinándola como si hubiera..., bueno, algo aparte de una franja vacía de aire. Miré a Aslaug.

—Supongo que desearás no haber venido —le dije.

Ella resopló.

—Llevo deseándolo desde que vi a esa criatura tan horrible y hermosa en el trono. ¿Cómo has mantenido las manos lejos de él?

—Me dedicó una sonrisa pícara que jamás habría imaginado en su rostro—. ¿O no lo has hecho?

—Por favor —intervino Wendell—. Os pido que me excuséis de cualquier descripción de intimidad marital. No es justo, yo te pedí que te casaras conmigo primero.

—¡Oh, qué profundo! —exclamé, a punto de recordarle sus muchos devaneos, de los cuales nunca dudó en hacerme partícipe.

—No debemos demorarnos. Venid, creo que he encontrado una puerta —respondió, al parecer, presintiendo que se avecinaba tormenta.

Me arrastró fuera de la habitación y los otros nos siguieron de cerca. Salimos a una caverna enorme repleta de pequeñas fuentes termales donde a los cortesanos les gustaba bañarse. Wendell murmuró para sí y corrimos hasta que la dejamos atrás y llegamos a una estancia llena de estatuas de hielo que no había visto antes.

—¡Pensaba que habías encontrado una puerta! —grité entre jadeos.

—Eso he hecho —dijo volviéndose ligeramente—. Pero es muy estrecha, un resquicio entre muchas capas de encantamientos y requiere algo de maniobra. ¡Vamos!

Llegamos a otra puerta lateral que nos condujo de vuelta al patio, donde ahora la nieve corría roja por la sangre; entonces, nos hizo saltar por una ventana que nos llevó al jardín de invierno cargado de flores del color del crepúsculo interrumpidas por arbustos violentos de hojas negras y puntiagudas y bayas refulgentes de veneno. Otra puerta nos trajo de vuelta al salón del banquete, que tenía una docena de puertas más para salir de él. Wendell dudó un breve instante y luego corrió hacia la tercera puerta a nuestra izquierda. Parecía la salida del servicio, pero en cuanto la atravesamos, tropecé con un montículo de nieve y habría rodado ladera abajo si Wendell no me hubiese sujetado.

—Listo —dijo con un aire engreído y satisfecho—. ¿Debería explicar ahora tu regalo?

Quise decirle que su regalo me importaba un rábano, pues estábamos en un saliente estrecho, rodeados tan solo del viento enardecido y la caída de la ladera, y no veía la manera de bajar, pero los dientes me castañeaban con demasiada fuerza como para obligarme a hablar.

Sonrió y levantó el borde de mi falda. Los zapatos que me había dado se transformaron... Ahora eran unas botas que me llegaban hasta las rodillas, de pelaje tan grueso que doblaba el diámetro de mis pantorrillas y acabadas en raquetas recias de madera.

Su expresión engreída era tal que me entraron ganas de mandarlo montaña abajo, pero en vez de eso, dije:

—Gracias. —Y le di un beso en la boca torcida. Se quedó tan aturdido que enmudeció, algo que disfruté casi tanto.

—Por aquí —dijo y, por primera vez desde que lo conocía, parecía arrebolado. Luego, nos condujo de vuelta al valle.

4 DE FEBRERO

He leído otra vez la última entrada y he considerado arrancarla y empezar de nuevo por un deseo erróneo de hacer que todo sonase más plausible. Pero Wendell y yo llegaremos mañana a Londres y un día no es tiempo suficiente para llevarlo a cabo... Sospecho que un año tampoco lo sería.

Lo que recuerdo del trayecto de vuelta a Hrafnsvik está borroso. La nieve, que se levantaba formando una niebla helada a medida que descendíamos por la ladera, parecía estar relacionada de alguna manera con los encantamientos que me vinculaban al rey. En un rincón de mi mente, el viaje duró horas; en otro, estuvimos atrapados en esas montañas durante días, vagando sin rumbo. Recuerdo a Wendell maldiciendo en irlandés y en faie mientras trataba de desenredarme; aunque habíamos salido del palacio, algunos jirones de encantamientos seguían aferrados a mí como los filamentos rotos de una tela de araña. Ni siquiera recuerdo que los otros estuviesen allí y, más tarde, Aslaug me contó que Wendell aparecía y desaparecía, guiándolos por el reino de los mortales mientras poco a poco me iba sacando del de las hadas. Supongo que caminaron a mi lado todo el tiempo, a un mundo de distancia.

Lo primero que recuerdo con claridad es despertar en la cabaña... Estaba tendida junto al fuego en un lecho suave de mantas.
Al principio esto me desconcertó, pues habría estado más cómoda
en la cama, hasta que me di cuenta de que, a pesar del fuego vivo
y las capas de pieles, todavía seguía temblando ligeramente. El
frío no me abandonó en varios días y todavía lo siento a veces,
cuando el viento del mar se cuela por las grietas de la cabaña.

Shadow estaba enroscado a mis pies y se puso en pie con un
resoplido satisfecho cuando sintió que me había despertado. Empujó su enorme hocico contra mi rostro y me lamió mientras yo
lo medio acariciaba, medio intentaba apartarlo. Me temo que su
aliento es inmune al encanto y huele justo como esperarías que
oliese el aliento de un sabueso negro: más bien a muerto.

—Ahí estás —dijo Wendell. Su rostro sobrevoló sobre mi pequeño nido de mantas. Parecía alegre y sumamente engreído—.
¿Cómo te sientes?

—Como si pudiera dormir hasta la primavera.

—Me temo que no hay tiempo para eso. Nos vamos mañana
por la mañana temprano a Loabær.

—¿Mañana?

—¿Deseas quedarte para ver las consecuencias de lo que pasó
ayer en el palacio? —Wendell negó con la cabeza—. No, es más seguro que desaparezcamos. En Loabær buscaremos un pasaje en un barco mercante a Londres capitaneado por el hermano de Ulfar... Me
temo que no será un navío de pasajeros normal, así que el alojamiento será espartano, pero es nuestra única opción, ya que hemos perdido el carguero. Ulfar nos acompañará a Loabær para prepararlo todo.

—¿Qué? —dije sin entender. Cientos de pensamientos nada-
ban en mi mente desconcertada y me aferré al que sentí más familiar—. ¿Qué pasa con el artículo?

—Estoy bien —dijo y se acomodó en el sillón más cercano con las manos dobladas—. Un poco cansado de arrastrarte por toda la ladera de la montaña, pero aparte de eso, simplemente me alegro de dejar esta tierra de hielo. Aud, Aslaug y Finn están bien.

Lo fulminé con la mirada.

—Estaba a punto de…

—No lo tengo tan claro. —No parecía molesto; había algo en su sonrisa, mientras me contemplaba, que no pude interpretar—. Aud ha vuelto al palacio para pedirle un favor al rey —dijo—. Debería regresar al caer la noche si todo va bien.

—Un *favor* —repetí incrédula. Luego lo pensé—. ¡Ah! Por supuesto. Le pedirá que ponga fin a esta nevada.

Asintió.

—Se lo debe, así que sospecho que le dará lo que sea que ella quiera, aunque uno nunca puede asegurarlo. Puede que la empuje al trono para ocupar tu lugar.

—Qué amable —dije—. ¿Y la terca soy yo?

Él se encogió de hombros.

—Se lo advertí. ¡En fin! Te traeré un té.

Me di cuenta de que estaba sedienta y hambrienta. Me trajo una taza humeante y un plato con el plan suave y fresco de Poe untando con mermelada. En cuanto lo devoré todo, volvió a levantarse y oí unos susurros, luego me lanzó algo al regazo. Un montón de hojas ordenadas unidas con un sujetapapeles y escritas con su letra elegante.

—Contrataremos a alguien que lo mecanografíe cuando lleguemos a París —dijo con un ademán.

—¿No sabes cómo funciona una máquina de escribir? —murmuré distante, mirando fijamente el título.

—Hay límites, Em.

El título rezaba:

ESCARCHA Y FUEGO: ESTUDIO EMPíRICO DE LAS HADAS DE LJOSLAND

Dra. Emily Wilde, Máster en Filosofía, Licenciada en Ciencias, Doctora en Driadología, y Dr. Wendell Bambleby, Máster en Ciencias con honores

—Lo has terminado —dije en cuanto recobré mi capacidad de hablar.

—Échale un vistazo —dijo y, de alguna manera, se las apañó para resultar más engreído todavía.

—Ten por seguro que lo haré —dije con tanto énfasis que se echó a reír.

—La bibliografía es un batiburrillo, pero ese es tu punto fuerte, ¿no? Y la sección intermedia sobre los hábitos de las hadas comunes está copiada casi al pie de la letra de tus notas. Aunque se podría decir —añadió examinándose las manos— que yo he hecho la mayor parte del trabajo.

—No pienso decir eso.

Me ignoró y comenzó una extensa disertación sobre su esfuerzo mientras estuve fuera; lo escuché a medias al tiempo que leía las páginas por encima. Había sido sincero al confesar que había dependido de mis notas..., la mayor parte del artículo estaba compuesto de ellas. Pero lo había hilado todo junto de una manera inesperada y las había llenado de especulaciones vivaces y frases inteligentes y sencillas que yo no habría logrado plasmar. El efecto era académico y, a la vez, encantador, más serio que los materiales habituales de Bambleby y, aun así, mucho más interesante que mis propios escritos.

—Al parecer, de momento debo permanecer así —dijo con pesadez al tiempo que se frotaba el rostro con la mano—. Cambiar de forma es un proceso largo y cansador y no estoy seguro de tener la paciencia de empezar hoy. Pero para la conferencia, volveré a ser yo mismo.

—¿Qué? —dije y lo miré inexpresiva. Luego parpadeé y me fijé bien en su aspecto; no había cambiado con respecto a antes—. Ah, sí, por supuesto.

Me observó fijamente.

—¿No te habías dado cuenta?

Le dije que no y se fue echando humos a la cocina. De hecho, cuando me desperté algo somnolienta, sí me había fijado en que su cabello no había recuperado sus ondas doradas y sentí una punzada de decepción. Pero ¿por qué iba a decírselo?

La enciclopedia estaba justo donde la había dejado, ordenada con pulcritud sobre la mesa bajo la piedra de hada que usaba como pisapapeles, como si también hubiese pasado las últimas semanas en una burbuja temporal. Apoyé la mano sobre el montón y lo presioné ligeramente, disfrutando del crujido familiar del papel. Entonces me di cuenta de algo.

Aparté el pisapapeles. Ahí, en el margen de la primera página, había uno de los garabatos habituales de Wendell. Hojeé el resto del manuscrito un tanto boquiabierta. No había incluido sus opiniones en cada página, pero estaba claro que lo había leído de cabo a rabo. Hasta se había tomado la libertad de reordenar ciertas secciones y de tachar otras.

Abrí la boca para pedirle que viniera a la habitación con la intención de hacerle conocedor de mi desagrado; no necesitaba un coautor en algo que me había pasado buena parte de mi vida adulta recopilando. Pero entonces la volví a cerrar mientras repasaba las notas. Algunas ideas eran bastante buenas. En fin…, supongo que no había nada malo en que me hiciese unos comentarios, incluso si estaban hechos con mano dura.

Llamaron a la puerta y me acerqué a abrir arrastrando los pies y envuelta en una manta. Lilja y Margaret estaban en el umbral y, al final del camino, Mord, Aslaug y Finn. Parpadeé, sorprendida de ver tantos rostros en mi puerta.

Lilja me dio un abrazo breve y suave.

—Sé que os vais por la mañana y que no tenéis tiempo para una fiesta de despedida —dijo—. Así que hemos pensado en pasarnos por aquí con pasteles y ayudaros a empaquetar.

—Maravilloso —respondió Wendell, dejándose caer de nuevo en su silla con una taza de té—. Odio hacer las maletas. Por favor, entrad.

Me di cuenta de que, para entonces, debería haberlo dicho, y me aparté para dejar que entraran en tromba tras sacudirse la nieve de las botas. Mord y Aslaug habían traído una tarta de almendras llamada *hvitkag*, mientras que Finn tenía una hogaza de pan negro ljoslandés horneado en la tierra caliente así como bombones salados.

Mord paseó la mirada por la cabaña.

—Krystjan ha adecentado el lugar desde la última vez que lo vi. En ese entonces, llamarlo «choza» habría sido generoso. —Se detuvo ante el espejo con el bosque y contempló boquiabierto la maleza que se mecía—. Se parece al bosque en el que solía jugar de niño a las afueras de Loabær. ¡Mirad! Ahí está el sauce con el rostro en el tronco.

—¿Dónde está el juego de té, Wendell? —preguntó Aslaug—. También he traído una botella de vino, en caso de que alguno prefiera algo más fuerte.

—Empezaré por los libros —intervino Finn.

Y eso fue todo; de repente, en la cabaña había tanto ruido como en una estación de tren. Finn volvió a la casa principal para traer más maletas y regresó con Krystjan y varias cajas de madera. Wendell y yo habíamos acumulado un abanico de objetos durante nuestra estancia, desde los regalos de Aud a la capa feérica, que suscitó bastante curiosidad y debate. Wendell flotaba por la habitación charlando con tal y cual; daba la impresión de que contribuía, aunque no hizo absolutamente nada.

Todo ese tiempo estuve preocupada de que Aslaug o Mord se deshiciesen en lágrimas de gratitud o nos ofreciesen otro obsequio extravagante en agradecimiento, e intenté pensar en alguna estrategia con la que responder. Por suerte, no pasó, tan solo se arremolinaron alegremente con los demás mientras doblaban, empaquetaban y nos hacían preguntas a Wendell y a mí. Al final, empecé a preocuparme de si debía ser yo quien tuviera un gran gesto como agradecimiento. A fin de cuentas, me habían salvado, y era tan cierto como que Wendell y yo habíamos salvado al pequeño Ari.

—¿Qué te ocurre? —me susurró Lilja mientras guardábamos con cuidado el espejo encantado en una caja rellena de paja—. ¿No te curó Wendell?

—No, yo… —Hice una pausa. ¿Wendell me había curado? Me sentía totalmente yo misma a pesar del frío—. No es eso. No se me ocurre qué decir.

—¿Por qué debes decir algo?

—Bueno… —Esto no lo esperaba—. Porque me rescatasteis. Todos vosotros, pero sobre todo Finn y Aslaug…

—¿Qué? —Aslaug se me había acercado por la espalda sin que me diese cuenta—. ¿Me has llamado?

—Emily se siente mal porque quiere darnos las gracias, pero no sabe cómo —dijo Lilja; me ruboricé y empecé a balbucear al oírlo expresado con tanta claridad.

—¡Ah! No seas tonta —se limitó a responder Aslaug y me dio un abrazo—. Ahora somos familia prácticamente. —Luego siguió revolviendo cosas como si nada hubiese cambiado. Como si lo que hubiese dicho no fuese nada.

Lilja sonrió y me dio un apretón en el brazo.

—¿Tarta?

Asentí sin decir nada. Lilja me empujó hacia una silla y me pasó un plato con tarta; me la comí. Estaba muy buena.

Mord se encargo él solo de la botella de vino; se había pasado la mayor parte de la tarde sonriendo a todos en silencio, sobre todo cuando le preguntaban por su hijo, y contó la misma historia una y otra vez, cómo a Ari le había dado por llevarse objetos extraños a la boca, incluyendo la cola de su gato, lo que tuvo que aguantar. A nadie pareció importarle.

Para cuando se acabó el *hvitkag*, estaba agotada y el bullicio de tanta compañía no ayudaba. Para mi alivio, Wendell escogió ese momento para comenzar a sacar a todo el mundo de la cabaña; se fueron yendo uno a uno tras ponerse la capa y las botas, adentrándose con alegría en el clima ventoso mientras los copos arremolinados envolvían la cabaña en su estela. Wendell se quedó mirando la nieve y cerró la puerta con una sonrisa.

—Uno más —dijo con tristeza, y no tuve que preguntarle a qué se refería.

Aunque yo no sentía tanto alivio por abandonar Ljosland como él…, sentía una mezcla de cosas, sobre todo, melancolía. Echaría de menos a Lilja, a Margaret y a los demás. ¿Cuándo me había ocurrido esto antes? Empezaba a preguntarme si el rey de las hadas me habría cambiado en cierto modo.

—Wendell —dije mientras él recolocaba el felpudo de manera obsesiva—. Creo que sé por qué el hechizo del rey..., por qué funcionó cuando lo hizo.

Arqueó las cejas. Era interesante...; con ese aspecto, no era del todo poco atractivo cuando de verdad te detenías a analizarlo. Sobre todo, había quedado enmudecido y, aun así, eso no había afectado su gracia natural ni, desde luego, su ego.

—Bueno —tartamudeé cuando recordé aquella noche—, iba a... Después de que me pidieses..., bueno...

—Después de que te pidiese que te casases conmigo —dijo en un tono que consideré más alto de lo necesario.

—Sí —afirmé, esforzándome al máximo por que mi voz sonase normal, como si estuviésemos hablando de nuestra investigación. Me sentía ridícula. Cualquier persona en su sano juicio ya habría rechazado su proposición. Si hay algo en que las historias, con independencia de su origen, coinciden es en que casarse con un hada es una idea muy mala. El romance en general lo es en lo que a ellas respecta; casi nunca acaba bien. Y ¿qué hay de mi objetividad científica? Últimamente parece hecha trizas.

—Yo... esa noche... lo estaba considerando. Y supongo que esa es mi respuesta. Que me gustaría..., bueno, seguir considerándolo.

Me contempló con una expresión indescifrable. Entonces, para mi asombro, sonrió.

—¿Qué? —pregunté con sospecha.

—Solo estaba pensando que el hecho de que no me hayas quemado vivo por mi presunción ni rechazado directamente es digno de maravillarse.

—Pues si te vas a burlar de mí por eso... —masculé y me alejé. Me sorprendió sentir el roce de su mano contra la mía (había cruzado la estancia sin emitir un solo susurro), su contacto tan ligero como una pluma.

Me quedé paralizada al darme cuenta de que estaba a punto de besarme un segundo después de saber que iba a besarlo. Me incliné hacia delante, pero colocó una mano en mi mejilla con mucha suavidad y sus dedos rozaron la línea de mi cabello. Me atravesó un ligero escalofrío. Su pulgar estaba junto a la comisura de mi boca y me hizo pensar en aquella vez en que lo había tocado ahí, cuando pensé que se estaba muriendo desangrado. En un suspiro, el resto de los momentos que habíamos compartido se desvanecieron, dejando a su paso solo el pequeño puñado de veces que habíamos estado así de cerca; de alguna manera, conectados como una constelación brillante. Me rozó la mejilla con los labios y sentí una calidez extenderse por cada uno de mis huesos, expulsando el hielo de la corte del rey de las nieves.

—Buenas noches, Em —murmuró. Su aliento me acarició la oreja y la piel del cuello se me erizó como el paso de un río.

Y entonces, se marchó a su habitación y cerró la puerta.

La miré fijamente durante un instante, como si fuese a darme explicaciones. Volví en mí con un sobresalto, recogí las sábanas del suelo y me dirigí aturdida a mi habitación.

Por supuesto, la encontré absurdamente limpia.

A la mañana siguiente, Wendell y yo estábamos temblando junto al muelle mientras observábamos cómo el barco pesquero capitaneado por uno de los innumerables nietos de Thora tensaba el amarre mientras los dos marineros lo preparaban para nuestro viaje a Loabær. Shadow se había dejado caer a mi lado, dando grandes bostezos perrunos y no muy contento de que lo hubiesen sacado del calor de su cama a esas horas. El mundo era un borrón de sombras y hielo, desde el mar agitado hasta las montañas encapotadas que bordeaban el pueblo. Aud nos había dicho que el tiempo era lo bastante favorable como para que el viaje fuese seguro y que los vientos amainarían al otro lado del cabo, una afirmación que mi lado intelectual aceptaba, aunque todos mis instintos me decían que nos ahogaríamos.

Aud, que había regresado la tarde anterior como habíamos planeado, gritaba instrucciones a los marineros en ljoslandés; parecía contenta. Y debería, pues había salvado a su pueblo... De hecho, al país entero. El rey, que acababa de regodearse con la venganza que le habíamos dejado como regalo de bodas y estaba de un humor excepcionalmente bueno, le había concedido de inmediato la petición de arrasar con el invierno despiadado y de una primavera temprana.

En cuanto a mi paradero, Aud le había dado al rey unas cuantas pistas, aparte de decirle que me había visto abandonar el palacio en dirección al valle, aterrorizada al pensar que me perseguirían los esbirros de la reina. Sacudió la cabeza y recalcó que si había sucumbido a las inclemencias o si me había caído por un acantilado, pobre estúpida y debilucha, era otro crimen más que depositar a la puerta de la ambición traicionera de la reina. El rey apenas había sido capaz de esconder su alegría ante esto y de inmediato había tomado mi muerte como justificación de otra ronda de ejecuciones que, sin duda, había enviado a más nobles —aquellos que aún conservaban la cabeza— a esconderse en el bosque. En cuanto a mí, estaba más que feliz por que mi prometido aceptase mi muerte como una bendición, sobre todo al darle incentivos de sobra para abandonar mi búsqueda. Sin embargo, era mejor que nos marchásemos pronto; deseaba prevenir que cualquier indicio de que había sobrevivido llegase a su corte.

A pesar de la hora tan temprana, todo el pueblo vino a despedirnos cuando subimos al barco, incluso el pequeño Ari, que escondió la cabeza en el hombro de Mord cuando le dije adiós, tan tímido como si fuese una extraña cualquiera.

—Ahí estás —me dijo Aslaug y me tendió una cesta con queso de oveja, al que había terminado por tomarle el gusto—. Es un regalo tonto, ¿verdad? Después de todo lo que has hecho.

Vadeé los «adiós» y los «gracias» con balbuceos, pero a nadie parecía importarle ya. Lilja y Margaret me abrazaron con fuerza.

—Ten —dijo Lilja al tiempo que me ponía una cesta entre las manos. Levanté el paño que la cubría y encontré cinco tartas de manzana bien apiladas—. Finn dice que te gustan.

—Ah —comencé a decir con una ligera mueca (cada tarta pesaba tanto como un ladrillo)—. Eres muy amable, aunque no sé si podré...

—Por favor —dijo Lilja con un brillo desesperado en la mirada—. Es que ese árbol... no para. Ya tengo conservas para una década. Los vecinos aborrecen tanto las manzanas que se esconden cuando llamo a su puerta.

Sacudí la cabeza. Cómo no, Wendell, como era habitual en las hadas, le había ofrecido a Lilja un «regalo» que creaba más problemas de los que solucionaba. Sabía que a Lilja le horrorizaría malgastar una sola manzana por miedo a ofenderle.

—Dales el excedente a los cerdos —le sugerí, porque ¿acaso no le valdría eso?

Ella pareció tan horrorizada que me sentí culpable.

—O comercia con ellas —dije—. Quizá con algún marinero o mercader ambulante. Lo que consiguieras a cambio podría sorprenderte.

De hecho, conocía media docena de historias de ese tipo: pobres mortales que llevan mucho tiempo sufriendo se libran de un regalo problemático hecho por un hada a cambio de algo mundano pero que resulta tener usos inesperados. A veces, lo intercambian por algo incluso más asombroso y así sucesivamente. Esperaba que Lilja acabase con una rueca que convirtiese la paja en oro.

El abrazo de Aud fue el más largo y, cuando se apartó, tenía el rostro húmedo por las lágrimas. Por suerte, Thora se plantó delante antes de que se me ocurriera cómo responder. (¿Cómo responde una a las lágrimas?).

—Dos cosas —me dijo asiéndome de los hombros—. Una, cuídate. Los sabios hacen tratos con las hadas. Solo los idiotas se hacen sus amigos… o lo que sea que es para ti.

Que el cielo me asista, aquello hizo que me ruborizase.

—¿Cree que soy idiota?

—Hasta los más listos son idiotas de una forma u otra —respondió—. Dos, espero que vuelvas en primavera para la boda de Lilja y Margaret. A mi nieta no le gusta importunar a la gente, pero le haría feliz que asistieras, así que te lo digo por ella.

Sonreí.

—Por supuesto, aquí estaré.

—Buena chica. —Me dio unas palmaditas—. Venga, date prisa. Te enviaré por correo mi… ¿cómo lo llamaste? ¿Revisión por pares?

—Gracias —dije. Thora me había prometido leer el borrador del último capítulo de la enciclopedia y darme su opinión y lo que añadiría—. Y por favor, no se preocupe en ser amable con sus críticas.

Parpadeó y luego, al tiempo que una sonrisa afloraba a mis labios, me dio un empujón sorprendentemente firme.

—Tienes tanta labia que pareces una de mis nietas.

Desvié la mirada hacia los habitantes del pueblo, apelotonados por la noche en la orilla mientras mi mano buscaba el recuerdo que me había dado Poe como regalo de despedida. Lo había llamado «llave», aunque no se parecía en nada a una y, de hecho, era una espiral imposible y pequeña de hueso. Según la luz, parecía curvarse en el sentido contrario a las agujas del reloj; bajo otra, en sentido horario. Me la había colgado de una cadena al cuello.

Wendell apareció a mi lado tras terminar de darles instrucciones a los marineros y su rostro se desfiguró con una sonrisa. Se había arreglado las manos extrañas y se había añadido un par de centímetros de altura, aunque aún estaba muy lejos de su anterior yo deslumbrante.

—¿Lista? —dijo.

Los habitantes del pueblo retrocedieron un tanto. Habían aceptado que esta hada gris e insólita era el galante Wendell Bambleby, pero esto no hacía que lo temiesen menos, incluso cuando el rostro que llevaba ahora era mucho menos intimidante que el anterior, uno tan hermoso que dolía.

En cuanto a mí, yo apenas notaba la diferencia. Su belleza nunca me había sido de utilidad y seguía siendo el mismo en todo lo demás, incluida su habilidad para contrariarme (había arreglado todos mis vestidos mientras estaba atrapada en el País de las Hadas).

Nos despedimos por última vez y subimos a la cubierta bamboleante. Wendell se tomó su tiempo despidiéndose de los habitantes del pueblo con la mano mientras admiraba a Hrafnsvik desvanecerse en la noche. Me di la vuelta tan pronto como pude y no saludé ni miré atrás. Si lo hubiera hecho, habría visto a Aud y a Lilja enjugándose las lágrimas. También habría visto el contorno de nuestra cabañita, de cuya chimenea solía salir una espiral de humo, pero que ahora permanecía silenciosa y a oscuras, soñando. Shadow resopló y me miró como si estuviese seguro de que había habido algún error. Se me habían humedecido los ojos y me los sequé a toquecitos con la manga, de espaldas para que Wendell no lo viese. *Maldito viento*, pensé.

Apreté las tartas de manzana de Lilja contra el pecho mientras contemplaba el mar, de un blanco grisáceo, aferrando con fuerza el recuerdo de Poe en la mano. El barco zarpó cuando la luz del sol comenzó a asomar en el horizonte.

13 DE FEBRERO

Al final, nos perdimos el plenario.

Por supuesto, no importó demasiado. Wendell estuvo en tres comités y, gracias a su encanto, consiguió un cuarto, y otro más para mí. Asistí a cenas interminables y no llegué a odiarlas; entre los académicos me sentía en un ambiente familiar e incluso disfruté con algunas conversaciones, pues tenían que ver con el intelecto y no con trivialidades o convenciones sociales.

Y luego llegó el momento de nuestra presentación. Paseé de un lado a otro del cuartito tras el escenario. A través de la puerta medio abierta veía los dos estrados, así como a los académicos entrando en fila en la estancia con sus trajes y sus vestidos desaliñados. Muchos de ellos llevaban abrigo, pues si hay algo que une a los académicos es quejarse de la temperatura de las salas de conferencias.

Wendell entró por fin, estaba deslumbrante con sus rasgos afilados, elegante y esbelto, ataviado con su traje negro tan sencillo como el de cualquier otro académico, salvo que estaba confeccionado de forma impecable. Me evaluó con la mirada y una expresión cortés, aunque me di cuenta de que había reprimido una sonrisa. Le lancé una mirada asesina. Llevaba uno de los vestidos que había arreglado…, solo por necesidad, pues no tenía dinero para comprar otros nuevos en París y tampoco tuvimos tiempo de pasar por nuestras dependencias en Cambridge.

Le había llevado dos días enteros volver a su esplendor anterior y se los había pasado en su mayor parte en el camarote del barco, mirándose al espejo y murmurando para sí mientras se movía la nariz de un lado a otro o alargaba sus extremidades. Fue un proceso espantoso, por lo que pasé tan poco tiempo en su compañía durante el viaje de regreso a casa como me fue posible.

—Las muestras están listas —dijo, y yo asentí. Aguardándonos tras los estrados, había tres baúles: uno contenía los restos del abrigo feérico, ahora bastante derretido, pero aún reconocible; otro, un collar que me había regalado el rey, una telaraña delicada de cadenas de hielo que, a diferencia del abrigo, no se derretía; y en el último había una espiral dentada de roca volcánica de uno de los terrenos de Krystjan en la que había una puerta de madera diminuta que se desvanecía con la luz directa del sol. Me sentía como una maga.

Me tendió una mano. La acepté y, cuando lo hice, sentí un leve estremecimiento; me sonrió. Últimamente parecía especialmente feliz consigo mismo; supongo que la fuente de aquella satisfacción era haberse transformado en su antiguo yo.

—Estamos a punto de causar un buen revuelo —dijo, con la mirada nublada ante aquella perspectiva—. Y solo piensa que… si hubieses terminado de meditar mi proposición y hubieses aceptado, podríamos haberte presentado como la señora de Wendell Bambleby. Nunca dejarían de hablar de nosotros.

Lo miré largamente, pensativa.

—¿Qué? —quiso saber él.

—Es tu barbilla. Sigue un poco torcida.

De inmediato, se llevó la mano al rostro.

—No es cierto.

Me encogí de hombros.

—Puede que sean imaginaciones mías.

Mientras se toqueteaba la mandíbula, observé a la multitud; los eruditos allí reunidos discutían en voz baja entre ellos o estaban sentados con un aire tozudo y los brazos cruzados, como si ya estuvieran dándole vueltas a las críticas que harían. Respiró hondo y apreté las notas con fuerza. Luego, salí al escenario.

Este relato particular es uno de los más antiguos de Irlanda y se ha extendido por todos los condados del noroeste con distintas versiones. Incluido en el apéndice para futuras referencias. —E. W.

Los cuervos de oro o La sirvienta y las hadas domésticas

Había una vez un reino en el norte de Irlanda, lúgubre y montañoso, llamado Burre, gobernado por una reina anciana que tenía doce hijos e hijas, incluido uno que era medio hada. Este príncipe era el más joven de todos y el que tenía menos posibilidades de heredar el trono; aun así, como es costumbre entre las hadas, se propuso mejorar sus probabilidades de una forma indirecta que, sin embargo, resultó bastante efectiva. Dejó en libertad a los tres cuervos dorados de la reina, un obsequio que le había ofrecido una bruja para que le diesen buena suerte; esto causó que una gran aflicción se extendiese por el reino. Sus otros hijos comenzaron a discutir entre ellos, lo cual culminó en intrigas y asesinatos a traición.

Después de que los cuervos de oro fuesen liberados, los campesinos corrientes de Burre también sufrieron una desgracia tras otra. Los cultivos se perdieron y era común que hubiera niños malditos. Una de ellas era la hija adoptiva de una pobre sirvienta. La muchacha era torpe por naturaleza y llevaba el desorden con ella allá donde fuera, lo cual hacía muy dura la labor de la sirvienta. Despidieron a madre e hija de un trabajo tras otro, pues eran incapaces de mantener una casa limpia a pesar del mayor de sus esfuerzos.

Un invierno sombrío la madre murió, dejando a su hija, apenas adulta, librada a su suerte. Todos en el pueblo conocían la reputación de la muchacha y no encontró trabajo. Desesperada, se adentró en lo profundo de las blancas montañas agrestes hasta que se topó con un castillo perteneciente a una duquesa, hermana de la reina. Al vivir en un lugar tan recóndito, la duquesa y su familia siempre estaban faltos de personal, así que esta contrató a la sirvienta de inmediato.

La duquesa le puso a la sirvienta una tarea simple: fregar el suelo de la cocina y prestar especial atención a las esquinas, donde las arañas habían construido sus nidos. Pero esta tarea no fue tan sencilla para la muchacha maldita, y tan pronto le sacó brillo al suelo, se tropezó y tiró el estante de las especias. Estas se derramaron por todas partes y se mezclaron con el suelo húmedo recién fregado hasta formar un barro aromático. Comenzó a limpiarlo de nuevo de inmediato, pero no sirvió de nada: parecía que solo era capaz de mover la suciedad de un lado a otro. Se fue a la cama llorando, segura de que volverían a despedirla.

Pero cuando fue a la cocina por la mañana, descubrió que la duquesa estaba encantada. La cocina relucía como nunca, incluso en las esquinas, y hasta la última araña había sido reubicada en una telaraña sofisticada y compleja en lo alto de las vigas. La duquesa y su familia le suplicaron que les dijese cómo había logrado que el suelo brillase así, como un lago a la luz de las estrellas en invierno, y qué había hecho con las especias, cuya fragancia flotaba ahora en la cocina como si estuviesen recién molidas.

La sirvienta se dio cuenta de que el castillo debía de ser hogar de los *oíche sidhe*, las pequeñas hadas domésticas. Debían de haber recogido cada grano de las especias, uno a uno, con sus dedos astutos, para luego secarlos con su aliento. La muchacha guardó silencio, abrumada por su buena suerte.

Con el paso de los días, el respeto de la familia hacia la sirvienta no hizo más que crecer. Nunca habían tenido los suelos tan brillantes, las ventanas tan límpidas que parecían hechas de aire, ni ropa de cama tan perfumada e inmaculada. No sabían que, si tenían todo aquello, era porque los *oíche sidhe* tenían que trabajar el doble para limpiar el desastre ocasionado por la sirvienta, que no podía ni cruzar el suelo sin dejar un rastro de barro, abrir una ventana sin mancharlas con sus huellas o colgar la ropa de cama sin que se volara con el viento y aterrizara en un charco enlodado al otro lado del campo.

Pero entonces comenzaron a sucederse una serie de hechos extraños. Después de que la sirvienta les hubiese limpiado el polvo a los retratos, arreglándoselas de alguna manera para originar más polvo del que habían tenido jamás, a la mañana siguiente estos no solo estaban libres de suciedad, sino que quienes aparecían en ellos estaban peinados y con la ropa cepillada y enderezada. Después de que la sirvienta lavase los perros de la duquesa, al día siguiente se encontraron con que su pelaje tenía tirabuzones complejos. Cambiar los muebles de sitio resultaba en que habitaciones y ventanas mudasen de forma, adquiriendo una rigidez y una simetría antinaturales. Lo peor de todo era la colada; después de que la sirvienta la hubiese lavado como mejor podía con su lamentable habilidad, la ropa no solo se lavaba sola hasta quedar impecable, sino que sus hilos se volvían de oro y sus botones, de marfil; o a veces se convertían en prendas totalmente distintas: los pijamas se transformaban en trajes de noche y los calcetines de lana, en medias de seda. Si la sirvienta limpiaba el gallinero, al día siguiente las gallinas aparecían con el pico pulido y las plumas engrasadas, con una expresión muy satisfecha. La duquesa y su marido empezaron a observar a la muchacha con preocupación y la animaban a tomarse más descansos para el té y echarse un rato. Sin embargo, no la echaron. De hecho, le ofrecieron más del doble de su sueldo para asegurarse de que nunca deseara marcharse.

La sirvienta comenzó a temer que estaba volviendo locos a los *oíche sidhe* con sus desastres imposibles; sabía que las pobres criaturas aborrecían el desorden. Otra prueba de ello le llegó de forma inesperada y desagradable a modo de bofetones húmedos repentinos cuando estaba trabajando, como si la hubiesen golpeado con una fregona pequeña e invisible. La sirvienta vivía con miedo de que los *oíche sidhe* la asesinasen un día.

Al final, la muchacha se escabulló al bosque, donde vivía una bruja anciana, y le rogó su ayuda. A cambio de una de las gallinas engrasadas, la bruja la informó que el origen de su maldición estaba en el príncipe más joven de la familia real y que solo él podía deshacerla.

Por suerte, la sirvienta sabía que la reina y todos sus hijos pronto le harían una visita a la hermana de la reina. La noche antes de su llegada, la muchacha buscó su vestido más desgastado, recién manchado con la grasa de la cocina, y lo hizo jirones que esparció por el suelo.

Cuando se despertó por la mañana, en lugar de su antiguo atuendo encontró el vestido más encantador y excéntrico que podía imaginar. Estaba muy claro que los *oíche sidhe* se habían vuelto locos, pues la prenda se contradecía a sí misma: un momento decidía ser del verde de un estanque turbio y, al siguiente, del azul del océano o del marrón de los cultivos. Estaba adornado con fruslerías y lazos como un árbol de Navidad, incluyendo un cristal que mostraba fragmentos del futuro de los extraños y un erizo vivo, que con sus patitas escalaba de bolsillo a bolsillo según le apeteciese (el vestido contaba con un sinfín de bolsillos).

Dubitativa, la muchacha se atavió con la prenda y bajó las escaleras. El castillo estaba a rebosar de asistentes de la realeza y varios interesados, todos dándose aires de importancia y, con aquel vestido ridículo, asumieron que estaba emparentada con la duquesa. Le preguntó a una de las doncellas dónde podía encontrar al príncipe más joven y ella le dijo que en el jardín.

Lo encontró vagando por allí con una expresión de disgusto, pues aquellos cuya sangre es medio feérica, medio mortal viven en un estado de descontento perpetuo: los juegos típicos de las hadas los dejan perplejos, mientras que las actividades mortales les parecen aburridas. A decir verdad, el príncipe tan solo tramaba obtener el trono solo por tener algo mejor que hacer.

Le echó un vistazo a la sirvienta y se enamoró en el acto, como ella había esperado. La mayoría de los jóvenes se quedaban prendados de ella de inmediato cuando no iba vestida con harapos ni cubierta de manchas, pues era una joven hermosa de ojos negros, cabello dorado pálido y piel de un tono dorado más oscuro, una combinación extraña pero atractiva. La duquesa se puso furiosa cuando el príncipe expresó que tenía intención de casarse con su amada sirvienta, pero no podía negarle nada al hijo favorito de la reina.

El día de la boda, la sirvienta estaba exultante. En cuanto estuvieran casados, tenía pensado ordenarle al príncipe que deshiciese su maldición; si no lo hacía, como su marido, tendría que compartirla y soportar una vida de desastres y desorden. Estaba segura de que la maldición que había sido como una plaga durante todas las etapas de su vida estaba a punto de romperse.

En cierta manera, la muchacha tenía razón. Los *oíche sidhe* habían confeccionado un vestido de boda magnífico…, aunque también era un tanto alocado, pues no tenía uno, sino ocho erizos deambulando por sus bolsillos, así como un corpiño que a su vez era un portal al País de las Hadas si se ponía del revés y un tren que escondía a un fantasma en su interior, quien interrumpió el servicio al estallar en carcajadas. En el banquete tras las nupcias, como era de esperar, la sirvienta se las apañó para derramarse encima una jarra entera de salsa y fue la visión de su obra más fina arruinada lo que acabó con la cordura de los *oíche sidhe*. Salieron en enjambre a simple vista, algo que no suelen hacer, cubriendo a hombres y mujeres del color del polvo, y comenzaron a zurrar a la sirvienta con sus fregonas feéricas. Nada ni nadie pudo hacer nada para detenerlos y los invitados a la boda comenzaron a temer que golpearían a su nueva princesa hasta la muerte. Cada vez que el príncipe intentaba poner a su esposa a salvo, los erizos le mordían. Unas plumas de oro empezaron a flotar en el aire y, de entrada, eso no tuvo sentido para los invitados. Los *oíche sidhe* seguían golpeando y golpeando hasta que la muchacha se deshizo como una ciruela pasada y se convirtió en lo que había sido todo aquel tiempo, aunque ni ella ni la madre que la había criado lo habían adivinado: un cuervo dorado, uno de los tres pájaros encantados que el príncipe había liberado para traer penurias al reino.

La sirvienta salió revoloteando por la ventana, libre al fin, mientras los *oíche sidhe* se sacudían el polvo de las manos y volvían a esconderse con una sonrisa. Dejaron de untar con grasa a las gallinas y de convertir los pijamas en trajes de tarde, lo cual fue un alivio para la duquesa, a la que solo le quedaba un camisón.

En cuanto al príncipe, la desaparición de la sirvienta al fin le dio un propósito en la vida. Se retiró al bosque para aprender magia con las brujas y con cualquier hada que quisiera enseñarle. Finalmente, consiguió convertirse en cuervo, tras lo cual alzó el vuelo en busca de su amada. Se cuenta que, a día de hoy, sigue buscando a su esposa de oro en el noreste de Irlanda, y que si escuchas con atención, puedes oír su nombre en el graznido de los cuervos.

AGRADECIMIENTOS

Gracias infinitas a mi brillante editora, Tricia Narwani, y a mi maravillosa agente, Brianne Johnson, así como a todo el equipo de Del Rey. Gracias a Nadia Saward y a Orbit, a Soumeya Bendimerad Roberts y a todos los de HG Literary, a Anissa de Fairyloot, a Jenny Medford, Mandy Johnson, Bree Gary y Becky Maines.

Gracias a los profesionales tan increíbles que habéis trabajado conmigo y de los que tanto he aprendido, tanto en el pasado como en el presente, incluyendo a Alexandra Levick, Jessica Berger y al equipo de Writers House, Kristin Rens y Lauri Hornik. Gracias a mis amigos y a mi familia por su apoyo.

Y, por último, gracias a ti, lector, por haber escogido esta historia. Espero que hayas disfrutado del viaje.

www.books4pocket.com